天使の囀(さえず)り

角川ホラー文庫
11765

目次

序章　呪われた沢

差出人：高梨光宏〈pear@ff. jips. or. jp〉
宛先：北島早苗〈sanae@keres. iex. ne. jp〉
件名：first mail
送信日時：1997. 1. 24. 22：14

お元気でしょうか。

今まで君から何通もメールをもらいながら、こんなに返事が遅くなったことをお詫びします。ご安心ください。僕は決して、ジャガーの餌になったわけでも、自分がミツユビナマケモノだと思い込むようになって、余生を枝から逆さまにぶら下がって過ごそうと決意したわけでもありません。

ただ単に、何を書いたらいいのかわからなかったのです。

馬鹿げた言い訳に聞こえると思います。僕はこれでも作家の端くれであり、これまでに書いた文章は、原稿用紙に換算すると、無慮数万枚にもなるのですから。（その大部分は、スタージョンの法則を見事に実証する紙屑でしかありませんが）これは、結構な量です。一度でも本屋でアルバイトをしたことのある人間ならわかるでしょうが、紙というのは重いものです。もし数万枚の原稿用紙が塊で頭の上に落ちてきたら、命が危ないでしょう。

そういえば、東京の仕事場でうとうとしている時に、こんな夢を見たことがありました。出発の少し前のことです。僕は、がらんとした部屋の真ん中でパソコンに向かっています。すると、天井が、ぎしぎしと軋むのです。それでも、僕のキーボードを打つ手は止まりません。信じられないくらいの創作意欲に衝き動かされているのです。(夢の中とはいえ、近年、めったにないことです)

そのうち、天井にビシッと一直線の亀裂が入ったのですが、それも無視して夢中でキーを叩き続けていました。すると、とうとう天井が決壊して、これまでに出版され、店頭に並んだはずの僕の本すべてが落下してきました。僕は、何十トンもの本に押し潰され、埋め尽くされながら、ようやく悟っていました。このたくさんの紙製のモノリスは、僕自身の墓碑となるために製造されたのだということを。(何と言っても、一冊一冊に自分の名前が入っていますから)

しかし、(脱線しましたが) 夢の中とは違って、現実には僕の指は、キーボードのホームポジションから、ぴくりとも動こうとはしないのです。

ついさっき、騒々しいホエザルの声がぴたっとやんだかと思うと、スコールが地鳴りのような音と一緒に近づいてきました。今はテントを、穴を穿たんばかりの勢いで打っています。

この水は、やがて大地に吸い込まれて大アマゾン川に合流します。そして、ゆったりと流れながら、生者を潤し、死者を蕩かすことでしょう。

今日は、このぐらいにしようと思います。

また、メールを書きます。

件名：first impression
送信日時：1997. 1. 31. 20：31

毎日、暖かい励ましの言葉をありがとう。読むたびに、君の肌の温もりが無性に恋しくなります。

ですが、あいかわらず、文章を書こうとすると、手が止まってしまうのです。

何の専門知識も持たない僕が、この探検隊に参加させてもらったのは、紀行文を書くためだということは明らかなのですが、メモ書き程度のものを除いては、まだ一行も書いていません。このままだと、スポンサーである新聞社や『バーズ・アイ』誌から、契約不履行で訴えられることにもなりかねません。そういうわけで、君へのメールは、リハビリも兼ねています。

そこで今日は、僕が最初にアマゾンの森を見たときの印象を書こうと思います。

僕が感じたのは、ここは大いなる『死の森』であるというものでした。

そこは一見、生命に満ちあふれていました。森の樹木一つ見てもわかるのですが、五十メートル四方くらいを探しても、一本として同じ種類の木はありません。そして、それぞれの木には、巧妙に適応した無数の昆虫、蜘蛛や、極彩色のカエル、軟体動物などが生活しています。実に多様で、健全な世界が、そこにありました。

しかし、ここに、それだけ多くの生命が存在しているということは、過去に、それより遥かにたくさんの命が消滅してきたということを意味しています。いや、過去といわずこの瞬間にも、数限りない死が訪れつつあります。一見、生命に溢れたように見えるこの場所は、実は、それらの犠牲の上に依拠しているのです。

僕の目には、森はぼんやりと二重写しになって見えました。生きている森と、そして、過去にそこに存在していたはずの、死んだ森とです。

正面からは彗星のように輝いて見える生命の森は、後ろ側には、真っ黒な死の軌跡を描きながら進んでいるのです。

探検隊のほかのメンバーに、それとなく、そうした感想を述べてみたのですが、誰一人として、理解した様子はありませんでした。

どうやら、紀行文には、別の第一印象を捏造するしかないようです。

それではまた。

件名：mortality
送信日時：1997. 2. 6. 23：05

君の心配は、僕を思ってくれる故だということは、よく理解しています。ですが、君が婉曲に指摘しているように、僕がタナトフォビアだというわけではありません。

タナトフォビアというのは、日本語で何と言うのだったでしょうか？　最近、時差ボケのせいか、頭がよく働かず、物忘れが多いので。少なくとも、僕の持ってきた辞書には、載っていませんでした。……死恐怖症ですか？　もっとましな訳語があるのかもしれませんが、そんなものだったと思います。どちらにせよ、僕は別に、いつか必ずやってくる死に、戦々兢々として生きているわけではありません。

君が日々青春を磨り減らしながら働いているホスピスでは（すみません。他意はありません）、患者さんが死を受け入れるということは、さぞかし大問題なのだろうと推察します。

ですが、人間は、万物の霊長などではなく、霊長目ヒト科の一種である頭の膨れたサルにすぎません。人間の死は、浜辺でイソギンチャクが個体の終焉を迎えるのと、何ら変わるところはないのです。

我々はただ、定められた生を生き、そして消滅するだけです。

そのことを、アマゾンに来て、あらためて痛切に感じました。

それでは。

件名・diligent forest
送信日時・1997. 2. 13. 13：16

今まで送信したメールを見たら、近況もろくに書いていないことに呆れました。今回はまともです。安心してください。

まず、現在いる場所ですが、ブラジル領アマゾンの最奥地帯、ソリモンエス川とジャプラ川のほぼ中間あたりです。赤道よりは、少し南寄りになります。日本からは、飛行機を乗り継いで、中流域の大都市マナオスまで来ました。そこからは、もっぱら船で川を遡上しました。アマゾン川は非常に高低差が少ないので、遡るといっても、大きな湖を横切っているような感じでしたが。

今回の探検の目的は、急速に減少する熱帯雨林の調査によって、地球規模で環境問題を考えることですが、森林の破壊が想像以上に急ピッチで進んでいることに驚かされました。

七〇年代に建設が始まったアマゾン横断道路に沿って、さらに網の目のように支線が延び、貧しい農民たちが焼畑農業で森林を蚕食しています。

意外に思われるかもしれませんが、アマゾンの土壌は、実は非常に痩せているのです。植物の生育に必要な栄養塩類を含んだ土の層は、数センチから、せいぜい三十センチほどしかありません。しかも、タイガなどの北方の森や温帯の照葉樹林で落ち葉が分厚いカーペットのように堆積しているのと比較して、ここには、ごく薄い落葉層（リター層）しかありません。最初にアマゾンの昼なお暗いジャングルに入り、巨大な板根（バットレス）を巡らしている巨木を見た時には、圧倒されるような感じでした。ところが、それほど大きな木でも地中への根の張り方は実に貧弱で、山刀（マチュテ）で板根を切り離すと、簡単にひっくり返ってしまうのだそうです。

なぜ、これほど痩せた土地に、世界最大の熱帯雨林が存在しうるのかは、興味深い問題です。一つの説明は、ここでは、温帯や寒帯の数倍の速度で、少ない栄養塩類を循環させているのだというものです。落葉は、あっという間に分解され、木々に養分として再吸収されます。経済学にたとえれば、貨幣の総量が少なくても、流通速度が倍になれば必要をまかなえるのと同じことでしょう。

つまり、熱帯雨林は豊饒の地などではなく、乏しいリソースをフルスピードで循環させる自転車操業によって、ようやく維持できている不安定な場所なのです。そんなところで焼畑農業を行っても、すぐに地力が尽きてしまい、結果として、せっかく切り開いた土地は、わずか二、三年で放棄され、農民たちは追い立てられるように、さらに奥地へと焼畑を続けます。結果として、熱帯雨林はずたずたにされ、急速に地球上から消滅しつつあります。

これは、ブラジル政府の杜撰な開発計画の失敗によるものですが、その影響は、二酸化炭素の増加による温暖化など、地球的規模で襲ってきます。もちろん、日本も埒外にはいられません。

……今、カミナワ族の青年が、ディスプレイを覗き込んで、これは何だと聞いています。光る板の上に、アリのような文字が点々と並んでいるのが、よほど不思議なものに見えるようです。しきりに手を出したがりますが、僕もさすがに、彼らの手にパソコンをゆだねる度胸はありません。通訳に頼んで、資格のあるシャーマン以外の人間が手を触れると、災いがあるというふうに言ってもらいました。それでもまだ、興味津々という様子で、首を曲げ、眇になって液晶画面を見ています。人間ほど好奇心の強い動物はいないと、つくづく思います。

ああ。説明がまだでしたね。カミナワ族というのは、我々が『ホームステイ』しているインディオの部族の名前です。

蜷川教授が僕を呼んでいます。何か見つけたらしいので、行ってみます。

件名：rainy days
送信日時：1997. 2. 18. 18：45

　こちらはあいかわらず雨期です。突然襲ってくるスコールは、しばしばテントの中まで水浸しにしてしまうほか、日本の梅雨のように、小雨が一日中、しとしとと降り続けることもあります。鬱陶しいこと、このうえもありません。

『二季の歌』というのを作りました。


雨期を愛する人は、心も憂き人。泥土に潜む鰐のような僕の友達。

続きはいずれ、乾期になってから。


我々は今、カミナワ族の集落の西の端にテントを張って生活しています。先日、蜷川教授が、集落の北のはずれで、焼け焦げた小屋の残骸のようなものを発見しました。すでにその上を、ツタのような植物が幾重にも覆っていたので、すぐそばを通ったこともあったのに、今まで気がつかなかったのです。

我々は、カミナワ族は、これまで文明社会とはほとんど接触がなかったと聞いていたので、かなり意外に思ったのですが、三年ほど前から約一年間、オマキザルを研究していたアメリカ人の夫妻が、ここにいたそうです。

どうやら、二人とも死亡したらしいということでした。この件に関しては、ただでさえ饒舌とはいえないカミナワ族の口が急に重くなり、詳しい事情はわかりません。蜷川教授が、小屋の残骸からバッグに入った遺品らしきものを見つけたので、一応中身を調べてから、しかるべきルートを通じて遺族に返却してあげたいと思っています。

死というものはまったく、我々の行く手のどこに転がっているか、わからないものですね。

それではまた。

件名：who's who
送信日時：1997. 2. 22. 21：52

今日は少し、我がアマゾン探検隊のメンバーについて紹介してみたいと思います。

総勢は、入れ替わりもありますが、常時十五名ほどです。そのうち、ほぼいつも行動を共にしているのは、僕を含めた五人です。

まず、もっとも強烈なキャラクターを持っているのは、文化人類学の蜷川武史教授でしょう。御年五十五歳になりますが、学生時代からずっとフィールドワークを続けているせいか、細身の身体には今でも若者をしのぐパワーが溢れています。そのため、この人と一緒に行動していると、僕などは過労死しかけます。

真っ黒に日焼けし、頬は肉を削ぎ落としたようにこけていて、眉間には、笑っているときでさえも、彫刻刀を入れたような深い皺を刻んだままです。常に自分を厳しく律し、何物をも恐れないという信念の人です。

大学の同級生だったという奥さんと、二人の年頃の娘さんがいるのですが、この十年ほどはずっと別居しているそうです。まあ、奥さんの気持ちは何となく分からなくもありません。自ら救世主コンプレックスの持ち主と言う蜷川教授は、常に日本の社会について憂えています。風貌からはタカ派と思われがちですが、実際には、超タカ派と言うべきでしょう。教授の主張の骨子は、たとえば以下のごとくです。

某カルト宗教に対して破防法を使わなかったのは、腰抜け、腰砕けの極みである。この際、伝家の宝刀などと言って出し惜しみせず、広域暴力団や新左翼、厚生省などにも広く適用を検討してみてはどうか。

昨今の青少年に対する麻薬汚染は深刻である。現在、世界でもっとも当を得た麻薬対策をとっているのは、インドネシアだ(一定量以上の所持は、国籍を問わず死刑の由)。一方で、旧宗主国であるオランダが、ジャンキーどもを見て見ぬふりどころか、注射器を配ったりしている情けない体たらくであるのとは好対照である。日本は、インドネシアに学べ。

少年犯罪がどんどん凶悪化する中で、非行少年を少年院に入れてもまったく矯正効果が上がっていないとするならば、法務省はとうてい怠慢のそしりを免れない。巷に氾濫するカルト宗教から洗脳のノウハウを吸収して実施すれば、ものの一ヶ月で、彼らの性根を真っ白に染め変えられるだろう……。

過激な言辞の裏側で、たぶん本当に言わんとするところは別にあるのでしょう。それでも、国立大学の教授で、堂々とこれだけの主張をする人というのは、かなり希少価値があるのではないでしょうか。

新世界ザルの専門家である森豊氏は、三十六歳です。年齢が近いこともあって、比較的よく話をするのですが、考えてみれば、彼も相当妙な男です。

蛯川教授とは対照的に、森氏は非常にシャイで内向的です。自分の容貌に対して劣等感があるせいなのか（研究対象であるオマキザルの一種に、とてもよく似ています）、あるいは歯に不正咬合があって発音がやや不明瞭なのを気にしているのか、あまり人前ではしゃべろうとはしません。特に、女性に対するときは、苦痛に歪んだような表情になり、はたで見ていて気の毒なくらいです。

それではカミナワ族の女性に接するときはどうなのだろうと、密かに観察していたら、やっぱり苦悶していたので、少しく驚き、大いに感心しました。日本人にもカミナワ族にも等しく接するというのは、簡単なようでいて、なかなかできることではありません。

森氏は、日本ではサル学の権威と言われる教授の研究室に所属しています。理由はわかりませんが、冷遇されているようです。まだ独身ですが、万年助手の給料では生活が苦しいと、よくこぼします。（僕に対してだけは、心に傷を抱えた者同士であるせいか？　わりによくしゃべるのです）

こんな森氏が、前述の蛯川教授にすっかり心酔しているのです。わからないものでしょう？　最近では、どこへ行くにもべったりです。誰しも、自分にないものを持った人間に惹かれるのかもしれません。（別にホモ的感情はないと思います）

森氏はかなり年季が入った『マック使い』で、少し時間があくと、テントに一人で籠もってパワーブックを覗き込んでいます。表情が変に弛緩しているので、おそらく仕事をしているのではないと思いますが、絶対に画面を見せてくれないので、何をしているのかはわかりません。

赤松靖先生は、この五人の中では比較的まともな部類かもしれません。四十五歳で、私立大学の助教授の地位にあります。専門は苔と地衣類で、マイナーな分野のように思われますが、大手の製薬会社と契約を結び、ガンやエイズの特効薬となるような成分を含んだ新種の植物を探しているということです。そのためか、学者としては金回りもいいようです。

大兵肥満で典型的な躁鬱型性格の（こういう通俗的な分類は、君の顰蹙を買うかもしれませんが）先生は、誰とでもすぐに打ち解けられる社交的な好人物です。

赤松先生の意外な弱点は、一緒にジャングルの中を歩いているときにわかりました。

君は、ジャガー（こちらではオンサと呼んでいます）が人間の後をつける習性があることをご存じだったでしょうか？

ガイド兼通訳に聞いたところでは、よほどのことがない限り襲ってくることはないそうなのですが、日が落ちてからキャンプに帰ってきたときなどに、我々は、しばしばこの、送り狼ならぬ、『送りジャガー』という現象を経験しました。けっして姿は見せないのですが、気配と、時々聞こえる唸り声とで、それとわかるのです。

そんなとき、赤松先生は、夜目にもはっきりと見えるほど蒼白になり、誰彼となく腕にしがみついたりします。力士並みの体格の赤松先生が、半分くらいしか体重のない森氏にすがりついている様子などは、緊迫した雰囲気の中でも思わず吹き出したくなるような光景ではありました。

まあ、ジャガーならさもありなんとも思いますが、赤松先生は、カミナワ族がペットとして飼っているオセロット（美しい斑紋を持つ山猫の一種です）にさえも、しばしばびくついた表情を見せます。一度、そのことでからかったら、むきになって反論してきました。「一度、奴らの目を見たらわかりますよ。最初は、怒ってるのかと思った。でも、そうじゃないんだ。奴らは怒ってなんかいない。欲望で興奮してるんですよ。私を喰いたいという。それに気がついたとき、私は失禁しかけましたよ」

これほど動物嫌いの赤松先生が、よりにもよってアマゾン探検隊に参加するというのは、とても正気の沙汰とは思えませんが、ここは地球上で最後に残された遺伝子資源の宝庫であり、しかも乱開発によって毎日数十種が絶滅しつつあるという現状では、背に腹は代えられなかったのでしょうか。

赤松先生は、熱烈な恋愛結婚で結ばれたという奥さんと三人の男の子に、ほとんど毎晩のように電話をかけます。楽しそうなやりとりを聞いていると、家庭はしごく円満なようです。

最後は、唯一の女性隊員である、カメラマンの白井真紀さんです。彼女を一番後回しにしたことには、別に理由はありません。不美人というわけではないのですが、既婚者で、娘さんが一人います。

年齢は、聞いても笑って教えてくれなかったのですが、こっそり健康診断のための書類を覗いたら、三十二歳となっていました。

物静かで知的な感じの人です。いつも人の輪には加わるのですが、あまりしゃべらず、暇なときには、いつも娘の写真をじっと眺めています。

いつまでも、いつまでも眺めています。

二、三十分たっても、飽いた様子もなく、一心不乱に眺めています。その姿には、どこか鬼気迫るものがあります。彼女もまた、他人には窺い知ることのできないような問題を抱えているのかもしれません。

日本に帰ったら、君が我が愛すべき隊員たちの性格をどう分析するのか、楽しみにしています。

件名：monkey business
送信日時：1997. 2. 26. 13 : 08

アマゾン探検隊がこちらで何をしているのかさっぱりわからないという君の指摘は、たいへんごもっともです。そこで今回は、我が班の先生方の研究について、少しく説明しましょう。(前回のメールだけ読めば、我が班は奇人変人の集まりという印象しか持たれないでしょうから、今回は、その名誉挽回の意味合いも含んでいます)

まずは、森氏の研究から。実は、このメールのために、ついさっきインタビューしてきたばかりです。

氏の主張によれば、これまでの日本のサル学はずっと一人の偉大な学者の呪縛下にあったため、世界中のサルを研究対象としてきたという豪語とは裏腹に、実際には、ニホンザルと、ゴリラやチンパンジーなどの類人猿に偏していたそうな。そこで、霊長目に匹敵すると言われる高い知能を持ち、かつ、人類やチンパンジーなどとは別の系統で進化を遂げてきたオマキザルについて研究を進めることは、大きな意義を持つらしいですと。（どうも彼の動機の根底には、サル学の泰斗である師に対する深い怨念があるような気がしてなりません）

森氏は、サルの知能を測るために新しく考案された知能テストを行ったり、ハイテク機器を使ってオマキザルの仲間の脳重量を測定し、脳化指数（なんでも脳重量を感覚器官の分布している体表面積で割るそうですが、サルをバラバラにしないで、どうしてそんなものが計算できるのか、僕にはわかりません）を計算したりしています。

その結果、オマキザルの中でも最もテストの結果が優秀だったフサオマキザルは、中央アフリカのボノボ（ピグミーチンパンジー）をも凌ぐ知能を持つという結論に達したそうです。（森氏は、この結果はきっと師匠には受け入れられないでしょうと、意気消沈した表情で話していました）

オマキザルについても、ちょっと説明しておきましょう。君には、あまり馴染みがないでしょうから。

真猿亜目オマキザル科のサルは、中央アメリカからブラジル、パラグアイ、アルゼンチンの北部までの広大な地域に分布しています。

十一属三十種が知られていますが、サイズや形態から食性などの生態、社会性にいたるまで、多種多様な進化は、他の種類のサルには類を見ないほどです。食べ物ひとつ取ってみても、種類によって、木の葉から果実、昆虫、はては小型哺乳類まで捕食するそうです。

クモザルの仲間は、霊長類では唯一のものを摑むことのできる尾（オマキザルの名のゆえんです）を持ち、あたかも五番目の肢のように使いこなして、巧みに枝渡りを行いますし、ホエザルは、その名の通り、数キロ四方に響きわたる大声で吠えることができます（早朝我々の安眠を妨害する以外に、何の得があるのかはわかりません）。また、ヨザルは世界唯一の夜行性の真猿類です。さらに、前述のように、類人猿を除けば最も知能が高いサルも、この一群には含まれています。

それぞれの種がこれほどユニークな進化をしていることに加え、まだ研究が充分になされていないこともあり、オマキザル科の分類には今でも論争があり、しょっちゅう、カテゴリーの変更が行われています。

これらオマキザル科のサルたちにとって、最大のライバルは、食性の近い同じ科の別種のサルです。そのため、本来なら激しい生存競争が起こるはずですが、彼らは実に巧みに衝突を回避し、棲み分けを行っています。

たとえば、小型のティティモンキーは、大型の種の食べない有毒な青い実を食べますし、ヨザルは、他種の活動しない夜間に餌をとります。また、頭が禿げ上がった鮮紅色の奇怪な風貌から、現地では『悪魔の猿』と呼ばれているウアカリは、他のオマキザルの生息しない湿地林（バルゼアと呼ばれる、雨期になると水没するジャングルです）に棲んでいます。

オマキザルたちにも、当然、天敵は存在します。ジャガーは別格としても、猫科のオセロットやマーゲイ、イタチ科のタイラなどは、大型のサルをも捕食します。

また、これは森氏が実際に目撃したことなのですが、セクロピアの木の梢近くにいるホエザルが、すっかり安心しきった様子で木の葉を食べていると、何の前触れもなく上空から『馬鹿みたいに大きな鳥』が舞い降りてきて、恐怖に硬直したホエザルをひっ摑むと、木々の間を縫って軽々と運んでいったそうです。

森氏は完全に肝を潰したために、鳥の姿形はよく覚えていませんでしたが、ホエザルがオマキザルの中では最大級であることを考えると、こんなことができるのはオウギワシだけだということでした。

オウギワシというのは、カンムリクマタカ、サルクイワシと並ぶ世界の三大猛禽の一つで（三大テノールと同じで、誰が決めたのかは知りません）、英名をharpy eagleといいます。harpyというのは、ギリシャ神話のハルピュイアのことで、女の顔に爪の生えた翼を持ち、子供をさらう恐ろしい怪物です。オウギワシはその名に恥じず、強力な爪でサルやナマケモノなどを捕殺します。

そんな物凄い鳥が頭上から急降下してきた日には、たぶん、もう逃れるすべはないのでしょう。突然、風を切る獰猛な羽音が鼓膜を打つとき、オマキザルたちの脳裏にも、短い生涯の記憶が走馬灯のように点滅するのでしょうか……？

そうそう。オマキザルの仲間で、もう一種だけ、紹介するのを忘れていました。先ほどのウアカリに比較的近縁の種である、モンクサキです。

灰色のばさばさの毛皮に、ひどく憂鬱そうな顔をした、およそ見栄えのしないサルなのですが、これが見事なくらい森氏に生き写しなのです。もし動物図鑑を見る機会があったら、忘れずにチェックしてみてください。

次に、蜷川教授の仕事について。

とにかく、一刻もじっとしていない人であり、まだ、落ち着いて話を聞く機会にも恵まれていません。ですから、あまり迂闊なことは言えないのですが、僕の見たところ、教授の頭の中には独特の文明史観があるようです。カミナワ族のように、先史文明を受け継いでいる可能性のある部族を探してフィールドワークを行っているのも、それを実証するためであるようです。

教授の文明史観がどんなものか、正しく要約できる自信はとてもないのですが、簡単に言えば、『生存』と『幸福』という必ずしも一致しない二つの欲求の相克によって、人類の文明が発達してきたというものらしいです。

脳は常に、過剰なまでに『快感』、『満足』、『幸福』を求めたがるのですが、あまりにもそちらに傾きすぎると、『生存』のためには不適格な行動をとることになりかねず、淘汰されてしまいます。

人類は、この二つの目標の間でバランスを取ろうとして、どちらにも、ほぼ同じくらいの努力を傾けてきました。一方では、『生存』を希求するために、外敵や災害、飢え、疫病などに備え、もう一方では、心の平穏を得るために、『文化』を作り出したのです。

多くの人が薄々感づいていたように、最も手堅い戦略は、まず、『生存』のために必要充分な資源を確保しておき、『幸福』の方は、なるべくお金やエネルギーをかけずに処理することでしょう。ですが脳は、それではなかなか満足してくれません。

世界の多くの文明は（偏執的に物質を崇拝する西欧文明以外ということですが）、このジレンマを解決するため、ヨガや瞑想などのチープな方法によって、内的世界の探求に向かいました。さらに、その一助として薬品を用いる、いわゆるドラッグカルチャーというものも数多く存在していました。

蜷川教授は、古代アマゾンには、蛇を信仰する特異な密林文明が存在していたと考えています。そして、そこでは、何か特別な種類の麻薬を使うことによって、『幸福』への欲求を完全にコントロールしていたのではないかと。これは、教授が長年かかって、大昔に存在していたという『理想郷』に関するインディオたちの口承を集め、分析・推理した結果です。（残念なことに、物質循環の激しいアマゾンでは、木製の遺物の類は、あっという間に朽ちて土に還ってしまうので、物的証拠はほとんど残っていません）

カミナワ族に限らず、アマゾンのインディオたちは、世界で最も古くから麻薬を使ってきた民族として知られています（そのせいか、現在では麻薬カルテルと契約して、コカインを密栽培している部族などもあります）。しかし、太古にここ、ブラジル領アマゾンの最深奥部に存在していたドラッグカルチャーは、インディオとはまったく別の人種による、遥かに洗練されたものだったそうです。

古代のアマゾンに密林文明が存在したという傍証は、いくつか存在します。

たとえば、ここからはずっと下流の密林の中にあるモンテアレグレ洞窟では、幾何学模様や人間の手形、キメラ、霊能者などの人物像が赤や黄の明るい色で描かれた、美しい壁画が発見されています。同じ場所で見つかった矢尻や魚の骨などに対して、米イリノイ大学のアンナ・ルーズベルト教授らがアイソトープによる年代測定を行ったところ、約一万一千年前のものであることが確認されています。これは、中米のアステカ文明やマヤ文明、南のインカ文明、ナスカ文明は言うに及ばず、現在までに知られているどんな文明よりも遥かに古いものです。

また、アメリカの人類学者ラスラップは、アマゾンの諸部族を言語学的に調査した結果、アマゾン川本流の中流域には、紀元前五千年ごろに、農業を基盤とする熱帯文明が存在していたという仮説を立てました。この文明は、サツマイモやマンジョーカといった栄養価の高い作物の栽培が始まるとともに、徐々にアマゾンの各支流や上流域へも広がっていったと考えられています。

アマゾン川をどんどん遡ってペルー領に入ると、源流の一つであるウヤカリ川のさらに源であるウルバンバ川の上流には、アンデス文明の石積み遺跡として世界的に有名なマチュピチュがあります。インカ帝国の首都クスコを守る、要の防塞だったらしいのですが、マチュピチュの砦はどれも、アンデス高原ではなくアマゾンの密林側に向かって築かれています。これは明らかに、インカ帝国を脅かすほど強大な文明が、古代にアマゾンに存在していたことを示すものです。

それでは、彼らが使っていた麻薬とは、どんなものだったのか？　そして、なぜ、彼らは滅びてしまったのか？

残念ながら、その答えは、まだ見つかっていません。しかし蜷川教授は、その鍵は、先に挙げた場所のちょうど中間地点である、ここブラジル領アマゾン最深奥部にあると考えています。どうですか？　少し、わくわくしてきませんか？

我々は、けっして無意味にジャングルをうろついているわけではないのです。

赤松先生の研究については、また稿をあらためて。

件名・lunatic night

送信日時・1997.3.8.23：39

何から書き始めたらよいのでしょうか。

とにかく、ひどい目に遭いました。しかし、その時のことは、今も強烈な印象となって心に焼き付いています。

今からちょうど一週間前のことでした。我々五人は、三日間の予定で、カミナワ族の集落から北東へ二、三十キロ離れた地点までフィールドワークに出かけました。五人というのは、蜷川教授、赤松助教授、森助手、カメラマンの白井さん、それに僕です。

専門も興味も違う五人が、どうして同じ場所に出かけるのかと思われるかもしれませんが、ジャングルの中で単独行動はできませんので、班の中でお互いに行きたいところを話し合い、折り合いをつけることになるわけです。(最終的に誰の意向が通ることが多いのかは、言うまでもありません)

我々は、二艘の船外機付きのゴムボートに分乗して、ソリモンエス川の源流の一つであるミラグル川を遡っていきました。蜷川教授が、カミナワ族から、ミラグル川の上流に古代文明の痕跡らしきものがあると聞いたためです。また、このあたりは、絶滅に瀕しているアカウアカリとシロウアカリの生息域にも当たっているため、森氏にも否やはありませんでした。

ところが、十年ほど前にミラグル川の調査がなされたときとは、川の流れがすっかり変わってしまっていたのです。後でわかったのですが、うねうねと蛇行していた流れの一部が切り離されて小さな湖となり、川の流れは別の位置にショートカットを作っていたのでした。

このため、上陸すべきだった地点を見過ごしてしまい、道を間違えたことがわかったのは、かなり行きすぎてからでした。

すぐに引き返せばよかったのでしょうが、蜷川教授は、強く上陸することを主張しました。そこから見える小高い丘の地形が、カミナワ族の話にあった古代の遺跡によく似ていたらしいのです。さらに、周囲の地形を調べると、ほんの五十メートルほど離れた場所に別の川の流れがあることがわかりました。その流れは、丘の方へ続いています。我々は、そこまでゴムボートを移動させ、さらに遡ってみることにしました。

アマゾンには、本流以外にも無数の小さな川（とは言っても、利根川や信濃川クラスはざらですが）が集まっています。それら網の目のように張り巡らされた源流、支流は、水の色によって『白い川』、『黒い川』、『緑の川』の三種類に分けられます。

ミラグル川や下流のソリモンエス川などは典型的な『白い川』で、実際には、黄河のような黄褐色の濁流です。『白い川』は別名『肥えた川』（リオス・ファルトス）といい、中性ないしは弱アルカリ性で、豊富に栄養塩類を含んでいます。このため、魚影も濃く、多種多様な生物が暮らしています。

これに対して、『黒い川』は、ちょうど薄いコーヒーのような色合いです。

『黒い川』の上流には、必ず浸水林（イガッポ林。バルゼアと違い、一年中水没している森）があり、大量の落葉が川に降り注いでいます。ところが、栄養塩類に乏しい土地に生育する植物は、草食動物による食害を防ぐために、葉に自己防衛のための物質を蓄えます。つまり黒い色は、落葉から溶け出したタンニンやフェノールなどの有毒物質の色なのです。その上、強酸性で栄養塩類に乏しいこともあって、『黒い川』にはほとんど生き物が棲めません。このため、『黒い川』は、『飢餓の川』（リオス・デ・フォーメ）とも呼ばれています。

（『緑の川』は、透明度の高い中性の川らしいのですが、残念ながら、実物を見たことがないのでよくわかりません）

我々が発見した新しい川は、『黒い川』のようでした。

それを実感したのは、数時間遡ってボートを下り、夜営のためにテントを張ってからのことでした。

アマゾン探検は、機動性を確保するために、少人数、軽装備が常識です。そのため、食料も最小限しか持ってこず、後は『現地調達』するのが常でした。そこで、いつも通り赤松先生と森氏が川に釣り糸を垂れたのですが、まったく当たりがありません。

やむを得ず、その晩は、持参したわずかな量のレトルト食品で空きっ腹を宥めて、寝ました。

翌日、我々は『黒い川』を下り、元来た地点に戻ろうとしました。ところが、どこまで行っても、目印を付けておいた場所に出ません。流れが思ったより急だったせいで、またもや行きすぎてしまったのでした。再度川を遡り、ようやく目印の旗を見つけましたが、その時には、とっぷりと日が暮れようとしていました。

しかも、運の悪いことに、ゴムボートを急に方向転換しようとしたときに、危うく転覆しかけ、貴重な弾丸をすべて川の中に落としてしまったのです。

帰り道はわかりましたが、銃が使えない状態では、ジャガーに出くわすと危険です。結局、もう一日、夜営することになりました。

適当な場所を探して、そこから少し川を下ると、小さな沢がありました。川の流れから少し外れたところに、浅瀬が広がっていて、岸にはテントを張るのに充分なスペースもありました。そのあたりは、雨期になると水没する湿地林（バルゼア）のようでした。バルゼアは普通、アマゾンでは例外的に肥沃な土地なのですが、ここでは、川自体に栄養塩類が少ないために、植物の成育状況はむしろ貧弱で、どことなく見捨てられた土地のような感じがしました。

もう、食べるものは何もありません。我々は、ジャガー避けに起こした焚き火のまわりで、空きっ腹を抱えて集まりました。みな、不機嫌にむっつりと黙り込んでおり、心なしか、僕を見る目が冷たいように感じられました。（言い忘れましたが、ゴムボートを転覆させかけたのは僕です）

日が落ちてからしばらくは、森の中は、ねぐらに帰った無数の鳥の囀りで満ちていました。ヒチコックの映画を思い出すような騒々しさです。やがてそれが収まると、静けさが訪れました。耳に達するのは、間歇的に遠くで聞こえる獣の咆哮と、虫の音だけ……。

そんなときでした。天の恵みのように、我々の前に一頭のサルが現れたのは。

空には満月が輝き、川面を照らしています。さざ波が反射するきらきらした光の粒子を受けて、サルはゆっくりとこっちに近づいてきました。

不気味さに総毛立つような気がしました。ほかの隊員たちも同じ思いだったのでしょう。しばらくの間、誰一人として言葉を発しませんでした。

サルは頭から尾の付け根までが五十センチくらいで、体はふさふさとした茶色の毛皮に覆われていましたが、異様だったのは、その頭部です。一本の毛も生えておらず、しかも陶器のように蒼白なのです。

それはまるで、髑髏の頭を持った死神が、我々に向かってゆっくりと四つ足で歩み寄ってくるかのようでした。

「ウアカリか?」と、森氏が息をのむように囁きました。

「でも、あの顔は……?」

後で聞いたのですが、そのあたりに分布しているはずの二種類のウアカリ、アカウアカリとシロウアカリは、ともに鮮紅色かピンクの頭部を持っています。他には、黒い頭部を持つクロウアカリという亜種がありますが、白い頭のウアカリというのは、まだ知られていないそうです。その時の個体は、もし新種でなかったとすれば、突然変異か、あるいは怪我か病気のために重度の貧血に罹っていたのかもしれません。

ウアカリは、恐れげもなく我々の近くまで来ると、地面に腰を下ろしました。もう、我々との距離は、ほんの四、五メートルほどです。

あらためて、銃の弾丸を失ってしまっていたことが悔やまれました。サルは、ジャングルではご馳走の部類です。ウアカリの成獣を一頭射止めれば、全員の食欲を満たすのには充分すぎるほどでしょう。

この時には、煌々と焚き火に照らし出されて、ウアカリの顔の細部まではっきりと見て取ることができました。仲間と喧嘩でもしたのか、無毛の頭部には、爪痕のようなミミズ腫れが何本も蛇行していました。

「こいつ、頭がおかしくなってるのかな」

誰かが呟きました。

そう言うのも無理ないほど、ウアカリの態度は奇妙でした。落ち着き払って地面に座ったまま、奇妙に作り物めいた茶色の大きな目で、じっとこちらを見ています。

蛯川教授が立ち上がりました。手には銃を持っています。足音を立てないようにしながら、ウアカリを迂回するように大きな円を描いて、そっと背後に回り込みます。我々は、固唾をのんで見守りました。

ウアカリにも当然、教授の動きは視野に入っているはずですが、微動だにしません。

蛯川教授は、ウアカリの真後ろに来ると、すばやく背後から忍び寄りました。

その時、ウアカリが上唇を捲り上げ、歯を剝き出しました。しかしそれは、威嚇というよりは、まるで笑っているかのように見えました。

次の瞬間、蛯川教授が振り下ろした銃の台尻が、鈍い音を立てて、ウアカリの剝き出しの頭部を打ち砕きました。

蛯川教授は、無造作に死骸をぶら下げて焚き火のそばに戻ってくると、ベルトに挟んでいた大きなシースナイフを引き抜きました。慣れた手つきで幅広の刃を胴体に差し込むと、巧みに皮と肉の間を広げていきます。さらにそこから強く息を吹き込むと、毛皮は風船のように膨らんで剝離しました。あとは、縦横に大きく切り開いて、脱がせるだけです。

次に、四肢の付け根の周囲にも浅く刃を入れて、まるで夜会用の長手袋やストレッチ・ブーツを脱がせるように、易々と手足の皮を剝ぎ取っていきます。

マントのような毛皮がなくなってしまうと、ウアカリの死骸は、無惨なまでに幼児にそっくりでした。

教授は、ナイフの先端を巧みに使って、手足の付け根や首筋にある臭腺を取り去ってから、山刀（マチュテ）で頭部と四肢を切断し（思ったほどは血が出ませんでした）、ぶつ切りにしました。

今度は各自、骨付きの肉や肝臓などを木の枝に突き刺すと、ざっと塩を振りかけて、焚き火で炙って食べました。

我々は、車座になってウアカリの肉を咀嚼しながら、飢餓を満たす強烈でどこか官能的な喜びとともに、わけのわからない罪悪感に襲われていました。そう感じていたのが僕だけではない証拠には、肉にかぶりつきながらお互いに目が合うと、みな後ろめたそうに目をそらすのです。

手足は、焼いてしまうとますます人間そっくりになったため、全員、目を瞑って、肉の味だけを噛みしめて食べていたようです。しかし、頭だけは、さすがに誰も食べられなかったらしく、最後まで残っていました。

星空の下、圧倒的な闇の広がりに吸い込まれていくような、焚き火のゆらめき。ぱちぱちと薪の爆ぜる音。遠くでときおり聞こえる、獣の叫び声。そして、血腥い臭気と複雑に入り交じった、肉の焼ける匂い……。

あの晩のことを今思い出してみると、感覚としての印象は鮮明に残っているのですが、それとは逆に、どこか夢の中の出来事だったような不思議であやふやな感じがします。

あれ以来、僕の意識の中では、確かに何かが変わりつつあるようです。

あの晩、アマゾンへ来て初めて、自分が大きな自然の一部であることを実感したような気がします。

人間の生や死は、大きな自然の循環の中では、ほんの一部に過ぎません。そう思うと、なにやら心が軽くなった気がします。

今はただ、一刻も早く君の元に帰りたい。

件名：euphoric season
送信日時：1997. 3. 23. 12：52

雨期を愛する人は、心浮きたつ人。ピンクのアマゾンカワイルカのような僕の友達。
乾期を愛する人は、歓喜にあふれる人。深紅のヘリコニアのような僕の恋人。
（多少、字余りです）

何を浮かれているのかと、さぞかし呆れられていることでしょう。しかし、長かった雨期が、ようやく終わりを告げようとしているのです。アマゾンの花は乾期に開花するものが多く、これからがいよいよ、一年で一番美しい時期に入るのですよ。

アマゾンにいられる時間も、後わずかとなりました。もう二度と来る機会はないかもしれません。（新婚旅行がアマゾンというのは、さすがに君も賛同してくれないでしょう？）そう思って、最近では寸暇を惜しみ、身近な自然を観察するようにしています。

今になって、見るもの聞くもの、すべてが新鮮に感じられるというのは、いったいどういうことでしょうか？

以前の僕には、たとえ網膜には映っていても見えておらず、鼓膜を震わせても聞こえていなかったのかもしれません。

世界が、これほど美しかったということを。

ミクロコスモスの集合体。

それが、アマゾンです。

ミクロコスモス。

それも、無数の小さな世界が寄り集まって一つの世界を構成し、全体として調和を保っている。

ロシアのマトリョーシカ人形のような、入れ子構造。

ブロメリアという植物があります。

葉っぱが重なり合って深いロゼットを作っており、その中に雨水が溜まっています。そこが、生き物たちにとってのミクロコスモスなのです。日本でも、よく野ざらしの空き缶や古タイヤの中でボウフラが育っていますが、あれとは違います。

森の中に無数に存在する一つ一つのロゼットが、命を生み出す子宮であり、完璧に独立した小宇宙を作っているのです。あとは少量の水さえあれば、そこは、生き物にとっては大海と同じです。

水さえあれば。

ブロメリアの中からは、ボウフラや、ナメクジのようなものだけでなく、アマガエルやサンショウウオ、カニまで見つかることがあります。そのうち、魚やワニやイルカが見つかるのではないかと、楽しみにしています。ははは。

僕は、今初めて自分のロゼットから頭を出して、近眼の赤い目で懸命に広大な世界を見渡そうとしているカエルのようなものです。

ブロメリアも、美しい花をつけます。

赤い花です。

君に送りたいと思いました。

件名：nightmare
送信日時：1997. 3. 28. 23：12

昨夜、恐ろしい夢を見ました。

前から不思議に思っていたのですが、実生活で悩みが多いときには、奇妙に楽しい夢を見るものですね。逆に、順風満帆の時の方が、悪夢を見ることが多いようです。

夢の中で、僕は、密林を縫うアマゾン横断道路の上を歩いています。二車線で赤土がむき出しの未舗装道路ですが、ジャングルの中を何百キロも蜿々と延びており、どこまで行っても果てしがないように思われました。

すると、頭上で羽音のようなものが聞こえました。

僕はなぜか危機感を抱き、足を早めます。しかし、体は遅々として前進しません。

また羽音。

それに続いて、奇妙な呪詛のような声が聞こえました。

何を言っているのかは、よくわかりません。何人かの人間が、ぺちゃぺちゃおしゃべりをしているようです。

また、羽音がしました。

今度は、前よりも強くなっています。

僕は、必死にアマゾン横断道路の上を走りました。

紺碧だった空が、急に真っ黒に変わりました。何かが舞い降りてきます。

隠れる場所はありません。

立ち竦んで上を見上げようとしたとき、目が覚めました……。

夢自体も奇妙なものでしたが、もっと変だったのは、目が覚めてからもしばらくは、囀りが、耳鳴りのように聞こえ続けていたことです。

まあしかし、そんなことは、別に気にするほどのこともありません。

今、気分は爽快です。

食欲も旺盛で、朝、昼、晩と以前の倍くらいは食べています。これは、我が班の探検隊員全員に共通の現象で、昼食時には、見ているカミナワ族が目を丸くするくらいです。

夜もよく眠れます。昨日はたまたま悪夢を見ましたが、それ以外は、赤ん坊のようにぐっすり眠っています。

ただ一つ困ったことは、もう一つの根源的な欲求が、これまでになかったくらい高まっていることです。

ほとんど四六時中、君を抱くことを考えています。以前は少しく発想に乏しく、淡泊すぎたきらいがあります。今度会ったときは、ぜひ、いろいろなことを試してみたい。

今度のクリスマスには、君にケーキになってもらうというのは、どうでしょうか？

しかし、残念ながら、インターネットのセキュリティの問題を考えると、これ以上書くわけにはいきません。

この先は、再会したときのお楽しみに取っておきましょう。君にもぜひ、何か斬新なアイデアを期待しています。

愛を込めて。

件名：removal

送信日時：1997. 4. 2. 11 : 19

トラブルがあったので、ここを引き払わなくてはならなくなりました。

友好的だったカミナワ族の態度が、豹変しました。

理由は、よくわかりません。通訳も困惑するばかりです。どうやら、我々が、道に迷ったときに夜営した場所が「呪われて」いたとか何とかいうようなことなのですが……。

とにかく、我々が「穢れて」いるので、すぐに退去しろということです。彼らの様子から見て、応じなければ、非常に危険な事態を招きそうです。

あと少しで日程を終了できるというときに、こんなことになって、たいへん残念です。

現在、この村にいるのは我々五人だけなので、川を下って、マナオスで別働隊と合流する予定です。

また、連絡します。

一章　死恐怖症（タナトフォビア）

北島早苗は、病室の入り口で立ち止まった。

右手奥の窓際にあるベッドに、青いパジャマを着た少年が腰掛けている。外を眺めているのだろうか。身じろぎ一つしない後ろ姿は、いつにもまして小さく見えた。

病室には、ほかに誰もいなかった。検査でなければ、どこかで息抜きでもしているのだろう。普通の病棟なら六人部屋にする広さだが、ベッドは四隅に一つずつしかない。患者が全快して退院することのないホスピスならではの、ささやかな贅沢（ぜいたく）だった。

「康之（やすゆき）くん」

早苗は明るい声で呼びかけた。少年は目元を手で擦（こす）ってから、ぱっと振り向いた。ふっくらと頰（ほお）の膨らんだ丸顔には、いつもと変わらない人懐っこい笑みを浮かべている。だが、下瞼（したまぶた）に貼（は）りついた睫毛（まつげ）だけが、妙に黒々としていた。

「何してるの？」

「別に……外見てた」

「何か面白いもの、見えるの？」

「桜並木」

実際には並木と言えるほどのものではなく、病院から少し離れた駐車場のわきに、貧弱なソメイヨシノが四、五本植わっているだけだった。すでに満開をすぎていて、白い花弁が散ってしまった隙間(すきま)から、緑の葉が目立つようになっていた。

「もうお花見向きじゃないけど、ああいうのも悪くないわね」

早苗は、少年の横に立って、窓の外を眺めた。

「うん」

思ったより日射しが強く、目を細める。少年は眩(まぶ)しくないのだろうか。ついつい、目にも症状が現れつつあるのではないかと、心配してしまう。

「排気ガスもひどいのに。何だか、一生懸命咲いてるっていう感じね」

「うん。……見られてよかった」

少年は小さな声で言った。

早苗はとっさに言葉を返すことができなかった。少年には、もはや来年の桜の花を見られる可能性は残されていない。はっきりと本人に告知はしていなかったが、頭のいい子だから、とうに察しがついていることだろう。彼は明らかに、見納めの意味で桜を眺めていたのだ。

桜の花は、日本人にとっては、散りゆくもの、儚(はかな)いものの象徴であり、どうしても死を連想させてしまう。早苗は一瞬、駐車場の持ち主に掛け合って、別の木に植え替えてもらおうかとさえ思った。

だが、ホスピスや隣の一般病棟の入院患者には、窓から見えるあの桜を楽しみにしている人も多い。彼らの楽しみを奪ってしまうのが、はたしてよいことだろうか。それに、あれがなくなってしまうと、このあたりの景色はますます殺伐となるに違いない。

「康之くん。夜は、ちゃんと寝られてる？」

「うん」

「頭痛は？　もし、ひどいようだったら言ってね。お薬出してあげるから」

「うん。だいじょうぶ」

少年の顔には、これ以上薬はのみたくないという気持ちが表れている。それも無理はないだろう。毎日、ジドブジンを四回静脈注射している上に、ｄｄＩとｄｄＣを各二回服用しなければならず、ペプタイドＴなどの神経機能改善のための補助薬や、リタリンなどの抗鬱剤、各種のビタミン剤なども入れると、薬漬けの状態と言ってもいい。

「ほかには、どこか変わったことはない？　手足が痺れるとか？」

「うん。今んとこ、ない」

ときおり起こるひどい頭痛以外に目立った症状が出ていないというのは、少年の病態を考えれば僥倖と言えた。今ごろは、半身麻痺に陥っていたり、言語障害や記憶障害、意識の混迷などの症状が出ていても不思議ではなかったからだ。

現に、先週まで隣の病室にいた二十代の男性は、まったく同じ疾患から人格に崩壊に近い変化を引き起こして、最後の一月ほどは、ほとんど情動欠損の状態だった。いくら早苗が話しかけても反応はなかったし、この世のすべての事柄に興味を失ってしまったようだった。

だが、少年にとって、はたして今の状態が幸運だと言えるのだろうか。

清明な意識のまま、迫り来る死を見つめなくてはならないということが。それも、まだ十一歳という年齢で。

「前の家の近くにも、桜並木があったんだ」

　少年が、ぽつりと言った。

「へえ。きれいだった？」

「うん。川があって、その土手の上。ジローをつれて、夕方よく散歩に行った」

「ジロー？」

「柴犬。早苗ちゃんに言ったことなかった？」

「うん。初めて聞くわ」

「馬鹿だから、おんなじお客さんが何べん家に来ても、絶対覚えないんだ。来たときにはきゃんきゃん吠えるんだけど、帰りにはシッポを振るんだよ。さっきは吠えたりしてごめんなさいっていう感じで。でも、その次同じ人が来たときも、やっぱり吠えるんだけどね。でもでも、可愛いとこもあったんだよ。僕とかお姉ちゃんが学校から帰ると、飛び回って喜んで。僕が家ん中を通って裏庭に行くと、ジローが外を走って先回りしてるんだ。また玄関の方に走ってくと、やっぱりジローが先に来てるんだ。フィラリアで、死んじゃったけどね」

「そう……」

「訓練して少しでも利口にしようと思って、裏山にもよく連れてったなあ。木の枝とか投げると、ジローはすごい勢いでダッシュして行くんだ。でも、帰ってくるときには、たいてい手ぶらって言うか、手じゃないな、何て言うの？　口ぶら？　何もくわえてなくて。見つからなかったのか、忘れちゃったのか、どっちかわかんないけど。でも、何となく自分がへまをしたってことだけはわかってるらしくて、そわそわして僕と目を合わせないようにしてるんだ」

少年の話を、早苗は痛ましい思いで聞いていた。老人の昔語りとは違い、彼が懸命になって回顧しようとしている生涯は、あまりにも短かった。

彼は、ふいに口をつぐんだ。目をつぶって、記憶を探ろうとしている。

「最近、いろんなことが、よく思い出せないんだ……。お父さんやお母さんのこととか、お姉ちゃんやジローと遊んだときのこととか」

「きっと、お薬のせいよ。いっぱいお薬をのんでいるから、一時的に頭がぼーっとしてるだけだと思うわ」

それが一時の気休めにすぎないことは、早苗にはよくわかっていた。もうしばらくすると、彼がこの世に生きてきたよすがである追憶に浸ることさえ、思うにまかせなくなるだろう。

「でも、僕には、一番大事な思い出なのに……」

少年は何かを言おうとしたが、それ以上は言葉にならない。唇が震えていた。

「早苗ちゃん。僕、怖いよ……」

早苗はベッドに腰掛けると、少年をしっかりと抱きしめてやった。追いつめられた小動物のような小刻みな震えが、胸に伝わってきた。

少年は、本当ならばこれから人生が始まるという年で、すべての終わりを受け入れようとしていた。それに対して、早苗にしてやれることは、ただ、こうして抱擁してやることだけだった。

早苗が部屋に戻ると、すぐにノックの音がした。

ドアを開けると、土肥(どい)美智子が、両手に湯気の立つコーヒーの入った紙コップを持って立っていた。

「コーヒーブレイクよ。あなたの分も、持ってきてあげたから」

「すみません」

「二百五十円」

早苗は、苦笑して白衣のポケットから財布をとりだした。

美智子が、小ぶりのソファの肘掛け（ひじか）に腰を下ろす。ぎしぎしと音がした。早苗は、小柄だが太り気味の美智子の体重に肘掛けが持ちこたえられるかどうか、少し心配になった。

視線を上げると、美智子がコーヒーを啜り（すす）ながら、じっと早苗を注視していた。

「いやだわ。どうしたんですか？」

「あなた、ひどい顔してるわよ」

「まあ。失礼な」

「冗談じゃないの。患者さんに同情するのはいいけど、一緒になって苦しんでたら、あなた、そのうち燃え尽きちゃうわよ」

「だいじょうぶです。ちゃんと、気分転換もしてるし」

美智子は黙ってコーヒーを飲んでから、早苗の机の上のカルテを見た。

「上原康之くんね？」

「……はい」

隠しても意味がなかったので、早苗はうなずいた。

「誰でも、子供は特に可哀想（かわいそう）に思うものなのよ。しかもあの子は、薬害エイズの被害者なんでしょう?」

「ええ」

美智子は、カルテに目を走らせた。

「ここには、母子感染とあるけど」

「康之くんのお父さんが、血友病患者だったんです。一九八四年に汚染された非加熱の輸入血液製剤を投与されて、HIV陽性になったんですけど、大学病院からは本人に告知されなかったみたいで……」

「それで、母親にも感染したの?」

「ええ。それで、何も知らずに妊娠したために、お姉さんと康之くんも……」

「ひどい話ね。で、彼の家族はどうしたの?」

「両親とお姉さんは、三年前に亡くなりました」

「じゃあ、彼は今、ひとりぼっちなわけか」

美智子は溜め息をついた。

「それで、彼が発症したのが……ちょうど二年前か。もう少し後なら、まだ何とかなったかもしれないのに。つくづく運がなかったわね」

エイズウイルスの増殖を防ぐのに、多剤併用のカクテル療法が有効だと確認されたのは、ここ一、二年のことである。現在では、AZTのほか、四種類のプロテアーゼ阻害剤や五種類の逆転写酵素阻害剤などを併用することによって、HIV陽性であっても、長期間、エイズを発症しないようにコントロールすることが可能だった。

だが、いったんエイズを発症してしまい、さらに日和見感染が重篤化してからは、事実上、有効な治療法は存在しない。

「しかも、よりにもよって、原発性の脳NHLでは、打つ手なしだわね……」

早苗は、相槌（あいづち）を打つ気にもなれず黙り込んだ。

高度悪性群の非ホジキンリンパ腫（しゅ）（NHL）は、エイズの日和見感染で起こる三種類のリンパ腫のうちでも予後は最悪であり、特に中枢神経系が冒されている場合には、診断後の平均余命は二、三ヶ月にすぎない。

「脳のNHLって、たしか、放射線照射しか治療法がないんじゃなかったっけ」

「ええ。でも、実際問題として、ほとんど効果は望めませんし。こっちへ移ってきてからは、放射線はかけてません」

「そうか。じゃあ、あとは、どう彼の心のケアをしてあげるかだけね」

「でも、どうしたらいいのか、私にはわからないんです」

早苗が手に持ったままの紙コップの中では、コーヒーが複雑な波紋を作っていた。

「康之くんは、はっきりと、死が目前に迫っていることを知ってます。必死で運命を受け入れようとしてるんですけど、若いから、まだ生きようとする心のエネルギーが強くて、それで、ひどく苦しんでるんです。それなのに、私にも泣き言一つ言わないんです。何だか、それを見てるだけで辛（つら）くて……」

早苗は絶句した。

「やっぱり、あなたにも心のケアが必要だったようね」

美智子は微笑(ほほえ)んだ。

「すみません」

「何も、謝ることはないわよ。ただ、ここでは、たくさんの人をできるだけ心安らかに向こうへ送ってあげることが仕事でしょう？　誰でもいつかは死ぬんだからね。あなたも、私も。そのたびに神経をぼろぼろにしていたら、終末期医療(ターミナル・ケア)は務まらないわよ」

「はい」

美智子は立ち上がった。ソファの肘掛けに腰掛けていたときと、さほど頭の高さは変わらない。

「だいぶ寝不足みたいだから、少し仮眠を取った方がいいわね。薬の処方は、お手のものでしょう？」

「ええ。ご心配いただいて、すみません」

「じゃあね」

美智子は、部屋を出ていこうとした。

「あの。先輩」

「何？」

「私の愚痴を聞いて、気持ちが軽くなるようにするために、わざわざ来てくれたんですか？」

「そうよ」

「すみません。いつもお気遣いいただいて。私なんて、人の心を救いたいだとか、大きなこと言ってホスピスを志願したのに」

美智子は首を振った。

「あなた、人間は何のためにネットワークを作って生きてると思う？」

突然の問いに、早苗はとまどった。

「それは、その方が、情報を効率よく伝えられますし……」

美智子は、鼻で笑った。

「あなたもやっぱり、インターネットなんかで毒されてる口だわね。情報なんて、しょせん九割は屑で、残りも毒入りじゃない。人間と人間のネットワークというのはねえ、情報網なんてものじゃなくて、トランポリンのネットなの」

「……はあ」

「何があっても、一人で受け止めようなんて思ったらだめ。潰れちゃうからね。そんな時は、まわりの人に少しずつショックを分担してもらって、ネット全体で、ぼわんと吸収すればいいの。わかった？」

「はい」

「それから、先輩なんて呼ぶんじゃない。前にも言ったでしょう？　私は女子校の時に嫌な思い出があって、その言葉を聞くと、今でも背筋が寒くなるのよ」

どんな思い出なのかは、聞きたいような聞きたくないような気分だった。早苗は「わかりました」とだけ言い、ドアが閉まってから「先輩」と付け加えた。

胸につかえていたことを話しただけでも、だいぶ気分がすっきりしたようだ。美智子先輩には、感謝しなくてはならない。

早苗は大きく伸びをした。

土肥美智子は、早苗の大学の先輩だった。科目も同じ精神科だが、二十九歳の早苗より一回り年齢が上であるため、知り合ったのはここへ来てからだった。専門である思春期の心の危機については何冊も著作があり、（メディアに媚びているという、やっかみ半分の批判にさらされながら）新聞にコラムなどを執筆することも多かった。また、早くから終末期医療にも関心を持って、（保守的な層の反発を受けながらも）様々な提言を行っていた。そのため、ここ聖アスクレピオス会病院の緩和ケア病棟が、日本で初めてのエイズの末期患者専用のホスピスとして開設されたとき、院長から三顧の礼で迎えられたという噂だった。

仮眠を取るようには言われたものの、実際のところ、そんな暇はなかった。これから、内科医や神経科医たちと、ホスピスでの今後の治療方針について協議をしなければならない。早苗は、エイズ脳症の治療だけでなく、患者の精神的苦痛を取り除くためにも、積極的に抗精神薬を用いていきたいという考えを持っていたため、医師たちを納得させるだけの理論武装が必要だった。

彼女は、机の上のノートパソコンの蓋を開けて、スリープ状態から目覚めさせた。ふと、いつから電源を入れっぱなしだったのか気になった。パソコンも人間と同じで、あまり長時間働かせていると、疲れて具合が悪くなる。肝心なときに限って、重度の昏睡状態に陥ったりするのだ。それを防ぐためには、ときおりOSを終了させ、電源も切って休ませてやるのがよいらしい。だが、人間が相手ならともかく、何が悲しくて、機械のメンタル・ヘルスにまで気を配ってやらなくてはならないのかと思う。

とりあえず、メールをチェックしてみた。朝一番で見たばかりだったが、その後すでに八通来ていた。医局からの連絡事項。製薬会社のニューズレター。薬剤師の問い合わせ。どこで調べてくるのか、あなたにふさわしい収入と社会的地位の男性を紹介しますという、お見合い業者からの勧誘……。

だが、高梨からのメールはなかった。ここ一週間ほど音信不通だったが、最後のメールの内容が、現地人との間にトラブルが発生したなどという不穏なものだっただけに、ひどく気にかかっていた。

文書ファイルを開いて看護計画についてのメモを作成している間も、早苗の脳裏には、ずっと高梨のことがちらついていた。

少し気分を変えようと思い、パソコンはそのままで部屋を出た。洗面所の鏡の前に立ち、つくづくと自分の顔を眺める。額が広く目が大きいのに比べて鼻も口も小作りなために、年齢より若く見られることが多い。にっこりと笑ってみた。土肥美智子に、ひどい顔だと言われたのが気になっていたが、これなら、そう悪くない。

口紅をきれいに引き直してから、少し左右を向いた顔もチェックする。高梨と会う前は、いつも同じことをしていたのを思い出した。

いつのまにか、心は、彼のことでいっぱいになっていた。

高梨が颯爽と文壇にデビューしたのは、まだ大学に在学中の、弱冠二十歳のときだった。処女作のタイトルは、『Implosion』である。辞書によれば、『Explosion』の反意語で、

『内破』とか『爆縮』などと訳すらしい。

あらゆる人間関係に背を向け引きこもっている若者の、ひたすら内攻していく心の襞(ひだ)を描いた作品で、あまりにも自閉的な世界は、広く一般に受け入れられたとは言えないものの、純文学の最高権威とされる賞の候補作品にもなり、文芸作品の慢性的不振の中では、まずまずの売れ行きを示した。

早苗は当時、まだ小学生だった。とりわけ早熟な文学少女というわけでもなかったが、夏休みの読書感想文を書くために書店で本を物色しているときに、受験と青春という、当時の最大関心事がテーマの一部を成していることに興味を引かれ、たまたま手に取ったのだった。

一読して、頭の中には混乱した印象が残った。これといった筋があるわけではないし、はっきりしたモデルがあるらしいリアルな人物と戯画的なキャラクターが混在していて、いかにも未完成な感じがした。だが、読後日が経つにつれ、なぜか彼女の頭の中では、作品のイメージが膨らんでいった。表面的な不整合や瑕疵(かし)の陰に隠れていた暗い煌(きら)めきのようなものが、いつまでも消えない残像となって心に残ったのである。

もっとも多感な時期に読んだ本の影響力は大きく、早苗はその後も、高梨の作品を読み続けた。

高梨は、デビューしてしばらくは、純文学誌に実験的な作品を発表していた。単行本化された際の売れ行きも概して悪くはなかったが、作風を一転して、『銀色の夜(シルバリー・ナイト)』という都会的なテイストの恋愛小説のシリーズを書き始めてからは、若い女性を中心に多くの読者を得るようになった。新作が出れば、短期間ながらベストセラーのリストにも上るようになり、いくつかの作品は、テレビドラマ化や映画化もされた。

早苗は、少々複雑な感慨を抱いていた。自分が早くから認めていた作家がメジャーになるのは、うれしいことには違いなかったが、反面、掌中の珠（たま）を他人に奪われたような気分にもなった。それに、『銀色の夜（シルバリー・ナイト）』シリーズもけっして嫌いではなかったものの、読者に対する妙な迎合が目につく分、『Implosion』で感じた迸（ほとばし）るような才能の輝きは、かなり薄まっているように感じたのだ。

早苗が最初に高梨に会ったのは、まだ十九歳の医学生のときだった。たまたま、早苗がアルバイトをしていた塾の経営者が、高梨と高校の同級生だったため、せがんで、引き合わせてもらったのである。

『Implosion』を読んで以来、早苗の中では著者がどんな人なのだろうかという興味が膨らんでいたが、当時流行だったキリギリスのような色のスーツで現れた高梨は、神経質で繊細な文学青年という想像からは程遠かった。社交的で洒脱（しゃだつ）、退屈しないように女性をもてなす術を知っている男性。だが、生き生きと内面を映し出す茶色の目と、棋士のように白く細長い指だけは、なぜか想像通りだった。

高層ビルのホテルのバーでは、高梨は、早苗を一番よく夜景が見える位置に座らせてくれ、様々な話題で楽しませようとした。だが、その大半は、早苗が聞きたいと思っていた小説の話ではなく、いかにも若い女性が好みそうな、ファッションやグルメの話だった。おそらく、早苗を『銀色の夜（シルバリー・ナイト）』シリーズのファンだと思いこんでいたのだろう。

話題が一瞬とぎれたとき、早苗は、思い切って『Implosion』の話を持ち出してみた。まだ小学生だったので、読んでいる最中はよく理解できなかったが、読後、自分の中で、イメージがどんどん膨らんでいったことに驚いたと。

そのときの高梨の表情の変化は、印象的なものだった。薄茶色の目には、素朴な驚きと照れ、矜持(きょうじ)と恥ずかしさが入り交じったような色が、次々に交錯した。世慣れた大人の仮面が剝(は)がれ落ち、実際はろくに世間を知らないまま作家になってしまって、当惑している少年の素顔が覗(のぞ)いたのである。

早苗の目には、九歳も年上の男性が、庇護(ひご)を必要としている子供のように映っていた。そして、自分の思いこみが間違っていなかったことを確信した。『銀色の夜(シルバリー・ナイト)』シリーズは、いわば口過ぎの仕事にすぎず、高梨は、いずれは、もっと素晴らしい作品を書くつもりに違いない。彼を励まし、その手助けができたら、どんなに嬉(うれ)しいだろうか。

だが、結局そのときは、言いたかったことの十分の一も言えず、シリーズ最新刊の『天使は舞い降りた』にサインをもらっただけに終わった。早苗はあとでお礼の絵葉書を出し、返事をもらったが、二人の関係がそれ以上に進展することはなかった。

その後、高梨の小説は、徐々に書店の店頭で見かけることが少なくなっていった。気にはなっていたものの、早苗自身も将来の夢に向かっての勉強で忙しく、いつのまにか、小説からは遠ざかっていた。

早苗が高梨に再会したのは、最初の出会いから六年後のことである。早苗は、二十五歳になり、母校の大学病院の精神科にインターンとして勤めていた。

たまたま、休日に神田の書店で精神医学関連の書棚を見ていたとき、早苗は、どこかで見たような風貌の男が隣に立っていることに気がついた。油っけのないばさばさの髪で、肘当てのついたコーデュロイの上着を着た長身の男は、真剣な表情で本に見入りながら、頬から顎を覆っている短い髭を撫でていた。

最初は単なる既視感かと思ったが、男にどこかで会ったという感じは強まるばかりだった。あまりまじまじと顔を見るのも憚られたが、ちらちらと様子を窺っているうち、男が書棚に本を戻す手が目に入った。男にしては白く、細長い指。はっとしたとき、男は怪訝そうに早苗に顔を向けた。薄茶色の目を見たときに、早苗の中で確信が生まれた。

「高梨さん」

早苗が呼びかけると、ぎょっとした顔になる。

「前に一度、お目にかかりました。松宮さんのご紹介で。北島早苗です」

不審そうだった表情がゆるんだ。

「ああ、どうも。よく覚えてますよ。本当に……久しぶりですね」

表情だけでなく、沈んだ声音も以前とは別人のようだった。

しばらく雑談した後、高梨はためらいがちに、お茶でもどうですかと申し出た。早苗は、自分でも驚くほど素直に、誘いを受け入れていた。

二人は、近くにある紅茶の専門店に入った。席についたとき、早苗は、高梨の服装が最初に思ったより金がかかっていることに気がついた。

カシミアのシャツから、畝の太いコーデュロイのパンツとジャケット、バックスキンの靴に至るまで、完璧にフィットしているところを見ると、名のある店でのオーダーメイドとしか思えない。その上、時計は金無垢のパテック・フィリップだった。高梨はなぜそんなに金回りがいいのだろうと思う。最近は、新刊本や小説誌のラインアップでも、ほとんど彼の名は見かけないのに。

早苗が、二、三十種類もある紅茶のメニューから顔を上げると、高梨は、携帯電話に接続した情報端末のディスプレイに熱心に見入っていた。

「失礼。ちょっと、前場の引け値だけ確認しておこうと思ったんです」

高梨は苦笑し、すぐに機械をしまう。

「為替か何かですか?」

「いや。株ですよ」

その言葉は、早苗の耳には意外な響きを持って聞こえた。高梨と株という取り合わせが、どうにも、しっくりとこない。

「株の取引を、なさってるんですか?」

「ええ。もっとも最近では、ポジションは、ずっとスクェアのままです」

「スクェアって?」

「売り持ちも買い持ちも、ないということですよ。現在の相場は、とても買えるような地合じゃないですし、売りから入るのも勇気がいりますからね」

株式市場が低迷を続けていることくらいは、早苗もニュースで知っていた。

「じゃあ、以前は、ずいぶん、売ったり買ったりされてたんですか?」

「ええ。本当のことを言うと、本腰を入れてやってたのは、バブルの崩壊前だけです。それ以後は、暴落して値頃感の出た銀行株なんかをちょっと売り買いした程度でね。まあ、今さら積極的に相場を張ろうという気もないんですが、何となく習慣で、株価が気になってしまうんですよ。ゴムや小豆なんかの商品先物にも少し手を出したんですが、こちらは、授業料を払ってから、とても素人の手に負える世界じゃないことがわかったんで、撤退しました」

　高梨は、ちょうど運ばれてきたキーマン・ティーに口を付けた。

「でも、株だって難しいんでしょう？」

「いやいや。全然たいしたことはありません。北島さんなら、こんな相場でさえなければ、かなり儲けられたでしょうね」

「まさか。私なんか、昔から経済には疎くて、今の公定歩合が何パーセントかも知らないくらいです」

　高梨は、笑いながら首を振った。

「そんなことは知らなくても、いっこう差し支えないですよ。必要なのは、人の心に対する洞察力だけです。あなたなら、まさに打ってつけかもしれない」

「そんなものなんですか？」

　早苗は、半信半疑だった。

「証券会社からのニューズレターなんかをご覧になったことはないですか？　株式市場の動きを記述するのに、どういう言葉が使われているか見てみれば、よくわかりますよ。たいがいこんな具合です。市場のセンチメントは、弱気と強気が交錯。先行き不安感から、神経質な値動き。大量の不良債権の存在を嫌気しての投げ売り。輸出の伸びを好感して、下値で買いが入る。

景気回復の遅れを悲観して急落。こうした言葉から、あなたは、どんな人々をイメージしますか？」

「ううん……もちろん比喩なんでしょうけど、感情的な表現が多いですね」

「ところが、単なる比喩とばかりも言えないんです。実際に、株式市場での値動きを見ていると、きわめて情緒に流されやすく、衝動的に行動する女性ばかりが売買しているように見えてくるから不思議です。……いや、女性蔑視のつもりはありませんけどね」

早苗は軽く高梨を睨んだ。

「女性イコール感情的だというのは、偏見ですよ」

「その通りです。実際、株式投資を行っているのは、大部分が男性ですから。それも、かなりの知識と経験を積んだ人々が多いはずなんです。にもかかわらず、彼らの行動は、非常にヒステリックで気まぐれです。まるで、暗闇の中で右往左往している群衆のような感じですね。ちょっとしたデマが飛んだだけでも、たちまちパニックに陥る」

人間というのは、一人一人は賢くても、群衆になったとたんに愚かな行動をとる傾向がある。株式市場の熱気は、人の理性を麻痺させる効果があるのかもしれないと、早苗は思った。

「こうした人々を動かすのは、経済理論でも、長期的なビジョンでもない。わかりやすい物語なんですよ」

「物語？」

「個々の株価を左右する、もっともらしいストーリーです。画期的な新製品を開発した。その製品に致命的な欠陥が見つかった。巨額の簿外債務が発覚した。社長が地検に取り調べられた。

外資からM&Aの申し出を受けているらしい。などなどです。しかも、彼らは、そういった物語が真実かどうかにすら関心がないんです。ただ、それが一時的に株価を押し上げ、彼らが売り抜ける間だけ破綻せず、市場で通用してくれれば、それでいい。あるいは、逆に株価を引き下げてくれれば……」

高梨は、ティーカップを持ったまま、薄く笑った。

「僕が最初に株に手を出すようになったのは、証券会社の営業マンのしつこい勧誘に根負けして、NTT株を引き受けてからですが、それをきっかけにして、興味を持って市場の動きを見るようになりました。すぐに、これは経済学が律する世界ではないと直感しましたよ。市場は明らかに、経済学ではなく、ゲームの理論と心理学によって動いている。人間の心理を見通す力がある人間には、儲けるのはたやすいのではないかとね。参加者のうち多数がどちらを選択するか、売りか買いかを、一瞬早く予測できれば勝ちというわけです」

「心理学ですか……」

早苗は、カップを鼻の下に持ってきて、ラプサン・スーチョンの香りを吸い込みながら、そんなにうまくいくものだろうかと考えた。

「それも、下手をすると、心理学どころか動物行動学の方が役に立つくらいでね」

「動物？」

高梨は、皮肉な笑みを浮かべた。

「もはや消えゆく運命にあるようですが、バブルの真っ盛りには、『場立ち』と呼ばれる人達が活躍しました。東証の立会場で身振り手振りで売買の取り次ぎをしてるところを、テレビで見たことありませんか？」

早苗はうなずいた。どこか体育館に似たフロアで、書類が紙吹雪のように舞い、殺気立った人々が怒鳴りながら、奇妙なジェスチャーを繰り返している……。あんなやり方で、よく間違いが起きないものだと思った記憶がある。

「場立ちは、各証券会社にいるんですが、大手と比べて情報力で劣る弱小証券の場立ちたちは、やることがないときには、何をすると思いますか？」

「さあ」

「野村などの有力証券の場立ちを、ぴったりマークするんですよ。そして、彼らの売買に割り込んだり、理由もわからないまま、真似をして同じ銘柄を買ったりします。これを、提灯買いと言うんですがね。フロアでの彼らの行動を上から見ていると、獲物を捕ろうとするライオンにしつこくつきまとう、ハイエナそのものですよ。ライオンの方は、素知らぬ顔をしながら追っ手をまこうとしますし、ハイエナたちは、そうはさせじと目を光らせながら、纏綿として離れない」

想像してみると、かなり滑稽な光景ではある。高梨は、まだ小説家の目で株式市場を見ているのかもしれない。

だが、早苗には高梨の多弁さが引っかかった。まだ駆け出しとはいえ、カウンセラーとしての経験では、過度に饒舌な人間は、何かを伝えるより、何かを隠そうとしていることが多い。彼は、それからも株について滔々と話し続けたが、別のことについて質問されるのを恐れているような感じを受けた。

「……まあ、いろいろ偉そうなことを言いましたが、単にバブル真っ盛りの頃の一本調子の上げに乗って儲けさせてもらっただけですよ。その上で、あえて秘訣を語るとするなら、欲をかかず、腹八分目に留めることです。つまり、けっして山の頂上で売ろうとしないことと、信用取引をする場合には、追い証が来ることまで考えて、余力を残すということくらいですね」

「それで、相当成功されたんでしょうね？」

どのくらい儲けたのかと尋ねるのは、何だかさもしいような気がして、早苗は、曖昧な聞き方をした。

「そうですね。僕が本業でこれまでに得た印税収入全部と比べても、少なくとも数倍の利益は上がったと思います」

高梨は、こともなげに言った。『銀色の夜』のシリーズがヒットしていたときには、彼には相当の収入があったはずだから、その数倍というのは、ただごとではない。

「しかも、たまたま、ブラック・マンデーの前に手仕舞っていたのが幸いしましたよ。その後、不動産が暴落しましたから、その金で四谷の小さなペンシル・ビルを買ったんです。一階から三階まではテナントが入ってますが、僕は普段は四階で生活し、五階を仕事場にしてるんです。一度ぜひ、遊びに来てください」

「ありがとうございます」

まさか、こんな話を聞くことになろうとは思ってもみなかったので、早苗は、すっかり毒気を抜かれてしまった。

「それで、次の作品は、いつ頃出るんですか？」

何気なくそう聞いてしまってから、しまったと思う。それまで上機嫌で口数も多かった高梨が、急に口ごもり始めたからだ。一番痛いところを突いてしまったに違いない。

「うーん……そうですね。まあ、できるだけ早くにとは、思ってるんですが」

「あの。楽しみにしてます。私、ずっと高梨さんのファンでしたから」

「そうですか。ありがとう。しかし……」

高梨は、寂しそうな表情になった。

「まあ、あなたも気がついているとは思いますが、最近、本が出てないんですよ」

やはりそうだったのかと思う。よほどのナルシストなのか、容姿に自信があるのか、高梨の単行本には必ず著者近影がついていた。もし新刊を見かけていれば、書店で出会ったときに、彼の顔はすぐにわかったはずだ。

「スランプなんですか？」

「まあ、そうも言えるかな。書く方じゃなくて、売れ行きの話ですけどね」

「でも、あんなにたくさんベストセラーになったのに」

「要は、飽きられたんでしょうね。読者に。あなたとこの前会って一年ほどしてから、売れ行きがぴたりと止まったんです。以前の作品は、もう、ほとんどが絶版でね。文庫本も、三十冊以上あったんだけど……」

早苗は、高梨の自虐的なまでの率直さに当惑した。

「きびしい世界なんですね」

高梨は、しばらく無言のまま、冷えたキーマンを啜っていたが、唐突に革のショルダーバッグからプリントアウトされた原稿の束を取り出した。

「これは、一番最近書いた作品なんです。もしあなたに頼めるなら、読んで感想を聞かせてくれませんか？」

「……でも、私なんかでいいんですか？」

「もちろん。厳しい批評をお願いします。気を遣ったりしなくていいですから」

「わかりました」

早苗は、高梨に同情する反面、彼の現在の苦境を喜ぶような気持ちが、自分の中で動いているのに気がついた。

それは、言ってみれば、友達に貸したまま所在がわからなくなってしまった本が、久方ぶりに自分の手元に戻ってきたような感情だった。

今、彼を助けられるのは自分しかいない。そう考えるのは、けっして悪い気持ちではない。自分は昔からずっと彼の才能を認めていたのだし、自分の助けによって、彼がもう一度スターダムに復帰することができたら、どんなに誇らしいだろう。それも、今度こそ、本物の小説を書くことによって。

高梨から預かった原稿は、『残映』と題されていた。一見、時代小説風のタイトルだが、冒頭の部分を見ると、舞台は現代のようだった。早苗は、高梨と別れてマンションに帰ってから、一気に原稿を読了した。四百字詰め原稿用紙に換算して三百枚ほどで、長めの中編といったところだろうか。

一世を風靡（ふうび）した後、長く世間から忘れられていた二枚目俳優が、ノーギャラ同然で出演した映画で悪役としての演技に新境地を見いだし、再び脚光を浴びる。だが、それも束の間で、身に覚えのないスキャンダルに巻き込まれ、メディアから執拗なバッシングを受ける。俳優は、誰にも信じてもらえない抗弁を諦めて、自ら『悪役』を演じて、破滅への道を辿るという筋だった。

抑えた筆致だが、主人公の苦悩は、作者自身の経験とも重なるところがあるのか、ひしひしと伝わってきた。傑作なのかどうかは判断がつかなかったが、少なくとも、力作であることだけは間違いない。

ただ、登場人物が、あまりにも強烈に『死』を意識している点だけが、妙に気になった。特に、スキャンダルの中で足掻いている最中、主人公がバルコニーから夕陽を見ながらつぶやく、「これは、産みの苦しみなんだろうか。それとも、死の苦しみなのか？」というセリフには、ぞっとするような感じを受けた。

早苗の感想を聞いてから、高梨は作品にかなりの手直しを行い、昔つきあいのあった小さな出版社に持ち込んだ。編集者は相当難色を示したようだが、何とか小部数での出版にこぎつけた。

その後、ごくわずかながら増刷がかかったと聞き、早苗は意外に思いながらも喜んでいた。

ところが、それから一週間もたたないある日、偶然高梨の書庫に入った早苗は、そこに数十冊の『残映』を見つけた。その時はそれほど気にしなかったが、本の数は、日を追うごとに増えていった。早苗は何度か、アルバイトらしい若者が、都内の大書店の紙袋に入った本を持ち込むのを目にしたが、高梨は何も説明しなかった。やがて、『残映』は書庫から溢れ出て、彼の仕事部屋の床にも堆く積み上げられるようになった。それは、見ているだけでも気が滅入ってくるような光景だった。

早苗は、ピンク・フロイドの歌詞の一節を思い出していた。折り畳まれたままの新聞は床の上に放置され、毎日、配達の少年が新しいのを持ってくる……。迫り来る破局と狂気を予感させる歌だった。もし、そのまま仕事場の中で本が増え続けたなら、早晩、高梨の神経か仕事場の床のどちらかが崩壊するのではないかと密かに危惧していた。

だが、ある日、早苗が彼の仕事場に行ってみると、本の山はすっかり消え失せていた。高梨が、自分の本を保管するためだけに、近くの倉庫を借りたのだった。

当面の問題は、一応片づいたかに思われた。だが、真の危機が浮上してきたのは、それからまもなくのことだった。

「何で、こんな変な夢ばかり見るんだろう?」

早苗と高梨が恋人同士になってからひと月ほどたったある朝、ベッドの中で寝返りを打ちながら、高梨がつぶやいた。

「どんな夢?」

早苗は寝ぼけ眼で聞いた。

「ここのところ毎晩、同じ夢を見るんだ。細かい部分は違ってたりするんだけど、たいていの場合、僕は大きな屋敷のような場所にいる。長くて薄暗い廊下があって、両側にはドアが並んでいる。僕は、一番手前のドアを開けようとする」

「中には、何があったの?」

急に興味を引かれて、早苗は訊ねた。

「何も」

高梨は首を振った。

「最初の部屋はがらんどうで、中には何もなかった。次の部屋もそうだった。その次は、ドアを開けるとすぐに壁になっていた。その次のドアは鍵がかかっていて、どんなに引っ張っても開かなかった」

「何だか、つまらない夢ね。結局、何も見つからないの？」

「いや。最後のドアが開くと、部屋の奥にテーブルが一つだけあって、その上に贈り物のようにリボンのかかった箱が載っている。僕は、どきどきしながら箱を開けた」

「どうせ、それも空っぽだったんでしょう？」

早苗はいたずらっぽく微笑みながら聞いた。

「いや。中には、蛇が入っていた」

高梨は、不愉快そうに顔をしかめた。

「蛇？」

「うん。箱の中は暗くて色や格好までは見えないんだけど、毒蛇だということだけはわかるんだ。それを見て、僕は箱を投げ捨てる。すると、どこからか声が聞こえてきて、『お前はどこへ行こうと、それを捨てることはできない』と言うんだ」

「ふうん……」

「僕は恐ろしさに震えながら、部屋を飛び出す。そして、ほかの部屋を片っ端から開けるんだけど、今度は、どの部屋にも、あの箱が載ったテーブルがあるんだ。たいていは、そこらあたりで目が覚める」

早苗は、聞きながら、憂慮を深めていた。最初に『残映』を読んだときから疑いは持っていたが、高梨の精神は明らかに変調を来しつつあった。

専門家の目から見て、それが死恐怖症に蝕まれている兆しであることは、明らかだった。

精神科医は心理学には疎いのが通例だが、早苗は、親しい友人が神話について研究している影響もあって、夢判断には一通りの知識がある。『蛇』は、人間の見る夢の中でもっとも根元的なシンボルの一つなのだ。それは、現在では蛇がまったく生息していない極地に住むイヌイットの神話にまで登場することを見ても明らかだろう。

そして、『蛇』が象徴する最も重要な事柄とは、『死』にほかならなかった。

看護婦が二人、しゃべりながら洗面所に入ってきた。早苗は我に返ると、部屋へ戻った。パソコンのディスプレイは暗くなり、羽根の生えたトースターが夜空を飛行する幻想的なスクリーン・セイバーが作動している。

椅子に座り、マウスに触れると、もう一度文書作成画面に戻ったが、早苗は内心では、もう仕事に集中するのを諦めていた。

考えてみると、高梨には、死恐怖症に陥る条件が充分すぎるほど揃っていた。

まず、裕福で、日々の糧を得るためにあくせくする必要がないことが挙げられる。

死恐怖症は、古来から、王侯貴族の心の病として知られている。毎日、生活のために数多くの問題と格闘しなくてはならない人間の心には、不確かな遠い将来に起きる死への恐怖など取り憑（つ）く余裕がない。欲しいものをすべて手に入れてしまった人間の虚脱感、心の隙（すき）こそが危険なのだ。

次に、考えすぎること、『凝視』してしまうことである。

作家や哲学者といった人種もまた、死恐怖症（タナトフォビア）の好餌（こうじ）である。彼らの最大の悪癖は、何事も『凝視』してしまうことにある。もともと、宇宙の森羅万象に『意味』など存在するはずもなく、真正面から『凝視』すれば、どんなものでも意味を失って見えるのは、当然のことである。

三番目は、科学に対して素朴すぎるほどの信頼を抱いていることだった。

本来、世界を正確に記述することと、人間が幸福に生きられるようなヴィジョンを示すことは、無関係である。ドーキンスの『利己的な遺伝子』などはそのギャップを示す最たるものであり、すべての生命が遺伝子の乗り物（ヴィークル）でしかないという考え方は、たとえ事実であったとしても、我々を裸で酷寒の宇宙に向き合わせ、凍えさせる。

もしかすると、人間の恐怖の総量というのは、常に、ほぼ一定なのではないだろうか。

ほんの数世代前には、どんなに大きな町でも、夜ともなれば漆黒の闇（やみ）に包まれた。そんな時代には、人々は本気で幽霊を信じ、恐れていたことだろう。だが、死後の世界が否定されてしまったとき、恐怖の対象は、現実に存在する危険、そして死そのものへと移る。

人間の想像力が作り出した闇の領域は、昏（くら）くはあっても、けっして真空のような『虚無』ではない。それは、人間が真の暗黒に直面するまでの緩衝地帯としての役割を担っていた。それなのに我々は、自らを守ってくれていた優しい闇を駆逐してしまったのだ。

アメリカ精神医学会編の、『精神疾患の分類と診断の手引き』（DSM－IV）を見ても、死恐怖症に関する記述はいっさいない。要するに、未だに独立した精神障害の範疇とはされずに、単なる鬱病として扱われているのだ。恐怖の対象が不合理なものではなく、誰もが恐れて当然の『死』であることと、それによって明らかな社会的不適合が起こる場合が稀であるからだろう。だが、死恐怖症は、ほかのどんな恐怖症にも増して、深く静かに心を蝕む。やがてそれは、人類の社会を根本から掘り崩していく可能性すらあるのではないか。

早苗は、今後、特に日本において、死恐怖症が激増するのではないかと予想していた。昨今は翳りが見えるとはいえ、世界有数の経済的繁栄を達成したこの国では、生活の心配がない程度に裕福な層が、ブロイラーのようにひしめき合っている。しかも、無宗教で内的な規範が軒並み崩壊してしまっている日本人は、いったん死への恐怖に囚われてしまうと、そこから逃れるすべはほとんどないのではないか。

今年の一月になって高梨は唐突に、新聞社の主催するアマゾン調査プロジェクトに加わることを決めてしまった。早苗は、彼の気持ちが理解でき、大自然に触れることは精神に良い影響を与えると考えたため、あえて反対しなかった。

早苗は、溜め息をついた。

眼前に迫った死に戦いている上原康之少年と、靄のかかった遠い将来に確実にやって来る死への恐怖に取り憑かれてしまった高梨……。

結局、自分には、誰一人として、救うことはできないのだろうか。

二章　帰還

昼食のメニューは、ゴーヤ・チャンプルーだった。スプーンですくってから口元まで持っていく前に、卵や豚肉などの細片の大部分が、ぽたぽたとテーブルに落下してしまう。しばらくむなしい努力を続けてから、青柳謙吉はうんざりしたように、皿を前に押しやった。

「もう、食べないの？」

偶然そばを通りかかってから、ずっと彼の様子を見守っていた早苗が尋ねた。

「先生か。俺、食欲ねえんだ。いいんだ。これ、やっからさ」

青柳は振り返ったが、彼の視線は早苗まで届かなかった。腰を浮かせると、尻ポケットからウィスキーの入っているらしい金属製のフラスクを取り出す。

「お酒だけじゃ、身体に悪いわ。アルコールっていうのは、空っぽのエネルギーだけだから、もっとほかのものも摂らないと」

早苗はたしなめた。ホスピスでは飲酒は禁じられていないが、さすがに昼食代わりにされては困る。

「いまさら、身体にいいも悪いもねえだろう」

青柳は、片頬だけを歪めて笑った。五十三歳のがっちりした体格の大男で、頭を五分刈りにして、片目にアイパッチを付けているため、精悍を通り越して恐ろしげに見える。

「チャンプルーは嫌い？」

「嫌いってわけじゃねえけどさ。いまんなって、こんなもん食ったってなあ、別にエイズが治るわけじゃねえし……」

　ゴーヤ・チャンプルーの材料であるニガウリに含まれている三種のプロテインは、ＨＩＶの増殖を抑制する作用があるとされていた。

「何か、食べたいものあるの？　取ってもらう？」

「いいよ」

「青柳さん、鉄火丼が好きだったわよね。だったら……」

「いいってば」

　青柳は苛立たしげに遮った。その表情を見ていて、早苗は気がついた。

「ねえ、食べさせてあげようか？」

「え？　馬鹿言え」

　青柳は赤くなった。

「たまには、いいじゃない。若い女の子に食べさせてもらうのって、嬉しくない？」

「誰が若い女だ？　三十路女の吐く言葉かねえ」

「失礼ねえ。まだ、二十九よ」

　早苗は、青柳の隣の椅子に座ると、チャンプルーをスプーンにすくった。

「はい。口開けてー」

「よせってのに。人が見てんだろ？」

「誰もいないわよ」

食堂と兼用の談話室であるデイルームに残っているのは、青柳と早苗だけだった。

早苗が待っていると、青柳は、不承不承といった感じで口を開けた。早苗は、彼の大きな口の中に、チャンプルーと飯を交互に入れた。青柳は二、三回咀嚼すると、あっという間に呑み込んでしまうので、何か、不思議な大型動物に給餌しているような気分だった。

「よく食べるわねえ。もしかして、おなかすいてたんじゃないの?」

「へっ。こんなとこ人には見せられねえから、早いとこ食っちまおってだけだよ。先生も可哀想に、旦那がいりゃあ、毎日こうやって食わしてやれんのにな……」

なおも減らず口を叩こうとする青柳の口に、早苗は少し多めに飯を詰め込んで黙らせた。

さりげなく、彼の目の動きを観察する。サイトメガロウイルスの感染のために、左目も相当視力が落ちてきているようだ。アイパッチをしている右目の方は、すでに完全に失明している。

早苗には、なぜさっき、青柳がチャンプルーの皿を持って掻き込もうとしなかったのかがわかるような気がした。彼は、理不尽な運命に対してスプーン一本で戦いを挑んでいたのだろう。

「はい。これでおしまい。お茶かなんか、ほしい?」

青柳は口をもぐもぐさせながら、黙ってうなずいた。

早苗が急須に玉露を入れてポットから湯を注いでいると、青柳は低い声で言った。

「俺、もう長くねえんだろ?」

「何言ってんの。まだまだよ」

「さっき、ほかの奴らがくっちゃべってんのを聞いちまったんだけどさ、一番長くねえのが、あの坊やで、次が俺じゃねえかって……」

「みんな、いい加減なこと言ってんのよ。気にしないで。そんなこと、私たちにだって予測できないんだから」

早苗は、無責任な噂話をする連中に怒りを覚えた。悪気はないのだろうが、自分も同じ立場にありながら、どうして他人の痛みにそれほど鈍感になれるのだろう。彼女は、湯気の立つ茶碗を青柳の手に握らせた。

「俺さあ、もし、動くこともできなくなって、先の見込みもないとなったら、無理に生かしとこうなんてしねえで、ひと思いにやっちまってくれよな」

「ひと思いにっていうのは、ちょっと難しいわ。でも、ホスピスでは、基本的に延命だけを目的とした治療はしないから……」

青柳は、少し安心したように玉露を啜った。

元は長距離トラックの運転手だった青柳がＨＩＶに感染したのは、異性間交渉によるものだった。

それも、彼自身の女遊びが原因ではなく、妻が浮気相手からうつされたウイルスに感染してしまったのである。心中は察するにあまりあった。

ひと思いに……か。早苗は、青柳の言葉を胸の中で反芻した。もちろん、日本では、安楽死は認められていない。本人か家族の意思が明らかな場合に、無意味な延命治療を施さないというのがせいぜいだった。

だが、青柳が言うように、もはや回復する見込みが絶無である場合、患者を耐え難いような苦痛の中に放置するのが、はたして人道的と言えるだろうか。

安楽死問題がいまだに論議の対象にすらなっていないのは、法秩序にいささかでも波風を立てるのを嫌う官僚の画策によるものではないかと、早苗はひそかに疑っていた。たしかに、意識不明の病人に対して家族や医師が勝手に気持ちを忖度して命を絶つという行為は、ある種の危険をはらんでいる。だが、たとえ一言でも本人が意思を伝えられた場合には、苦しみを終わらせてやるのも、立派な終末期医療の一端ではないだろうか。

ホスピスでも、安楽死の問題はタブーに近かった。しかし早苗は、いつか機会があったら、土肥美智子に意見を聞いてみたいと思っていた。

デイルームを出てナースステーションの前を通りかかったとき、早苗は若い看護婦に呼び止められた。

「北島先生。お電話です」

まだ十代のあどけない顔をした子だが、妙に嬉しそうな顔をしている。

「誰から？」

「男性の方でー、タカナシさんって、おっしゃってますけど」

どきりとしたが、早苗は平静を装った。

「じゃあ、部屋で取りますから、保留しといて」

物見高い看護婦の視線を、まだ背中に感じる。駆け出したい気持ちを抑えて、ゆったりとした歩調で自室に戻り、一回深呼吸をしてから受話器を取った。

「もしもし……」

「僕です。お久しぶり」

高梨の声は、能天気なくらい元気そうに聞こえた。

「どうしたの？　全然連絡がなかったから、心配してたのよ？」

抑えきれない嬉しさを隠すために、つい咎め立てするような口調になってしまう。

「ごめん、ごめん。急に村から退去しなくちゃならなくなって、ばたばたしてたもんだから。途中でパソコンは川に落とすしで、メールも送れなくなっちゃってね」

どうやら高梨には、大事なものを川の神に捧げる習慣でもあるらしい。

「最後のメールの調子だと、インディオに食べられちゃったかと思ったわよ」

「いやあ。実際、かなり険悪な空気でね。あのままぐずぐずしてたら、本当に命が危なかったかもしんない」

……しんない？

「それで、今、どこなの？」

「成田」

「ええっ？」

早苗は絶句した。そう言えば、さっきから変だとは思っていたのだ。ブラジルからかけているにしては音声がきれいすぎるし、何より、電波が地球の反対側まで往復するのに要するはずの時間差がまったくない。心臓が高鳴っているのがわかったが、それが、驚きのせいなのか、再会を期待しての興奮のためなのかはわからなかった。

「でも……帰ってくるのは、まだ、二週間くらい先じゃなかった？」

「予定を繰り上げることになったんだよ。トラブルもあったし。それで、今からそっちへ会いに行っていいかな？」

早苗はあわてた。

「そうね。今すぐは、ちょっと。まだ、仕事があるから」

「だいじょうぶ。時間はとらせないよ。顔、見るだけ」

「ううん……嬉しいんだけど、やっぱり、ここでは」

「じゃあ、すぐ行く。愛してるよ」

電話は唐突に切れてしまった。

早苗は、茫然として受話器を置いた。愛してる、という言葉だけを、何度も反芻する。手紙やEメールならともかく、彼がそんな言葉を口に出して言うのは、ほとんど聞いたことがなかった。おかげで、それからしばらくは仕事に身が入らなかった。高梨が現れたのは、およそ二時間後のことである。

呼び出しを受けて早苗が病院本館の受付に駆けつけると、高梨は、柱にもたれて煙草をふかしていた。黒いキャップにTシャツ、サングラス、カメラマンのようなベストとジーンズという格好だった。

早苗に気づいて、高梨は顔を上げた。真っ黒に日焼けした顔の口元から、白い歯がこぼれる。早苗は立ち止まった。彼女の目には、一瞬、別人のように映ったのだ。

「やあ」

高梨は身を起こすと、くわえ煙草のまま、大股に歩み寄ってきた。そのまま彼女を抱擁しようとするので、あわてて手で制した。

「ちょっと、煙草。煙草！」

「ああ、ごめん」

高梨は、にやりと笑うと、ベストに付いているポケットから携帯用の灰皿を出して、煙草を揉み消した。

「ここは禁煙じゃないけど、私の個人的なお願いとしては、できれば病院では煙草は遠慮してほしいわ」

「いやあ、悪い、悪い」

高梨は悪びれた様子もない。

彼は、いったいいつから煙草を吸うようになったのだろう。少なくとも、アマゾンへ出発する前は、一度も吸っている姿を見たことはない。

高梨は、よく煙草というのは、アメリカ大陸で白人に虐殺された先住民の呪いなのだと言っていた。喫煙には、ストレスを和らげ、集中力を高める作用があるとは言うが、結局のところ、緩慢な自殺行為以外の何ものでもない。自分の余生がじりじりと燃え尽きていくのを見ながら喜んでいるとしたら、馬鹿かマゾヒストのどちらかだ……。その時の彼の表情を見る限り、心底、煙草を毛嫌いしているとしか思えなかったのだが。

「ずっと、君のことばかり考えていたよ」

人目を気にして駐車場に連れ出すと、高梨は、急にまじめな顔つきになって、早苗を見つめた。

早苗は、思わず我が目を疑っていた。これが本当に、あの高梨なのだろうか。

単に日に焼けているだけではなく、頰が引き締まって、すっかり逞しくなった感じがする。何より、表情が見違えるほど明るかった。

「私も会いたかったわ。でも……」

「でも？」

「高梨さん。ずいぶん、変わったみたい」

「そうかな」

「うん。前とは、まるで別人みたいだもの」

「前の方がよかった？」

「今の方がいい」

早苗が首を振ると、高梨は微笑した。

「アマゾンへ行ったのは、結果オーライだったかな」

「どういうこと？」

「まあ、それは、おいおい話すよ」

「じゃあ、あなたの中で、何が一番変わったの？」

「そうだな……ひとつだけ、わかったことがあるんだ」

「何？」

高梨は、早苗を引き寄せて抱きしめた。以前と変わらない、壊れものを扱うような優しい抱擁だったが、はっきりと違っているのは、追いつめられた焦燥感のようなものが、まったく感じられないことだった。

高梨は早苗の耳元に囁いた。一瞬、早苗の感じた戦慄は、耳に吐息を感じたせいなのか、彼の言葉のゆえなのか、よくわからなかった。

「死ぬことが、けっして恐ろしいことじゃないと、やっと気がついたんだ」


高梨の前には、ついさっきまで、グレイビー・ソースをかけた厚切りのローストビーフが、小山のように積み重ねられていたはずだった。早苗は、ぽかんと高梨の皿を見つめた。目を離したのは、ほんのわずかな間だった。もしかすると、食べたのではなくて、手品で消したのではないかという気がする。二度目のお代わりだというのに、もう、何も残っていない。

「まだ、お代わりはあるかな?」

ワインを飲みながら、高梨が聞いた。

「ちょっと、食べ過ぎじゃない?」

早苗は、呆れ顔で言った。

「いいじゃないか。今日は、久しぶりに君の手料理を食べるんだから。何しろ、アマゾンでは……」

「サルやネズミばっかり食べてたんでしょう?　何度も聞いたわ」

「ネズミじゃないよ。同じ齧歯類だけど。そうだな。パカは柔らかくて、かなりいけるよ。アグーチも悪くない。カピバラとヌートリアは、少し臭みが強いからお薦めじゃないけどね」

「残念だけど、ローストビーフは、もうないわ。まさか、こんなに食べると思ってなかったから。たしか、一・五キロはあったんだけど……」

「ほかのものは、ないの？」

「あいにく、ローストパカやローストアグーチは用意してないし」

「さっきのパスタは？　まだ残ってるんじゃない？」

「ええ。あるわ」

早苗は溜め息混じりに言うと、台所からキャビアのスパゲッティの入ったボウルを持ってきた。

「はい。お好きなだけ、どうぞ」

スパゲッティを自分でよそうと、高梨は猛烈な勢いで食べ始めた。ときおりワインで水気を補給しながら、強引に口の中に押し込む。

早苗は、その様子を戸惑いながら唖然と眺めていた。終始上機嫌なところを見ると、ストレスから過食気味になっているわけでもなさそうだが。

帰国してから二週間もたたないというのに、高梨の体型は早くも服の上からでもわかるくらい崩れ始めている。こけて見えるくらい引き締まっていた頬も、心なしか、ぽっちゃりしてきたようだ。

「せっかく、理想的なダイエットができてたのに……」

「え？　なんか言った？」

「なんでもないわ。料理がお気に召したのは嬉しいけど、もう少し、会話を楽しまない？」

「うん。そうだね。じゃあ、さっきは僕がアマゾンの話をしたから、今度は君の話を聞きたいね」

「私の話？」

「そう。最近の、病院での出来事とか」

早苗は、驚いた。これまで、高梨は、意識してホスピスの話題は避けていたからだ。

「……あんまり、面白いことはないわ」

「別に、面白くなくてもいいんだよ。君は特に、終末期医療という仕事に携わっているんだし。仕事の上で、辛いこととか、たいへんなことがあるんじゃない？」

高梨は、またボウルからスパゲッティをたっぷりと皿に移した。ひどい胃拡張になっているのではないかと、早苗は心配になった。

「それはまあ、ね。でも、けっこう深刻な話ばっかりだから」

「いいよ。聞きたいね」

しかたなく、早苗は、名前を伏せて上原康之と青柳謙吉のことを話した。話しながら、益々違和感がつのってくるのを感じる。これまで忌避していた話題を、今日に限ってこれほど聞きたがるというのはなぜだろう。

「その男の子は、もうすぐ死ぬんだろう？」

高梨の無神経な聞き方に、早苗は唖然とした。

「保ったとしても、たぶん、後二、三ヶ月だと思う」

「そうか。それは可哀想だな。それで、トラックの運ちゃんの方は？」

「わからないわ」

「死ぬときは、やっぱり、かなり苦しむんだろうね？」

「……充分な量のモルヒネを使って、ペイン・コントロールをするから、それほど痛みは感じないですむはずよ」

高梨は、話しながら、左手でネクタイを弛めてワイシャツの胸元を開き、その間も右手では、絶え間なくフォークを使っていた。齧歯類のように頬が膨れるほど、口いっぱいにほおばり、あまり咀嚼せずに嚥下してしまう。

「それで、具体的には、どういう風に死ぬの？」

この質問には、早苗は、怒りを通り越して呆気にとられた。

「たとえば、ほら、全身の神経が麻痺して、呼吸困難に陥って窒息するとか、だんだん心臓が弱ってきて、ついに停止してしまうとか、それとも、先に脳の一部が壊死して、脳死状態になってから……」

「そんなこと聞いて、どうするの？」

早苗の声が押し殺したように低いのにも、高梨はまったく気づかないようだった。

「どうするってわけじゃないけど。小説に書こうとか、そんなことは考えてないし。ただ、興味があるんだよ」

「興味？」

「ああ。山田風太郎の『人間臨終図鑑』って、知ってる？ 歴史上の著名人の死に方を集めた本なんだけど、なかなか面白いよ。こないだ本屋で買ってきたんだけど、最近、ちょっと凝っててね。人が、どんな風に一生を終えるかっていうことに」

「こっちは、面白いどころじゃないわ」

「うん。面白いって言ったのは、失言だったかな。ただ、『死』っていうのは、どう考えても、人生最大のイベントだと思うんだ。だったら、目をそむけるよりも、しっかりと直視すべきじゃないかな。その時に、いったいどういうことが起こり得るのか。我々は、それに対して、どういう行動がとれるのか、とか」

早苗は、怒るタイミングを逸してしまっていた。まるで冷水を浴びせられたように、腹立ちは引いてしまっている。

彼女は、空の食器とスパゲッティの入っていたボウルを台所に持っていきながら、高梨は、いったいどうしてしまったのだろうと考えていた。

アマゾンへ発つ前の彼は、明らかな死恐怖症（タナトフオビア）の兆候を示し、死を連想させる物事に対して過敏に反応していた。だが、今晩の、この無神経さはどうだ。人の死をまったく興味本位にとらえているのが、早苗には解せなかった。

居間にコーヒーとミルフィーユの載ったトレイを持っていくと、高梨は椅子（いす）の背にもたれて、ぼんやりと天井の方を見上げていた。

「どうしたの？」

「聞こえる」

「何が？」

早苗は耳を澄ませてみたが、壁に掛かった時計の秒針が刻む音以外に、どこからも、何も聞こえなかった。

「『天使の囀り（さえずり）』」

「何のこと?」

早苗は、テーブルにコーヒーとデザートの載った皿を並べながら聞いた。

「八時半か。普通は、もう少し早いことが多いんだけどね」

高梨は時計を見て、呟いた。

早苗は当惑した。彼が何を言っているのか、まったく理解できない。

「いったい、何のこと?」

「うん。最初は、まず、羽搏きの音が聞こえるんだよ。だんだんに周りに集まってくるような感じで。それから、今度は囀りが聞こえ出す。ほら……今!」

高梨の様子は、とても冗談を言っているようには思えなかった。幻聴が聞こえているのだろうか。

「私には、何も聞こえないわ」

「うん。そうかもしれない。僕以外には、聞こえないのかもしれない」

早苗は、舌で唇を湿した。優しい声で質問する。

「それって、どんな音なの? 小鳥が囀っているような音?」

「そうだなあ。よく、夕暮れ時なんかに、街路樹にとまった雀の大群が一斉にやかましく啼き立てることがあるじゃない? ちょっと、それに似てるよ。不思議と日没の頃に多いのも同じだしね」

「ピーピー、チーチー、啼き立てるような音?」

「ああ。でも、それだけじゃないんだ。もっと不思議な感じ。そこら中でぱちぱちと、線香花火みたいに弾けてるっていうか」

　高梨は、じっと目を瞑った。

「テープの逆回転で作った音楽を聞いたことある？　何もないところから音がすうっと始まって、急速に大きくなり、ぷっつりと消える。独特な非現実感があって、バイオリンやクラリネットの音色でさえ、まるで聞いたことのない楽器みたいに聞こえるんだ。今聞こえているのも、そうなんだよ。まるで、空間の裏側で囀っているみたいで。それも、鳥じゃなくて、大勢の天使たちが……」

　幻聴には、様々な原因がある。脳底部に腫瘍などの異状が存在する場合、神秘的、宗教的な体験に伴う異常な昂揚によるもの、追跡妄想などの意識障害、ＬＳＤやメスカリン、ＰＣＰなどの薬物の作用、それに精神分裂病である。

　高梨の場合、異常な食欲や死への興味を除けば、精神分裂病の兆候は見られなかった。

「その音が聞こえるようになったのは、いつ頃から？」

「さあ。『天使の囀り』が聞こえだしたのは、ここ数週間かな。羽搏きの方は、もう少し前からだけど」

「ねえ、さっき、インディオの村で幻覚剤を試したって言ってたじゃない？」

「エペナ？」

　高梨は、コーヒーにたっぷりと砂糖を入れると、一口飲んだ。それから、ミルフィーユを見つけて、目を光らせた。

「そう、それ」

「カミナワ族の村に行ってすぐの頃だから、二ヶ月くらい前かなあ」

「何回くらい、試したの？」

「一度きりだよ。それも、ごく少量」

「その時、どんな感じだった？」

「何て言うかなあ。気分が悪くなって、あまりいいトリップはできなかったんだけど。たしか、インディオたちが踊ってるようなシーンが見えたよ。あと、バクとか、オオカワウソなんかの動物も」

「幻聴はあった？」

「いや。エペナでトリップしている間は、音は何も聞こえないんだ」

高梨は、カメレオンのような素早さでミルフィーユを摑むと、一口で食べてしまった。

早苗は、幻覚剤のフラッシュバックを疑っていた。だが、今の話からすると、可能性は薄そうだ。

問題は、高梨自身が、幻聴をまったく不自然だと感じていないことだった。

「ねえ、その音って、不愉快じゃない？」

「別に、そうでもないよ」

高梨の目は、早苗のミルフィーユに釘付けになっていた。早苗は仕方なく、皿を高梨の方に押しやる。高梨は、当たり前のようにぺろりと平らげた。

「でも、たくさんの鳥が啼くような声だったら、うるさいでしょう？」

「鳥じゃなくて、天使だからね」

高梨は、いとも当然という顔をして、コーヒーを飲んでいる。

音が不快かどうかは、何ホーンや何デシベルといった物理的な大きさよりも、聞く側の受け取り方によって決まる。早苗は、昔読んだ北杜夫(きたもりお)のエッセイを思い出した。細かい部分は忘れてしまったが、ゴキブリなどの害虫は殺虫剤に耐性を持つ種類が次々と現れるのに、美しい啼き声を聞かせてくれる秋の虫は簡単に死に絶えてしまうのはなぜだろう、というような内容だった。

だが、もしかりに、ゴキブリが夜中に台所で鳴いていたとしたら、それがどんなに妙(たえ)なる音色だったとしても、死ぬほどおぞましいに違いない。

たとえそれが現実の音でなくても、原理は同じである。高梨は、今聞こえている幻聴に対して肯定的な感情を抱いている。それは、『天使の囀り』というような呼び方をしていることからも明らかだった。だが、その理由がわからない。もし、いきなり説明のつかないような音が空中から聞こえてきたとしたら、まず、当惑と恐怖を感じるのが普通ではないだろうか。

高梨は、相変わらず天井の一点を見つめていた。部屋の照明は対角線の角に置かれたフロアランプが二つだけである。どちらの光の輪からも外れて、うっすらと影になっている部分。

同じあたりに視線をさまよわせているうちに、早苗は気味が悪くなってきた。高梨に暗示にかけられたように、無数の天使たちが、そのあたりに蝟集(いしゅう)しているような気がしてきたのだ。想像力が生み出した奇怪な幻影。雀くらいの大きさで、鳥そっくりの二枚の羽根が生えている。遠目には人間のような格好をしているが、よく見ると、目も鼻も口もない。背中に開口部がある唇のような発声器官からは、しきりに鳥が囀るような奇妙な音を発している。我々とは、まったく異質な存在……。

しばらくすると、高梨は、視線を早苗に戻した。

「聞こえなくなった」

「ほんと?」

「ああ。行っちゃったみたいだ」

それを聞くと、早苗も金縛りが解けたように肩の力が抜ける。

高梨は急に椅子から立ち上がると、早苗のそばにやってきた。

「どうしたの?」

高梨は早苗の質問には答えず、いきなり彼女の背中と膝(ひざ)の下に手を回した。

「ちょっと……待って!」

早苗は足をばたばたさせてもがいたが、高梨はにやにや笑いながら、彼女を高々と抱え上げた。寝室に入ると、そのまま電気もつけずに彼女をベッドへと運んでいく。半開きのドアから明かりが射し込んでくるが、背後からなので高梨の表情は見えない。

「ねえ、待ってってば。まだ後片付けをしなくちゃならないし。それに」

高梨は、ベッドカバーを捲(めく)りもせずに早苗を横たえると、上から覆い被(かぶ)さってきた。彼の体重がますます増えているのが、よくわかる。早苗の腕力では、とうてい跳ねのけることはできない。

あきらめて抗(あらが)うのをやめると、高梨は、ゆっくりと彼女の服を脱がせた。有無を言わせずに運んでこられたために、乱暴なことをされるのではないかと恐れていたが、高梨には、そういうつもりはないようだった。

だが、彼が急に上体を起こしてズボンのベルトを引き抜いたとき、彼女はひやりとした。今晩の高梨の様子は、常軌を逸していたからだ。

その後の彼の行動は、まったく予想外のものだった。高梨は、ベルトを自分の首に巻きつけると、バックルに通した端を彼女に握らせた。早苗は高梨の意図がわからず、彼の顔を見上げた。

「引っ張って」

早苗は耳を疑った。

「でも、そんなことしたら……」

「だいじょうぶだよ。人間は、そんなに簡単に死んだりしないから」

高梨は小さく笑った。薄暗い部屋で、白目の部分と歯だけが光って見える。

今まで知らなかっただけで、彼にはＳＭの趣味があったのだろうか。早苗は、彼の意に添うべきかどうか逡巡していた。今晩の彼は、何から何まで自分の知っている高梨光宏とはかけ離れていた。

「ぎゅっと引いてくれよ。君の手で。僕を愛してるなら、できるだろう?」

「でも、だからって」

高梨は早苗に覆い被さり、唇を重ねた。長い接吻が終わると、高梨は早苗の耳元に口を寄せた。荒い息づかいの中で、囁くように言う。

「僕はただ、自分が生きてるってことを実感したいだけだ。そのために、近くに『死』を感じていたいんだよ」

電話は、またしても保留音に変わった。早苗は受話器を肩に挟んだまま、いらいらして、ボールペンを指先でくるくる回した。

机の上には、高梨が描いた絵があった。彼がイメージした『天使』の姿が、色鉛筆の繊細なタッチで表現されている。

天使は本来中性のはずで、中世の絵画などでは少年の姿で表されることが多いが、高梨の天使は、むしろ女性に近いようだった。画面では大勢の天使が輪舞しているが、いずれも長い髪を風になびかせている。

天使たちの着ているのは、羽衣か寛衣(ローブ)のような奇妙な異国の装束だった。ギリシャ風なのかもしれないが、早苗の知識では何とも言えない。中の一体の天使は、大きな角笛を捧(ささ)げ持ちながら吹いている。まるで、この世の終わりを告げているかのようだった。

画面の下の方では、高梨本人とおぼしき人物が、ベッドに横たわって天使たちを見上げていた。その表情は限りなく安らかで、両手は胸の上で組み合わされている。もしかすると、天使が角笛を吹きながら告げに来たのは、彼自身の死なのかもしれない……。

やっと電話がつながった。

「お待たせしました。教務課です」

「北島と申します。赤松先生とお話ししたいんですが。急用で」

「ただいま、赤松助教授は休暇中です」

「それでは、ご自宅の電話番号を教えていただけませんか？」

「申し訳ありませんが、お教えできないことになっておりまして」

「そうですか」

早苗は落胆した。しかたがない。

「それでは、またお電話いたします。休暇は、いつまでになってますか？」

すぐに答えが返ってくると思いきや、相手は答えを躊躇っていた。

「こちらでは、わかりかねます」

「休暇の届けが出ているのではないのですか？」

「申し訳ありませんが、そういうご質問にはお答えできません」

「は？」

いくら尋ねても、相手は同じ答えを繰り返すばかりだった。早苗は狐につままれたような思いで電話を切った。

彼女が赤松靖助教授に連絡を取ろうと思ったのは、アマゾンでの高梨の様子について聞きたかったのと、探検隊がどうしてカミナワ族から退去を迫られたのか、本当の理由を知りたいと思ったからだった。どうしてそれまで友好的だったカミナワ族が態度を豹変させたのかは、高梨に聞いても、はかばかしい答えは得られなかった。早苗の勘では、その理由が、現在の高梨の精神状態の謎を解き明かす鍵になるような気がしていた。

しかたなく今度は、アマゾン調査プロジェクトを主催した新聞社に電話をかけてみる。

今度はすぐに、担当者らしき人物につながった。

若い男の声が、ぶっきらぼうに言った。

「私、北島と申します。御社で主催された、アマゾン調査プロジェクトを担当されてる方をお願いしたいんですが」

「はい。社会部」

「私、福家と言いますが」

相手の声が、急に慎重なものに変わった。早苗は、職業柄、そこに含まれているかすかな緊張に気がついた。

「実は、先ほど、赤松先生にお電話したんですが、休暇中ということで、連絡がつかなかったんです」

「そうですか」

妙に言葉少ない上に、声の抑揚に不自然なストレスがある。福家という記者には、既知の事実だったのかもしれない。

「あの、私、高梨光宏さんの知り合いのものです。いくつかお伺いしたいことがあったんですが」

「は。どういうことでしょう？」

「向こうで何が起きたのか、知りたいと思いまして」

「何が起きたのか、と言うと？」

これでは、埒があかない。

「実は、私、精神科医をしております」

相手の声音に、再び変化が現れた。

「精神科の先生ですか。失礼ですけど、どちらの？」

「聖アスクレピオス会病院の、緩和ケア病棟に所属しています」

「と言うと……エイズ・ホスピスですか？」

「ええ」

福家は沈黙した。

「私は、高梨さんのカウンセリングを行っているんですが、アマゾンで、何か精神的にショックを受けるような出来事があったと思われるんです。それが何かはわからないんですが、インディオの村を急に追い出されるという事件があったと聞いています。それで、もしその間の経緯をご存じでしたら、お教え願えないかと思いまして」

「ええと……高梨さんは、その、アマゾンでエイズに感染したと、こういうことなんでしょうか？」

相手の沈黙の理由がわかって、早苗は苦笑した。

「いいえ。そうではありません。たまたま、高梨さんとは知り合いなものですから、相談を受けただけです。高梨さんがＨＩＶ陽性かどうかは、検査していませんのでわかりません。たぶん、違うと思いますすけど」

「そうですか」

福家は安心したように、急にぺらぺらとしゃべり始めた。

「それはよかった。いや、失礼しました。近々、エイズ関係のルポをやる予定なんですが、その節は、ぜひ、取材のご協力をお願いします」

「はあ」

それからしばらく、早苗は質問を続けたが、福家はのらりくらりとした答えに終始して、何一つ収穫はなかった。逆にいつのまにか、高梨の様子について聞き出されている始末である。

もっとも、こちらの方でも、大半の事実は隠さざるを得なかったのだが。

受話器を置いてから、早苗は、最初に福家の声にあったあの緊張は、いったい何だったのだろうと思っていた。

それから、はっと気がついた。たしか福家は第一声で、「社会部」と言った。新聞社の機構に詳しいわけではないが、アマゾン調査プロジェクトのようなイベントであれば、普通は、文化部のような部署が担当するのではないだろうか。

何かが起きつつあるという感覚は、強まる一方だった。


ディスプレイのタスクバーに表示されている時計を見ると、ちょうど日付が変わったところだった。

早苗は、大きく伸びをした。長い間集中して作業していたため、肩がばりばりに凝っているだけでなく、パソコンの画面を見つめていた目が霞む。

早苗は部屋を出ると、暗く森閑とした廊下を通って、コーヒーの自動販売機のところへ行った。

十代から二十代の初めくらいまでは、少しくらい徹夜をしても平気だったが、さすがにもう、それほどの無理はきかなくなっている。そろそろ、体力の曲がり角に来ているのかもしれない。昼間、うっかりそんな愚痴をこぼしたりすると、その若さで何だと土肥美智子に叱られるだろうが。

疲れて甘いものが欲しくなっていたが、砂糖のボタンを押しそうになった手を、危ういところで引っ込めた。ブラックコーヒーの紙コップを持って部屋に帰り、机の引き出しにしまってある、人工甘味料のアスパルテームの錠剤を入れる。最近、仕事で夜更かしすると、夜食のせいか、てきめんに体重が増えてしまうのだ。

目を休めたくなって、部屋の明かりを消すと、窓を開け放った。

外には、どこにも真の闇はなかった。東京の空全体が、消えることのない照明を反射して、うっすらと微光を放っている。星はほとんど見えなかった。

コーヒーを飲みながら夜景を見ていると、様々な思いが頭をよぎっていく。

もう自分も、若いと言われる年齢は過ぎてしまった。日本人が結婚する年齢はどんどん上がっているとはいえ、二十九歳は、一つのターニング・ポイントである。少しでも早く結婚した方が、年老いた田舎の両親は喜ぶのだろうが……。

今までにも、チャンスはなかったわけではない。高梨と付き合うようになった前後にも、何人かの男から誘いを受けた。一人は大学の同級生で、今は実家の総合病院を継いでいる。最も熱烈なラブコールを送ってきたのは、製薬会社のプロパーが催した合コンで、隣の席に座った公認会計士だった。どちらも、容姿、性格、経済力、将来性ともに申し分ない男たちだった。

だが、自分が彼らと本気で付き合う気になれなかったのは、どうしてだろう。

その答えはわかっていた。それはおそらく、彼らが自立した大人で、自分なしでもやっていけるのがわかっていたからに違いない。

自分には昔から、他人から求められたい、必要とされたいという欲求が群を抜いて強かった。原因は、よくわからない。両親と年の離れた姉たちから可愛がられて育ったが、その反面、誰も自分の助力をあてにしていないという現実に、ずっとフラストレーションを感じていたせいかもしれない。いつも、誰かに保護されるよりも、保護する立場になりたいと思っていた。それが医学部へ進学し、終末期医療に携わるようになった本当の理由だった。

自分が、どちらかというと陰のある男性に惹かれるのも、そのためかもしれない。早苗は、これまでに淡い恋心を抱いた相手を思い出した。いずれも、どこか脆さを抱えた男性ばかりだった。

高梨のように……。

ふいに、風圧が彼女の髪を揺らした。微風というには強すぎる風が、外から吹き込んでくる。慌てて窓を閉めようとしたとき、行き止まりになっている部屋の中に風が吹き込むはずがないという、単純な事実に思い当たった。

振り返って、早苗はコーヒーの入った紙コップを取り落としそうになった。

開いたドアの前に、男が立っている。思わず大声を上げそうになってから、それが高梨であることに気づいた。

「そこで、何してるの?」

自分の声が震えているのに、ショックを受けた。

高梨は、後ろ手でそっとドアを閉めた。かちゃりという金属音。

「君を見てたんだ」

長身の影が、ゆっくりと近づいてくる。

「どこから入ったの？」

「急患搬送用の入り口だよ。あそこは、一晩中開いてるみたいだね」

高梨は、早苗の髪に手を伸ばした。早苗は、彼の手を擦り抜けるようにして、デスクの前に戻った。紙コップを置いて、腕組みをする。

「どうしても、君に会いたかった」

高梨は、ゆっくりとこちらに向き直った。

「今日は、特別忙しかったのよ。書類仕事が溜まっちゃって」

「別に、デートを断られて、根に持ってるわけじゃないよ。ただ、どうしても、君の顔を見ないと眠れないと思ったんだ」

「不眠症気味なの？」

高梨はうなずいた。

「あの音が聞こえるから？」

「いや。そうじゃない。『天使の囀り』は、夜中には聞こえないよ。まだ、時差ボケが続いているのかもしれない。今時分になると、目がさえちゃうんだ」

早苗は、机の引き出しから錠剤のシートが入った紙袋を取り出した。

「これをのめば、今晩は眠れると思うわ。ただし、かなり強い薬だから、きちんと用量を守ってね」

高梨は、薬を受け取りながら相好を崩す。

「のみ過ぎると、危険なのかな？」

「うん」

「死ぬこともある？」

「自殺に使うつもりだったら、無駄よ。これ全部いっぺんにのんでも、たぶん死なないから」

「それは残念だ」

高梨は、薬を尻のポケットに入れると、早苗の首筋に手を伸ばした。しばらくは、頸動脈のあたりを撫でていたが、やがて、胸元に手を滑り込ませてこようとした。

「ちょっと、だめよ」

早苗は笑いに紛らわそうとしたが、高梨は、いっかな止めようとはしない。彼女を抱き寄せて、執拗に身体をまさぐる。

「だめだったら。仕事があるの」

「愛してる」

「やめてってば！」

早苗は、力を込めて高梨を突きのけた。

「ここは……私の仕事場なのよ。もう、帰って」

だが、高梨は再び早苗を引き寄せた。首筋に唇を当てる。

「早苗……」

「いいかげんにして。やめないと大声を出すわよ」

「かまわないよ」

高梨は、まるで熱に浮かされてでもいるようだった。早苗を抱きすくめると、ところかまわず、キスし始める。

早苗は、一瞬、本当に助けを呼ぼうかと思った。だが、高梨をさらし者にはしたくなかった。

「早苗！」

高梨は、激情に駆られたように、彼女の両腕を摑んで机の上に押し倒した。ペン立てが頭に当たり、派手な音を立てて転げ落ちる。彼は、さらに早苗の身体を持ち上げて、完全に机の上にのせた。彼女の両脚を抱え上げ、無理やり開かせようとする。

早苗は、高梨に対して初めて恐怖を感じた。レイプされると思うと、身体が竦む。たとえ相手が恋人であっても……。頭の後ろを探った手が、紙コップに触れた。

中に残った液体を、思いっきり高梨の顔に浴びせかける。

高梨は、動きを止めた。

「私は、あなたの持ち物じゃない！　私の意思を無視して、こんなことをするんだったら、もう二度と会いたくないわ！　出てって！」

高梨はしばらく茫然と佇んでいたが、やがて、無言のまま彼女の前から離れた。来たときと同じように、静かにドアを開けて出ていく。

ドアが閉まってからも、長い間、早苗は堅い姿勢を崩さなかった。

駅ビルの中にある書店に立ち寄って、早苗は、『バーズ・アイ』の最新号が出ているのに気がついた。

第二回のアマゾン紀行特集は巻頭にあった。主催の全国紙には、すでに同時進行で数回にわたって関連記事が掲載されているが、どちらかというと、系列のグラフィックス誌である『バーズ・アイ』の特集の方が好評を博しているらしい。

最近は、アマゾンというと、無秩序な森林伐採などの環境破壊に警鐘を鳴らす記事ばかりになりがちで、読者も少々食傷気味だが、『バーズ・アイ』の視点は、ひと味違っていた。誌面からは、急速に失われつつある大自然の驚異を少しでも記録しておこうという、熱い使命感のようなものが伝わってくる。高梨のメールでは、好き勝手なことをしている変人集団という印象しかなかったが、実際には、それぞれの別働隊が、きちんと自分の仕事をこなしていたらしい。あまり目にしたことのない絶滅寸前の稀少動物の姿や、一瞬の野性のひらめきをとらえた写真なども、昔日の『ライフ』を髣髴とさせる迫力だった。

肝心の、高梨が書いた紀行文の方は、彼の文章をずっと読んでいる早苗の目からすると、可もなく不可もないという出来映えだった。

一般にはあまり知られていない昆虫などの生態を、人間社会になぞらえた皮肉なユーモアを交えて巧みに紹介している。それでいて、文化系の作家にありがちな過度の擬人化に陥ることなく、科学的正確さを心がけているところは、特に体系的な自然科学の素養があるわけでもないのにと感心させられた。

高梨は、いったいいつ、これを書いたのだろう。

文章自体はまともで、死恐怖症(タナトフォビア)は言うに及ばず、妄想、幻聴などの異常体験を匂(にお)わせるようなところも、いっさいなかった。プロの作家だから、そうしたものをうまく隠して書くことも可能だろうが、早苗には、高梨の文章なら見破ることができるという自信があった。

高梨は、集中して書けば筆は早い方だったから、帰国してすぐの、比較的精神が安定していた時期に書き貯めていたのかもしれない。

そう思うと、最近の高梨の様子がわからないだけに、少し心配になった。

先日の深夜の一件以来、まだ、喧嘩(けんか)別れのような状態が持続している。高梨から何度か電話はあったが、彼女は、しばらく頭を冷やしましょうと提案し、二週間が過ぎていた。ここのところ、連絡は途絶えている。

早苗は、『バーズ・アイ』誌を買って、帰りの電車の中で熟読した。

蜷川(にながわ)教授が採集してきたという、カミナワ族の民話に目を引かれる。彼らの口頭伝承をマイクロカセットに録音し、カミナワ族の言語とポルトガル語の二人の通訳を介して文章に起こされたものである。原音のリズムを尊重するためだろう、やたらに繰り返しのセンテンスが多く、翻訳不能の擬音も、そのまま記載されていた。ところどころ伏せ字にされているのは、テープの音声が不明瞭(ふめいりょう)で聞き取れなかった部分だろう。

何気なく読み進むうちに、早苗は、肌寒いような感覚に襲われた。それは九番目に載っていた物語で、正体不明の存在による『憑依（ひょうい）』がテーマだった。

カミナワ族の民話・採集番号⑨　憑依（＊1）

　兄弟がいた。狩りをしていた。村から離れて、狩りをして暮らしていた。湿った森の奥へ行って狩りをしていた。フウウウウム。狩りに行ったのだ。兄弟は狩りに行ったのだ。湿った森の奥へ、狩りをしに行った。

　獲物はとれなかった。小猿一匹、とれなかった。とれなかったのだ。まったく。小猿一匹も。兄弟は、森の奥へ入って行った。木が。湿った森の奥へ、入って行った。ずっと、入って行った。ずっと、ずっと、奥の方へ入って行った。

　人がいた。大勢の人がいた。焚（た）き火をしていた。焚き火のまわりで、大勢の人がいた。[redacted]だった。食べたり、飲んだり、歌ったり、踊ったりしていた。アアアア。焚き火のまわりで、大勢の人が、祭りをしていたのだ。食べたり、飲んだり、歌ったり、踊ったりしている。

　兄は、見に行こうと言った。「大勢の人が、祭りをしている」弟は、やめようと言った。「こんなところに、人がいるのはおかしい」だが、兄は、どうしても見に行こうと言い張った。見に行こうと言って、聞かなかったのだ。チェッチェッ。兄弟は、見に行った。焚き火のまわりで、大勢の人が、食べたり、飲んだり、歌ったり、踊ったりしていた。アアアア。焚き火で、肉を焼いていた。後ろに。[redacted]。

「食べろ」彼らは、兄弟に言った。「食べろ」彼らは、兄弟に肉をくれた。「これを食べろ」弟は、兄に言った。「騙されてはいけない」弟は、兄に言った。「こんなところに、人がいるのはおかしい」[redacted]だ。

彼らは言った。「食べろ。肉を食べろ」彼らは兄弟に生焼けの肉をくれた。「食べろ」弟は、「騙されてはいけない」と言った。だが、兄は肉を食べた。チェッチェッ。兄は、肉を食べてしまったのだ。大きな。天からの。[redacted]のように。「酒を飲め」兄は、生焼けの肉を食べ、酒を飲んだ。チェッチェッ。兄は肉を喰い、そして酒を飲んだ。

弟は、彼らが焚き火で焼いている肉を見た。猿の肉だった。彼らが焼いているのは、猿だった。だが、猿には頭がなかった。チェッチェッ。彼らは、頭がない猿を焼いて食べていたのだ。チェッチェッ。彼らは、頭を切り落とした猿を焼いて食べていたのだ。

弟は、落ち着かなかった。弟は、森の精が人の姿になっているものの間に座っているような気がして、落ち着かなかったのだ。弟は、[redacted]。弟は、食べなかった。食べたふりをして、吐き出した。酒も飲まなかった。飲んだふりをして、捨ててしまった。静かに。弟は、賢明だった。弟は、何も口にしなかった。弟は、何も食べなかった。兄は、たらふく肉を喰い、酒を飲んだ。チェッチェッ。兄は、与えられたものすべてを、口にした。

夜が明けた。闇が引いていった。明るくなってきた。彼らは立ち上がって、消えて行った。森の奥へ、消えて行った。フウウウウム。一言も、しゃべらなかった。チェッチェッ。今まで、食べたり、飲んだり、歌ったり、踊ったりしていたのに、一言もしゃべらないで、森の奥へ消えて行ったのだ。いなくなってしまった。木々が。[redacted]まで。

兄は眠っていた。弟は兄を起こし、帰ることにした。帰り道には、猿の死骸が落ちていた。兄が食べた、猿の死骸が落ちていたのだ。チェッチェッ。頭のない猿の死骸だ。頭を切り落とされた猿の死骸だ。弟には、それが『悪魔の猿』（＊2）に見えてしかたがなかった。『悪魔の猿』に見えたので、落ち着かなかった。だが、兄は、気にした様子もなかった。チェッチェッ。兄弟は、帰ることにした。フウウウウム。

帰り道では、たくさんの獲物がとれた。ブルッブルッ。黒いクモザルと、赤いホエザルがたくさんとれた。兄弟は、獲物を背負って、村人のために持って帰ることにした。たくさんの獲物だった。ブルッブルッ。兄弟は、帰ることにした。兄弟は、歩いて帰った。

兄は、途中で、腹が減ったと言い出した。獲物は、村人のために持って帰るはずだったのに、途中で食べたいと言ったのだ。チェッチェッ。

弟は止めたが、兄は、獲物を食べた。村人のために持って帰るはずの獲物を食べたのだ。チェッチェッ。弟は、それは悪いしるしだと考えた。兄は、獲物を食べた。兄は、獲物を焼くこともせず、生のまま食べた。チェッチェッ。獲物はとらえてから、普通は焼くのに、生のまま平らげたのだ。ジャガーのように、とらえた獲物を、そのまま食べたのだ。弟は、それは、たいへん悪いしるしだと考えた。

兄は、人が違ったように貪食になっていた。チェッチェッ。兄は、獲物を食べた。村人に持って帰るはずの狩りの獲物を、一人でたいらげてしまった。獲物をすっかり食べ尽くしてしまったのだ。胃がはち切れそうになっても、なおも、もっと食べたいと要求した。チェッチェッ。弟の背負っている獲物も、食べたいと要求した。弟は、それは、たいへん悪いしるしだと考えた。兄は、弟が背負っていた獲物も食べた。全部、食べてしまった。もう、何も残っていない。[redacted]もだ。

兄は、森の中を歩いている間も、まだ酒に酔っているように、笑ったり、歌ったり、踊ったりしていた。森の中で大声を出すのは、よくないことだ。悪いものや、危険なものを、呼び寄せてしまう。チェッチェッ。兄は、笑ったり、歌ったり、踊ったりしていた。ずっと、そうしていたのだ。踊りながら、歩き、笑ったり、歌ったりしていた。弟がふと見ると、兄の手足にはたくさんの傷があった。木にぶつけて、たくさんの傷ができていたのだ。傷からは、ところどころ白い骨が見えていた。だらだらと血が流れていた。木にぶつけたたくさんの傷からは、白い骨が見えていたのだ。兄の顔色は、こがね虫の幼虫のように真っ白になっていた。チェッチェッ。こがね虫の幼虫のように真っ白なのだ。[redacted]なのに、兄は、まったく痛みを感じていないようだった。チェッチェッチェッ。兄は、白い骨が見えていたのに、痛がらなかったのだ。だらだらと血が流れているのに、痛がらなかったのだ。それは、最も悪いしるしだった。

兄弟は、小屋に帰り着いた。ようやく小屋に着いたのだ。弟は、「疲れたな」と言った。兄は、「全然疲れていない。おれはペッカリーのように元気だ」と言った。兄は、小屋についてからもずっと動き回って、片時も休まなかった。湿った森の奥から、ずっと歩いてきたのに、兄は疲れていないのだ。ずっと動き回っているのだ。笑ったり、歌ったり、踊ったりしていた。

[redacted]ときに、弟が兄の顔を見ると、目がぎらぎら光っていて、恐ろしい形相だった。それは、シューッ、シューッ。蛇のように、ジャガーのように、目がぎらぎら光っていたのだ。シューッ、シューッ。蛇のような目だった。兄がもう人間ではなくなっているしるしだった。

恐ろしい顔で、弟を見るのだ。弟は、恐ろしくて、兄の顔を見られなかった。顔を見ないようにしていた。ぎらぎら光っている目を見ないようにしていた。目を合わせないようにしていた。兄弟は小屋で休んだが、弟は、ハンモックに寝たまま、夜っぴて起きていた。弟は、起きて、小屋の中から兄を見ていた。弟は、兄を見張っていたのだ。

兄は、夜中に目を光らせて、むっくりと起き上がると、外へ出かけていった。シューッ、シューッ。兄は、夜中に起き上がって、外へ出ていったのだ。目を光らせて出ていった。弟は、後をつけた。シューッ、シューッ。弟が後をつけると、兄は、湿った森に入って行った。湿った森の入り口で会っていたのは、『悪魔の猿』だった。なんと、『悪魔の猿』なのだ。シューッ、シューッ。兄は、『悪魔の猿』から何かを受け取っているところだった。シューッ、シューッ。兄は、『悪魔の猿』から何かおかしなものを受け取っていたのだ。何か変なものを受け取っていた。

兄は小屋に帰ってきた。シューッ、シューッ。兄は小屋に帰ってくると、持って帰ってきた肉に、何かを振りかけていた。[redacted]だ。明日、村人たちと分ける肉に、何かを振りかけていた。シューッ、シューッ。村人と分けるはずの肉に、変なものを振りかけていたのだ。[redacted]だ。

弟は、その姿を見ると、村人たちを起こしに行った。村人たちを起こした。弟は、兄に起こったことを告げた。もう、兄ではなくなったから、殺さなくてはならないことを告げた。何か、おかしなものが兄に取り憑いたのだ。湿った森の奥で、変なものが取り憑いたのだ。もう、兄ではないのだ。殺さなくてはならない。村人たちは、弟の話を聞いて、もう、兄でなくなったものを、殺さなくてはならないことを知った。

夜が明けた。闇が引いていった。明るくなってきた。村人たちは、兄弟の小屋へ行った。フウウウウウム。木々の間。小屋へ行ったのだ。小屋へ行って、火をつけた。兄が出てきた。火のついた小屋から、兄が出てきた。村人たちは、兄を、取り囲んで殺した。殺したのだ。終わった。終わりだ。これで全部終わったのだ。


民話に続いて、それぞれの分野の専門家による簡単な解説が、注記されていた。

注の1には、アマゾンのインディオの間では、広く部族を越えて、ヘクラと呼ばれる動物の精霊が信仰されており、しばしばヘクラは人間に『憑依』することがあると書かれていた。最も強力なのはジャガーのヘクラであり、サル類のヘクラは、それに次ぐものである。その中でも、『悪魔の猿』のヘクラは別格で、非常に恐れられているらしい。

注の2では、その『悪魔の猿』というのが、オマキザルの一種であるウアカリのことらしいと解説されていた。正式名称は、ハゲウアカリ（Cacajao calvus）と言い、さらに細かい分類では、アカウアカリ（C. c. rudicundus）、シロウアカリ（C. c. calvus）、ノバエスウアカリ（C. c. novaesi）、ウカヤリウアカリ（C. c. ucayalii）の四つの亜種が存在する。ワシントン条約及びレッド・データ・ブックでは、四種とも独立種として扱われているが、いずれも絶滅寸前の危機的状況にあるらしい。オマキザルの仲間としては、雨期になると浸水する水没林（バルゼア）に住む唯一の種類であるほか、短い尾を持つなどのユニークな特徴を持っているという。世界のサル類の中でも、最も調査、研究が遅れている種類であり、いまだに詳しい生態などはわかっていないと結ばれていた。

ウアカリという名には、早苗も高梨のメールで聞き覚えがあった。ページをめくると、白井カメラマンが撮影した写真が載っていた。体がふさふさとした長い茶褐色の毛皮で覆われているのに対して、頭部は真っ赤な地肌が露出し、細かい産毛のような白い毛が生えているだけである。歯を剝き出し、大きな茶色の目を見開いているのは、カメラマンを威嚇しているつもりなのだろうか。

この外見では、インディオから『悪魔の猿』と呼ばれるのもいたし方ないだろうと、早苗は思った。

彼女は、以前、『ナショナル・ジオグラフィック』に載っていたマダガスカルのアイアイというサルの写真を見たときのことを思い出した。「アイアイ。アイアイ。おさーるさんだよー」という楽しい歌のイメージがあったので、何となく、もっと愛くるしいサルを想像していた。実際には、異様な感じのする巨大な目と、黒く粗い剛毛、猛禽のように細長い指が、不気味きわまりない外見を作り上げており、現地で『悪魔』と呼ばれて迫害を受けているのも宜なるかなと思わせた。マダガスカルでは、このアイアイや、やはり『悪魔の化身』と言われるインドリというサルが、急速に絶滅へと向かっているという。もし彼らが、コアラやパンダのようなポピュラーな外見を持っていれば、そんな憂き目にあうこともなかったに違いない。

近年、ウアカリが生息数を激減させている原因は不明らしいが、『バーズ・アイ』では、考えうる理由として、乱開発による生息地の破壊を挙げていた。だが、実際には、現地の人間が彼らを狩り立て、追いつめているのではないだろうかと、早苗は思った。

そういえばと、思い出す。高梨らが道に迷ったときに食べたのも、たしか、このウアカリだった。高梨の班の女性カメラマンも、その時には同行していたはずだ。早苗は、いたく同情した。自分ならば、どんなに飢えていても、こんなにグロテスクな動物の肉はとても食べられないだろう。

それにしても、なぜこの物語は、これほど背筋を寒くさせるのだろうか。

カミナワ族の民話は、全部で十一編が紹介されていたが、九番目の『憑依（ひょうい）』は最も地味な部類である。ほかの話はいずれも、熱帯特有の大らかな誇張と破天荒なイメージとに満ちていた。動物や死者が口をきくのはもちろんのこと、道で出会ったしゃれこうべが転がりながら追いかけてきたり、女の顔にワシの翼と蛇の胴体を持った怪物が、突然舞い降りてきて、インディオの子供をさらっていったりする。

その中にあって、『憑依』では、例外的と言っていいほど超自然的な要素が排除されていた。兄弟が湿った森の中で出会った人々にしても、はっきりと『森の精』だったと示されているわけではないし、兄が『悪魔の猿』に会う場面も、弟が、夜、遠目に見て、そう解釈するだけである。結局、村人たちは、弟から聞いた話を鵜呑（うの）みにして兄を殺す……。

この話は、もしかすると、昔、実際に起こった事件の記録なのかもしれない。嫌な想像が早苗の頭をかすめた。もし、兄か弟のどちらかが何らかの妄想性の精神疾患に罹（かか）っていたとすれば、兄が何かに『取り憑かれた』と村人たちから誤解されても不思議はないし、そのために、私刑（リンチ）に遭う可能性だってあるだろう。

そう考えると、最初はただの民話として読んでいたテキストは、かなり陰惨な様相を呈してきた。だが、自分がこの話を読んで衝撃を受けたのは、それとはまったく別の理由からである。『憑依』については、童話や小説などの分析で有名な心理学者の解説が寄せられていた。心理学者もやはり、この話に最も興味を引かれたらしかったが、彼の見解は、早苗とはかなり異なっていた。

心理学者は、未開社会に典型的に存在する、『悪の憑依』の意味について説いていた。ユング心理学では、『憑依』とは、人格が神がかり的（ヌミノース）な元型イメージに取り込まれてしまった状態だと考えられているらしい。

心理学者は、兄弟が村から離れて住んでいたことに着目していた。多くの未開社会で孤独がタブーとされているのは、人を悪に取り憑かれやすくするためだという。他者との生き生きとした交流を遮断されたとき、人は、ゆっくりとした非人間化の過程を辿（たど）る。

そうした人間は、まず、日常生活の中の様々な禁忌（タブー）を犯すことに無頓着（むとんちゃく）になるらしい。「チェッチェッ」という舌打ちのような音は、タブーが犯されつつあると話者が感じたときに、必ず発せられている。そして、タブーを軽んずることは、同胞にとって本当に危険な行為、真に恐ろしい罪に繋（つな）がっていくのだ。「シューッ、シューッ」という、激しい警戒音が発せられなければならないような……。

早苗は、顔を上げた。さっきから、発車のベルが鳴っていた。慌ただしく雑誌とカバンを持って立ち上がり、電車から降りる。雑誌に没頭していたため、もう少しで乗り過ごしてしまうところだった。

マンションに帰って、シャワーを浴びている間も、カミナワ族の民話のことが頭を去らなかった。

髪の毛をドライヤーで乾かし、顔をパックしながら、もう一度、最初から読み返す。このころには、もう、自分の心に芽生えた疑念は、はっきりと意識の上にのぼっていた。理性にはとうてい受け入れられないが、感覚的に否定しきれないものがあるのだ。

医師として、どんなことに対しても合理的な解釈を下す修練は積んできたつもりだったが、意識の表層を一皮剝けば、どんな人間にも、闇を恐れる子供の心性が眠っている。思春期には早苗も、一日中頰杖をついて空想に耽っていたような少女だった。今でも、女性誌などの星占いのページは自然と見てしまう。迷信に惑わされるつもりはないが、科学と論理だけが常に正しいとは限らない。直感や皮膚感覚を無視してしまうことの方が、むしろ、非合理的と言えるのだ。

彼女は、とうとう立ち上がって書斎に入って行った。奥の壁面には長い白木の板を何枚か渡した特注の書棚が設えてあり、精神医学や終末介護、ガン、エイズなどに関する専門書だけでなく、SFやミステリーなどの小説がぎっしりと詰まっている。目指す本は、いつのまにか端の方へ追いやられていた。アメリカ精神医学会編の、『精神疾患の分類と診断の手引き』（DSM―IV）である。

うろ覚えの記憶を頼りに、『特定不能の解離性障害』というカテゴリーを探す。そこには、こうあった。

『解離性トランス状態・特定の地域及び文化に固有な単一の、または挿話性の意識状態、同一性または記憶の障害、解離性トランスは、直接接している環境に対する認識の狭窄化、常同的行動または動作で、自己の意志の及ぶ範囲を越えていると体験されるものに関するものである。憑依トランスは、個人としてのいつもの同一性感覚が新しい同一性に置き換わるもので、魂、力、神、または他の人の影響を受け常同的な＝不随意＝運動または健忘を伴うものに関するものである。その例として、アモク（インドネシア）、ビハイナン（インドネシア）、ラター（マレーシア）、ピブロクトック（北極）、アタク・ド・ナビオス（ラテン・アメリカ）および憑依（インド）などがある……』

英文の直訳であるため、すんなりとは頭に入って来ない。それでも、おおよそのことはわかった。問題は、これが高梨のケースにはうまく結びつかないことである。

高梨の説明不能な人格の変容。『天使の囀り』という幻聴と妄想。典型的な死恐怖症の症状を示していたのが、一転して、死に病的なまでの興味を抱くようになったという事実。さらに、異常な食欲の増進と、性的嗜好の変化……。

インディオの民話は、道に迷った高梨らがウアカリを捕殺して喰ったというエピソードと、奇妙なほど一致点が多い。早苗は、高梨がアマゾンで何かに取り憑かれたという強迫観念にも似た考えを捨て去ることができなかった。感覚的には、むしろその方が納得しやすいのだ。

だが、かりにも精神医学を学んだ人間としては、そんな怪談じみた話をたやすく信じるわけにはいかなかった。合理的な解釈を探しているうちに、『憑依トランス』と呼ばれる現象を思い出したのだが、『DSM－Ⅳ』の記述と高梨の状況には、残念ながら決定的な違いがあった。『憑依トランス』は、多重人格の一種とも言える。第三者から見て、はっきりとした人格交代が起こるか、本人に、何物かに『憑依』されたという感覚がなくてはならない。ところが、高梨には、そんな意識は稀薄である。彼自身は、死を恐れなくなったことを除いて、自分が以前とそれほど変わったとは思っていない。にもかかわらず、客観的な第三者の目から見ると、あたかも彼が『憑依』を受けているかのように映るところに、気味の悪さがあるのだ。

早苗はもう一度『バーズ・アイ』を開き、細かいところまで読み直してみた。カミナワ族の民話には、もう一つおまけがあった。蜷川教授が採集した物語以外に、同じく『憑依』を扱った、『呪われた沢』という伝承があるのだという。ところが、この話に限っては、たった一人の伝承者に代々語り伝えられる以外には、いっさい物語ることが禁じられているというのだ。

あれこれ考えているうちに、頭が混乱してきた。早苗は、冷蔵庫からモーゼル・ワインのボトルを出して、グラスに注いだ。

グラスを口元に持っていってから、あまり飲みたくないのに気がついた。額に押し当てると、冷たくて気持ちがいい。余分な熱を奪い取ったことで、すっきりとした明晰な思考ができるような気がする。

それでは、ひとつの作業仮説として、というよりもSF的荒唐無稽な思考実験として、憑依が現実に起きたのだと考えてみよう。だとすると、高梨に取り憑いたものとは、いったい何だろうか。カミナワ族の民話にあった、『悪魔のサル』のヘクラか。それとも、アマゾンに棲むという森の聖母やクルピラという怪物なのか。

早苗は、無意識に身震いした。

あまりにも馬鹿馬鹿しい想像だった。にもかかわらず、彼女の直感は、それこそが真実であると告げているのだ。

男子は、三日会わないでいたら刮目して見ろと言ったのではなかったか……。早苗は、古い中国の諺を思い出していた。高梨の二度目の変貌を見れば、どんなに注意力散漫な人間でも目を剝かざるをえないだろう。

早苗の前で、大儀そうにソファから立ち上がった高梨は、百二十キロはゆうにありそうだった。力士のように体が締まっていないだけに、よけいに膨張して見えるのだろうが、たかだか一ヶ月あまりでここまで太ってしまうというのは、過食症でも珍しい。巨大な腰まわりに合わせて気球のように膨らんでいるジーンズは、どこで買ってきたのだろうか。彼女なら、片足の部分にすっぽりと入れるかもしれない。

「やあ。仕事中、悪いね。どうしても、頼みたいことがあって」

彼の左手には、口の開いたポテトチップスの徳用袋があった。早苗と話している間も、絶え間なく右手を袋に突っ込んでは、口元へと運ぶ。そのため、右手の指と口元は、油でてかてかと光っていた。

「じゃあ……ここじゃ何だから、上へ行きましょうか」

高梨の姿は、早くも、病院内の好奇のまなざしを集め始めていた。早苗は、先に立ってどんどん歩いていった。彼がさらし者になるのは耐え難かったので、自然に足が速くなった。高梨は、後からよたよたとついてくる。これでは、ここまで来るだけでも一仕事だっただろう。

早苗は周囲の視線を気にしながら、高梨をエレベーターの中に押し込んだ。ストレッチャーが載る大型の昇降機だが、高梨が入ると、ひどく横幅が狭く感じられた。

ホスピスの中を通って、無事に高梨を自分の部屋に導き入れるまで、早苗はずっと、息を詰めるようにしていた。

「そこにかけてくれる？」

高梨が倒れ込むように座ると、ソファは、大きく中央がたわんだ。

早苗は、笑顔が引き攣るのを感じていた。

過食症の治療ということなら、土肥美智子にアドバイスを仰げばいいかもしれない。できることなら、今の高梨の姿を見せたくはなかったが、もはや、そんなことを言っている時期ではない。このまま太り続ければ、生命に危険が及ぶのは目に見えていた。

そう考えている間にも、高梨はデイパックを下ろし、食べ物を取り出していた。彼は最近、袋物のジャンク・フードを偏愛しているらしい。どれも高カロリーで、動脈硬化の原因になりそうなものばかりだった。

「高梨さん。こういう食べ物は、本当はあまり身体によくないのよ」

早苗は、やんわりと指摘した。

「後ろに、成分表が載ってるでしょう？　この、マーガリンとか、ショートニングとか、植物性油脂とかいうものが要注意なのよ。こういう油は、常温では液体なのに、無理に固形化しようとして、工業的にトランス脂肪というものに変換されているの。天然には存在しない不自然な構造を持った油で、人体に悪い影響を与える可能性があると言われているのよ」

「そんな話は、初めて聞いたよ」

「日本以外の国では、すでに常識になってる話よ。オランダなんかでは、トランス脂肪を含んだ製品は、販売を禁止しているわ。ドイツでも、マーガリンの発売とクローン病の多発した時期が一致していることから、疑わしきは使用せずということで、いっさい使われていないし」

「どうして、日本では、禁止されてないんだろう？」

高梨は、あいかわらず、スナックをばりばりと貪り食いながら言った。

「さあ。それは厚生省に聞いてみた方がいいでしょうね」

「しかし、だったら、バターの方がずっと身体にいいわけだ。僕は、醤油バター味というのが大好きなんだよ」

「……そう」

ここまで摂りすぎたら、身体に悪いという点では何でも同じだわと、早苗は心の中で呟く。

「それで、さっき、何か私に頼みたいことがあるって言ってたけど？」

高梨は、再び袋の中身を口の中に流し込むと、脂まみれの指をトレーナーの胸元で拭った。よほど頭が痒いらしく、髪に手を突っ込んで、しきりに掻き毟る。ばらばらと、白いフケが散った。

「最近、よく眠れないんだ」

「そう？」

「それで、薬をもらえないかと思って」

早苗は、あらためて高梨の姿を見やった。たっぷりと皮下脂肪が付いたせいか、顔色は紙のように白い。特に何かに悩んでいるような感じはないが、過食症はストレスから起きる。もしかすると、不眠によるストレスが、異常な食欲に拍車をかけているのかもしれない。

「前にあげたお薬は？　かなりまとめて出したはずだけど？」

「ああ。あんまり効かないんだ。体重が増えたせいかもしれないけど。あまり、強い薬じゃなかったんじゃないかな？」

「そんなはずはないけど」

早苗は、少し考えた。

「わかったわ。じゃあ、一回に一錠じゃなくて、二錠のむようにして。だけど、もし眠くならなくても、絶対に、それ以上のんだらダメよ？」

高梨はうなずいた。目は子供のようにきらきらと輝いていたが、視線に落ち着きがなく、焦点が定まっていない感じだった。ちゃんと指示が伝わっているのかどうか心配になる。

「あと、これからしばらくの間、カウンセリングに通うようにしてくれる？」

「カウンセリング？　薬をのめば、寝られると思うけど」

「うん。それもあるけど、やっぱり、少し食べすぎだと思うのよ。このままだと、健康に悪いし。時間があれば、私がカウンセリングできるし、手が放せないときは、ほかの先生に頼んどくから」

「ああ、わかった」

高梨は、思いの外あっさりと承知した。

「じゃあ、お薬をもらってくるから、ちょっと待ってて」

早苗は部屋を出て、薬局へ向かった。処方箋（しょほうせん）を書き、薬を受け取って部屋に帰ると、高梨の姿はなかった。時間にすれば、ほんの四、五分のことだっただろう。

あわてて部屋を出て周囲を探してみたが、やはり彼はいなかった。近くにいたホスピスの入院患者に聞いてみると、ついさっき、異様に太った男が、エレベーターで下へ行ったという。

妙な胸騒ぎを感じる。高梨はなぜ、逃げるように姿を消したのか。

だが、早苗には、いつまでも彼にばかりかかずらっている暇はない。今日は、ホスピスへの入院を希望する何組かの患者やその家族と面談を行うことになっていた。

仕事を全部終えてから、彼女が再び自分の部屋に戻ったのは、夜の九時を回ってからだった。ルーティン・ワークに埋没しているうちに、今日、高梨が訪ねてきたことが、夢だったような気がし始めていた。昔と変わらないスリムで内省的な高梨は、今もちゃんとどこかにいるのではないだろうか。数時間前に自分が見たのは、高梨とは別人のどこかの内分泌異常の患者だったのではないか。

机に向かって座ったときに、漠然とした違和感を感じた。

一瞬、何がおかしいのかわからなかったが、すぐに、一番上の引き出しが、ほんのわずか、開いていることに気づく。

普段は、この引き出しには鍵をかけてある。だが、肝心のその鍵は、机の上の小物入れに無造作に放り込んであった。開けようと思えば、誰にでも開けられる。

早苗は、そっと引き出しを開けた。だが、中を見る前から、すでに覚悟はできていた。

引き出しの一番奥に入っていた睡眠薬の瓶が、三つともそっくり消え失せている。いずれも、高梨に与えていた、安全性の高いベンゾジアゼピン系の薬ではなく、効き目の強いブロムワレリル尿素製剤だった。

少なくともこれで、高梨が逃げるように帰って行った理由は、はっきりした。

だが、彼は、何のために、これほど大量の睡眠薬を必要としたのだろう。

突然、電子音のメロディが鳴り響いたので、どきりとする。『オペラ座の怪人』の『マスカレード』……。嫌な予感が走った。急いでカバンを開け、携帯電話を取り出す。

「もしもし？」

相手の気配は感じられるものの、返事はなかった。しかし、彼女は、いたずらではないと直感した。

「もしもし？　高梨さん？　そうなんでしょ？」

低い含み笑いが返ってきた。笑いはいつまでも続いていたが、そのうちに甲高い哄笑となって弾けた。

「高梨さん？　聞こえる？　ねえ、返事して」

「ああ。ごめん」

高梨の声は、まだ笑いの余韻を引きずっていた。

「何だか、今晩は、気分がいいんだ」

「高梨さん。あなた、睡眠薬を持っていったでしょう？　どうして？」

「どうして？」

また、高笑いが響いた。声を張った笑いの中に、ときどき悲鳴にも似た喘ぎ声が混じる。ほとんど病的な躁状態にあるようだ。早苗の背筋を冷や汗が滑り落ちた。まさか。

「薬ってのは、のむためにあるんだろう？」

まるで自分が、気の利いたジョークを飛ばしたとでもいうように、高梨は爆笑した。

「高梨さん。今、薬をのんでるのね？」

高梨の笑いの発作が鎮まるのを待ってから、早苗は訊ねた。

「薬かあ。のんだよ。もちろん」

「ねえ、教えて。どのくらいのんだの？」

「どのくらいか。どのくらいかなあ」

高梨は、喉の奥で機嫌のいい猫のような音を立てた。

「わからない……わかれない……わかりえない。ん？　どれが正しいんだっけ？」

「ねえ、これは大事なことなの。よく聞いて。あなたが持ってったのは、すごく強い薬なの。のみすぎると、命にかかわるのよ」

「そうか。命にねえ。それは大変」

「冗談じゃないのよ。ねえ、今、どこにいるの？　すぐにのんだ薬を吐き出さないと、手遅れに……」

「うるさい。僕は、昔っから、アール・デコは嫌いだって言っただろ？　ぐにゃぐにゃして、気持ち悪いんだ」

高梨は、吐き捨てるように言った。

「高梨さん……」

「ああ、ごめん。君に言ったんじゃないんだ。さっきから、うるさいんだよ」

「うるさいって？」

「天使。もう、さっきからずっと、まわり中で囀ってる。ごちゃごちゃと、僕にいろんなことを言うんだ。わけのわからないことばかり、囈語みたいな……」

一刻も早く、高梨を見つけだして、胃を洗浄して睡眠薬に拮抗する薬を注射する必要がある。

だが、彼はいったいどこにいるのか。

「高梨さん。そこがどこなのかだけ、教えて？　ね？」

「そうじゃないって。水滸伝には、そんな奴は出てこない」

高梨が言葉を切ると、かすかに、聞き覚えのある音が聞こえた。固いもの同士を、ゆっくりと打ち合わせるような響き。……グラスの中で、氷がぶつかるような。

「あなた、お酒を飲んでるの？」

早苗は息をのんだ。

「だめよ。すぐにやめて。睡眠薬とアルコールを一緒にのむなんて、自殺行為なのよ！」

「どうして、そんなことばかり言うんだ？　意味がないじゃないか？　え？　どうして、蒸し焼きにしなきゃならないんだ？」

「高梨さん！」

早苗は、叫んだ。

「うるさいんだよ。そんなにまわり中で。どうしてほしいんだ？　僕は、聖徳太子じゃないぞ。せめて、質問をするのか啼くのか、どっちかにしてくれ」

高梨は、グラスの液体を飲み干したらしい。からりという乾いた音がした。

「はじめのこえ。うごかぬこえ。おうずるこえ。たすくるこえ」

「高梨さん！　返事して！」

「つづめこと。のべこと。うつしめぐらしかよう。はぶくこと……」

高梨は、譫言のようにしゃべり続けた。後半は、何を言っているのかほとんど聞き取れない。

「しっかりして！」

「ああ。近づいてきた。もうすぐみたいだ」

高梨は、ふいに落ち着いたしゃべり方に戻った。一時的に錯乱を脱したらしい。

「……もうすぐって、何のこと？」

「あんなに怖かったのが、ほんと、嘘みたいだ。もう怖くない。胸がうきうきする。ただ眠いだけで。このまんま……」

「高梨さん！　だめよ！　しっかりして！」

「こんなに、まわりがうるさくっちゃ、別れも言えないよ。囀りばっかりで。そこら中。天使が」

高梨は、長いあくびをした。

「ああ。暗くなってきた」

「高梨さん！　よく聞いて。これから、私が……！」

早苗は、懸命に話しかけようとした。

「眠くてたまらない。おやすみ。早苗」

唐突に電話は切れた。

早苗の耳の中では、通信の途絶を示す信号音だけが反響し続けている。

なぜか、もう二度と高梨の声を聞くことはできないのではないかという、恐ろしい予感があった。

四章　恋愛ＳＬＧ（シミュレーションゲーム）

朝の空気は、不愉快なくらい頰（ほお）に冷たく、真正面から射し込む陽光は、疲れた網膜には眩（まぶ）しすぎた。

荻野信一は、一人、とぼとぼと歩き続けていた。途中、駅へ向かう何人もの勤め人たちとすれ違う。信一は、彼らとは視線を合わせなかったし、向こうも、彼には目もくれようとはしない。もう、身も心も、ぼろぼろだという気がしていた。彼を支えていたのは、自分の部屋に帰れば、『紗織里（さおり）ちゃん』が待っていてくれるという一念だけだった。

だが、ようやく『コーポ松崎』へと帰り着くと、一階の共用廊下の前に、箒（ほうき）を手にした小柄な老人がいるのが見えた。信一は、思わず舌打ちしてしまい、その音を聞かれなかったかと思ってどぎまぎした。

大家の松崎老人だ。中学校の教師を定年になってからは、よほど暇なのだろう。見たところ、ゴミなどどこにも落ちていなかったが、常に身体を動かしていないと気がすまない性分らしく、毎日早朝から、コーポの周りの清掃に励んでいる。

話しかけられるとうっとうしいので、信一はなるべく顔を合わせないように帰宅する時間をずらしたりしていたのだが、今日はうっかりしていた。

目敏（めざと）い老人には、とっくに彼の姿は見つけられてしまっているはずだ。いまさら後戻りするわけにもいかない。

信一が門を入ると、松崎老人は、すたすたとこちらに近づいてきた。信一は曖昧に会釈して擦り抜けようとしたが、危惧したとおり、老人は彼を呼び止めた。

「おう。荻野君。今帰ったの？」

「ええ。まあ……」

「夜勤？」

「はあ」

「コンビニ？」

どうしてこう、わかりきったことばかり聞くのだろうかと、信一はうんざりした。

「まあ」

「そう。あそこのコンビニ、何てったっけな？」

「……ライトハウス」

「そう。そうだった。そうだった。そういう名前だった。ライトハウス。大手だ。たしか、上から何番目かだな。しかし、最近は本当に便利んなったなあ。一日二十四時間開いてるんだから。ええ？ 夜中でも、いつ行っても、何でも買える。だけんどまあ、その分、働いてる方はたいへんだわな」

やめてくれ、と思う。助けてくれ。どうしてそんなにいつも、無意味なことばかり言うのか。朝っぱらから、そんなわかりきったことをしゃべって、いったい何が面白いというのだ。だが、もちろん、面と向かってそう言うわけにはいかない。信一は、引き攣った笑顔を浮かべて、ひたすら老人が彼を解放してくれるのを待った。

「そうかあ。それで、今日はもう、仕事ないの？」

よけいなお世話だと思ったが、へたに暇だと思われると、また誘われる可能性がある。

老人も、信一と同様一人暮らしであり、しかもたちが悪いことに、食事は大勢で食べた方がうまいという強固な信念の持ち主だった。

以前に水炊きに誘われた時は、断りきれずに老人の部屋に上がったが、延々二時間以上も、拷問に耐えなければならなかった。老人は絶えず話しかけてくるのだが、もともと共通の話題などあるはずもないので、すぐに気まずい沈黙が訪れる。手持ち無沙汰をごまかすには、せめて、せっせと食べるしかなかったが、信一は、その時、老人と同じ鍋をつつくことが予想以上に生理的な嫌悪感をもたらすことに気がついた。老人はねぶり箸が癖らしく、さんざん舐め回した箸で無神経に鍋の中を掻き回す。熱湯で消毒しているから平気だというのが、この世代の考え方なのだろう。

信一は、怖気をふるいながらも、死ぬような思いで白菜の切れ端を嚥下したのだが、老人は、善意のかたまりのような笑みで、もっと肉を食え、遠慮するなと彼に迫るのだった。

鍋の中で煮えている青菜よりしおたれた信一の反応を見れば、二度と誘ってはこないだろうと思うのが常識的な考え方だろうが、あいにく松崎老人には通用しなかったようだ。信一が愕然としたことには、数日後、老人はその時のことを、『楽しかった晩』として言及したのである。信一の沈黙も一方的に善意に解釈され、誘われたこと自体が苦痛だったとは夢にも思っていないらしかった。

「ちょっと帰っただけで、またすぐ仕事、行きますから」

信一は嘘をついた。だが、それで解放してもらえると思ったのは甘かった。老人は、相変わらず無意味なことをしゃべり続け、いつのまにか、懐旧談を始めそうになっていた。

「あの、じゃあ、ちょっと、用ありますから……」

信一は、一瞬の隙をとらえてそう言った。

「え？」

老人は、ぽかんとした顔で信一を見た。無遠慮に彼の目を凝視する。ピンクのサングラスの奥で、信一は目を瞬いた。

「ちょっと、上で……。その」

信一が言葉に詰まっていると、老人はうなずいた。

「ああ、そう。はいはい。行ってらっしゃい」

ほっとしてきびすを返しかけた信一に、老人は後ろから言葉を投げつけた。

「荻野君さあ、もうちっと、はきはきした方がいいなあ。今時の若い人は、みんな、はっきりもの言うんだろ？　それに、朝から暗い顔ばっかりしてっと、福が逃げてって、鬼を呼び寄せちまうよ」

うるさい。じじい。

信一は、鉄製の階段を騒々しい音を立てて駆け上がり、二階に避難した。五つ並んでいる部屋のうち、一番奥が彼の住居だった。鍵を開けて部屋に飛び込むと、すぐにまた、鍵をかける。

自分の部屋に戻ると、いつも心底ほっとした。築二十年を越した安普請で、一日の大半は、南側にあるマンションの陰になっている。光が部屋に射し込むのは、強烈な西日で部屋の半分が燃えるような色に染まる、夕刻のほんのひとときだけだった。

　信一はカーテンを開けたが、部屋の中は依然として、まだ夜が明けていないかのように真っ暗である。だが、この穴蔵のようなスペースが、彼にとって唯一の憩いの場所、安息の地なのだ。

　１Ｋで月三万六千円という格安の家賃。しかも、松崎老人の厳しいチェックの賜物か、あまりおかしな住人がいないのが、このコーポラスの大きな取り柄である。以前住んでいた木造アパートでは、殺人事件さながらの大声で夫婦喧嘩をする一家や、真夜中に傍若無人な大音量でロックをかける学生などがいて、ほとんどノイローゼになりかけた。

　それ以上に、信一が前の木造アパートに我慢ができなかったのは、周囲に雑草だらけの空き地があって、そこに無数の蜘蛛が巣くっていたことだった。人の手が入らない環境が、蜘蛛の餌になる虫の発生に好都合だったらしい。蜘蛛は絶え間なく生息圏をアパートの方に拡大しようとしており、日に何度となく飛び上がるような思いをした。

　信一は、子供の頃から、重度の蜘蛛恐怖症だった。それは年々ひどくなり、最近では、蜘蛛に触れることはおろか、近寄ることさえできない。大きな蜘蛛が網を張っている道は、当然のごとく迂回した。ところが、『コーポ松崎』の周囲には、よけいな空き地もないし、老人の絶え間ない清掃作業の甲斐あって、小さな蜘蛛でさえ、建物に網を張るいとまがなかった。だからこそ信一は、やたらに干渉したがる大家の存在にも耐えて、ここにいるのだった。

　老人に捕まっていたせいで、貴重な時間を数分間も浪費してしまった。取るものもとりあえず、パソコンを起動する。ハードは年々高性能になっているが、OSもうんざりするほど重くなっているので、たっぷり二分も待たされてから、ウィンドウズが立ち上がった。

本当は、すぐにでもゲームかインターネットを始めたかったのだが、ひどい空腹を感じていた。内側に黒い水垢のこびりついた電気ポットで湯を沸かし、湿気たティーバッグで紅茶を入れた。五年も使っているぼろぼろのデイパックから、サンドイッチを出す。コンビニで廃棄処分になるのを、こっそりくすねてきたものだ。

寝不足と疲労、それに精神的なストレスとで、頭の中は混乱の極みに達していた。だが、胃に食物を入れたために血糖値が上がると、どうにか、ものを考えられるようになってきた。

発端は、信一が、夜勤の始まる時間に遅刻したことだった。額が禿げ上がり口髭を生やした店長は、かんかんになって怒った。たまたま昨日の晩に限って、客が多かったために、信一が来るまで、一人でレジを含めたあらゆる雑用をこなさなければならず、てんてこ舞いだったことも怒りに拍車をかけていた。

「どういうつもりだよ。え? 何で遅れたんだ?」

店長は、いつになく感情的になっていた。

「黙ってちゃ、わからねえだろう? 何とか言えよ」

「すみません」

信一は、ただ謝るしかなかった。

「ったく。いい年しやがって……」

店長が最後にぽつりとつぶやいた一言は、彼の心に突き刺さった。

商品を陳列したり、店内を掃除したりしているうちに、心の古傷の緩慢な痛みが、彼に襲いかかってきた。普段は意識しないようにしていたことが、心の封印を破って、一気に噴き出してくる。企業に入っていれば責任ある仕事を任されていてもおかしくない年なのに、いまだに親から仕送りを受けている身であること。恋人どころか、女性で知人と言えるような人間は一人もいないこと。現在の自分の生活は惨めの一言だし、将来には何の展望もない。

これまでに、他人から傷つけられ、口惜しい思いをしたときの記憶が、無数の断片となって押し寄せてきた。ふだん、めったに物事を突き詰めて考えることがないだけに、いったん防波堤が破れてしまうと、手の施しようがない。その晩ずっと、信一の頭の中では、救いようのない自己否定が渦巻いていた。

さすがに、これ以上店長の機嫌を損ねるのはまずいと思い、信一はラックの雑誌を整頓しているふりをしたが、彼の心は遠くに飛び去ってしまっている。気がつくと、さっきから同じ雑誌を右へやったり左へやったりしているだけだった。

「おい。何やってんだ。レジやってくれ!」

いらだたしげな、店長の声が響いた。

横目でうかがうと、いつの間にかカウンターの前には、五、六人の客が並んでいる。着色した髪と疲れた皮膚をした、夜行性の若者たちだ。

信一は、そっとピンクのサングラスを上げて目元を袖口で拭うと、走っていった。

「こちらへ、お願いします」

蚊の鳴くような声で後ろに並んでいる客にそう言い、もう一つのレジを開けた。店長は、露骨な侮蔑を含んだ目で、信一をにらみつけた。

「千六百、七十五円です……二千円から、お預かりします」

たいていの客は、コンビニの店員を人間とは思っておらず、信一と目を合わせようともしない。それが、今の信一には唯一の救いだった。

「ええと、二千九百、七十九円です」

次に目の前に来た娘は、どことなく『紗織里ちゃん』に似た風貌だったので、少しどきりとした。財布から、きっちりと端数までコインを選び出している。『紗織里ちゃん』も、水瓶座のA型で几帳面な性格であることを思い出す。

だが、すぐに娘は、優しい『紗織里ちゃん』とは似ても似つかない性格であることを露呈した。信一が掌を出すと、娘は、指が触れるはるか以前にコインを落とした。まるで汚いものに触れるのを避けようとするかのような動作だった。

コインはカウンターの上に落ちて散らばったが、信一が拾い集めている間に、娘はさっさと買い物袋を持って出ていってしまった。

「ありがとうございました」

そう言ってからコインを数えたが、百円足りない。

どきりとした。しまった。どうしたらいいだろう？

コインを持って困っている彼の前に、次の客がどさりとかごを置いた。早くしろと言わんばかりに、彼をにらむ。

「あの、店長……」

だが、店長は彼を無視して、猛烈な勢いでキーを叩いていた。

やむを得ず信一は、百円足りないまま、次のレジを打った。あの、馬鹿女め。わざと少なく払いやがって。外見だけで、『紗織里ちゃん』に似ているなんて少しでも思ったのが間違いだった。

あれは蜘蛛みたいに邪悪な女だ。蜘蛛女だ。蜘蛛女蜘蛛女蜘蛛女蜘蛛女蜘蛛女……！

客がいなくなってから、信一は自分の財布を出して、レジに百円玉を入れようとした。金を取るのなら犯罪だが、入れるのだからオーケーのはずだと思っていた。まさか、あれほどひどく叱責されることになるとは夢にも思っていなかった……。

信一は、冷めてしまった紅茶をがぶりと飲んだ。睡眠時間を削って、これ以上あんな不愉快なことを思い出していてもしかたがない。

デスクトップのアイコンをクリックして、インターネットに接続する。

『お気に入り』に登録されたアダルト・サイトをいくつか巡回したが、完全露出の画像にも食傷気味で、見たいとも思わない。それでもつい習慣で、ロリータや、ＳＭなどの画像をいくつかダウンロードした。ホモセクシュアルやスカトロ、獣姦の画像などもあったが、趣味に合わないので、見てみることもしなかった。

一通りページの巡回が終わると、信一は、インターネットとの接続を切った。

ほんの半年ほど前には、信一は重度のインターネット中毒患者だった。一日十数時間をネット・サーフィンに費やし、食事や睡眠すらろくにとらないような日々が続いた。文字通り寝食を忘れて、国内や海外のアダルト・サイトを探訪していた。一つのサイトには、また別のサイトへのリンクがあるため、際限がなかった。インターネット中毒とは、一種の情報中毒であり、途中でやめるのは困難だった。だが、たとえアダルト関係に限っても、すべてのページを見尽くすのは、百年かかっても不可能である。それどころか、日々新しいサイトが生まれ、更新されていくのだ。

インターネットのシステムである、World Wide Webという言葉を思う。それは、世界中に張り巡らされた蜘蛛の巣を意味している。自分は、この蜘蛛の巣に危うく絡め取られてしまうところだったと思う。これは、偶然の暗合なのだろうか。そもそも自分は、なぜ、いつから、これほど蜘蛛を恐れるようになったのだろうか。

信一は、被害妄想めいた思考の断片を追い払うと、デスクトップにある『FLマスク』というソフトを起動した。このソフトは、ネット上で自由に手に入れることができる、いわゆるシェアウェアだった。本来は、画像にモザイクをかけるためのソフトだが、ほとんどのユーザーは、モザイクを外すのに使っているはずだ。

彼は、『FLマスク』の上に、先ほどデスクトップにダウンロードしたロリータの画像を呼び出した。……このソフトの作者は警視庁から刑事告発を受け、たしか、有罪判決が出たはずだった。今後、ネット上の『有害情報』を規制しようとする動きは、ますます活発化していくのだろう。

ちらっとそんなことを思ったが、すぐに忘れてしまった。もともと、さしたる関心があったわけでもない。自分に差し迫った関係のない問題について考えたりするのは、時間の浪費以外の何物でもない。

彼は熟練した手つきで、マウスでドラッグした枠を画像上のモザイクの枠に合わせた。若干、はみ出してしまう。モザイクのサイズがイレギュラーなのだ。そこで、『マスク枠コントローラ』を呼び出して微調整をする。

うまくいった。今度はモザイクの種類を判定しなければならないが、たぶん『ＱＯマスク』だろう。たいていはそうだ。マウスのポインタで『ＱＯマスク』のボタンをクリックすると、モザイクはきれいに消えた。

信一は、にやりとした。これが、『ＣＰマスク』だと、キーワードを入れなければモザイクを外せないので、厄介なところだった。ヌード写真にアイドルの顔をすげ替えたアイドル・コラージュ、通称『アイコラ』のページでは、訴えられることを恐れてか、ほとんどのモザイクが『ＣＰマスク』になっている。もちろん、『ＣＰポップ・アップ』か『Ｇマスク』を使えば、多くの場合、キーワードは簡単に探知できるのだが。

画面上で、せいぜい十一、二歳と思われる白人の少女が一糸まとわぬ姿になった。だが、まだどことなく、モザイクのかかっていた場所が不自然な感じを与える。『左右反転』をかけてみた。やはりそうだった。今度こそ、完全に無修整の画像がディスプレイに映し出されていた。少女は、毛むくじゃらの男の手で猥褻（わいせつ）なポーズを強要されながら、青ざめ、こわばった笑みを浮かべている。

ネット上でこんな画像が公開されているということは、世界中の無数の変態趣味の男たちの目にさらし者になっているということである。この子の人権は、いったいどうなるのだろう。今度はふと、そんな疑問が頭に浮かんだ。その写真自体が、歴然とした犯罪の証拠と呼んでもおかしくないものだったからだ。

だが、いつもと同じく、そこで思考停止する。自分は、犯罪の実行に加わったわけでもなく、有料の画像を見るために犯罪者に送金して、間接的に彼らに荷担したわけでもない。ただ、自分の部屋からこっそりと無料の画像を覗き見て、興奮しているだけだ。誰にも迷惑はかけていないんだから、オーケーだ。

その次の絵は、もう少し手強かった。『QOマスク』を外しても、モザイクのあった部分はいくつかのブロックに分割されて、入れ替えられていた。これを生の画像に戻すには、より精緻な作業を可能にする別の画像ソフトに取り込まなくてはならない。そこまでやるのも面倒だったので、そのまま保存する。

モザイクを外してきれいになった画像は、MOという光磁気ディスクに保管していた。近年のコンピューター関連の技術革新はめざましく、フロッピーとほぼ同じ大きさのディスクに、数千枚の画像を保存することができる。その多くは、こうした用途に活躍していた。もっとも信一は、一度保存した画像は、ほとんどの場合、二度と呼び出して見ることはなかったが。

その後も作業は順調に進んだが、五十番目くらいに出てきた画像は吐き気を催すようなものだったので、消去した。信一は身震いした。こんなものを見て喜ぶ人間がいるとは、とても信じられない。画面中央に大きなモザイクがかかっていたために、ダウンロードしたときは、何がなんだかわからなかったのだ。

いちじるしく気分を殺がれてしまった。『FLマスク』を終了させ、気を取り直そうと、机の引き出しから、数十枚のCD―ROMを納めてあるファイルを取り出した。中身はすべて、パソコンゲームのソフトだった。

彼がインターネット中毒から『立ち直れた』のは、ゲームに熱中するようになったからだった。フロイトは、モルヒネ中毒の患者をコカインで治療していたというが、信一にとってのコカインにあたるのが、これらのソフトなのである。

音楽ＣＤそっくりの円盤を、パソコンにセットする。ＣＤ－ＲＯＭプレイヤーはオートランに設定してあるので、自動的に読み取りが始まった。

ディスプレイの中央に、ゲームの画面が現れた。Imagoという会社名に続いて、『天使が丘ハイスクール』というタイトル文字。その下で、セーラー服と水着、それに天使のコスチュームの美少女たちが、信一に向かって微笑(ほほえ)みかけていた。最近、彼がすっかりはまっている、『恋愛ＳＬＧ(シミュレーションゲーム)』である。

信一の背後にある大型のスライド式の本棚には、文芸書の類は一冊もなかった。ぎっしりと詰まっているのは、少女漫画と、それにゲームの空き箱ばかりである。

特に気に入ったゲームは、ウィンドウズからセガサターンやプレイステーションなどに移殖されるたびに買い揃(そろ)えているため、同じタイトルの箱がいくつも並んでいる。内容はほとんど同じなのだが、ごく微妙な差異があると聞くだけでも、すべてを手に入れずにはいられなかった。

圧倒的なソフトの種類の多さから、主にテレビ用のコンシューマー・ゲーム機でプレイしていた時期もあったが、最近はすっかりパソコンゲームの虜(とりこ)となっていた。何と言っても、機械が高価なだけあり、情報量と画面の発色が断然違うのだ。信一のパソコンは、ＣＰＵも二世代ほど前のもので、ハイエンドには程遠かったが、ビデオボードとサウンドカードだけは高価なものを組み込んである。

それに、彼がテレビゲームよりパソコンゲームを愛好するのには、もっと明白な理由があった。

ほとんどのゲームの箱の背には、銀色の丸いシールが燦然と輝いている。その上には青い字で、『コンピュータソフトウェア倫理機構、十八歳未満お断り』と書かれていた。これは、たとえ箱の表面の絵がアニメタッチの可愛らしいものであっても、ゲームが進むにつれて、ちゃんと猥褻で変態的なCGが現れますよというお墨付きなのである。

これが、いわゆる『十八禁』ゲームだが、テレビゲームでは低年齢のユーザーまでを想定しているため、せいぜい『十八歳以上を推奨』するゲームしか存在しない。つまり、それだけ性描写が制約を受けることになるのだ。パソコンで『恋愛SLG』と呼ばれるものは、少数の例外を除いて、ほとんどがこうした『十八禁』の指定を受けている。『変態ゲーム』略して『Hゲー』は、今や日本固有のサブカルチャーとして、海外でも多くのファンを獲得していた。

信一はヘッドホンをつけて、ゲームの起動画面をクリックした。なじみ深いテーマソングが流れる。椅子の背に深くもたれて、ほっと溜め息をついた。現実の世界では、嫌でも他人と交渉を持たねばならず、常に、深く傷つけられることのないように身構えていなくてはならない。張りつめていた心のガードが、まるで温かい湯に浸したようにほとび、緩んでいくのを感じる。

前回セーブしたゲームのデータを読み出して、いよいよ前回の続きをプレイしようとしたとき、電話が鳴った。

くそっ。誰だ、こんな朝早くから。

無視しようかとも思ったが、電話は執拗に鳴り続けた。あいにく、留守電はセットしていない。業者がどこで彼の番号を知るのかわからないが、テープは、すぐにわけの分からない勧誘のメッセージでいっぱいになってしまうからだ。

「……はい」

不機嫌な声で、信一は電話に出た。何かの勧誘だったら、すぐに受話器を叩きつけてやろうと思いながら。

「あんた、男のくせに、えらい長電話やねえ！」

姉の声だった。

「さっきから何べん電話しても、ずっと話し中やったわ」

インターネットに接続していたのだと言おうと思ったが、面倒なのでやめた。ケーブルテレビに加入するような金はなかったが、せめて旧式のモデムをやめてＩＳＤＮにすれば、接続中も電話を受けられる。だが、そうまでして受けたいような電話など、彼のところにかかってきたためしはなかった。

「何や」

「何やとは、ご挨拶やね。あんた、正月も帰ってこんかったでしょ。どうしとるか思うて、電話したんやないの」

「元気やし」

「元気やったら、連絡くらい、よこしなさい。お母さんも、お父さんも、心配しとるよ」

姉は信一とは二つ違いだったが、すでに恰幅のよい堂々としたおばさんになっていた。両親と信一が話すと必ず喧嘩になるので、最近では姉が代わって電話してくる。姉にだけは可愛がってもらった記憶があるし、小学校でいじめに遭ったときに庇ってもらったという負い目があるので、いまだに頭が上がらなかった。

「まあ、それはええわ。それより、今度の休みでも、ちょっと、こっち帰ってこれん？」

「何で？」

「あんたに、会わせたい人がおるんやわ」

「会わせたい人って、誰？」

信一には、郷里に会いたい人間など誰一人いない。

「うちの人の会社の、事務やってる人やの。気だてのええ、しっかりした娘さんよ」

姉の褒め方から、美人ではないことが容易に推測できた。信一は、ゲームの起動画面に出ている女の子に目をやった。アニメーターがエアブラシで描いた皮膚は、シミ一つないピンクで、大きくてつぶらな瞳はきらきらと輝いている。

「……前に言うたやろ。見合いは嫌いやから、する気ないって」

「まだ、そんなこと言うてるの！」

姉の声は、怒気を帯びた。

「あんた、自分の年、考えたことあるの？　いつまでもふらふらしとるけど、もう三十八なんよ？」

「わかっとるわ。自分の年くらい、言われんでも」

信一は鼻白んだ。

「ちっとも、わかってないやないの。いつまでも、プー太郎でどうすんの？　お父さんとお母さんも、いつまでも元気やと思っとったら大間違いやからね」

「俺はプーとちゃうで。ライターや。今もパソコンで、原稿書いとったとこ……」

「何が原稿やの。笑わせんといて！」

ゲームやアニメ雑誌に投稿した文章が何度か採用されたことから、信一は、フリーライターという肩書きの付いた名刺を作っていた。いつかは、本格的なゲームの評論を書こうとも思っていたのだが、当然のことながら、姉は歯牙にもかけない。

「ええかげんに、目ぇ覚ましなさい！　うちの人が、あんたに仕事も用意してくれてる言うてるんやから。わかってんの？　この不景気で、ほんまはリストラせなあかんとこなんよ。それを、特別にあんたのために……」

怒りで、少し手が震えた。だが、反論する言葉は出てこない。これまでも、いつもそうだった。腹の中では、様々な思いが渦巻いているのだが、それを言葉で表現することができないのだ。

信一は長く息を吐き出すと、受話器を置いた。しばらくは、すぐにまた姉から電話が来るのではないかと身構えていたが、それっきり呼び出し音が鳴ることはなかった。

すっかり気分が悪くなっていた。一刻も早く神聖なゲームの世界に入り、すべてを忘れたかった。この世で彼が唯一愛しているのは、ゲームのヒロインである『川村紗織里ちゃん』だけだった。

CD-ROMをセットし、ヘッドホンをつける。ゲームの起動画面をクリックすると、テーマソングである『School Days』が始まった。もう、それだけで涙が出そうになるほど、ほっとする瞬間だった。

School Days. もう一度、君と過ごしたい。胸躍った、あの季節を。争いも、妬みも、苦しみもない世界で。

School Days. もう一度、君に来てほしい。夢がかなう、あの教室へ。大事なのは、素直な心、ただそれだけ。

School Days. ああ。地上に訪れた、この奇跡の時間。君を待っている、制服の天使たち。放課後の図書室。蟬の鳴くプール。文化祭の校庭。そして、夕暮れの校門で。

きっと、どこかにあるはずだよ。Another time, another place. 天使たちの降り立つ場所が。それが、天使が丘ハイスクール。

すぐにクリックしてゲームを始めることもできるが、信一は、テーマソングを最後まで聴いた。何度聞いても感動的だと思う。どうして、こういう素晴らしい歌がヒットチャートに上らないのかが、不思議でならなかった。しばらく余韻に浸ってから、マウスで隠しコマンドのある画面の一部分をクリックした。もう一度、テーマソングが始まった。今度も最後まで聞いてから、いよいよゲームを始める。

ゲームとは言っても、あらかじめ決められたセリフが文章で現れるので、ほとんどは、その上を機械的にクリックするだけである。ときおり三つぐらいの選択肢が示されるのだが、これも、好き勝手なものを選ぶわけにはいかない。ゲームを最後までクリアーするためには、常に正しい選択をしなければならないのだ。

　信一はあらかじめ、インターネット上で、『天使が丘ハイスクール・完全攻略ページ』というサイトを探し出していた。すでにゲームを完全にクリアーした人間が、どこでどの選択肢を選ぶべきかという一覧表を作っているのである。

　信一は、その一覧表をプリントアウトして、パソコンの脇のドキュメント・ホールダーに留めていた。この前はうまくいかなかったが、今度こそ、万全の準備を整えて、『紗織里ちゃん』をゲットすることができる。

　前回セーブしたデータをロードする。これで、この前の続きからプレイすることができる。インターネットで『Hゲー』関係のホームページを渉猟した時に、彼はゲームのセーブデータそのものをダウンロードできるサイトまで発見していた。つまり、そこからダウンロードしたデータを入力すれば、任意の場所からゲームを始めることができるのだ。労せずして、最後のご褒美であるHなCGだけを楽しむことができるわけだが、それでは、ゲームをやる意味がない。

　画面上では、主人公の男の子が、出会いを求めて学校の中や町を徘徊する。主人公の名前は、最初にゲームをインストールしたときに『荻野信一』に変えてあった。

『しんいちー。おっはよー！▼』

　軽快なストリングスによる、爽やかな感じのBGM。朝の通学路で、ショートカットの女子高生が、『信一』に声をかけてくる。椎名由美だ。主人公に一途に思いを寄せる、なかなか可愛い子なのだが、残念ながら今回は、この子が本命ではない。画面に▼のマークが出ると、マウスをクリックして、次のセリフを出す。

『おっはよーじゃねえよ。おめーのせーで、昨日は寝不足なんだからな！▼』

現実の彼が、女の子に対してこんな口を利いたことは一度もなかったが、全く違和感はなかった。今の彼は、ごく普通っぽい男子高校生で、すっかりクラスの中に溶け込んでおり、女の子みんなから関心を寄せられる存在なのだ。

『何で、あたしのせいなのよ？▼』

『何でだー？ゆうべ夜中に電話かけてきたのは、どこの誰だ？▼』

『だってー。どうしても、誰かに聞いてもらいたかったんだもん。▼』

『何でそれが、俺じゃなきゃなんねーんだ？▼』

『ごめんごめん。ほら、手近にいて、暇そうな人間っていったら、あんたくらいしか思いつかなくて。▼』

『おめーなー！そういう言い方って、ねえだろう？▼』

……。クリック。クリック。

会話は、延々と続く。信一は、あっという間に現実世界のことを忘れ、ストーリーの中へと没入していった。

『荻野くん。由美ちゃん。どうしたの？▼』

『川村紗織里ちゃん』が、校門のところで彼を待っていた。身体の前を隠すように、両手でカバンを持ったポーズで。

『いやなにー。ほら、信一が、朝からつまんないことばっか言うもんだから……。▼』

だが、信一は、もはや由美のセリフなど読んでいなかった。彼の目は、『紗織里ちゃん』に吸い付けられていた。

邪魔な会話のウィンドウなどをいったん全部消して、『紗織里ちゃん』の可憐な絵姿をじっくりと鑑賞する。

二十八歳の荻野信一は、二次元の世界に住む美少女に恋をしていた。彼にとって、これほど真剣な恋は、生まれて初めてと言っていい。

『紗織里ちゃん』……。信一は小声でつぶやいたが、ヘッドホンをしているために、自分の声は聞こえなかった。

ほっと溜め息をついてから、会話のウィンドウを戻す。現実の世界とは違い、授業はあっという間に終わって放課後となり、次の選択肢が出た。

1　紗織里ちゃんと、日曜日の約束をする。
2　紗織里ちゃんを、ツーショットに誘う。
3　帰宅する。

1か2か迷ったが、例の一覧表を見ると、どうやら日曜日の約束をするのが正解らしかった。1をクリックすると、思いがけず『紗織里ちゃん』の絵が動画になり、にっこりと微笑む。その上、答えは音声で出力された。

「いいわよ。じゃあ、デートしましょうか？」

文字による返事の代わりに、彼女の肉声（?）がヘッドホンの中に響いた。高まるBGM。信一は、まるで本物の女性からデートのOKをもらったかのような、いや、それ以上の幸せを感じていた。ヒロインだけあって、『紗織里ちゃん』の攻略は最も難易度が高く、最初のデートの約束を取り付けるまでに、すでにかなりの時間を費やしていた。

約束をしてしまうと、この日は、もうこれ以上『紗織里ちゃん』と過ごすことはできない。そのまま帰宅してもよいのだが、信一には別の戦略があり、しばらく学校に残っていた。すると、セーラー服に金髪をポニーテイルにした双子が現れた。美歌と絵瑠だ。

実は、この双子が、難易度の高いキャラクター攻略の鍵なのである。制服を着て、一緒に授業を受けたりもしているが、美歌&絵瑠は天使なのだった。

『あれれ。信一。何してんのよ?▼』

『おめーを待ってたんだよ。▼』

『へえ? 紗織里ちゃんは?▼』

『何で、そんなこと聞くんだよ。▼』

『べつにィ。いいけどね。▼』

二人は常にユニゾンで話すので、事実上、一人のキャラクターと同じだった。

美歌&絵瑠が天使だということは、名前を見れば明らかだった。熾天使（最上級の天使）ミカエルそのままの安直なネーミングである。さらに、美歌&絵瑠が登場するシーンでは、BGMが、わざとらしく、パイプオルガンのようなサウンドに変わった。

１　ふたりを、ツーショットに誘う。

２　ふたりから、情報を聞く。
３　帰宅する。
信一は、迷わず1を選んだ。

日頃から美歌&絵瑠とツーショット（スリーショットと言うべきかもしれないが）を重ねて、好感度を高めておけば、肝心な時に、目指すキャラクターとの結びの神になってくれる。最初のうちはあえて『攻略ページ』を見ずにプレイしていたので、このことに気づかなかった。だが、天使の助けなしには、このゲームの完全攻略は不可能なのである。

信一は、美歌&絵瑠にフォアグラ・バーガー（本当に、こんな恐ろしいファーストフードが存在するのだろうか？）をおごってやり、買い物では荷物を持ち、さらに、カラオケに行って、思う存分歌わせてやった。（美歌&絵瑠が歌うのは、賛美歌ばかりだった）

『今日は、ありがと。すっかり信一に、おこづかい使わせちゃったね。▼』

『たいしたことねえよ。このくらい。▼』

『でも、荷物持ってもらったりしたから、疲れたんじゃない？▼』

美歌&絵瑠はいつになく神妙に礼を言ったが、もちろん、ゲームの中での散財なので、信一の実際の懐は痛まない。

だが、疲労という点では、もしかすると、美歌&絵瑠の言うとおりかもしれなかった。ゲームに没入している間に、現実世界の時間はあっという間に過ぎ去って、いつの間にか、昼近くになっていた。ディスプレイの絵に、目の焦点が合わなくなっている。今日はコンビニの夜勤の日ではないものの、さすがにもう、切り上げた方がいいだろう。

ここまでのデータをセーブして、信一はゲームを終了した。

最悪だった気分は、かなりましになっていた。難易度の低いキャラクターから順番に攻略していって、これまでこのゲームに、のべ五十時間以上もかかりきりだったのだが、いよいよ、大本命の『紗織里ちゃん』をゲットできる日も近い。すでに眼精疲労と肩凝りは慢性化していたが、今日はぐっすりと眠れそうな気がした。

それでも、ゲームを終えてしまうと、急に寂しくなった。何となく、そのままパソコンの灯を消してしまうのが、惜しいような気がする。

肉体は早く眠ることを要求していたが、もう一度インターネットに接続してみた。電子メールをチェックしてみたが、予想通り、どこからもメールは来ていなかった。次に、当たらないので有名なマイクロソフトの星占い(ホロスコープ)を見る。『好調な一日。ひそかにあなたのことを思っている女性がいます』というコメントが出ていた。

『お気に入り』のアダルト・ページは、一通り巡回が終わったばかりだ。そこで、気まぐれに、サーチ・エンジンでホームページの検索をしてみた。

最初は、『川村紗織里』で検索してみた。登録されているホームページの中で、一語でもこの語を含むものは、自動的に検索され、リストに上がってくる。該当は、数十件あった。すべて、ゲーム関係のサイトだ。ざっと見渡してみたが、今までにチェックしたもの以外に、特に目新しいものはなかった。

今度は、『美歌&絵瑠』と入力してみた。

件数はさっきより若干少ないが、検索結果には、ほとんど同じページが並んでいる。だが、最初の十件のうち、一つだけ見慣れないタイトルのホームページが目に付いた。

『地球の子供たち』。

もしかすると新しいゲームの名前かと思って説明文を読んだら、違っていた。

『あなたは、自分が傷ついていることを、自覚しているでしょうか？　現代社会に生きる私たちは、毎日、心をストレスというヤスリによって削られています。傷だらけになったあなたの心が、ついに耐えきれず悲鳴を上げたら、思い出してみてください。私たちは、みな、地球の子供たちなのだということを。守護天使は……』

信一は鼻で笑った。おおかた宗教か、それとも、自己改造セミナーの類だろう。こんな文句に釣られて引っかかる馬鹿もいるんだろうか。

それにしても、今どき『地球』などというネーミングをするセンスは救いようがない。彼は昔から、超常現象やオカルト、『ニューサイエンス』などには興味があったが、カルト宗教の類に対しては強い生理的嫌悪感を持っていた。

そのままネットとの接続を切ろうと思ったが、ふと、なぜ、このページに『美歌＆絵瑠』が関係しているのだろうかという疑問が湧いてきた。

ちょっとだけ覗いて、笑ってやるのもいいかもしれない。信一は、『地球の子供たち』へのリンクをクリックしてみた。

画面が、薄い煉瓦色のホームページの背景に切り替わった。静かなリコーダーのような音色のBGMが始まる。オルガンかアコーデオンかもしれない。続いて、つま弾くような二台のギター。アップテンポな『天使が丘ハイスクール』のテーマソングなどとは趣が違うが、不思議と心に沁みるようなメロディだった。

画面に、紹介の文章が出た。最初の部分は、検索エンジンで見た説明文と同じだった。次に、『地球の子供たち』というタイトル文字。

画像部分は、いつも少し遅れて表示される。じりじりしながら待っていると、天使の装束をまとった美歌&絵瑠が現れたので、嬉しくなった。二人とも、両手を後ろに回して、小首を傾げながら微笑んでいる。これは、ゲームの中で、美歌&絵瑠が、プレイヤーに対して救いの手を差し伸べてくれるときのCGだった。

へえ、わかってるじゃないか。信一は、少し、このホームページの制作者を見直すような気分になっていた。

ホームページの内容そのものには、大した感銘は受けなかった。地球環境や、現代人のストレスについての退屈な文章が続くばかりで、『美歌&絵瑠』という文字は、申し訳程度に、一箇所出て来るだけだった。やはり、一種の自己改造セミナーか『癒し』を目的としたサークルのようなものらしい。うっかり引っかかったりすれば、やっぱり金を毟り取られるんだろうか。

長い文章をスクロールしていくと、またいくつか、美歌&絵瑠のCGが出てきた。文字はほとんど無視して、そちらを楽しみに見ていく。やっと末尾の部分まで来た。そこには、週三回、決まった時間に、ホームページの主催者を囲んでチャットができると書かれていた。チャットとは、パソコンの画面上で、文字を使っておしゃべりをすることである。大勢が同時に話に参加することも可能だ。もしどうしようもなく暇だったら、今晩、チャットの様子を覗いてみてもいいかもしれない。

信一は欠伸をすると、ネットとの接続を切り、ウィンドウズを終了させ、パソコンの電源を落とした。

たちまち、言いしれぬ不安と圧迫感に包まれる。仮想世界から現実に戻った時には、いつもこうなるのだ。一刻も早く、意識を消してしまいたい。この世界には、いつまでも意識を保っておくだけの価値がない……。

アルコールを受け付けない体質の信一は、小さな薄紫色の錠剤をコカコーラで嚥下して、湿った万年床にごそごそと潜り込んだ。

暗く混沌とした、だが優しく居心地のいい眠りが、いつものように彼を迎えてくれた。

五章　親切なるもの（エウメニデス）

電話が鳴っている。

早苗は、ぼんやりと点滅している灯を見た。外線から直通番号にかかってきている。誰だろう。親しい友人は、携帯電話か電子メールを使うし、そうでない人たちは、むしろ、病院の代表番号にかけるはずだ。直接この番号にかけてくるのは、高梨くらいだった……。

そう思っただけで、涙が溢れそうになる。

あれから、すでに二ヶ月近くが過ぎているのに、未だに、立ち直るきっかけすら、つかめないでいる。もしかすると、このまま、自分は、だめになってしまうのかもしれない。親しい友人たちの時がすべてを解決するという慰めの言葉が、今ほど空虚に聞こえたことはなかった。

耳障りな呼び出し音は、鳴り続けた。

ひょっとすると、また週刊誌の取材かもしれない。そう思うと、受話器を取ろうとする気力も萎えてしまう。

日本中、どの電話機も、すべてこの音なのはなぜだろう。以前、ダイヤル式の黒電話だったときも、全部同じ音だった。法律の規制でもあるのだろうか。

ぼんやりとそんなことを考えながら、十回コールが響くのを聞いていた。相手は、それでもあきらめようとはしなかった。早苗は、根負けして受話器を取り上げる。

「もしもし……」

「北島早苗先生ですか？　福家です」

しばらく、誰だかわからなかった。それから唐突に思い出す。アマゾン調査プロジェクトの主催紙の記者。高梨の死の直後には、インタビューにも来た。だが、それだけだ。今さらまた、何の用だろう。

「もしもし？」

「あ。はい」

「福家ですが」

「はい」

「あの……だいじょうぶですか？」

福家の声には、心配そうな響きがあった。

「はい」

「お気持ちはわかりますが、高梨さんの件については、あまり責任を感じない方がいいと思いますよ。不可抗力だったわけだし」

「どうも」

不可抗力。責任を感じない方がいい。警察で受けた取り調べが、脳裏によみがえる。

……そこんとこが、どうしても、わからないんだよなあ。どうして、睡眠薬を机の引き出しなんかに入れてたの？　自分で使うにしては、ちょっと多すぎるでしょう。量がさ。それに、管理上、まずいんじゃないですか？　病院の規則には、明らかに違反してるでしょう？　先生。

以前から、それ、前からちょくちょく誰かに渡してたんじゃないの？　睡眠薬。こっそりとさ。それで、高梨さんもそれ知ってたんでしょう？　そうでなかったら、鍵のかかった机の中に薬があるなんて、わかるわけないんだよなあ。ねえ、先生。いいかげん、本当のこと言ってくれませんか？

……だいたいね。人の命を預かるお医者さんとしてね、杜撰じゃすまされないことってあるんだよ。え？　わかってんの？　人一人亡くなってるんだよ。ま、あんたは、まわりで人がばたばた死んでくのに、慣れてんのかもしれんがね。あんたが原因で人が死んだら、もう、そんなこと言ってられないんだよ。あんたもさ、亡くなった人のこと、少し考えてみたらどうなの？

「……から、先生がもうお読みになってたら、感想、と言ったら語弊がありますが、どう思われたか教えてもらいたいと思いまして」

福家は、何かしきりにしゃべり続けていた。

「あの」

「はい？」

「読んだっていうのは？」

「だから、高梨さんの作品ですよ」

「どの？」

「聞いてなかったんですか？」

「はい」

さすがに、福家は呆れたようだった。

「だから、『燈台』に載った短編ですよ。昨日、発売になった」

「高梨さんの短編が、『燈台』に掲載されてるんですか？」

「……そう言ってるじゃないですか」

福家は、苛立ったように言った。

ここ二、三年、高梨の作品は、一般の小説誌ではほとんど見られなくなっていた。にもかかわらず、週刊誌やテレビは、高梨の死を、かつての人気作家の異常な自殺としてセンセーショナルに報じていた。とはいえ、小説誌が高梨の作品の掲載に踏み切るというのは、事件後、初めてである。

『燈台』は、老舗の純文学専門の月刊誌である。『燈台新人賞』の過去の受賞者リストには、現在活躍中の人気作家の名前も散見される。しかし、純文学の人気の凋落によって、最近での実売部数は同人誌並みに落ち込んでいるという話を、以前、当の高梨から聞いたことがあった。

高梨は、新たに作品を書くたび、以前つきあいのあった編集者には原稿を送っていたはずだった。お蔵入りするはずだった原稿が、今回の事件で、急遽掲載されることになったのではないだろうか。

「それ、何ていう題ですか？」

今となっては、高梨の最後の作品、最後の言葉である。どんな理由であれ、活字になったのは嬉しい。だが、福家が読み上げた題に早苗はぎょっとした。

「いや、読み方、ちょっと違うみたいすね。ええ……」

「いいです。読んでみますから」

「よかったら、ファックスで送りましょうか？」

「いいえ。自分で買いますから」

早苗は、受話器を置いた。福家にはああ言ったものの、急に、高梨の遺作を読むのが怖くなってきた。しかし、聞いてしまった以上、無視することはできない。それに、高梨はきっと、自分が読むことを望んでいたはずだ。

「絶対、読まなきゃだめだわ。高梨さんの、最後の作品なんだもの」

早苗は、声に出して言った。

決めた。昼休みに本屋へ行って、『燈台』を買おう。

ささやかだが、一日の目標ができたことで、気持ちに張りが生まれたような気がする。いいかげんに元気を出さなければならない。ホスピスに入院している患者たちのためにも。みな、過酷な境遇におかれているにもかかわらず、逆に、元気をなくしてしまった自分のことを心配してくれているのだ。

早苗は最近、彼らと話すことで、むしろ自分の方が癒されるように感じていた。


静かだった。時計を見ると、午前一時を回っている。早苗は伸びをすると、かすむ目を擦った。天井に目を凝らす。かつて高梨が、天使の幻影を見ていたあたりだ。

机の上には、開いたままの月刊誌がある。昼休みに、近くの本屋に行くと、『燈台』は一部だけ置いてあった。子供の頃、欲しかった本を買ったときのように、胸に抱きしめて帰った。

彼女は、ボルドーワインの入ったグラスを取り上げた。高梨の自殺からしばらくの間は、酔いの助けを借りないと寝付けないという状態が続いた。体調が悪化し、自分で触診すると、はっきりと肝臓が腫れてきたのがわかったこともあって、ここ二、三日は我慢して禁酒している。だが、今晩だけは、どうしても飲まずにはいられない気分だった。

もう一度、高梨の小説に目を落とす。タイトルは『Sine Die』。さっき英和辞典を引いたところでは、ラテン語で『無期限に、最終的に』という意味らしい。

内容は、事前の想像を大きく裏切るものだった。強いて言えば、死をテーマにした幻想小説ということになるのだろうか。筋らしい筋もなく、一人称で、ひたすら死への異様とも思える憧憬を語るだけである。高梨の全作品を熟読し、彼の作家としての思考方法を知りつくしていると思っていた早苗も、驚きを禁じ得なかった。

何よりも異質に感じたのは、その文章だった。以前の作品の、推敲を重ねた端正な文章とは、似ても似つかない。酩酊感を誘うような独特のリズムはあるものの、どちらかというと支離滅裂な感じが拭えない。

書き出しは、こうなっていた。

やっぱり、死そのものしかないんだね。死への恐怖を消し去るのは。

死が何も解決しないなどという、空しい空々しいお題目。死だけが、あらゆる問題に対する、最終的で、決定的な解決じゃないか。

これが主題であり、タイトルの意味するところでもあるのだろう。だが、これが、悩み苦しんだ挙げ句、高梨の行き着いた死生観だったとすれば、あまりにも悲しい言葉だと思う。

早苗はページをめくって、最後の語り手による独白を見た。問題の箇所だ。


涅槃とは、吹き消すという意味だね。お誕生日おめでとう！　哀れなケーキの全身に打ち込まれてヤマアラシの針のように突き立ったロウソクの炎が、小さな気流にゆらいで消える。象徴的に自らの命の炎を吹き消す、この喜び。射精寸前のように脊柱を這い上がる戦慄。ようやく、ここまで来たんだね。思えば、長い道のりだったね。こうして、一歩一歩確実に、死に近づいているんだね。えもいわれぬ安堵を感じるだろう？　お誕生日おめでとう！　人が誕生日を祝うのは、まさにそういう理由からだよね。身も世もなく号泣しながらこの世に産み落とされた瞬間から、我々はみんな、一日千秋の思いで死を待ちわびているんだね。戦いの終わりを。マラソンのゴールを。解放の瞬間を。永劫回帰を。ひそかに胸をわくわくさせながら、でも、素知らぬ顔で待ち続けているんだよね。ニンフォマニアの尼僧みたいにね。

もうみんな、すっかり忘れたね。その昔、本当に昔、ある能天気な学生がのどかな遺書を書いて、華厳の滝から飛び降りたんだけど。でも彼は、きっと、何となくは理解してたんじゃないかな。大いなる悲観は、大いなる楽観に通ずるとか何とか。その言葉の意味するところは、なにもマゾヒストじゃなくったって、今の我々にはクリアーだよね。

かえすがえすも残念なことは、生きている間しか死ぬ喜びを感じることはできないっていう、パラドックスなパラドックスだね。生きる喜びとは、死を身近に感じること。生きてるだけで楽しいって？　考えてごらん、せめて、まだ生きてるうちに。はっはっは。もしもだよ。もしも、永遠に死ねないとしたらどうする？　暗くて寒くて空気も稀薄な宇宙の中で、いつまでも意識を保たねばならないとしたら？

それより、もっと別のシナリオもある。もし、次から次へと、わけわかんない生き物に輪廻転生していくとしたら？

天国は、冥王星と海王星の間、彗星の雲の核にあり、そこには、たくさんの門がずらりと並んでる。見たことはないけど、間違いない。そうなんだ。死んでようやく自由になったばかりの、僕らの不滅の魂は、生まれ変わりのために、どれか一つの門に強制的に取り込まれるんだね。前世は袋形動物の門をくぐり抜け、今生は毛顎動物門に吸い込まれる。来世は有櫛動物門、来来世は有鬚動物門が待っている。その次？　星口動物門か、そのたぐいだろうね。どんな生き物か、見当もつかない？　まあ、開けてびっくりだね。はっはっは。鳥になって、自由に大空を飛びたい？　夢があっていいね。でも、生き物の数、考えてごらん？　脊椎動物の目があるだろうか？　宝籤どころの騒ぎじゃないね。ほとんど、発狂しそうな確率だね。

あ、でも、もしかして脊椎フェチ？　だったらこれはどうだろう。ものは相談なんだけど、脊索くらいでよかったら、第一志望はホヤ、第二志望はギボシムシ、第三志望はナメクジウオというのでは？　はっはっは。

そうして、思考能力のない、ただ感じるだけの意識、盲目的な欲求、機械的な反射、それに苦痛だけが、果てしもなく続いていくんだね。闇の中でひたすら、蠢いて、蠢いて、蠢いて、死ぬ。もがいて、もがいて、もがいて、喰われる。そしてまた、這いずって、這いずって、這いずって……。もう、明らかだね。永遠に生きるのと、永遠に死んでるのと、どっちがベターなのか。

だけど、心配はいらない。来世も霊魂も、ただのタナトフォビアたちの世迷い言。我々は結局、遺伝子の作った機械にすぎないよね。せいぜい電池が切れるまでの寿命。さあ、もうこれでだいじょうぶ。悪夢は去ったね。祝おうね。人に生まれた幸せを。お楽しみは、これからだからね。

死を思おうね。死が約束されていることを思おうね。死が、はるか遠い彼方から、亀のような鈍重な足取りで近づいてくることを思おうね。（ただ、気をつけた方がいい。この亀は、うっかりよそ見をしていると、突如甲羅の穴から火を噴いて、回転しながら飛んで来たりすることもあるからね。はっはっは）

まあ、何だね。誕生日は決められなかったから、せめて自分の命日くらいは、自分で決めたいものだね。手後れになる前に。亀が飛んでくる前にね。だけど、首吊りはパスだね。一瞬じゃ、もったいないからね。最初で最後、そして人生最大のイベント。かといって、あんまり痛いのも、気が散るしね。むしろ、シングルモルトのウィスキー片手に、睡眠薬を一錠ずつ、ゆっくりゆっくり嚥下する。これがお洒落なやり方だね。たっぷりと、自分自身を焦らしてやろうね。眠りにつく直前に、朦朧としてくる意識の状態を楽しむように。タナトスの欲求が高まり、口の中には生唾が溢れ、目が血走り、死への渇望で頭がくらくらして破裂寸前になるまでに。そうして、薄れゆく意識の中で確かめてみようね。生と死の本当の境界を。明から暗へと切れ目なく移行する、存在論的なまどろみの中で。

これが最後の瞬間なんだろうか？　それとも今か？　今にも、意識が消滅するのか？　これか？　今なのか？　今度こそそうか？　この時？　今？　それとも……？

　こうして想像するだけで、エクスタシーを感じるね。それこそ、震えが来そうなくらい。死は、とことん味わい尽くし、しゃぶり尽くさなきゃね。これこそ、思考能力を持って生まれた者の特権だし、今まで我慢して生き続けてきたことへの代償だしね。

　何と言っても、人生最高の贅沢だね。自分の命を消費し尽くさなきゃ得られなかった、これが究極の快楽なんだものね。はっはっは。

　早苗は、それ以上読み続けるのが辛くなって、目を閉じた。

　人間は、誰しも死恐怖症（タナトフォビア）ならぬ死愛好症（タナトフィリア）に似た要素は持っている。『怖いもの見たさ』は、霊長類の本能に根ざしているのだ。ただ闇雲に危険から遠ざかるばかりではなく、正体を探ろうとする行為が、結果的に生存率を上昇させることもあるからだ。へっぴり腰で蛇の玩具に近づくサルの姿は、我々の目には滑稽に映るが、合理的な戦略を実践しているにすぎない。

　このため我々は、恐ろしいものから遠ざかろうとする一方で、強く惹きつけられもする。ホラー映画に根強い人気があるのもこのためだろうし、はっきりとした効果は確認されていないが、広告の世界では昔から、人の目をキャッチするためには何かしら死を暗示する要素を入れておくことが効果的だとも言われてきた。楽園の図柄の中に、騙し絵のように骸骨を紛れ込ませておく類の手法である。エロチックな刺激などは、あからさまな方が効果的だが、人は、こと恐怖に関しては、サブリミナルなメッセージの方によりよく反応するらしい。

　だが、『怖いもの見たさ』は、しょせんは恐怖の裏返しでしかない。

早苗はこれまで、高梨の死愛好症（タナトフィリア）的な行動に対しても、形を変えた死恐怖症（タナトフォビア）の現れではないかと疑ったことがあった。あまりにも死に対して深甚な恐怖を感じたために、まるで魅せられたようになってしまったのではないかという解釈である。

だが、その考え方は、『Sine Die（サイニーダイイー）』を読むことによって、根底から覆されてしまった。高梨は、やはり、純粋な喜びを感じて『死』を志向していたとしか思えないのだ。終末医療の現場で働いている彼女には、とても理解できない心理状態だった。死恐怖症（タナトフォビア）を死愛好症（タナトフィリア）に百八十度変えるには、いったいどんな魔術を使ったのか。

死恐怖症（タナトフォビア）の最も厄介なところは、エイズウイルス（HIV）のように、一度取り憑（つ）かれたら、終生逃れられない場合が多いという点にある。もちろん、一時的に気分が上向くことはある。悟りを開いたような心境になったり、生が有限だからこそ、有意義に生きなくちゃと前向きに決意したり、すっきりした顔で、もう吹っ切れたよと言うこともある。だが、そんなときでも、死恐怖症（タナトフォビア）はけっして消滅したわけではなく、意識の奥底にじっと身を潜めている。そして、心がひどく疲れたり傷ついたりしたとき、あるいは、何のきっかけもないときでさえ、突如として、その鎌首（かまくび）をもたげるのだ。そのふるまいは単なる比喩（ひゆ）を越え、不気味なくらいＨＩＶに似ていた。ほかのすべての恐怖とは根本的に異なり、人間は、死そのものへの恐怖には金輪際慣れることができないし、根本的に克服することも不可能なのである。

にもかかわらず、高梨は現実に、『Sine Die（サイニーダイイー）』に書かれているとおりの方法で自殺してしまった。あたかも死を楽しむように。死恐怖症（タナトフォビア）の人間には、絶対に、こんな真似はできないはずだ。いったいこれを、どう説明すればいいのだろう。

早苗は、我慢して、もう一度最初から奇妙な短編小説を読み直してみた。もしかすると、彼の死恐怖症(タナトフォビア)そのものは健在だったのかもしれない、という疑問を抱く。ここまで死に対して異常な関心とこだわりを見せるのは、その根底に恐怖が存在しているからではないか。だとすれば、死に対する恐怖は感じつつも、何らかの方法で、それを強引にねじ伏せているのかもしれない。恐怖を快感によってマスキングするようなやり方で。

早苗の頭に真っ先に浮かんだのは、ドラッグだった。ホスピスでも、終末期の患者の不安を軽減する目的で、メジャー・トランキライザーや、抗不安薬などを処方することはあった。しかし、死への恐怖を完全に消し去ってしまうような薬物など存在しない。たとえ、コカインやヘロイン、メタンフェタミン、PCPなどを大量に用いたところで、そこまでの効果を上げられるかどうかは疑問である。

だが、彼がアマゾンから、信じられないほど強力な作用を持つ、未知の麻薬を持ち帰っていたとしたら、どうだろうか。死への恐怖が耐えがたいものになるたびに、麻薬による恍惚境(こうこつきょう)で気分を紛らわせていたとしたら。そして、いつしかそれが単なる嗜癖(しへき)を越えて、死への恐怖そのものに耽溺(たんでき)するような倒錯した条件付けを造り出してしまったなら……。

早苗は、苦笑いした。ときどき自分でも、憶測と妄想の区別がつかなくなることがある。頭を振って、月刊誌に目を落とす。

『燈台』でも、高梨の作品の扱いに苦慮している様子は、ありありと見て取れた。解説をまかされた文芸評論家も、半ば困惑気味に『死に取り憑かれた』と表現している。その言葉は、正しいのかもしれない。

だが、逝ってしまう前に、彼はこの作品で何を言いたかったのだろう。

早苗の耳の奥で、福家記者の電話の声がよみがえった。彼は最初、『Sine Die(サイニーダイイー)』というタイトルを見て、ローマ字と英語を併せたものだと速断してしまったらしい。

まるでそれが、読者すべてにあてたメッセージ、「死ね。Die(ダイ)」という命令文であるかのように。


高梨のビルは、中央線の四谷駅から、東へ歩いて十分ほどの場所にあった。

早苗は、外壁に白いタイルを使った細長い五階建ての建物を見上げた。ここには、あまりにも多くの思い出があった。しかも、屋上は高梨が自殺した現場でもある。できれば、もう二度と来ないつもりだったのだが……。

早苗は、小さなエレベーターに乗って、五階で降りた。電話では、仕事場で待っているということだったが。

早苗がノックをする前に、ドアが開いた。そこに立っていたのは、髪をキャップの中に押し込み白いトレーナーの上下を着た若い女性だった。早苗を見て会釈する。

「北島さんですよね。私、お電話した鍋島圭子です」

早苗は、黙って頭を下げた。

通夜と告別式のときに、喪服を着て座っていた姿を思い出す。泣き崩れる母親をいたわりながら、気丈に弔問客に挨拶(あいさつ)を続けていた。鍋島圭子に会ったのは、そのときが初めてだったが、芯(しん)の強い女性だという印象がある。

「どうぞ。入ってください。いま、兄の遺品の整理を始めてたとこなんです」

鍋島圭子は脇に寄って、早苗を招き入れた。

喧嘩別れのようになって以来、ここに入るのは初めてだった。早苗は、見慣れた部屋を不思議な思いで見回した。この部屋の主が、もはやこの世に存在しないということが、信じられなくなってくる。

「最初は、両親も一緒に出て来るって言ってたんですけど、母が伏せってしまったんです。それで、遺品の処分は、全部、私にまかせるってことになって」

圭子は二十七歳ということだったが、早苗より年下とは思えないくらい、しっかりして見えた。

「両親は、できたらこのビルも売ってしまおうって言ってるんです。あんなことのあった場所ですから。それで、急ですけど、家具や備品なんかも、来週、まとめて業者に引き取ってもらうことになったんです。今日、明日中にも、残しておきたい遺品をまとめなくちゃならなくなって。北島さんにも、日曜日なのにご無理言ってすみません」

「いいえ。本当なら、私なんか、形見分けしてもらう立場じゃないですから」

「兄は、よく、あなたのことを話してました」

圭子は微笑んだ。色白で丸顔の日本的な美人だが、面差しは、あまり高梨とは似ていない。

「すごく年が離れた兄妹ですけど、わりと仲はよかったんですよ。お互い、何でも話しました。私が結婚してからは、なかなか会う機会もなかったんですけど、たまに電話があった時とか」

高梨は、自分のことをどんな風に言っていたのだろうか。そう思っていると、圭子が先回りして教えてくれた。

「いつものろけられて、たいへんだったんですよ。北島早苗さんは、すごく素敵な人なんだって。それに、可愛くて頭もいいだけじゃなくて、人の不幸を見過ごせない優しさがあるって言ってました」

早苗は目を伏せた。

「褒めすぎだわ」

「そんなことないと思います。兄は、けっこう辛辣で、めったに人を褒めない人でしたから。私の友達なんかでも、もう糞味噌でしたし」

高梨の思い出話に耽っていると、だんだん辛くなりそうだった。早苗は上着を脱いだ。身体を動かしている方が、少しは気が紛れるだろう。

「じゃあ、始めましょうか？　高梨さんの持ち物って、すごく量が多かったりしますから。特に本とか」

「あ、でも、北島さんに手伝わせるわけには。何かお持ちになりたい物を見つけたら、おっしゃっていただければ」

「お手伝いさせてください。もし、かまわなければ」

圭子は微笑した。

「すいません。助かります。本当のこと言うと、主人も、接待ゴルフだとか言って来てくれませんでしたし、私一人で、どうしたらいいかって思ってたんです」

早苗は部屋を見渡した。圭子は、机の引き出しを開け、山のようなフロッピーディスクを見た時点で、どうしたらいいかわからなくなっていたらしい。一つずつ内容を確認していくわけにもいかない。早苗は彼女と一緒に、とりあえず全部、段ボール箱に納めることにした。

「書庫の中は、もう、見ました？」

「いいえ。私、ここに来るの初めてで。それ、どこにあるんですか？」

早苗は、仕事場の奥にあるドアを開けて、灯りのスイッチをつけた。

「ここがそうなんです。通路が狭いから、一人ずつしか入れませんけど」

高梨の書庫は、通路の幅が一メートル足らずで、仕事場をL字型に取り囲むようになっていた。床や壁は剝き出しのコンクリートのままで、裸電球に照らされて、天井まで書籍がぎっしりと詰まっている。ちょっとした本屋くらいの分量があるのではないか。

「これ、どうしたらいいんでしょう？」

圭子は覗き込んで、途方に暮れたような声を出した。

「もし、処分なさりたいのでしたら、どこかに寄付したらいいと思いますけど。何冊か、稀覯本もあるはずですし」

「でも、もうそんな暇、ないですしねえ」

圭子は、自分の見通しの甘さを後悔しているような表情で、書庫に入った。細い通路を蟹歩きしながら、本の背表紙を拾い読みしている。

「小説以外にも、何だか、難しい本が多いですね。哲学とか、心理学とか。やっぱり、図書館かどっかに寄付すべきかしら。あとは、けっこう、自然科学の本も多いみたい。図鑑みたいな。あら？　これは……」

圭子の声が、しばらくとぎれた。

「どうかしました?」

書庫から出てきた圭子の顔は、少しこわばっていた。

「何か、あったんですか?」

「ええ。ああいうのは、あんまり見たくありませんでした……」

それ以上は、何も言わない。早苗は、気になって書庫に入った。

圭子が見つけたものは、すぐにわかった。L字を曲がったところにある、一番奥の書棚である。大量のビデオや大判の本などが並んでいたが、どれも真新しいところを見ると、比較的最近購入したものらしい。

上の方の段には、写真や図版などが豊富な法医学書が並んでいた。それから、中段あたりに目を移して、早苗は眉を顰めた。大量の『死』をテーマにした書籍が集められている。それも、『鬼畜系』などと呼ばれる興味本位の本ばかりだった。さらに、下段には、ずらりとホラービデオばかりが並んでいた。タイトルからすると、ほとんどは、過激なスプラッターものらしい。およそ、高梨の生前のイメージにはそぐわなかった。

早苗が書庫を出ると、圭子がつぶやいた。

「信じられません。兄が、あんなものを見るようになっていたなんて。私の知ってる兄は、残酷なものとかグロテスクなものが、大嫌いだったんです」

「ええ。それは、私もよく知ってます」

早苗は、慎重に言葉を選んだ。

「でも、高梨さんは、アマゾンから帰ってきてからは、少し様子が変わったような感じでした」

「どうして？　いったい何があったんですか？」

「それは、私にも」

圭子は、死後、初めて知った兄の一面に、ショックを受けているらしく、言葉少なになっていた。

結局、大量の書籍は、古本屋に売却し、一番奥の棚の本については、誰の目にもつかないように処分することになった。二人は、それからしばらくの間、一番奥の書架から、大量のビデオや写真集などを運び出しては、黙々と段ボールに詰めていった。それだけで、中型の段ボール六箱分にもなった。

「これ、どうします？」

「とりあえず田舎に送ってから、どこかで燃やすか、ゴミとして処分できるところを探します」

圭子は、見るのも嫌だというように、段ボールから顔を背けた。

「でも、ここには、兄自身の本はあんまりないんですね」

ぼんやりと部屋を見渡しながら言う。

「何冊か、持って帰ろうと思ってたんですけど」

早苗は、はっとした。

「……近くに、貸倉庫があるんです。今もまだ、そこにまとめて置いてあるはずです」

「えっ。そうなんですか。知りませんでした。じゃあ、一応、そこも見てみないといけませんね」

立ち上がろうとする圭子を、早苗は押しとどめた。

「もしよかったら、今から私が行って、どれくらい本があるか確認してきましょうか？」

「でも、それじゃあ」

「場所がちょっと、わかりにくいんです。二人で行くよりも、手分けした方が、早く片づくと思いますし」

貸倉庫の鍵は、すぐに見つかった。早苗は、圭子の気が変わらないうちにと、鍵を持って高梨の仕事場を後にした。倉庫までは、早足で十五分近くかかる。初夏の風は爽やかだったが、汗ばむような思いだった。

倉庫にはいると、空調がきいてるはずなのに、かすかに黴臭い臭いが漂っていた。

高梨の本は、防虫剤と一緒に倉庫会社の名前入りの段ボールに詰められて、スティールの棚に整然と納められていた。これだけの量を古本屋が引き取ってくれるとも思えない。ここにある本は、結局、このまま朽ちて行くしかないのだろう。

早苗は、段ボールの数と内容をチェックしながら自分の心配は杞憂だったのかと思い始めていた。これ以上、圭子にショックを与えるには忍びないと思ったのだが、ここにあるのは、紛れもなく、高梨の自著ばかりのようだ。

だが、最後列の棚の奥にあった三つの段ボールを見たとき、不審を感じた。表に、書名などがいっさい書かれていないのだ。

最初の段ボールを開けてみると、簡易製本機で綴じたような、お粗末な装丁の本がぎっしりと詰まっていた。背表紙の文字からすると、洋書のようだ。一冊、抜き出してみる。中身は、仕事部屋にあった本と同様に写真集だった。だが、内容のおぞましさは、とても比較にならない。無惨に切り刻まれたり、焼け爛れたりした死体の写真ばかりだ。その多くは東南アジア系と思われ、少なからず子供も混じっていた。

気分が悪くなってきたので、早苗は本を閉じた。どんなに規制の緩やかな国でも、とても合法的に売られているものとは思えない。一応、ほかの本も見てみたが、大同小異だった。

二つ目の段ボールには、VHSのビデオテープが詰まっていた。ケースには『Real Murder 1,2,3,4』『True Infanticide 1,2』『Super Snuff Series 1,2,3』などという手書きの文字が見える。

三つ目のタイトルを見て、内容はほぼ想像がついた。以前、スナッフ・ビデオと呼ばれる、人殺しの瞬間を撮った映像が、闇で取り引きされていると聞いたことがあった。それも、偶然撮影されたものなどではなく、最初からビデオを作る目的で殺人を犯すのである。

おそらく高梨は、これらのビデオテープを、インターネットなどを通じた通信販売で入手したのだろう。こういう物に金を払うのは、間接的に殺人に荷担することになる。そのくらいの理屈が、彼にわからなかったはずはなかった。裏切られて悲しいというより、自分が現実に目にしているものが、どうしても信じられなかった。

最後の段ボールを開ける。数本のビデオテープの横に、透明なビニール袋に入った一冊のルーズリーフが入っていた。

何だろう。早苗はビニール袋からルーズリーフを取り出した。日本で主流の二十穴のものとは違い、リングが五つしかない。英文をタイプ打ちした紙が綴じられている。右上には日付があり、日誌のような体裁だった。紙は変色し、一度濡れてから乾かしたようにごわごわしていた。あちこちに、焼け焦げたような染みがついている。

そのとき、ルーズリーフに挟まれていた紙束が、滑り落ちた。拾い上げると、一枚の紙と、一葉の写真だった。写真は、沢のような場所に、いびつなキノコに似た物体が点在しているように見えるが、逆光の上にピンぼけで、その正体は判然としなかった。

紙の方は、日誌に比べるとずっと新しかった。英字紙の記事のコピーらしい。

早苗は、ルーズリーフをビニール袋に戻した。三つの段ボール箱の中身については、中を見ないで処分するよう勧めれば、圭子にはぴんとくるに違いない。

ルーズリーフも、本来、圭子に手渡すべきなのはわかっていた。だが、その前に、何が書かれているのかを確認しておきたかった。もし、彼女や両親に、これ以上の苦しみを与えるような内容であるならば、見せない方がいいのかもしれない。

しかし、その考えは、我ながら言い訳じみていると思う。早苗にはなぜか、今手に握っているものが高梨の死の謎を解き明かす手がかりになるという、強い確信があった。

早苗は、高梨の形見となった太軸の万年筆を、掌の中で転がしてみた。圭子が、どうしても受け取ってほしいと言って、形見分けされた物だった。フロアスタンドの明かりを受けて、エボナイトの軸とペン先が、きらきらと輝いている。高梨は、ほとんど手書きで執筆することはなかったため、まだ新品のようだった。

それでも、高梨がこの万年筆を使っているところは、何度か見たことがあった。こうしていると、彼の生前の姿、それも、アマゾンへ旅立つ前の元気な様子が脳裏によみがえってくる。

早苗が彼に惹かれたのは、彼の文章の中に見え隠れしていた人となりだった。本人に会っても、その印象は変わらなかった。繊細で寂しがり屋だが、どこか自分を突き放したようなユーモアが持ち味だった。時には、悪のりがすぎて、世間の人が眉を顰めるようなブラックなジョークを連発することもあったが、その根底には、常にしっかりした倫理観があったはずだ。あまのじゃくで、世間のしきたりや法律にはあまり敬意を払わなかったが、人として、何が正しくて何が間違っているかは、しっかりとわきまえていた。

それだけに、今回、彼が取った行動は、早苗にはひどいショックだった。

早苗は、机の上にあるルーズリーフに目を落とした。これは、高梨のメールの中にあった、アメリカ人夫妻の遺品に違いない。彼は、この日誌をしかるべきルートを通じて遺族に返却すると書いていたのではなかったか。にもかかわらず勝手に日本に持ち帰ってきたのだ。

その理由は、倉庫の中で発見されたスナッフ・ビデオ等と考え合わせると、おのずから明らかだった。高梨は、死愛好症（タナトフィリア）がこうじて、『死』に関するコレクションを始めていた。そして、この日誌もまた、そこに加えようと考えたのだ。とても信じたくない、信じがたいほどの倫理的な麻痺（まひ）である。少なくとも、以前の高梨からは、とても考えられない行動だった。

ルーズリーフに挟んであった紙は、サンパウロで発行されている英字紙のコピーだった。高梨がわざわざ探し出してコピーを取り、添付したものだろう。彼の人格そのものに疑いを持たざるを得なくなってきた今、その熱意にも、どこかうそ寒いものを感じずにはいられない。

記事は、ショッキングな内容の割には簡単な、ベタ記事に近い物だった。たぶん、書くべき材料がそれほどなかったからだろう。

アメリカの霊長類学者、ロバート・カプランとジョーン・カプランの夫妻は、数年間、アマゾンに住んで、オマキザルの生態調査をしていたが、ロバートが突発的に精神に異状をきたし、妻のジョーンを殺害し、自殺したのだという。

敬虔(けいけん)なクリスチャンであり、自殺すら禁じられている彼が、深く愛していた妻を惨殺し、頭から十リットルのケロシンをかぶって自ら火をつけた理由は謎である。ブラジルの警察が発見したとき、遺体は二つともほとんど黒焦げの状態だったらしい。

『黒焦げ(バーント・ブラック)』という言葉に、高梨はご丁寧にアンダーラインを引いていた。

早苗は、ルーズリーフの方に目を転じた。オマキザルの研究日誌だということはわかっていたが、英和辞典を片手に、もう一度きっちりと翻訳を試みる。

日誌は、カプランの妻ジョーンがタイプしたものだった。前半部分は、アカウアカリ(Cacajao calvus rubicundus)というサルの生態と、彼らがときおり見せる異常な行動について、事細かに記してあった。ウアカリは通常、数十頭から、時に百頭以上の大きな群れを作るが、その群れから一頭だけを放逐することがあるのだという。犠牲者である一頭が遠くへ立ち去るまで、群れ全体で歯をむき出して激しく威嚇し、木の実をぶつけたりするらしい。

なぜ、そういう現象が起きるのかは不明らしかったが、放逐された個体は、その直前に、異常に貪食になったり、群れの中で無差別な求愛行動をとったりしていることが多いという。ジョーンはこれを、群れの秩序を乱したことに対する一種のペナルティーだと考えていた。

不思議なことに、追放された個体はどれも、野生とは思えないほどの、一種超然とした穏やかさを示していたらしい。人間に対しても、まったく恐れる様子はなく、逆に近づいてきて、じっと眺めているという。ジョーンは、彼らを『隠者たち』と呼んでいた。

動物に対して、常に優しい心で接するジョーンには、早苗も共感できる面が多かった。彼女は、群れから追放された『隠者たち』を保護し、まめまめしく世話していたらしい。特に、自力で生きていけないと思われる個体には、餌を口移しに与えるようなことまでして、可愛がっていたようだ。

極端に活動性が低下し、警戒心も見せない『隠者たち』は、放置しておくと、ジャガーやオウギワシなどの天敵に簡単に捕食されてしまうので、わざわざ百平方メートルほどのスペースを網で囲い、その中で飼育していたという。

日誌は、中程にさしかかったあたりから、読む者を困惑させるくらい、がらりとトーンが変化していった。前半の観察日誌からは趣が変わって、アマゾンの自然を賛美するエッセイになっていく。

早苗は、既視感のようなものを感じた。どこかで同じような変わり方をする文章を見たおぼえがある。しばらく考えてから、それが、高梨の電子メールであることに気がついた。

終わり近くなってから、日誌には、再び異変が現れる。突然、『守護天使』への言及が始まった。

「鳥(バーディ)、それとも守護天使(ガーディアン・エンジェル)なの？」「まどろみの中で(ドラウズ)、私は、彼らが羽搏く(フラッピング)のを聞く」「彼らは、私の頭の中で囀る(チャープ)」「無意味な言葉の羅列。洪水」「私のことを話している」「絶えず守護天使(ガーディアン・エンジェル)たちが私に投げかける質問。言葉。言葉。言葉。言葉」

早苗は、背筋が寒くなった。高梨の『天使が囀って(さえず)いる』という幻聴にここまで酷似しているのを、はたして単なる偶然と片づけていいのだろうか。

日誌は、唐突に終わっていた。

その後に代わって綴(つづ)られていたのは、夫のロバート・カプランの手書きの文章だった。これはやはり、遺書と考えるべきだろう。読みながら、早苗はそう思った。あらためて、高梨の無分別な行動に悲しみを感じる。

ロバートの大きく歪(ゆが)んだ文字には、激しい感情的な動揺が見られた。妻ジョーンに対する想い。ノスタルジックな回想。大恋愛の末、結婚。お互いのライフスタイルを尊重し、当分の間、子供は作らないと決めたこと。だが、彼女の子宮ガンが判明して、摘出手術を行うことになった。ジョーンは、子供を産めなくなってからは仕事に捌(は)け口を求め、野生のサルに愛情を注いできた。

感傷的なタッチの文に、突然、狂ったような呪(のろ)いと罵倒(ばとう)の文句が混じる。頻繁に出てくるようになった、“Eumenides”という言葉が、その対象らしい。

「彼らは、姿が見えない」「幻覚を与える」「親切を装いながら、実は生け贄(にえ)を求めているのだ」などという文章が続く。行間からは、書き手の剝(む)き出しの恐怖が伝わってきた。

“Eumenides”という言葉を英和辞典で引いてみると、「《ギリシャ神話》エウメニデス。復(ふく)

讐の女神たち。ギリシャ語で『親切なものたち』の意の逆説的表現」という説明があった。

早苗は、時計を見た。午前一時過ぎである。普通の人に電話をかけるには非常識な時間だが、昔から宵っ張りの黒木晶子なら、まだ起きているに違いない。

案の定、晶子の番号をプッシュすると、ワンコールで出た。

「もしもし。黒木ですけど」

「あ。早苗です。遅くにごめん。ちょっと、聞きたいことがあって」

「うん？　何？」

「エウメニデスって何だか、教えて欲しいの」

黒木晶子は、早苗の高校時代の親友で、同じ大学の文学部に進み、現在は母校の講師だった。世界各国の神話の比較研究が専門だった。

「へえ？　いいけど。でも、何でまた？」

もっともらしい説明は、あらかじめ用意してあった。

「詳しいことは話せないんだけどね、ある患者さんが妄想に悩まされていて、それに関係しているらしいの。絵を描いて、それがエウメニデスだって言うのよ」

「へえ。その人、よく、こんなの知ってたわね」

晶子は疑わなかったようだ。早苗は、親友に嘘をついたことに罪悪感を覚えた。

「エウメニデスっていうのはね、ギリシャ神話に出てくる悪鬼……っていうか、復讐の女神たち、エリニデスの異称なの」

「フューリーズ……エリニデス？」

「まあ、その辺はいろんな呼び方があるんだけど」

「復讐の女神たちってことは、何人もいるわけ？」

「……たしか、アレクト、ティシフォネ、メガイラの三人ね。翼がある上に、髪の毛がすべて蛇っていうから、かなり怖いわよ」

「髪が蛇なんて、ゴルゴンみたいね」

「おそらく、ギリシャ人が恐怖を具象化すると、そうなるのね。しかも、両手には輝く松明と鞭を持ってるの。ほとんどSMの女王様のノリでしょう？　それで、どこまでも罪人を追いかけて苦しめ、発狂させるっていうんだから、洒落んなんないわよ」

「それが何で、『親切なる者』なんて呼ばれてるの？」

「皮肉が半分で、畏れが半分っていうとこかな。悪鬼なんて呼んで、怒らせたくないからってことね。善良なギリシャ人もそうなんだけど、特に罪の意識を持ってる人は、この女神をすごく怖がってたらしいわね。ちょっと、現代人には想像がつかないくらい」

晶子は、まじめな声になった。

「だから、もしかすると、その患者さんっていう人も、何かの理由で罪の意識に苛まれてるのかもしれないわね。まあ、その辺は、あんたの方が専門家だけど」

いいかげんな作り話で罪の意識を感じているのは、早苗の方だった。晶子に礼を言って電話を切ってから、彼女は考え込んだ。

カプランが、この言葉で示そうとしたものは、いったい何だったのだろうか。

頭髪が蛇というイメージは、医学的に、どう解釈できるだろう。

無意識の罪悪感から、復讐を恐れる気持ちが働く。怒り、恐怖などが引き金となって、交感神経の緊張で立毛筋が収縮し、体毛が逆立つ。古語の『髪の毛太る』というのも、これに近い状態を表しているのかもしれない。

一方で、ギリシャ彫刻のメドゥーサなどの姿から早苗が連想するのは、人間の頭の中でとぐろを巻いていた危険な蛇、すなわち妄想、激怒、憎悪、攻撃への欲求などが、今にも外に現れ出ようとする恐るべき瞬間だった。

早苗は再び、迷信じみた恐怖にとらわれた。高梨は、天使の羽音と囀りを聞いていた。彼をはるばるアマゾンから追ってきたのは、本当は、復讐の女神だったのではないのだろうか。

もう一度、カプランの手記に戻る。すると、「ついに“Eumenides”の正体を発見した。“Pseudopacificus cacajaoi”と命名する」という意味の文章にぶつかった。“Pseudopacificus cacajaoi”というのも、ギリシャ語かラテン語らしい。英和辞典を引いても、似た言葉さえ載っていなかった。だが、もう一度晶子に電話をかけるのは、さすがに気が引けた。

ふと、インスピレーションが閃いた。これは、何かの生物に付与された学名なのではないだろうか。

早苗の生物学の知識は、高梨より少ないくらいだったが、それでも、二名法の学名の前半部分は属名で、後ろが種名だということくらいは知っていた。

パソコンを起動し、インターネットで検索をかけて、生物学のデータベースを探す。使用したキーワードは、“scientific name”や“biology”“zoology”などである。慣れない分野なので、なかなか見つからなかったが、ようやく、Biosis 社の生物の学名専用の検索エンジンを捜し当てた。

スペルを間違わないよう慎重に、“Pseudopacificus cacajaoi”と入力し、検索してみるが、そういう生物は存在しないという回答だった。念のために、唯一覚えている学名である、“Lynx lynx”で検索してみると、ちゃんと、オオヤマネコらしき説明が出てきた。だとすれば、“Pseudopacificus cacajaoi”なるものは、もしカプランの妄想でないとするなら、彼が発見した新種の生き物で、まだその名前は学会には登録されていないのかもしれない。生物種の宝庫であるアマゾンでは、多くの生物が絶滅する一方で、今日でも新種が次々と発見されているのだ。

今度は、インターネットでラテン語の辞書を探してみた。運良く、こちらはすぐに見つかった。“cacajaoi”という種名は、ウアカリのことだろうと見当がつく。ジョーンの書いた観察日誌に、アカウアカリの学名が“Cacajao calvus rubicundus”とあったからだ。問題は属名だった。

ネット上の辞書には“Pseudopacificus”という言葉はなかったが“pseudo-christus”が『偽りのキリスト』で、“pseudo-episcopus”が『偽司教』、“pseudo-propheta”が『偽預言者』であるところから、“Pseudo”は、『偽の』という意味の接頭辞だと推測できる。残る“pacificus”は“Pax＋facio”で、『平和を与えるもの』という意味だった。だとすると、属名である“Pseudopacificus”は、『偽りの平和を与えるもの』とでもなるのだろうか。

今わかるのは、ここまでが限界のようだった。早苗は、インターネットとの接続を切った。

それにしても、『ウアカリに偽りの平和を与えるもの』とは、いったい何だろう。

早苗は、カプランの手記の最後に、ふと目を留めた。“Typhon!”という謎めいた言葉の殴り書きで終わっている。その前の文章は、「ケイジの中のサルを見に行った」だった。

“Typhon”というのは、おそらく“Typhoon”のスペルミスだろう。だが、アマゾンのジャングルにおける『台風』とは、いったい何を意味しているのだろうか。

六章　聖　餐

バスは、林の中の細い道を縫って走っていた。単調な景色は、どこまで行っても変わり映えしない。信一は、ぼんやりと窓の外を眺めながら、このひょろひょろと伸びた貧相な木々はシラカバだろうかと思った。とはいえ、樹木に関する彼の知識を総動員したところで、自信を持って言えるのは、それがヤシの木ではないという程度にすぎない。

木立の間からは、ときおり、金持ちの別荘か企業の保養施設らしき洒落た造作の建物が垣間見える。自分には一生縁のない場所だと思い、信一は冷たい目を向けた。だいたい、個人でこんな物を所有できるのは、悪いことをしているやつに決まっている。企業も、まず間違いなく悪徳企業だ。大規模な森林火災でも起こって丸焼けになってしまえばいいのに、などと思う。

しかし、こうやってバスに揺られているのは、決して悪いものではなかった。いつもの見慣れた景色から一歩外へ踏み出すだけで、ずいぶんと気分転換になるものだ。この前、旅行と名の付くものに出かけたのは、いつのことだっただろうか。

信一が何よりも楽しんでいたのは、目的地に向かって前進しているという感覚だった。幸いなことに、東京を出てから、一度も渋滞には巻き込まれていない。このあたりでも、夏になれば、どっと観光客が押し掛けるのだろうが、今時分は、まだ道路はすいているようだ。少々口惜しいが、自分が、遠足に行く小学生のようにわくわくしているのは、認めざるを得ない。それにはまた、別の理由もあった。

信一は、伸びをするような格好をして、さりげなく身体を起こし、バスの前の方の座席にいる少女を盗み見た。

少女とは言っても、もしかすると、もう二十歳をすぎているかもしれない。隣に座っているおばさんと何事か話しながら、しきりに口元に手を当てて笑っている。その仕草が、日頃女性と接することの少ない信一には、新鮮に映った。知的で楚々とした感じが漂っているところ、どこか『天使が丘ハイスクール』の中の『若杉美登里』というキャラクターを思わせるのだ。信一は、『オフ会』で彼女を見かけて以来、心の中で勝手に彼女を『美登里ちゃん』と呼ぶことに決めていた。これから一週間、彼女の近くにいられるということだけでも、胸が躍る。やはり今日は、思い切って参加することに決めて、よかった。

「あの子、かわいいっすね」

信一の隣に座っていた青年が、ぽつりと言った。信一は、心の中を見透かされたような気がして、彼の顔を見た。一度だけ、『オフ会』で話したことがある。そのときはまだ、会員同士はチャットでのハンドル・ネームを使うというルールをよく知らなかったので、本名を名乗りあった。記憶では、畦上友樹という名前で、信一よりは少し年下だったはずだ。ハンドル・ネームは、たしか、『ファントム』だったと思う。

『ファントム』君は、信一の視線に合うと、パニックに襲われたように顔をそむけた。細面の色白の顔に、ぱっと赤みが差す。顔を掌で覆い、その隙間からそっとこちらを見ているのには、信一は呆れた。顔立ちはけっこう整っている方なのに、他人に見られているのを意識したとたん、彼は、いつもこういう過敏な反応を示すようだ。もちろん、その理由は、信一には知る由もない。

「あの子の名前、知ってるの?」

信一が、なるべく彼の方を見ないようにしてやると、『ファントム』君は、ほっとしたように手を下ろして答えた。

「本名とかは、わかんないすね。でも、ハンドル・ネームは、『トライスター』っていったと思いますけど」

「えっ。あの子が、『トライスター』だったの?」

チャットにその名前でなされた書き込みは、数こそ多くはなかったが、信一の記憶には深く刻まれていた。真っ直ぐで建設的な意見の持ち主という印象だったが、そのくせ、ふつうの人には気が付かないような鋭い部分も持ち合わせている。信一も、二、三度、直接意見を戦わせたこともあったが、とても敵わないと思って、すぐに自説を引っ込めたものだった。

それにしても、『トライスター』ってなんのことだろう。三つの星……。オリオン座のことだろうか。昔、そういう名前の旅客機もあったけど、まさか、スチュワーデスだったなんてことはないだろうな。……そう言えば、偶然だろうけど、『ファントム』っていうのも、戦闘機だ。

「で、隣で話してるのが、『憂鬱な薔薇』おばさん」

「えっ、あれが? 嘘だろう。勘弁してよ」

信一は、思わず口走っていた。『オフ会』で顔だけは見覚えがあるが、細い目に厚ぼったい唇をした中年女性である。

彼は、少なからずがっかりしていた。『憂鬱な薔薇』なる人物が女性であることは見当が付いたし、彼が、人生に対して投げやりで悲観的な意見を書き込んだときには、優しく、かつ諄々と教え諭してくれたからだ。そのため、信一は、てっきり『憂鬱な薔薇』なる人物は、若くて魅力的な女性だと思い込んでしまっていた。さらには、幾分かの願望も手伝って、『美登里ちゃん』イコール『憂鬱な薔薇』だと、一人決めにしかけていたのである。

俺の感じたときめきを返せと、信一は心の中で叫んだ。だが、すぐに、まあいいやと思い直す。『美登里ちゃん』は、ちゃんと合宿に参加しているのだし、ハンドル・ネームまでわかったのだから。

信一は、彼女の後ろ姿を見ながら、ふと、自分がこうしてバスに揺られていること自体が、ひどく不思議な気がした。少し前までの自分であれば、とても考えられないことだ。

最初は、冷やかし半分だった。偶然見つけた『地球の子供たち』のホームページに、それほど興味を引かれたわけではない。現代人のストレス、地球環境の悪化など、彼にはまったく関心のないことが長々と書き連ねてあるだけなので、すぐに退屈してしまった。ただ、『美歌&絵瑠』のグラフィックスが彼を誘っているように見え、接続を切ってからも、ずっと心に残っていた。馬鹿げているとは思ったが、何となく、彼女たちを見捨てたような罪悪感を感じたのだ。『天使が丘ハイスクール』というゲームは、今では彼の感情生活のすべてと言ってもよく、登場するキャラクターは、彼の行き場のない愛情の、感傷的な捌け口となっていたからである。

信一は、『地球の子供たち』の『チャット』の指定日に、もう一度接続してみることにした。もちろん、自分で書き込みをするつもりは毛頭なく、ただ、どんなことを話しているのかと思っただけだった。

あくまでも自分の身は安全圏に置いておき、ヤバそうな話があれば、接続を切ってしまえばいい。画面上でクリックしているうちに、こちらを特定する目印となる『Cookie』と呼ばれるプログラムをハードディスクに送り込まれる可能性はあるが、そんなものは、あとで掃除することはできるし、もう一度同じホームページに接続したりさえしなければ、向こうからこちらを突き止めることはできない。

そう思って、こわごわ覗いてみた『チャット』だったが、意外なことに、彼はこれにすっかり嵌まってしまった。

ふつうチャットと言われるものは、文字通り、参加者たちの気ままなおしゃべりに終始するのだが、『地球の子供たち』でのそれは、はっきりとした目的を持った、一種の公開人生相談とでも呼ぶべきものだった。

まず、一人の相談者が個人的な心の悩みについて語り、それに対して、ほかの参加者たちが意見を述べるという形式らしい。信一は、最初のうちこそ、斜に構えた冷笑的な態度で参加者の発言を読んでいたが、いつのまにか、そこで交わされる真剣な討議に引き込まれていった。

参加者の多くは、相談者の苦しみに真摯に耳を傾け、一緒になって解決策を探ろうとしていた。もちろん、信一と同じように、冷やかしでチャットを覗きに来た人間の中には、悪ふざけとしか思えないような意見を述べる者もいた。だが、そういう書き込みは、ほとんどの場合、単に無視された。しばしばほかの会議室で見られるような罵倒の嵐を期待していた人間は、退屈するのか、一人去り、二人去りしていった。

信一は、それまで、こういう集まりを、同病相哀れむようなものとして馬鹿にしていた。だが、一人のために、大勢の人間が一生懸命に知恵を絞り、激論しているのを見るうちに、いつしか感動を覚えていた。そもそも、こういうページに興味を持つということは、参加者のほとんどが、対人関係に何らかの悩みを抱えているからだろう。にもかかわらず、多くの人間が、（おそらく日頃とは別人のように）積極的に発言し、打てば響くようにテンポよく議論が進む。これは、一つには、仲間の救済というはっきりとした目的があるためかもしれない。

また、議論が変に煮詰まってきたり、雰囲気が緊迫しすぎたりしたときには、必ず誰かがジョークを差し挟んだりして、巧みに場の緊張をほぐすのだった。特に、半ば司会役のようになっている『めめんと』という人物が発言するタイミングの絶妙さには、信一は感心しきりだった。

参加者たちも、みな、表面では堂々と意見を述べながらも、実は、そうした小さな齟齬が諍いにまで発展するのを、心の底では恐れていたのかもしれない。逆に言えば、そういう人間ばかりが集まっているからこそ、決定的な対立が回避され、討論が長続きしているのかもしれなかった。

長く議論をしているうちに、参加者の間には、ある種の一体感が醸成されてきた。信一は、ますますこの場を立ち去りがたく感じるようになり、思い切って、自分でも書き込みをしてみた。どうせ自分の意見など、無視されるか、冷たく一蹴されるかと思っていたのだが、予期に反して、返ってきたのは真面目で好意的な反応ばかりだった。信一は、他人から是認してもらうというのは、これほど心地よいものなのかと驚いた。それは、ほとんど忘れかけていた感覚だった。彼は味を占めて、何度も書き込みを行い、ますますチャットにのめり込んでいった。

一見素朴で融通の利かない真面目さは、しばしば誠実さと誤認される。また、控えめなユーモアは、その場の緊張を和らげるだけでなく、自分たちが客観性を失っていないかのような幻想を共有させて、連帯感をいや増す効用がある。この二つの組み合わせが、最も効果的に人間の警戒心を解除することは、いくつかのカルト宗教などがすでに実証済みである。

信一は、ほんの一瞬だけ、自分たちが釣り針に掛かった魚であるような気がしたが、そう考えることは不愉快だったので、すぐに忘れてしまった。

そして、議論が出尽くしたときに現れたのが、『庭永先生』なる人物だった。（ハンドル・ネームは単に『庭永』となっていたが、古参らしき会員たちが、『先生』をつけて呼んでいたので、他の会員も自然にそれに倣うことになった）

『庭永先生』のアドバイスでは、いかなる悩みもほとんど一刀両断という感じだった。堂々巡りの議論に疲れた参加者たちにとって、それは神託にも等しいように感じられた。誰もが彼の言葉の明快さに感激し、自分の悩みにも解決策を与えてくれるのではないかと期待しているのがわかる。

信一も、その例に漏れなかった。彼はいつしか、チャットのある日を心待ちにするようになり、つい先日、初めての『オフ会』に参加したのだった。

『庭永先生』は、思った通りのすばらしい人物だった。先生の語る言葉自体に、それほど新味があるわけではなかったが、その声音には、本物の喜びと確信がこもっていた。『庭永先生』の謦咳に接することのできた参加者は、たちまち、彼のカリスマ性の虜となってしまうのだった。

今見回してみても、そのときの『オフ会』に出席した参加者のほとんどが、一週間のセミナー合宿に参加するために、バスの中に揃っているようだった。

東京から一時間四十分ほどバスに揺られて、ようやく目的地に到着した。セミナーハウスは思ったより大きく、大勢が長期間泊まり込みで生活できるような造りになっている。一階には、食堂と厨房、テレビとソファのある休憩室のほか、ちょっとした銭湯くらいのサイズの大浴場があった。二階はすべて畳敷きの和室になっている。こちらは、研修と寝泊まりに使うのだろう。間仕切りの襖をすべて取り払うと、五十畳くらいはありそうだ。

一応、男女に分かれて荷物を置く場所を決める。修学旅行（信一には一度も経験がなかったが）のようにわくわくしていた。信一は、『ファントム』君の隣に荷物を置く。

「『サオリスト』さん。よろしくお願いします」

『ファントム』君は、嬉しそうに言った。『サオリスト』というのは、信一の使っていたハンドル・ネームである。『ファントム』君は、年齢の近い信一に妙に親しみを感じているらしかった。信一は、当惑気味に挨拶を返す。

『めめんと』氏がやってきた。『オフ会』でも司会をしていたので、単に古参の会員というよりは、むしろ『庭永先生』の秘書のような存在なのかもしれない。三十代の半ばくらいの小柄な男で、前歯がひどく突出している。だが、本人は、容貌に関するコンプレックスなどはまったく持っていないらしい。貧相ではあるが、親しみのこもった笑顔で、全員に研修の日程表を配る。それによると、毎朝、七時起床。体操と散歩の後朝食、食器洗いと部屋の清掃、午前の部の研修、正午に昼食、休憩時間一時間を挟んで午後の部の研修、入浴、夕食、後かたづけ、さらに夜の研修、十一時就寝という順だった。

睡眠時間はたっぷり八時間もあるし、さほどきつい時間割とは言えないだろう。この種のセミナーでは、しばしば参加者を睡眠不足に陥れて正常な判断力が働かないようにしたがるものだが、『地球（ガイア）の子供たち』では、そんな姑息（こそく）なテクニックは用いるつもりはないようだった。

今日はすでに夕方になっており、夕食までの間、部屋の掃除をすることになっていた。信一は、流し場までバケツに水を汲（く）みに行った。隣に誰か来たと思って目を上げると、『美登里ちゃん』だった。どきりとするが、目が合ったので、お互いに会釈する。彼女は、なぜかバケツの柄に赤い縁取りのあるハンカチを巻きつけて持っていた。ジーンズのヒップ・ポケットからウェットティッシュのようなものを出して、丁寧に水道の蛇口を拭（ふ）く。かすかにアルコール臭がかおった。

「研修、どんなことするのかしら？」

ふいに『美登里ちゃん』から話しかけられて、信一は、へどもどした。二次元の美少女相手にならいくらでも大胆になれるのだが、3D、つまり三次元の世界に住む生身の女の子と話すのは、極度に苦手だった。

「さ、さあ。僕も初めてだから……」

「みんなで寄ってたかって、一人の人を吊（つる）し上げるようなことするって、聞いたことあるけど……」

「えっ。それって、『地球（ガイア）の子供たち』で？」

ぎょっとして、彼女の顔をまじまじと見る。

「ううん。ふつうの、会社の新人研修なんかでやるやつ」

信一は、ほっとした。

「……どうかな。ここじゃきっと、そんなことしないと思うよ」

「そうね。たぶん」

彼女の横顔には、どこか憂いが漂っているように見えた。

「『美登里ちゃん』は……」

そう言いかけてから、あわてて口をつぐむ。しまったと思った時には、もう遅かった。『美登里ちゃん』は、しばらくぽかんとしていたが、左手で口を押さえながら、のけぞるようにして大笑いした。

「何それ？……おかしい。わたし、ミドリなんて名前じゃないわよ」

「いや、ちょっと、ほかの人と間違えて」

「へーえ？　でも、そんなハンドル・ネームの人、いたっけ？」

「いやまあ、深く追求しない」

信一は、耳たぶまで赤くなるような気がした。

「わたし、『トライスター』よ。ちゃんと覚えといてね」

「あ。……うん。僕、君とチャットしたことあるよ」

「そうでしょ。『サオリスト』さん」

「えっ」

『美登里ちゃん』は水道の栓を止めると、ポリバケツを持って、にやにやしながら立ち上がった。

「ミドリちゃんのことなんか考えてたら、サオリちゃんに悪いんじゃない？」

部屋の掃除をしている間中、『ファントム』君は何度か不思議そうな顔で信一を見た。自分ではわからなかったが、どうやら、よほど舞い上がった状態だったらしい。

掃除が済むと、夕食だった。ホワイトシチューとご飯、それにサラダという、ごくふつうのメニューである。味はまず、可もなく不可もなしと言ったところである。調理をするのも、手伝うのも、すべて古参の会員らしい人たちだった。さっき通りすがりに、信一がちらっと見たら、一階の厨房には、業務用らしい大型冷蔵庫があった。ひょっとすると、シチューなどは、あらかじめ人数分を作って冷凍しているのかもしれない。

食後の休憩の後、大広間で夜の部の研修が始まった。とは言っても、これが最初の研修なので、最初のうちは、全員、勝手がわからずに、ただざわめいているだけだった。ざっと見たところ、セミナーの参加者は、総勢、四、五十人といったところだろう。信一が参加した第一回の『オフ会』の後、第二回も行われたはずなので、半分はその時の参加者だろう。『めめんと』氏から、男女混合で四、五人ずつグループを作るよう指示され、混乱はいや増した。まだ自己紹介もしておらず、いきなり声をかけるのも少し躊躇われるところだった。

「ねえ、わたしたちとグループ作りましょうよ」

信一が振り返ると、『憂鬱な薔薇』おばさんが立っていた。隣には、『美登里ちゃん』こと

『トライスター』さんが（どちらも本名ではないが）いる。どうやら、信一と、そばにいた『ファントム』君に向かって声をかけたらしい。

「いやあ。助かります」

『ファントム』君は、素直に感謝を表した。信一も黙ってぺこりと頭を下げたが、緩みそうになる頰を引き締めるのに苦労した。

研修の最初のプログラムは、自分の悩みについて、率直に打ち明けるというものだった。もちろん、チャットですっかり話している会員もいたが、大部分の参加者は、まだ、そういう機会には恵まれていなかった。

今回は、お互いに面と向かってしゃべる上に、きちんとルールが定められていた。聞き手に回った後の三人は、けっして話し手を批判したり、解決策を押しつけたりしてはいけない。ひたすら話を引き出すようにしながら、悩みの根本原因と思われることまで遡っていくのが目標だった。これは、この手の人格改造セミナーでよくあるような、一人を一度大勢でこてんぱんにやっつけてから、最後の最後に肯定してやるという手口とは対照的で、信一は好感を抱いた。

「最初は、誰からにしましょうか？」

『憂鬱な薔薇』おばさんには、この面子の中では比較的リーダーシップが備わっていたらしく、いつのまにかグループを仕切っている。

おばさんの視線を受けた『美登里ちゃん』は、信一を指さした。

「ダメよ。人を指さしたら……」

おばさんは、なぜかあわてたように『美登里ちゃん』の指を押さえた。

「でも、『サオリスト』さん。ご指名があったから、最初にやってくれるかしら？」

「はあ」

信一は気が進まなかったが、彼がトップバッターになることは、いつのまにか決められてしまったようだった。不承不承、口を開く。

「ええと。何から話したらいいのか……」

「質問」

『美登里ちゃん』が手を挙げた。

「サオリちゃんって、誰ですか？」

「いや、それは……」

さすがに、パソコンの恋愛ゲーム（しかもHゲー）のヒロインだとは言いにくかった。

「まあ、それは、おいおい、ね」

『憂鬱な薔薇』おばさんが助け船を出してくれたが、この分だと、いつかはしゃべらされることになるかもしれない。

「みなさん、お互いに、チャットで、ある程度の予備知識はありますよね。そこから質問をしていった方が話が早いんじゃないすか？」

『ファントム』君が提案した。おばさんがうなずく。

「そうね。じゃあ、わたしからでいい？　わたしが聞いた範囲だと、『サオリスト』さんの現在の最大の悩みは、未だに定職に就いていないということだったと思うけど」

「はあ」

「今、いくつなんですか？」

「二十、八……です」

『美登里ちゃん』の質問に、信一は小さな声になった。

「仕事ですかあ。別に、そんなに気にすることないんじゃないすか？」

『ファントム』君が、我が身を省みたのか、暗い声で言った。

「でも、『サオリスト』さんの場合は、そういうことじゃないんでしょう？」

『美登里ちゃん』が口を挟んだ。

「どっちかって言うと、人間関係が問題なんじゃないんですか？」

「それは、たぶん、ここにいる全員がそうですよ」と、『ファントム』君。

「でも、わたしは、『サオリスト』さんの場合は、そこに問題のすべてがあったような気がするの」

「まあまあ。決めつけちゃだめ。まずは『サオリスト』さん自身から、話してもらいましょうよ」

『憂鬱な薔薇』おばさんが、割って入った。

「どうなの？　あなた自身は、何が一番問題だったと思う？」

信一は考え込んだ。

「それは……やっぱ、僕自身が」

「あなた自身？」

「やっぱ、性格に問題があったし……」

「別に、そんなことないと思いますよ」

『ファントム』君が言う。

「わたしも違うと思うな」と『美登里ちゃん』。

「自分のせいにするのは、ある意味、一番簡単だけど、そこで思考停止しちゃったらダメだと思う」

「あなたは、自分を責めすぎるんじゃないかな。わたしも昔はそうだったけど、自己否定っていうのは、最悪の結論よ」

『憂鬱な薔薇』おばさんも口を添えた。

「だけど……」

口ごもりながらも、信一の心の中には暖かいものが流れていた。これほど周囲から自分を肯定してもらったというのは、彼にとって生まれて初めての経験だった。

「でもやっぱ、僕が悪いっていうか……。何をやっても、すぐに『怠け心』が出てきて、『失敗』ばっかで」

「誰かがそう言ったの？」

『美登里ちゃん』が尋ねた。

「えっ？」

「誰かに言われてたから、あなたもそう思うようになったんでしょう？」

信一は絶句した。

その瞬間、幼い頃の情景が脳裏に甦(よみがえ)った。

テーブルの上一面に置かれた、たくさんの厚紙。途方に暮れたような感覚。手足にびっしょりと汗をかいていたため、台所の椅子は、ビニールのクロスがつるつる滑って、ひどく座り心地が悪かったこと。

「昔、子供の頃、そう言われてたかも……」

「誰から？」

「ママ……お母さんから」

「どうして、そんなことを言われたのかな？」

「覚えられへんかったから。九九を」

我知らず、信一は子供のような口調になっていた。

「それは、あなたがいくつくらいの時だったの？」と、おばさん。

「三歳……くらい」

『美登里ちゃん』たちは、顔を見合わせた。

たくさんの厚紙のイメージは、焦点が合うように鮮明になった。マジックインキで、1から144までの数字が書かれている。かなり癖のある、母親の字だ。

信一の前には、母親が苛立った表情で座っていた。手には、九九の式を書いた大判の画用紙を持っている。信一には、これまでの経験から母親の顔色を読んで、すでに爆発寸前であることがよくわかっていた。心の中で、気をつけた方がいいぞと警告する声が聞こえる。だが、信一には、すでに椅子に座っていること自体が苦痛でしょうがなくなっていた。彼はもぞもぞと身動きし、頻繁に溜め息をついた。

『八九は？　信一。八九は？　さっき教えたでしょ？』

信一は腹が減って混乱し、完全に嫌気が差していた。こんな事は、もう続けたくない。それでも、母親の指し示す紙に注意を払おうとはしていたのだが、つい疲労から、よそ見をしてしまった。とたんに、容赦なく母親の手が飛んできた。

『信一！』

信一は、わっと泣き出した。すると、母親はますます激昂する。

『なんで泣くの？　全部、あんたのために、やってるんやないの！』

母親は、画用紙をテーブルの上に叩きつけた。小さな子供にとっては、その激しい剣幕は、大人には想像がつかないくらいの恐怖だった。

『どうしてわからへんの？　え？　どうして、もっと集中できへんの？　え？　言いなさいよ。ママが、こんだけ一生懸命になってるのに、なんで、あんたは、いっつも、いっつも、そうなのよ！』

髪の毛をつかまれて、ヒステリックな打擲を受けながら、信一は、また激しく泣いた。幼心に、すべて自分が悪いんだと思っていた。自分がダメだから、ママをこんなに怒らせてしまったのだ……。

その後の記憶は、空白になっていた。だが、ひどい目に遭ったという感じだけは残っていた。

信一は、話しながら、いつのまにか涙を流していた。

『憂鬱な薔薇』おばさんや『ファントム』君は、うなずいたり、相槌を打ったりして、信一への共感を示してくれた。『美登里ちゃん』は、黙って大きく目を見開いていた。まるで、彼の悲しみを、すっかり共有しているかのようだった。

全員の質問に答えながら、信一は、さらに記憶を辿っていく。彼に対する革新的な『早期教育』は、母親の献身的な努力も実らず、結局は失敗に終わったらしい。幼稚園にいる間に、信一は、九九だけでなく、ひらがな、カタカナ、アルファベット、小学校四年生までに習う漢字、簡単な英単語、それに小倉百人一首などを暗記していたが、それでも、母親の遠大な計画と心づもりからすれば、てんでお話にならなかった。

小学校に入学してからは、今までの『失敗』を一気に挽回すべく、信一の一週間は、ぎっしりと塾やお稽古ごとで埋められた。

月曜日は英会話。火曜日は進学塾と書道。水曜日は算数教室。木曜日はピアノ。金曜日は再び進学塾。土曜日はバイオリン。日曜日は、水泳と家庭教師による徹底指導……。そしてまた、新たな一週間が始まる。それは、決して終わることがない永遠のサイクルのように思われた。

信一の日常は、『効率』によって支配されていた。ぼんやりと空想に耽っていたり、ぶらぶらと野原を歩いたり、川に向かって意味もなく石を投げたりといった無駄な時間は、周到に排除されていた。

その甲斐あって、小学校低学年での信一の成績は抜群だった。あらかじめ教わる内容をすべて知っているのだから、当たり前の話である。だが、そのことは、思わぬ副作用をもたらした。知っていることばかりを教えられ、しかも、クラスの一番進度の遅い児童に合わせて進められる授業は、信一にとって退屈以外の何物でもなく、彼は授業をまったく聞かない癖が付いてしまったのだ。

教師にしてみれば、授業に全然関心を払っていないのが明白なのにもかかわらず、当てればきちんと正解を言うため、怒ることもできない生徒というものは、実に腹立たしい存在だった。しかも、保護者面談の席で母親にそのことを指摘すると、逆に、授業のレベルが低いのだと仄めかされる始末では、むしろ頭にこない方が不思議だった。

曾根というベテランの女性教師は、自然な成り行きとして、信一に対する憎しみを募らせていった。授業では信一を一切指名せず、それ以外でも完全に無視するようになった。信一はただ、そうした状態をあるがままに受け入れるしかなかった。

そうした中でも、信一の日常は、あいかわらず完璧な一週間のサイクルを繰り返していた。たまにハプニングとして、お稽古ごとの一つが突然終了になることがあった。多くは、母親が教師に対して、何らかの理由で敵意を募らせたことによるものである。(つい昨日まで優秀だと褒めちぎられていた教師は、一晩で、最低の屑か極悪人へとなり果てた)

だが、それでぽっかりと空いた時間ができるのは、一回きりだった。次の週になると、ちゃんとそれに替わるレッスンが(絵画教室や、ソロバンなど、その時々の母親の素晴らしい思いつきで)用意されているのだ。

信一は疲れ果てていた。学校も塾も、家庭も、彼にとって楽しい場所は一ヶ所も存在しなかった。毎週、毎週、夏休みも年末年始もなく、同じ一週間、塾と無意味な稽古事とによって埋められた不毛の時間が過ぎていく。七、八歳の子供にとって、一年間とは、ほとんど果てしない分量の時間である。それが中学、高校とずっと続くと思うと、絶望的な気分になった。

そして、小学校四年生になったある日、信一はついに、ぽっきりと折れてしまった。

その日のことは、今でも鮮明に覚えている。ときおりは、夢に見ることさえあった。学校から帰って、おやつを食べ、すぐに別のカバンを持って子供向けの英会話教室に行く途中で、信一は激しい腹痛に襲われたのだ。

バスの中でうずくまって脂汗を流している小学生を見た乗客たちが、驚いて救急車を呼んでくれた。信一は病院へ運ばれ、詳しい検査を受けたが、異常は何一つ見つからなかった。

母親は、知らせを受けて、愕然として飛んできた。内心、盲腸か、もっと悪い病気ではないかと危惧していたらしい。だが、医師の説明は、彼女にとって、とても納得できるものではなかっただろう。『心因性』などという言葉は、おそらく彼女には、『ずる休み』の同義語としか思えなかったに違いない。

事実、信一の腹痛は、病院へ運ばれてきてすぐに、治まっていた。間の悪いことに、母親が血相を変えて病室の戸を開けた時、信一はいたって暢気そうに（親切な看護婦さんに貸してもらった）漫画本に読みふけっていたのだった。

信一は、その時自分を見た母親の目を、今でも鮮明に覚えていた。

それからは、同じ現象がしばしば起きるようになった。英会話教室へ行こうとすると、必ず信一は激しい腹痛に見舞われるのだ。それは、次に算数教室、それからピアノ、さらにはバイオリンへと、次々に波及していった。

母親は激怒した。彼女には、信一が『怠け心』で仮病を使い、しかもそれに『味をしめた』のだとしか思えなかったのである。

彼女の頭の切り替えは早かった。あれほど執着していた信一を、いともあっさりと見放したのだった。彼女の頭の中では、何もかもが完璧に運ばねばならなかった。そして、小学校四年生にして『人生の落伍者になった』信一は、もはや、彼女のプライドを支えるに足る存在ではなくなっていたのだ。

彼女は方向転換して、信一の姉の教育に力を入れようとした。当初は、女の子だからというだけの理由でまったくの関心外だったのが、信一の脱落で、急遽、母親のプライドを担うべき重要人物へと昇格したのだった。

だが、母親と同じように気が強く、しかもまったく遊ぶ時間のない弟の姿を間近に見ていた姉は、頑として母親の命には従おうとしなかった。それからというもの、家の中では、連日、金切り声をあげての口論と激しい泣き声が聞かれるようになったが、幸か不幸か、信一はそうした諍いの圏外にいた。

彼は、突然、あらゆる重圧と義務から解放されたのだ。それと同時に、彼を支えていたすべての事柄からも。

信一は、何をしたらいいのかわからない膨大な時間の前で、ただ茫然と立ちつくしているばかりだった。

授業を聞き流すという悪しき習慣だけは以前と変わらず、曾根教諭からは、意図的に疎外されていたため、信一は学力の貯金を急速に食い潰し、ついにはゼロになった。そうなれば、彼が落ちこぼれるのに、まったく時間はかからなかった。

「それで、学校へは行かなくなって……」

信一はポケットからティッシュを出すと、大きな音を立てて鼻をかんだ。

「学校へ行かないからと言って、落ちこぼれとは言えないわよ」と、『憂鬱な薔薇』おばさん。

「そんなの、全然、恥じゃないと思う」

『美登里ちゃん』が、強い口調で言った。

「むしろ、当然のことじゃないかな。ほら。車に乗っていて、前に崖があるのが見えれば、誰だって車を止めるでしょう?」

「それで、それから、どうしたんですか?」と、『ファントム』君が聞く。

信一は当惑した。話すことはもう、何も残ってはいなかった。あれ以来、彼は、何もしていなかった。二十八歳の今日に至るまで、彼は、再び人生に参加する機会を見つけられないでいたのだ。

だが、そのことに対しても批判めいた感想は聞かれなかったので、信一は安心した。

赤の他人の前で、ここまで正直に自分をさらけ出すことができたというのは、我ながら信じられなかった。自分がすっかり裸になってしまったような気がしたが、不思議なことに、けっして悪い気分ではなかった。

信一は拍手でねぎらわれ、続いて『憂鬱な薔薇』おばさんの告白が始まった。

おばさんは、家族との折り合いが悪いほか、近所づきあいもうまくいかず、新興宗教をはしごするのが趣味になったらしい。だが、結局、どこへ行っても、本当に心が満たされることはなかった。

しかも、おばさんは、ひどい尖端恐怖症だった。人から指を差されるだけで、恐怖に「腰が抜けそうになる」ほどだという。

みなの質問に答えているうちに、おばさんは、ぽつりぽつりと高校で登校拒否になった時のことを語った。父親の仕事の都合で転校し、そこでいじめに遭ったからだという。

『憂鬱な薔薇』おばさんは、クラスの中で、吊し上げのような非難を受けた時の記憶を語り始めた。担任の教師も同席していたはずなのに、彼女を庇うようなことは何一つしてくれなかったという。クラスメイトから何を言われていたのかは、今となっては、ぼんやりと霞がかかったようになっていて、思い出すことができなかった。だが、全員から、いっせいに彼女に突きつけられた指のことだけは、くっきりと思い出すことができた……。

信一は、おばさんの話を聞きながら、退屈しはじめていた。さっきまでの昂揚は、もう、嘘のように冷めつつある。

自分の話をしていた時には、まわりの人たちから注目と同情を集めて、驚くほど気分がよかった。だが、他人の苦しみは、どんなに深刻なものでも、しょせんは他人事としか思えない。情報としてなら、もっと悲惨な話は、あらゆるメディアにごろごろしている。

おばさんが絞り出すような声で語る言葉は、途中から、信一の耳を素通りしていった。彼は、ちらちらと『美登里ちゃん』の方ばかり気にしていた。

『美登里ちゃん』は、真剣におばさんの話に聞き入りながら、しきりに、うなずいたり、怒ったりしている。

だが、信一は、怒った顔や憂い顔よりは、やはり笑顔の方が可愛いと思った。もっと、笑ったところを見たい。笑わないかな。ほら、笑って。……笑えって。

おばさんが、もっとおもしろい話をすればいいのにと、腹立たしくさえ思う。

あ。笑った。ようやく『憂鬱な薔薇』おばさんの話は、深刻な箇所を過ぎたようだった。信一は、『美登里ちゃん』が口元を手で隠しながら笑う姿を見て、嬉しくなった。やっぱり、どう見ても『天使が丘ハイスクール』の『若杉美登里ちゃん』にそっくりだ。

信一は、ふと、『美登里ちゃん』が、けっして歯を見せないことに気がついた。そういえば、洗い場で会った時もそうだった。歯並びが悪いのを気にしているのだろうか。

そんなことを考えているうちに、いつのまにか、『ファントム』君が話す番に変わっていた。彼の態度は、のっけから奇妙なものだった。さっきまでは活発にしゃべっていたのに、いざ自分の番となると、急に、うつむいたまま固まってしまったのだ。『憂鬱な薔薇』おばさんがわけを尋ねると、消え入りそうな声で、全員に注視されるのが耐えられないのだと言う。仕方なく、三人はそれぞればらばらな方向を向いて座り、『ファントム』君の話を聞くことにした。車座になった四人が、それぞれそっぽを向き合っているのは、この広間の中でも、かなり奇妙な眺めだったことだろう。

『ファントム』君は、幼い頃に受けた『傷』について語った。彼の実家は、江戸川区でメッキ工場を経営しているということだった。今から二十年ほど前、『ファントム』君がまだ四、五歳の頃に、そこで事故が起こったのだという。

彼は、事故の詳細については語らなかった。だが、その後遺症によって、自分の顔はこんな風になってしまったのだと。

信一は、『ファントム』君の言う『傷』というのは、最初は精神的外傷（トラウマ）のことだとばかり思っていたのだが、どうやら物理的な損傷を指しているらしい。しかし、三人は、彼の言葉の意味がよく理解できず、ぽかんとしていた。どう見ても、『ファントム』君の顔には、これといって、おかしなところはなかったからだ。

『憂鬱な薔薇』おばさんがそう指摘すると、彼は、気休めはやめてくださいと言った。こんなにひどい痣が残ってしまったんですから、と。彼の指さした部分を仔細に見ると、たしかに、頬のあたりを境にして、皮膚の色が微妙に変わっているようではあった。だが、言われなければ気がつかない程度のことである。

信一は、最初のうちこそ少し興味を持って聞いていたものの、だんだん馬鹿馬鹿しくなってきた。やはり気になるのは、『美登里ちゃん』のことだった。こっそりと観察していると、蛍光灯に照らされた右手の爪のうち、人差し指だけが妙にきらきらと輝いていることに気がつく。最初は、光の当たる角度のせいなのかと思っていたが、そうではないようだ。人差し指の爪にだけマニキュアを塗っているのだろうか。いや、そうじゃない。あれは付け爪のようだ。ますます、興味津々という感じになってくる。

それに、よく見ると、彼女の手はひどく荒れていた。よほど毎日、水仕事ばかりしているみたいだ。

信一が、ふと、『ファントム』君の話に注意を戻すと、彼は自分のハンドル・ネームの由来について語っていた。何と、『オペラ座の怪人』から取ったのだという。あまりにも醜かったために生みの母親にさえ拒絶され、仮面をかぶって、パリのオペラ座の地下でひっそりと生き続けている怪人……。もとはガストン・ルルーの小説だが、今ではむしろ、アンドリュウ・ロイド・ウェバーやケン・ヒルのミュージカルで有名である。

実際、ロイド・ウェバー版のミュージカルのCDは、『ファントム』君の愛聴盤だということだった。特に、『ミュージック・オブ・ザ・ナイト』や『墓場にて』などの名曲を聴くと、抑えようもなく涙が出てくるのだという。

「ロイド・ウェバーの曲って、感情的に昇華されているから、泣けないはずなんだけどなあ」

と『美登里ちゃん』がつぶやく。

それから、『憂鬱な薔薇』おばさんと『美登里ちゃん』は、『ファントム』君の顔は醜くなんかないと一生懸命力説したのだが、彼の思いこみを打ち消すことはできなかった。最近では、顔が映るのが怖くて、窓ガラスのある建物の近くを通る時など、目をつぶっているという……。

信一は、再び『ファントム』君の話を上の空で聞き流しながら、別のことを考えていた。もしかすると、『美登里ちゃん』の手がひどく荒れていることと、彼女が手を触れるものすべてを、せっせとアルコール消毒していることには、何か関係があるんじゃないか。

ふいに、『美登里ちゃん』が信一を睨(にら)んだ。彼が盗み見ていたことには、ずっと気づいていたらしい。彼女の視線には無言の非難が含まれていた。信一は頰(ほお)が熱くなるのを感じた。自分の身勝手さ、薄情さを糾弾されていることに気づいたのだった。

『ファントム』君の話が終わると、最後は、その『美登里ちゃん』の番だった。

信一は、彼女の話にだけは非常に興味があったのだが、彼女から非難されていると思うと、いたたまれなくなってしまい、ちょっとトイレに行くと言って席を立った。

『憂鬱な薔薇』おばさんは、驚いたような顔をしたが、『美登里ちゃん』は、そっぽを向いていた。信一が広間を出る時に振り返ると、彼女はすでに話を始めていた。内容までは聞こえないが、『憂鬱な薔薇』おばさんと『ファントム』君は、何やらしきりに感心しているようだ。彼は後ろ髪を引かれる思いだったが、あまりぐずぐずしていると変に思われるので、トイレに行くことにした。

ゆっくりと用を足して、のろのろと手を洗う。鏡を見ながら、溜め息をついた。

自分は、つくづく運が悪いと思う。あの二人の言うことを聞いてなかったのは、話が退屈だったからだ。自分のせいじゃない。それに、『美登里ちゃん』に好感を抱いていたからこそ、彼女の方を見ていたのに。どうして、あんなに怒った顔をしたのだろう。理不尽だと思う。だが、いずれにせよ、このままでは、どうにも広間には帰りづらかった。『美登里ちゃん』が自分を呼びに来てくれて、怒ってないから戻ってきてと言ってくれないかなあ。だが、さすがに、そんなことが現実に起こりそうにないことは、わかっていた。

それにしても、席を立った時に、せめて、こちらを見るくらいのことはしてくれてもよかったのに……。

もしかすると、最初から全部、自分の誤解だったのではないかと思いつく。『美登里ちゃん』は、怒ったのではなく、ただ恥ずかしがっていただけなのかもしれない。だとすると、今頃、自分がいないので寂しい思いをしているのではないだろうか。

考えれば考えるほど、それが真相であるように思われてきた。きっと、そうだ。だって、彼女には怒る理由がないじゃないか。信一は、あわてて鏡に向かって髪を直すと、トイレを出て、小走りに広間に帰っていった。

だが、『美登里ちゃん』の厳然たる態度の前には、彼の甘い幻想など、とうてい生き残る余地はなかった。

「……それで、三つの星というのを英語にして、『トライスター』っていうハンドル・ネームにしたんです」

それだけ言うと、彼女は、ぴたっと口をつぐんでしまった。まるで、信一には、何も聞かせたくないという感じだった。

あとの二人が、気まずい雰囲気を救おうとするかのように、しゃべり始めたが、肝心の『美登里ちゃん』の話を聞いていないので、何のことだかわからない。かえって、孤独感が増すだけだった。

彼は、だったら討論になど参加するものかという拗ねた気分になり、そのあとはわざと押し黙っていた。

初日の研修は、そこまでで終わった。信一は、『美登里ちゃん』に語りかけて『誤解』を解こうと思っていたのだが、彼女は、彼の気持ちを知ってか知らずか、さっさといなくなってしまった。

翌日から、研修に様々なバリエーションが加わった。企業研修に使われそうなゲーム形式のもの。初日の告白を発展させた発表会と、全員での集中討議。そして、その内容を基にして、グループごとに台本を書いて、サイコドラマのような寸劇を行ったりもした。

とはいえ、信一には、今ひとつ、ぴんとこなかった。たしかに、お互いに悩みを告白することによって、それぞれが自分の抱えている問題を見つめ直すことができたし、共同作業を通して、会員たち同士の連帯は深まったかもしれない。だが、それだけで、はたして本当に新しい自分を獲得することができるのだろうか。

ここで行われている研修は、どれも比較的まじめなもので、オカルト臭ぷんぷんの、いかがわしい部分は見あたらなかった。しかし、逆に言えば、それが『地球の子供たち』の限界なのかもしれない。人間は弱いものであり、今までの自分を変えなくてはならないまでに追いつめられると、何か絶対的な存在に縋りたくなる。神がかった演出も、時には有効なのだ。こうした、総花的で寄せ集めの研修では、いつまでたっても、最後の心の殻を破れないのではないだろうか。

信一の疑問に応えるように、三日後から、研修の様相が少しずつ変わり始めた。

まず、午前中の研修に、ヨガか超越瞑想のような修行が加えられるようになった。会員たちは、指導されて畳の上で結跏趺坐を造り、ゆっくりとした腹式呼吸を行った。信一も、以前に禅の教室に通ったことがあったので、だいたいのことはわかっている。

神経の伝達する情報をできるだけ遮断し、呼吸回数を減らして脳を低酸素状態に置くことによって、意識を、ある種の忘我の状態に持っていくことができる。これは、悟り云々とは関係なく、純粋なテクニックの問題であり、多くの宗教が、この状態における恍惚感を布教に利用していた。誰でも、完全なトランス状態の一歩手前くらいまでは簡単に到達することができるのだが、その先へ進むには、ある程度の修行が必要だった。

この日も、幸運な数人の会員だけが、深い瞑想を行うことができたようだったが、その他大勢は、感じをつかむという程度にとどまった。

その日の夜の部の研修では、さらに別の展開があった。全員に一つずつ、薬品のカプセルが配られたのだ。

それまではリラックスした表情を見せていた会員の間にも、さざ波のように動揺が広がった。さすがに、皆、不安の色を隠せないようだ。まさか麻薬ではないだろうとは思うものの、得体の知れない薬を服用することには抵抗があるのだろう。

最近の高校生あたりなら、躊躇(とまど)うことなく薬を嚥下(えんか)できるのかもしれないと思う。彼らは、街角で得体の知れない人間が売っている正体不明の『合法ドラッグ』なども、平気で服用するくらいだから。

信一は、配られた緑と白のカプセルを見た。酒の飲めない信一は、薬物おたくでもあり、麻薬や覚醒剤(かくせいざい)にこそ手を出さなかったものの、ドラッグや抗精神剤に関する知識は、一通り持っていた。

彼の掌の上にのっているのは、プロザックという名前で知られる脳内薬品、SSRIだった。SSRIは、セロトニンという脳内物質をコントロールすることにより、不安や強迫性障害、パニック障害などを抑制する作用を持っている。開発国のアメリカでは、何でもインスタントに解決したがる能天気な気質にマッチしたらしく、『幸せの薬』として、すでに爆発的な普及を見せていた。

日本では、まだ厚生省の認可が下りていないはずだが、これだけの量を調達したとなると、不法に輸入したのかもしれない。

何だ。プロザックだったのか……。信一は、『地球(ガイア)の子供たち』の底が知れたと思い、少々拍子抜けしていた。

たしかに、参加して得るものは多少あったと思うが、もしネタがこれだけだったとしたら、子供騙しもいいとこだ。ふつうは一ヶ月くらい飲み続けなければ、効果は現れないはずだ。だが、実際に薬を服用してしばらくたつと、気分が落ち着いてくるのを感じた。偽薬効果かもしれないが、前向きな気持ちを取り戻すための方法としては、オーケーかなという気もする。

それ以降、夜の部の研修では、必ず薬をのむようになった。以前と同じようなプログラムの繰り返しでも、プロザックの作用もあってか、ゆっくりと人格が変わっていくような感覚があった。

だが、研修が終われば、もう、薬をのむこともなくなる。そうすれば、すべては元の木阿弥ではないのか。

その答えは、最終日の晩にもたらされた。

会員たちが畳敷きの大広間に集まると、白檀のようなお香が鼻をついた。食事の時と同じようにテーブルが配置され、部屋の一番奥には、仏像のようなものを載せた壇が設えられている。『庭永先生』が現れた。いつものあの、確信に満ちた笑みを浮かべている。

会員たちは、何事が起こるのかと、固唾を呑んでいた。『庭永先生』は、満面に笑みを浮かべて、これから会員たちは、『守護天使』を迎え入れるための『聖餐』を授けられるのだと説明した。

「最初にあなた達が聞くことになるのは、守護天使の羽音です。耳を澄ませてみてください。天使たちが、飛び回っているのが聞こえるようになりますから。心の底から、彼らを受け入れようと念じてさえいれば、やがて、天使たちは、いつでもあなた達と一緒にいて、見守ってくれるようになるでしょう。そして、美しい声で囀ったり、あなた達に語りかけたりするようにもなるのです」信一は苦笑した。あまりにも言うことが現実味を欠いているし、まるでパソコンの画面上で飼うバーチャル・ペットの説明のように聞こえたのだ。会員の間を見回しても、みな半信半疑で、曖昧な笑みを浮かべている。

信一は、雛壇の上を見た。頭が象で体が人間の男女二体の神が抱き合う異様な姿の像が祀ってある。以前から宗教に興味を持っていた彼には、それが何であるのか、すぐにわかった。ヒンドゥー教の神から仏教の守護神となった『大聖歓喜自在天』だ。日本の寺院では一般に秘仏とされ、夫婦和合を象徴している。ガネーシャが敷いている布には、頭が七つあるコブラの文様が描かれていた。こっちは、ヒンドゥー教の蛇神ナーガだろう。インドでは、ヘビは、不死と繁殖の象徴とされている。まるで、象の影がヘビであるように見えた。

この二つの取り合わせからの連想には、何となく性的な臭いがした。ここは、もしかしたら、その手のセックス教団なのだろうか。信一の中で、妄想のような、かすかな期待が頭をもたげる。もちろん、『憂鬱な薔薇』おばさんでは困るが、『美登里ちゃん』だったら……。

古手の会員たちが、テーブルの上に銀製の皿を配り始めた。短冊状に切った、得体の知れない物体が載っている。信一は、鼻を近づけてみた。わずかだが、獣臭さを感じる。何かの動物の肉らしい。表面は火で焙ってあるらしく、ぱさぱさした茶色になっているが、断面はぬらぬらした暗赤色のままだった。『たたき』の状態らしい。続いて、やはり銀製の鉢が置かれた。こちらは人数分には足りず、白い砂のようなものが盛られていた。

「さあ。これが、研修の締めくくりになる『聖餐』の儀式です。少し臭いがあるかもしれませんが、岩塩を添えて召し上がってください」

みな、手を出しかねて、まわりの人間の様子を窺っている。『庭永先生』は、それ以上、その肉について説明をしなかった。会員たちは例外なく、なぜ、肉のたたきを食べることが守護天使を迎え入れることになるのか、よくわからないような顔をしていた。だが、一人が肉片を手に取って、ぱらぱらと岩塩を振りかけると、次々とそれに倣った。

信一は、一瞬躊躇いを覚えた。雛壇の上のガネーシャの像が視界に入る。何だか、信一を見て笑っているように見えた。

背筋がぞっと寒くなる。心の奥で、食べるな、という声がした。

だが、まわりを見回すと、ほとんどの会員は、すでに肉に口を付けていた。『憂鬱な薔薇』おばさんは、肉を嚙み切ろうとして、苦労しているようだ。『ファントム』君は、考え込むような表情で咀嚼している。

『美登里ちゃん』は、肉片を口元まで持ってきてから、躊躇していた。信一と目が合うと、彼女はぷいと顔を背け、箸の先を口に入れた。目をつぶって、ゆっくりと嚙む。かすかに喉が上下する。それは、妙にエロチックな光景だった。

こうして見ると、まだ食べていないのは信一だけのようだった。ふと、『庭永先生』が、じっと彼を注視しているのに気がついた。目には、心なしか厳しい光が宿っているような気がする。

信一は、あわてて箸を口に近づけた。しかし、どうしても受け付けることができない。

早くしないと……。まわり中から、非難の視線を浴びているような気がする。プロザックを服用しているにもかかわらず、パニックに襲われそうになる。

守護天使のことを考えて、懸命に気持ちを静めた。

このままではいけない。新しい自分に生まれ変わるためだと、自分自身を納得させる。これを食べさえすれば、守護天使がやって来て、自分を祝福してくれるはずだ。頭の中に、美歌と絵瑠のイメージを思い描いた。彼女たちは、自分が勇気を奮い起こすのを待っているのだ。

信一は、肉に岩塩をのせると、口の中に放り込んだ。二、三度噛んだが、思っていた以上に堅く筋張った肉だった。それに、独特の臭みがある。

これ以上長く口の中に入れていると、吐いてしまいそうだった。一気に嚥下する。

肉片は、まるで逆棘でも生えているかのように、食道の壁に逆らった。だが、難渋した挙げ句、ようやく胃の腑に収まる。信一はひどく咳き込んだ。涙があふれそうになる。

「おめでとう。みなさん。守護天使は、みなさんの中に迎え入れられました」

『庭永先生』が、おごそかに宣言した。

会員たちは、しばらくの間、どう反応していいのかわからないようだった。ややあって、自発的な拍手が沸き起こる。拍手は潮騒のように、いつまでも鳴りやむことがなかった。

信一もいつのまにか、掌が真っ赤になるほど力を込めて、手を叩いていた。彼の心の中は、達成感と誇らしさでいっぱいだった。どうしようもないほどの生理的な拒否反応を、意志の力で克服することができたのだ。自分にそんなことができるなんて、これまで思ったこともなかった。

自分は変わりつつある。これから自分にとって、本当の意味での人生が始まるのだ。そう自分に言い聞かせるうちに、胃袋の不快感はすっかり消え去っていた。

七章　鷲の翼

耳に飛び込んできた言葉は、危うく、そのまま素通りしてしまうところだった。早苗は、はっと顔を上げて、テレビの方を見た。

デイルームのテレビには、午後一時のＮＨＫニュースが映っている。昼食を終えた入院患者たちが、ぼんやりと画面を眺めていた。

生真面目を絵に描いたような風貌の男性アナウンサーが、事故の概要についてしゃべっている。

名前を。被害者の名前を、もう一度言って欲しい。まるで早苗のテレパシーが通じたかのように、アナウンサーは、事故に遭った人の名前を繰り返した。

「……小石川薬科大学の助教授で、植物学が専門の赤松靖さん、四十五歳とわかりました。赤松さんは、朝から一人で那須高原サファリパークに来ていたということですが、全身をトラに咬まれており、依然、危険な状態が続いています。警察では、なぜ、赤松さんが禁止地域で車から降りたのかについて、サファリパーク側から、さらに詳しい事情を聞くことにしています。さて、中東を歴訪中だった……」

早苗は、車椅子の押し手を握ったまま、硬直していた。心臓が、アフリカン・ドラムのように激しく鼓動を打っている。落ち着け、と自分に言い聞かす。状況は、はっきりしていない。

事故かもしれないのだ。まだ、自殺と決まったわけではない。

だが、もし自殺だったとしたら……。アマゾン調査プロジェクトのメンバーのうち、短期間に、二人が自殺を図ったことになる。

もしかすると、偶然ではないのかもしれない。

気がつくと、上原康之が、じっと早苗を見上げていた。彼女の血相がただならないので、驚いているようだ。

「知ってる人なの？」

「ああ……ううん。人違いだった。気にしないで」

早苗は強いて笑顔を作ると、少年の乗った車椅子を押して、病室へ戻った。上原康之は、このところ病状が悪化して、歩くことも、ままならなくなっていた。どんなことであれ、これ以上彼に精神的な動揺を与えるようなことは、避けなければならない。

頭の中では、様々な考えが駆けめぐっていた。天使の囀り。アマゾン。悪の憑依。そして、復讐の女神たち。

昼間のワイドショーなら、事件をより詳細に伝えるだろう。だが、患者たちの手前、デイルームに行って、テレビにかじりつくわけにもいかなかった。

自室に帰ると、早苗は新聞社に電話をかけて、福家を呼び出してもらった。あいにく不在とのことだったが、社会部の記者なら、この時間は外に出ていて当然だろう。

早苗は、応対に出た女性社員に、福家の携帯電話の番号を教えてくれと頼もうとしたが、情報をもらおうとする立場で、そこまで厚かましく出るのもためらわれた。やむをえず、電話のあったことだけを伝えてもらうことにする。

タイミングがよかったらしい。ほとんど折り返しのような感じで、福家から電話がかかってきた。

現時点では、福家も、赤松の事件について、ニュースで報じられた以上の情報は持っていないようだった。近くまで来ているので、会えないかと言う。もうすぐ午後の回診の時間であることを伝えると、意外な申し出があった。明日、日曜日に、赤松の件について那須へ取材に行くので、同行してもらえないかというのである。

福家の真意は、よくわからなかった。だが、早苗の気持ちはすぐに決まった。赤松の件は、高梨の自殺と何らかの関係があるはずだ。すでに、そのことを確かめないでは、彼女の中では収まりがつかなくなっていた。幸い、日曜日なら時間がとれる。彼女にとっては、渡りに船だった。

東北新幹線『なすの』は、朝の八時台ということもあって、半分以上が空席だった。にもかかわらず、乗客が車両の前半分にぎっしりと詰め込まれているのは、指定席券の販売方法に問題があるからだろう。

早苗は、コーヒーを啜りながら、隣でうまそうに幕の内弁当をぱくついている男を見やった。さっき貰った名刺には、編集局社会部記者、福家満とあった。

高梨の死後、一度取材を受けているはずだが、気持ちが動転していたためか、ほとんど印象に残っていない。今日あらためて会ってみると、思っていた以上に小柄で、プラットフォームでは、ローヒールを履いた百五十九センチの早苗と、ほとんど目の高さが変わらなかった。しかも、大学生の中に混じっていてもさほど違和感がないような童顔である。自分で言わなければ三十三歳にはとても見えない。いやに自信満々な態度や、大きな声、きびきびした所作も、もしかすると、相手に舐められないよう意図してのものかもしれなかった。

「福家さん。さしつかえなければ、どうして私を誘ったのか教えていただけませんか？」

「ご迷惑だったですかね？」

福家は、口一杯に頰張った飯を、お茶で流し込んでから答えた。

「いいえ。私も、赤松さんがどうしてあんなことをしたのかは、ぜひ知りたいと思いましたから」

福家は、弁当を食べ終えると、今度はポリ袋からサンドイッチを取り出した。小柄な割には、かなりの大食漢らしい。

「北島先生も、どうですか？」

早苗は、首を振った。朝食は食べていないが、今は、コーヒー以外は喉を通りそうもない。

「北島先生に同道してもらったのは、その方が取材がやりやすいと思ったからです。新聞記者に対して、協力的な人ばっかりじゃないですからね。相手によっては、お医者さんで、しかも赤松先生の知り合いっていう方が、よっぽど話を聞き出しやすい」

「それだけ？」

「そうすね。まあ、ついでに、先生からも、道々、お話を伺えたらなと思ったんですが」

「私は、特にお話しするほどのことは」

「そうですか？」

　福家は、意味ありげな笑みを見せた。

「たしか、先生から、アマゾン調査プロジェクトについて問い合わせの電話をもらったのは、ずいぶん、前のことでしたよね。まだ、赤松先生も高梨さんも生きてた」

　早苗は、むっとした。

「だから、何だって言うんですか？」

「いや、どういうことかは、今のところ、さっぱりわかりません。私の方がお聞きしたいというか。ただ、お二人ともこういうことになってしまった以上、もし先生が何かご存じだったら、教えて欲しいなあと思っただけですよ」

　しばらく、会話が途切れた。福家のあてこすりのような言い方は不快だったが、客観的には、何か知っていると思われてもしかたのない状況かもしれない。

　とにかく今は、この男にくっついて行って少しでも情報を仕入れるのが先決だと思い、我慢することにした。その後は、何となくお互いに牽制し合っているかのように、とりとめのない会話に終始した。

　那須塩原駅で新幹線から東北本線に乗り換えて、黒磯駅で降りた。赤松が入院している救急指定病院は、そこからタクシーに乗って数分の距離だった。

　やはり、赤松は重体であり、面会は謝絶とのことだった。昨日から、さんざんメディアの襲来を受けたらしく、応対に出た中年の看護婦は、いかにも胡散臭そうに福家を見ている。だが、福家の読み通り、早苗が名刺を出して、医師であり赤松の知人であると言うと、看護婦の態度が目に見えて軟化した。

日曜にもかかわらず、赤松の担当医師は病院に詰めているという。看護婦が名刺を持っていき、二人は、しばらくがらんとした病院のロビーで待たされた。

しばらくすると、黒縁眼鏡をかけ、だらしなく白衣を引っかけた長身の男が、大股でやってきた。

「どうも、お忙しいところを、申し訳ありません。私、東京でホスピス医をしております、北島早苗と申します」

早苗が丁寧に頭を下げると、男は、何かに驚いているように見えるぎょろりとした目で、早苗と手に持った名刺を何度も見比べた。

「ああ。それは、どうも。脇です。赤松さんの、お知り合いだそうですね。どうぞ、お掛けください」

ロビーの長椅子を指し示しながら、ちらっと福家にも目を向ける。

「福家といいます。今日は、付き添いで」

早苗の目からすると、福家は新聞記者以外の何者にも見えなかったが、幸い、脇医師はあまり関心を払わなかった。

「赤松さんはですね、『事故』以来、ずっと意識不明の重体が続いていまして、ICUに入っています」

脇医師は、長椅子に腰かけると長い脚を組んだ。

「ご家族の方は、どなたかいらっしゃってるんでしょうか？」

赤松と知り合いであるという嘘がばれることはないだろうが、できれば、直接家族と顔を合わせるのは避けたかった。

「奥さんとお子さんたちが、昨日駆けつけてこられましたが、残念ながら面会はできませんでした。いったん川崎の自宅に戻ってから、今日の午後、また来ることになってると思います」

「それで、怪我の方は、相当重いんでしょうか？」

「そうですね。爪で引っ掻かれた傷もありますが、やっぱり、咬まれた傷が問題でしょうね。特に、顔面と両腕、太腿の咬傷がひどいんですよ」

「顔面ですか？」

福家が質問した。両手を胸の前で組み合わせ、さかんに指を動かしている。メモを取りたいのを必死に我慢しているといった風情だ。

「赤松さんは、二頭のトラに襲われて、仰向けになって抵抗したところを咬まれたそうです」

「でも、何だか妙ですね。ふつう、そういう場合、むしろ反射的にうつぶせになって、頭や顔を守ろうとはしませんか？」

脇医師は、顔をしかめた。

「そんなことを言われても、わかりませんよ。私は、トラに襲われた経験はないですから。それに、救急隊員からのまた聞きだし」

「トラの牙による咬傷というのは、私はまだ見たことがないんですが、どの程度のものなんでしょうか？」

早苗があわてて質問して、会話を引き取った。

「私も、初めてです。犬に咬まれた患者は、これまでにも何人か診たことがありますが、トラの牙というのは、やっぱり物凄いですね」

脇医師は、むしろ感心しているような口調だった。

「咬むというよりは、鋭利な円錐形のナイフを四本、上下から挟みつけるように突き刺す感じですね。右の上腕骨はほぼ両断されて、かろうじて筋肉だけでつながってる状態でしたし、大腿骨にも、鉛筆が入るくらいの丸い穴が開いてました。それでもまだ、トラの方は遊び半分だったらしいんですね。不幸中の幸いでしたよ。もし、本気で首を咬まれていたら、間違いなく即死だったでしょうからね」

「すると、助かるんでしょうか？」

脇医師は、難しい顔になった。

「そうですね。今のところ、何とも申し上げられませんね。怪我も相当危険な状態なんですが、気になるのは、どうも傷口から細菌が入って、感染症を併発しているらしいことなんですよ。血液検査の結果では、好酸球の著増が見られました」

「こうさんきゅう、というのは何ですか？」

福家の質問に、脇医師がまた顔をしかめかけたので、早苗が割って入った。

「白血球の一種です。……あの、ふつう、急性感染症で、好酸球の増加が見られるのは、むしろ回復期じゃないんでしょうか？」

「ええ。まあ、しかし、ケースバイケースじゃないですか。好中球やリンパ球なども、増えてますからね」

脇医師も、その点はあまり自信がないようだった。早苗は、赤松の血液の検査結果について、もう少し探りを入れてみたが、アルコールその他の精神に影響を与えるような薬物は、検出されなかったということだった。

それ以上聞くこともなかったので、礼を言って、辞去した。脇医師は、名残惜しいような目で早苗を見ていた。

病院の建物を出ると、急に暑い日射しが照りつけてきた。病院の中は、どちらかというと肌寒かったが、高原らしく、日向（ひなた）と日陰ではかなりの温度差があるようだ。

先に立って歩いていた福家が、背広のポケットから小型のカセットレコーダーを取り出してスイッチを切った。

「さっきの会話、全部録音してたんですか？」

早苗は、咎（とが）め立てをするように言った。相手の承諾を得ずに録音するのは、ルール違反ではないのか。

「記者だと言ってないのに、堂々とメモを取るわけにもいかんでしょう」

福家は、悪びれた様子もない。

「でも、やっぱり北島先生に付いてきてもらったのは、正解でしたよ。一応、話は聞けましたからね」

福家が携帯電話で呼ぶと、二、三分でタクシーがやって来た。

次の取材場所である、那須高原サファリパークに到着すると、門のところに本日は休園しますという貼（は）り紙が出ており、扉が閉ざされていた。

本来、日曜日は書き入れ時なのだろうが、たとえサファリパーク側に落ち度がなかったとしても、昨日の今日では、営業は自粛せざるを得なかったのだろう。

チケット売場の小窓にもカーテンが下ろされていたが、福家がガラスを叩くと、中年の女性職員が顔を出した。

「あのー。申し訳ないですけど、今日は、休みなんですが」

「わかってます」

福家は名刺を出した。

「昨日の事件のことで、ちょっと、お話を聞かせてくれませんか？　できれば、直接目撃なさった方に」

「はあ」

女性職員は、名刺を見て、怪訝な顔をした。

「おたくの新聞は、たしか、昨日も取材に来ましたけど」

「ええ。追加取材なんで、悪いけど、もう一度お願いします」

女性職員は、合点のいかない顔で引っ込んだ。早苗は福家の顔を見たが、素知らぬ顔をしている。何となく聞くのもためらわれているうちに、ドアが開いて、作業服を着た若い男が出てきた。

「ああ。どうも、お忙しいところをすみません」

「いや。どうせ今日は、暇ですから」

男は、柔らかい訛のある言葉で、仙波と名乗った。主にトラやライオンの世話と、猛獣ゾーンでの監視係をしているという。

「何度も同じことを聞かれてうんざりしてるかもしれないけど、昨日見たことを、もう一度、話してもらえませんか？」

「はあ。昨日のお客さんは、自家用車で来たんです。そんでー、ゲートをくぐったとば口んとこが猛獣ゾーンで、うちの売りもんのホワイト・タイガーがいるんですけど、そこで、車がぴたっと動かなくなってしまって……」

「故障したわけじゃないよね？」

「いや、そうじゃねーと思います」

「それで、どうしたの？」

「まあ、後から車が来ねえときは、いくら見ててもいいんですけど。パークのバスが出る時間が近づいてきたんで、無線で、そろそろ前へ行ってくださいって頼んだんです。そしたら……」

仙波は、苦いものを舐めたような顔になった。

「あのお客さんは、急にドアを開けて、外へ出ちゃって。おれは、無線で、やめれーって叫んだんだきっとも、そのまんま、ホワイト・タイガーの方へ歩って行っちゃって」

「トラは、赤松さんの方からも、はっきり見えてたの？」

「そりゃ、もう。すぐ目の前っていうか」

新聞には、自殺とも事故ともつかないような書き方がされていたが、だとすると、やはり自殺としか考えられない。

だが、これまでに早苗が見聞きした自殺とは、かなり異質と言わざるを得ない。肉食動物に自分を喰わせるという自殺は、例がないわけではないが、やはり、きわめて稀である。赤松助教授は、トラを目の前にしても、恐怖を感じなかったのだろうか。

そのとき、早苗は、別のことに思い当たった。高梨からのメールでは、赤松助教授は動物恐怖症だと書いてあった。ジャガーだけでなく、オセロットなどの比較的小型の山猫にさえ怯えていたという。早苗は、高梨がメールの中で書いていた赤松助教授の言葉を、はっきりと思いだした。高梨の死後、何度も読み返したので、記憶の中に焼き付いている。

『一度、奴らの目を見たらわかりますよ。最初は、怒ってるのかと思った。でも、そうじゃないんだ。奴らは怒ってなんかいない。欲望で興奮してるんですよ。私を喰いたいという。それに気がついたとき、私は……』

赤松助教授は、どう考えても、常人にも増して激しい恐怖を感じていたはずなのだ。しかも、トラは、ジャガーと比べても、倍以上の大きさではないか。本来なら、サファリパークになど、近づくのも嫌なはずである。赤松助教授が何を考えていたのかは、ますます早苗の理解を絶してきた。

「もう一つだけ聞きたいんですけど、赤松さんは、トラに襲われてから、どんな姿勢になってました？」

「それが……」

仙波は口ごもった。興奮すると、ますます訛が強くなってくる。

「警察の人にも言ったんだきっとも、とーど動かねかったんです」

「動かない？」

「こう、仰向けんなったまんま、じっとして」

脇医師から聞いたことも、間違いではなかったらしい。赤松助教授は、トラに対してまったく無抵抗で、仰向けに寝そべって、なすがままになっていたのだ。ことによると、かえってそのために、トラの攻撃性を最小限しか誘発せず、致命傷を受けずにすんだのかもしれない。

だが、通常の神経で、はたしてそんなことが可能なのだろうか。

二人は、待たせてあったタクシーで、那須街道を南に戻った。黒磯市内に着いた時には、すでに午後一時近くになっていた。早苗もようやく空腹を感じていたので、黒磯駅のそばの喫茶店で簡単な昼食を取った。

それからすぐに、今度は地元の警察署に向かう。日曜日だというのに、あらかじめ支局の記者から取材の約束を取り付けてあったため、年輩の制服警官が応対してくれた。だが、ここではほとんど収穫はなかった。自殺の見込みが極めて大であるものの、不注意による事故という可能性も、まだ捨ててはいないという。

最後に、福家は、赤松が所持していた物を見せて欲しいと、警官に頼み込んだ。警官は、なんの関係があるのかという顔をしていたが、親切にビニールの袋に入った細々とした品物を持ってきて、見せてくれた。

財布。小銭入れ。大きなハンカチ。サラ金の広告の入ったティッシュペーパー。プラスチックの櫛(くし)。禁煙パイプ。口臭除去剤。B5版くらいの大きさの紙切れ。

福家は、一つ一つじっくりと眺めていたが、最後の紙切れまで来た時、少し目を細めた。黙って、早苗に手渡す。そこには、このように印刷されていた。


*できるだけ作品から離れて、ファインダー越しか、片目をつぶってご覧になると、効果的です。

*写真を撮られるときは、フラッシュが反射しないように斜めの角度から撮影してください。

*同じ作品も、見る位置によって別物に見える場合があるので、ご注意を。

*以下は、番号の付された作品を鑑賞する際のガイドです。

①作品の左右に立って、見比べてみてください。ヴィーナスの表情が変わります。
（ヴィーナスの誕生　アレクサンドル・カバネル）
②まず作品の左に立って見て、それから、ゆっくりと右に移動してみてください。ヨハネの読んでいる本のページが動きます。
（瞑想する神学者ヨハネ　ネクタリー・クリュクシン）
③絵の中に入ってみてはいかがですか？　正面の壇に腰掛けて、一息入れてください。
（聖母戴冠　ジョヴァンニ・ベリーニ）
④追われている男の側に立つと、天使が表情を変えます。一方、天使の側に立つと、男は足の向きを変えます。
（罪悪を追う正義と崇高な復讐　ピエール・ポール・プリュードン）

⑤できるだけ低い姿勢で作品を見上げて、伸び上がるようにしてください。光のトンネルの中に、祝福された魂が吸い込まれていきます。

（天上界への上昇　ヒエロニムス・ボス）

ご来館ありがとうございました。


「この紙、何ですかね？」

「さあ。わからねえなあ」

警官は、ほとんど興味がない様子だった。

福家が、コピーさせてもらえないかと頼むと、警官は最初のうち、一応は証拠品だからと難色を示していたが、結局、何かわかったら知らせるという条件で、警察署のコピー機を使わせてくれた。

警察署を出て、またタクシーを拾った。福家は運転手に、さっきの紙のコピーを見せた。

「これ、何だかわかりませんか？」

初老の、朴訥（ぼくとつ）そうな運転手は、ちらりと紙に目をやり、「こりゃー、どっかの美術館の案内じゃねえかな」と言う。

「美術館ですか。どこだか、わかりませんか？」

「うーん。このあたりにゃあ、山ほどあっからなあ」

しょっちゅう、観光客を運んでいるのだろう。運転手は、すらすらといくつかの名前を挙げた。そのうちの一つに、早苗は、はっとした。

「その、最後の名前、もう一度言ってもらえませんか?」

「『天使のけいかん美術館』け?」

「それだわ」と、早苗はつぶやいた。

「ここさ、行ってみっか?」

「お願いします」

ぽかんとしている福家を後目に、早苗は行き先を指示する。

「どうして、そこだってわかるんです?」

福家は、狐につままれたような顔だった。

「ただの勘なんですけど。でも、この案内書きにタイトルの出ている絵は、どれも天使が描かれているものなんです」

「ほう」

本当は、そこにタイトルが出ている絵など、早苗はどれも聞いたこともなかったのだが、福家はかなり感心したようだった。

タクシーはJRの線路を越えると、再びサファリパークへの道順である那須街道に戻り、少し行ったところで右折した。

道に沿って、ファミリーレストランを大きくしたような建物が、いくつも並んでいるのが見えてきた。どれも、かなり広い駐車場が付いている。おそらく、これが全部、美術館なのだろう。

「ほら、ここなんだけどね」

タクシーが止まった。運転手が指し示した先には、『天使の荊冠美術館』という立て看板が立っていた。

早苗と福家は、タクシーを降りた。単に『天使』という言葉に触発されただけで、嘘までついて、ここへやってきたのだが、本当にここが赤松の訪れた場所であるのかどうか、早苗は不安だった。

まわりを見回して点在する立て看板を見ると、同じ敷地内には、入館者がトリック写真を撮影できるフォトスタジオや、恐竜をテーマにした美術館などがあるらしい。そこには、『トリック・アート』をテーマにした美術館ばかり、何棟も集まっているようだった。

『天使の荊冠美術館』の入り口で入場券を買うと、パンフレットと一緒に小さな紙切れを渡された。

一瞥して、コピーを取った赤松の遺品と同じであることがわかる。早苗は、ぎゅっと拳を握った。福家の方を見ると、黙ってうなずく。

建物の内部の結構は、ふつうの美術館とさほど変わらなかった。通路の壁に沿って額装された絵画が展示され、目立たぬように配置されたスタジオライトが上方から照らしている。唯一の違いは照明だろう。光量がぎりぎりまで落とされているため、建物の中は映画館並みの薄暗さだった。たぶん、騙し絵を見るには、このくらいが好都合なのだろうと、早苗は思った。

休日ということもあり、中途半端な時間にもかかわらず何組かの入館者がいた。大部分が若い男女のカップルである。早苗の前を歩いていた二十歳くらいの女の子が、絵の前にしゃがんでポーズを取ると、一緒にいた男がフラッシュを焚いた。

少し離れたところから見ると、女の子の右手は、絵の中から飛び出している人物の脚を握っているように見えた。だが、近寄ってからよく見ると、額のように見えるものも、そこから飛び出している脚も、実は、直接ペンキで壁に描かれた絵の一部なのだった。念の入ったことに、壁に映った脚の影まで描き込まれている。あたかもそれを摑んでいるような格好で手をのせると、トリック写真が撮れるわけである。肉眼ならともかく、写真になると、立体なのか平面なのか見分けがつかないだろう。

さらに前の方には、身じろぎもせずに絵に見入っている男女がいた。ところが、いざ近づいてみると、それもまた、壁に描かれた絵の一部なのだった。床に立っているように見えた男女の足下の部分も、壁に描き込まれているのだ。いっさいハイテクの類を使わず、絵だけで床と壁の境界が巧みに粉飾してあるのに、早苗は感心した。

福家は、先程から一言も発せず、真剣な表情で順番に絵を眺めている。どうして赤松がここにやって来たのか、しきりに思いを巡らせているようでもあった。

展示されているのは、宗教画風の天使の絵ばかりだった。『天使の荊冠美術館』というのは、天使をモチーフとした騙し絵を集めているところから付けられた名前らしい。頭上を見上げると、無数の天使たちが乱舞する天井画があった。周囲の壁面が鏡になっているので、巨大な暗い礼拝堂の中にいるような錯覚を覚える。

もしかすると、赤松もまた、これを見ながら、天使の囀りを聞いていたのではないか。ふと、そんな思いにとらわれた。

絵画の脇には、簡単な説明が書かれたプレートがあった。早苗は、何気なくそのうちの一つに目をやった。そこには、天使の『翼』について解説した文章があった。

おそらく、早苗がじっとそのプレートを見つめていたためだろう。先に立って歩いていた福家が、引き返してきた。

「どうかしました?」

「いえ、全然、たいしたことじゃないんです。ちょっと意外だったもので」

早苗は、プレートを指さした。そこには、宗教画などに描かれている天使の翼は、主にワシやタカなどの猛禽類のものを模していると書かれている。

「ああ……なるほどね。知りませんでした?」

「福家さんは、前からご存じだったんですか?」

福家は、さほど意外そうな顔でもなかった。早苗は、不審の目で彼を見た。どう見ても、宗教画に詳しいようなタイプには見えない。

「いや、ご存じってほどでもないですけどね。ただ、私、模型飛行機を作るのが趣味なんで、飛行力学とか、翼の構造とかには、けっこう詳しいんですよ。まあ、絵を見れば、どんな鳥の翼をモデルにしてるかぐらいは、だいたいわかりますね」

「鳥の翼って、種類によって、そんなに違うんですか?」

得意の分野らしく、福家は絵を指さしながら、得々として説明を始めた。

「鳥の翼にはですね、大きく分けて、丸翼、細翼、長翼、広翼の四種類があるんです。こういうやつは、典型的な広翼ですね」

「こうよく?」

「そう。広い翼って書きます。まあ、丸翼とか細翼は基本的に小鳥の羽根ですからね。人間の背中にくっつけて、ある程度物理的なリアリティを感じさせる絵にしようと思ったら、どうしても、大形の鳥の羽根にする必要があるでしょうね。そうすると、画家の選択肢は、アホウドリのような長翼、つまり長い翼か、ワシのような広翼しかないわけですよ。北島先生は、ハイソアラーとローグライダーの違いって、わかります？」

「いえ、全然」

「ハイソアラーっていうのは、トンビみたいに帆翔する鳥のことです。陸地で暖められた上昇気流に乗って、螺旋を描きながら高度を上げ下げするわけですね。車のソアラっていう名前も、ここから来てます。一方、ローグライダーは、動的滑空を行います。つまり、アホウドリやミズナギドリのように、海面すれすれまで急降下しながらスピードを上げて、その反動で一気に上昇するんですね。飛び方を見ていれば、輪を描くのが水平か垂直かで見分けがつきますよ」

「はあ……」

「要するに、長翼は、カモメやグンカンドリのような海上生活をするローグライダーに、広翼は、陸上で滑翔するワシやタカなどのハイソアラーに、それぞれ一番適した形というわけです」

「天使っていうのは、その、ハイソアラーなんですか？」

早苗の声は、自分で聞いても疑わしそうな響きを帯びていた。

「いや、そうじゃないすよ」

福家は苦笑した。

「要するに、絵になるかどうかっていう話です。ワシやタカは、単に滑空してればいいわけじゃなくて、急降下して獲物を襲わなきゃなりませんから、スピードを出すための初列風切羽は命なんです。ほら、この部分なんですけど、かなり長く発達してるのがわかるでしょう？　しかも、ふだんは比較的低速で飛ぶんで、失速して墜落するのを防ぐために、先端が指のように広がる構造になってるんです。だから、この絵のように、ちょうど大きな手みたいな格好になって、たとえば天使が翼で相手を抱擁するという図にも、ぴったりくるじゃないですか。それに、かなり重い獲物でも、仕留めた後は巣まで運んでかなきゃなりませんから、揚力を得るための次列風切羽も、特別幅が広くなってるんですよ。絵で言うと、ちょうど、ここの部分ですね」

早苗の頭の中に、アマゾンのジャングルでサルをさらっていく、巨大な鳥のことが浮かんだ。

「まあ、長翼は構造がシンプルすぎるし、これほど嵩（バルク）がありませんから。こっちの絵みたく大きく広げたところを描いても、見栄えがしないんだと思いますよ」

この場ででっち上げた説明にしては、福家の話には、それなりに筋が通っている。しかし、早苗の心には、いわく言いがたい不安のようなものが生じていた。あどけない子供の顔をしながら獰猛（どうもう）な肉食鳥の翼を持った天使という存在が、にわかに不気味なものに思えてきたのだ。

むろん、天使が実在しないことはわかっているし、ふつうの精神状態であれば、たまたま目にしたわずか一行の記述に、ここまで不吉なものを感じることもなかっただろう。

もしかすると自分は、高梨が死んだ今になって、彼の妄想にとらわれかかっているのかもしれないと思った。

早苗の目の前には、『エゼキエルの幻視』と題された絵があった。天使と猛禽、有翼の怪物などが一つの画面の中に描かれている。福家から得た予備知識を持って見ると、たしかに三者とも、同じ形の翼を持っていた。

その次の絵は、『羊飼いの礼拝』というタイトルだった。この絵の天使は、どことなく陰険で、不可解な悪意を感じさせる目をしていた。解説を読むと、作者であるグイード・レーニは、天使を気まぐれで残酷な天の死者として描いているということだった。早苗は、プレートの指示通りに、絵の前で立ち位置を変えてみたが、どこから見ても、天使の目は、にやにや笑いながら彼女を追ってくるように見えた。

館内に流れるテープの説明が、彼女の耳に入ってきた。

「……天使は、完全なる善性の体現者です。そのため、必ずしも常に人間の味方であるとは限りません。旧約聖書によれば、天使は、神の命によって、何度も人類に苛烈きわまりない懲罰を加えているのです。たとえば、神意に背いたというかどで、アッシリアの兵士、十八万五千人が、一夜にして天使に皆殺しにされたという記述があります。また、人間と家畜とを問わず、エジプト全土の長子が、天使によって抹殺された例なども……」

高梨もまた、残酷な天使の生け贄になったのだろうか。そんな不吉でとりとめのない考えばかりが、頭の中をぐるぐると駆けめぐっていた。

館内の絵を一通り見るのに、だいたい二十分というところだった。外へ出ると、日射しがやけに眩しく感じられる。

「赤松さんが、なぜこの美術館に立ち寄ったか、わかりますかね？」

福家が、早苗の方を振り返りながら言った。

「さあ。私には、よく……」

早苗は、空とぼけた。福家には、まだ高梨のことを打ち明けるわけにはいかない。だが、赤松がここへ来た理由は、おぼろげに想像がついていた。

福家は立ち止まって、携帯電話を出した。さっきの警官に、約束通り、紙切れの正体を教えるためだろう。

やはり赤松も、高梨と同じように、天使の囀り(さえず)を聞くようになっていたのではないか。根拠のない憶測に過ぎないが、この場合、そう考えることは、それほど不自然ではないように思われた。車に乗って、偶然、美術館の前を通りかかり、天使という名前に惹(ひ)かれて、ふと、中を覗(のぞ)いてみる気になった……。

だが、どうも不自然な気がする。東北自動車道の那須インターチェンジを出ると、那須高原サファリパークは、那須街道に沿って北西の方角にあるが、『天使の荊冠(けいかん)美術館』へ行くには、そのはるか手前を右折しなければならないのだ。那須街道沿いにも美術館の看板くらいは出ているのかもしれないが、それだけの理由で、わざわざ脇道(わきみち)に入って行くというのも、何となく、しっくりこない感じがした。

休日を半日潰(つぶ)して那須へ来てはみたものの、帰りの新幹線『やまびこ』に乗り込んだときには、残ったのは疲労だけという気分だった。まったく収穫がなかったわけではない。調べれば調べるほど、赤松の行動の不可解さは明らかになっていった。だが、それを合理的に説明できるような仮説は、何一つ思いつかない。

隣を見ると、福家も、さっきまでの口数の多さもどこかへ行ってしまったように、黙って何事かを考え込んでいる。疲れたような表情を見ると、早苗は、急に彼が気の毒に思えてきた。

すると、ふいに福家が口を開いた。

「……さっき、サファリパークで、変だと思ったんじゃないですか？　昨日もうちの社から取材が行ったと言ってたでしょう」

「ええ」

「昨日行ったのは、支局の連中なんです。私は、今回の事件を、特命で、非公式に調べてるんですよ」

「非公式って、どういうことなんですか？」

「うちの社で主催したアマゾン調査プロジェクトなんですが、参加した人間の自殺が相次いでるんですよ」

探るような視線で、早苗の顔を見る。

「ええ。二人目ですよね。高梨さんに続いて」

「いや。これで三人目なんですよ」

早苗は、どきりとして福家を見た。彼は目をつぶって、眉間を揉んでいる。

「短期間に、三人もばたばたと自殺したんで、社内では大問題になってましてね。しかも、どういうわけか、ふつうでは考えにくいような妙な状況ばかりという……。他紙でこの関連に気がついたところは、まだないようだけど、抜かれでもしたら一大事です。それで、あんまり目だたないように、私が調べてるんです」

「もう一人というのは、誰なんです？」

「たぶん先生は知らないと思いますよ。白井真紀という、三十二歳の女性カメラマンです」

ぎょっとした。その名前も、高梨のメールで見た覚えがある。

「その方は、どうやって死んだんですか？」

「中央線の水道橋駅で、飛び込んだんですよ。ほんの一週間ほど前に。実名は伏せられてましたけど、新聞でも報道されてます。六歳になる娘を道連れにしての無理心中でした」

そう言われれば、その記事も読んだような気がした。

「でも、どうして？」

「動機は、今もって不明です。ただ、その兆候は、少し前からあったということです。夫の話では、アマゾンから帰った直後は精神的にも安定していたようなんですが、自殺するしばらく前からは、何となく様子がおかしかったと言うんです」

白井真紀も、高梨と同じような経過をたどったということだろうか。

「それにですね、彼女の様子がおかしくなったことは、娘も感じていたようなんです」

「どんなふうにですか？」

「『お母さんが蛇になる』という悪夢にうなされるようになったというんですよ」

不気味な話だった。六歳の娘は、自分の運命を予知したのかもしれないと思う。幼児には、他人が気づかないような母親のちょっとした変化も、敏感に感じられるものだ。幼い少女は、母親の中に何を見たのだろうか。

「どんな夢だったかは、お聞きになりましたか？」

「いいえ。父親も、たかが子供の夢だと思い、相手にしなかったそうなんです。だけど、娘はそのうち、起きてるときにも、変なことを言い出すようになったそうなんです。父親は、そのとき子供を叱ったことを、今でもひどく悔やんでましてね」

「変なことと言うと？」

「入浴したときに、母親の髪の毛が蛇になっていたのを見たとか」

早苗の全身に、ぞっと寒気が走った。

蛇の髪を持つ悪鬼。まるで、カプランの手記にあった、復讐の女神そのままではないか。これが、偶然の暗合としてすまされるだろうか。六歳の子供に、ギリシャ神話に関する知識があったとは思えないし、人の髪の毛が蛇になるなどという異様なイメージを自分で考え出したとは、さらに信じがたい。

「まあ、白井真紀は、以前から精神科やカウンセラーの心理療法に通っていたということで、結局は、ノイローゼによる発作的な無理心中ということになりました。報道が匿名だったのも、そのためです」

適当なレッテルを貼っただけの、安易な決着だった。だが、ほかに説明が付かなければ、そうやって片づけるよりないのかもしれない。

「ただ、現場を目撃した人の話を聞いてみると、何だか妙なんですよ」

「妙って？」

「白井真紀が、プラットフォームに立ったまま、放心した様子で宙を見上げていたので、その目撃者は、不審に思ったそうなんです。すると、特急電車が入って来る直前に、真紀は、突然激情の発作に駆られたように、娘を抱え上げて、線路に投げ落としたんです」

子殺しコンプレックス。早苗の脳裏には、凄惨な光景が浮かんだ。そして、それ以上に荒涼としていたに違いない、母親自身の心象風景も。

「妙だって言うのは、その後です。一瞬、彼女は、仰向けに横たわって泣き叫んでいる我が子の顔を見ながら茫然自失していたそうですが、今度は急に我に返ったようになって、自分も線路に飛び降りたというんですよ。娘の後を追って死のうとしたというよりは、むしろ、必死になって娘を助けようとしているように見えたと、その目撃者は言ってるんです」

白井真紀の気持ちの振幅の大きさは、早苗の理解を超えていた。なぜ、いったんは我が子を殺そうとし、そして、次には命を賭けて助けようとしたのか。一時的な錯乱。次いで我に返り、母性本能を取り戻した。そんなものではない。もっと別の理由があるはずだ。

「何しろ特急の車輪に轢き潰されたために、遺体は二つとも、バラバラになって飛び散ってしまって、検死も困難だったようです。真紀が娘を救おうとしていたって証言しているのは、その目撃者だけなんでね。ところが、調べてみると、もう少し別のこともわかりました」

福家は、背広の内ポケットから煙草を取り出したが、禁煙席であることを思い出したのか、また元にしまった。

「白井真紀は、以前、乳幼児突然死症候群で、長男を失くしていたんです。ＳＩＤＳというのは……ああ、先生はお医者さんだから、当然よく知ってますよね」

早苗はうなずいた。何の前触れもなく赤ん坊が突然死んでしまうという、痛ましい現象のことである。統計上、生後六ヶ月以内の男児に多く、また、寒い季節の夜間に死亡する例が多いという。急性心不全や、窒息などが原因として考えられてはいるが、それまではまったく健康な赤ん坊だったというケースが多く、はっきりした発生機序は現在でも解明されていない。

「私は精神科医ですから、SIDSのメカニズムについては、よくわかりませんけど、今一番問題になっているのは、両親、特に母親が深刻な精神的外傷を負ってしまうことですね。子供を亡くしたショックに加えて、母親は、自分の育て方や管理が悪かったんじゃないかという、自責の念を感じてしまうことが多いんです」

「白井真紀も、まったくその通りでした」

福家は急に、何物かに憤っているような表情になった。

「彼女にとっては、最愛の子供を亡くすということ自体、過酷な体験だったはずですよね。世界が崩壊するにも等しいような。ところが、その直後に、さらに追い打ちをかけるような出来事がありましてね。SIDSについてはまったく無知、無理解な警察官から、まるで彼女が殺したと言わんばかりの、ひどい取り調べを受けたそうなんです。その後、白井真紀は、かなりの期間にわたって深刻な鬱状態に落ち込み、自分が子供を殺してしまったという罪の意識に苦しんでいたらしいです。しかし、優しく辛抱強い夫の励ましで、ようやくそこから立ち直り、六年前に長女を出産したというわけです」

だとすると……。福家は、早苗の表情を読んだようにうなずいた。

「そうなんですよ。そこが、この事件の不可解なところです。白井真紀は、何よりも、子供を失うことを恐れていたはずだ。なのに、どうして、自ら子供の命を絶つような真似をしてしまったのか?」

そのとき、何かが閃いた。ほんのわずか立ち位置を変えるだけで、騙し絵は、まったく異った主題を見せる。早苗の中で、一見バラバラの様相を呈していた二つの事件の共通点が、突然、くっきりと浮かび上がってきたのだ。

早苗が口に手を当てたのを見て、福家は身を乗り出した。

「何か、気がついたことでもあるんですか？」

「ええ。……どう言ったらいいのかしら。赤松さんも白井さんも、もしかすると、自分が日頃から一番恐れていたことを、顕在化というか、実現してしまったんじゃないでしょうか？」

「一番恐れていること？　白井真紀にとっては、たしかに、子供を失うということですね」

「たぶん、赤松助教授には、それが肉食獣に襲われるということなんです」

早苗は、高梨のメールにあったエピソードについて、思い出せる限り説明した。

福家の目が、ぎらぎらと輝き始めた。ポケットからメモを取り出して、すごい勢いで書き殴り始める。

「その話は、今初めて聞きました。猫科の動物を怖がっていた、ですか。すると、もしかして高梨さんにも、同じようなことがあったんですか？」

高梨は生前、何を最も恐れていただろうか。考えるまでもないことだった。早苗は、一瞬声を詰まらせた。

「彼は……自分がいつか死ぬということを、何よりも怖がっていました」

福家は、しばらく呆気にとられたような顔をしていたが、自分の頭を拳で叩いた。

「なるほど。だったら、符合するな。死ぬのが怖いというのは当たり前すぎて、言われなければ気がつきにくいかもしれない。たしかに、そういう人間が自ら死を選ぶということは、常識では考えられないですね。北島先生。そんなふうに、自分の一番恐れているものを招き寄せてしまうというのは、いったいどういうことなんですか？　何かの精神病か、神経症の一種とか？」

「わかりません」

早苗は首を振った。

「ある種の強迫観念のために、自分が意識的には望んでいないことを、無意識にやってしまうというケースはあります。ですが、それが死に至るほどエスカレートしてしまうというような症例は、一度も聞いたことがありません。それに、心の病気は、伝染しません。今回のように、複数の人間に、相次いで同じような症状が現れるというのは、精神医学や心理学では、とうてい説明不能です」

「そうですか」

身を乗り出していた福家は、がっかりしたように後ろにもたれ込んだ。早苗も、たしかにヒントを摑んだと思ったのだが、結局は、何もわかっていないのと同じだった。

「福家さん。でも、どうしてそんなことを、私に教えてくれたんですか？」

早苗は、福家に聞いた。

「そんなことと言うと？」

「秘密に調査していることとです。万一よそへ漏れたら、大問題なのに」

「北島先生なら、だいじょうぶだと思ったんです。人を見れば、信頼できるかどうかはわかりますよ」

福家は、どこまで本気なのかわからないことを言う。

「それに、これには賭の意味もありましてね。私には、どうも、先生が何か知っているという気がしてならないんですよ。だから、あえて、こちらの手札をさらしたんです」

無意識にらしく、福家の手は、また煙草を摑みだしていた。一本抜き出しかけてから、途中で気がつき、忌々しそうにポケットに納める。

「正直言って、行き詰まってるんですよ。どうにも、お手上げに近い。これには、私みたいな素人じゃなくて、絶対に、専門家の知識が必要だと思うんです。ところが、何の専門家が適役なのかさえ、わからない。しかも、事情が事情なだけに、やたらに聞き回るわけにもいかない」

大げさに、溜め息をついてみせる。だが、芝居がかった態度とは裏腹に、困っているのは本当のようだった。

「どうですかね。先生。何でもいいんです。知ってることがあれば、話してもらえないでしょうか？　あとで迷惑をかけるようなことはないと、約束しますから」

「知ってることと言われても……」

福家に向かって、天使や復讐の女神に関する妄想や怪談めいた話をしても、しかたがないだろう。正気を疑われるのが落ちだ。だが、向こうが手の内をオープンにした以上、こちらも応えるのが、礼儀だろう。

早苗は福家に、高梨はアマゾンへ渡航する以前から死恐怖症に冒されていたことを話した。

高梨と赤松、白井を含めた五人が同じ班で行動していたこと、そして、『呪われた沢』へ行ったメンバーであることも。

「『呪われた沢』ですか……」

福家は、手帳に書き込みながら、眉間にしわを寄せていた。

「やはり、この五人という話か。だとすると、それも何かの手がかりになるかもしれませんね」

「やはりというのは、どういう意味ですか？」

「残りの二人、文化人類学者の蜷川武史教授と霊長類学者の森豊助手なんですけどね、森助手がもう一度ブラジルへ渡航していることまではわかったんですが、その後は、二人とも連絡がつかない状態なんです……つまり、行方不明なんですよ」

八章　守護天使

目覚まし時計のアラームが鳴る前に、手が伸びて、解除のボタンを押した。文字盤を見ると、本当に、ぎりぎりの直前だったことがわかる。ここのところ、毎朝、ずっとそうだった。自分には、超能力があるのかもしれないと思う。

荻野信一は、床を這い出て、大きく伸びをした。窓の柵に、布団を干す。南に建っているマンションの陰になって、ほとんど日が当たらないが、気は心である。それから歯を磨き、顔を洗った。

目覚めの気分は、爽快そのものだった。しかも、これはプロザックの類の脳内薬品のせいでないことだけは、はっきりしていた。研修を終えて以来、薬は一度も服用していないのである。にもかかわらず、幸せな気分は持続しているばかりか、日ごとに強くなっていくようだった。

ただし、カフェインに対する依存度だけは、若干高まっていたかもしれない。

ここのところ、朝はまず、何をおいてもコーヒーを淹れなくてはならなかった。以前は、いちいち、そんな面倒なことはしてられないと思っていたが、今では、一日たりともコーヒーなしではいられなくなっていた。信一は、手動のミルで、がりがりとコーヒー豆を挽いた。近所のスーパーで買ってきた安物の豆だったが、部屋全体がかぐわしい香りで包まれる。粗挽きにした粉をドリッパーにのせて、上から少量ずつ熱湯を注ぐ。

その間に、オーブントースターでトーストを焼き、手早く、トマト・サラダとスクランブルド・エッグを作った。トマトは、切るときに押し潰して、大部分種が流れ出てしまったし、スクランブルド・エッグの方は、コーヒーに気を取られているうちに、焦がしてしまった。だが、どちらも食べられないというほどのこともない。

きちんとした朝食を取ると、『気』というのだろうか、一日を過ごすためのエネルギーが、自然に身体に満ちてくるのがわかる。しかも、これで原価はいくらでもない。要は、ほんの少しの労を惜しまなければいいのだ。

信一は、旺盛な食欲で朝食を平らげながら、昨日のコンビニでの出来事を思い出していた。

「あのー。荻野さん？」

レジにやって来る客が一段落した時、新しくアルバイトに入ったばかりの斉藤美奈代が、信一に声をかけた。

「今度、暇なときでいいんですけどー、どっか飲みにとか行きません？」

「え？　僕を、誘ってるの？」

「そうですけどー」

信一は、面食らった。斉藤美奈代は、二十歳のフリーターということだったが、それまでは、特に意識したことはなかった。ばさばさの茶髪は彼の好みではなかったし、可愛らしくもない。目は細すぎるし、脚は太すぎ、頰には、いくつもニキビの跡がある。パソコンゲームの美少女たちとは、はなから比べるよしもなかった。同じ3Dでも、『美登里』ちゃんのことを思い浮かべると、大きく見劣りした。

しかし、少なくとも、これまでの人生においては、生身の女の子から誘いを受けるなどというのは、空前絶後の出来事と言ってもよい。

「でも……何で？」

「えー。理由とか、別にないですけどー。理由なかったら、だめなんですかー？」

「そんなことないよ」

「じゃあー、オッケーなんですかー？」

いいかげんに間延びしたしゃべり方はやめろと言いたかったが、そのかわりに、信一は、「いいけど」とだけ答えていた。

美奈代が自分を誘った理由は、見当がつかないこともなかった。たぶん、彼女がレジを打ち間違えて困っていた時に、助けてやったからだろう。あるいは、自己紹介の時にフリーライターだと言ったので、興味を持ったのかもしれない。何となく、そんな顔をしていた。

だが、彼女の笑顔を見ると、本当に自分と飲みに行きたかったらしい。信一は、狐につままれたような気分だった。

そういえば、昨日は、ほかにも嬉しいことがあった。交代の時間が近づいてきて、店長が出勤してきた時だった。「荻野くん。お疲れさん」と言って、彼の肩をぽんと叩いたのだった。

まさか、自分が、そんなことで嬉しいと感じるようになるとは、思いもよらなかった。信一は、人から認められたいとか、仲間扱いされたいなどという欲望だけは無縁だと思っていた。居酒屋などで、若いサラリーマンが、上司からちょっと褒められただけで有頂天になっているのを見ると、ひそかに軽蔑を感じたものだった。可愛い女の子ならともかく、あんなおやじに好かれたって、気持ち悪いだけじゃないか。だが、実際には、妙な口髭（くちひげ）を生やし額の禿げ上（は）がりかけた男に、笑顔でねぎらいの言葉をかけられると、信一は疲れが吹っ飛ぶような幸せを感じたのだった。

満ち足りた気分は、帰り道もずっと持続していた。そして、羽搏（はばた）きの音が聞こえた。

最初は、鳥かと思った。だが、もうすっかり暗くなっていて、鳥が飛んでいるはずはなかった。

羽搏きは、二度、三度と、彼の後頭部を掠（かす）めるようにして聞こえた。

ぐるぐると頭（こうべ）を巡らしているうちに、羽音は、外からではなく、彼の頭の内側から聞こえてくるような感じがし始めた。眩暈（めまい）に襲われる。

しばらくすると、羽搏きは聞こえなくなった。

帰ろうとしかけた時、信一はようやく、さっきの羽搏きは、セミナーで言っていた守護天使が現れたのではなかったかと気がついた。

再び歩き出した時には、彼は、我知らず、口笛を吹こうとしていた。十年ぶりくらいで吹く、へたくそな口笛で、『School days』のメロディを一生懸命になぞっていたのだった。

朝食が終わると、信一は、流しに運んだ食器をさっさと洗い、布巾（ふきん）できれいに拭（ふ）いて、水屋にしまった。それから、三杯目のコーヒーを片手に、パソコンを起動して、メールをチェックする。

三通、来ていた。全部、『地球（ガイア）の子供たち』の関連である。その後の心身の調子を尋ねる、いつものセミナー事務局からのレター。これには、最近の体調や、心の状態などについてのアンケートに答えなくてはならない。それから、セミナーの会員有志からの、会報を作ることになったので、寄稿してほしいという依頼。入会した時に、フリーライターだと自己申告したからだろうか。錯覚だとはわかっていても、何だか、新しい自分が世間的に認知されたようで、いい気分だった。

　もう一通は、見慣れないアドレスからだった。二、三行読みかけて、信一はどきりとした。

『トライスター』こと、『美登里ちゃん』からだ。

　信一は最近、合宿での自分の態度は不真面目だったと、反省するようになっていた。以前なら、とても考えられなかったような心境の変化である。だが、彼女の本名も住所も知らないため、今まで謝る機会がなかった。何度か、セミナーのチャット・ルームや掲示板にメッセージを入れようと思ったのだが、ほかの会員の話を聞いていなかったと公然と告白するのは気が引けて、二の足を踏んでいたのだ。『美登里ちゃん』は、たぶん、信一のメールアドレスをセミナーに問い合わせたのだろう。自分にも、そのくらいの積極性と勇気があったらなと思う。

　幸いなことに、文章を読む限り、『美登里ちゃん』は、もう怒ってないらしかった。信一は、ほっとした。

　内容は、特に、これといったほどのものではなかった。合宿以来、彼女も、すべてがうまくいっているらしい。

「あれから、何もかも、すごく順調です。あんなに、あれこれ悩んでいたことが、嘘みたい。そちらは、どうですか？　わたしは、機会があったら、また、合宿に参加しようと思っています。めめんとさんの話では、同じ人が何度でも、参加してかまわないそうなんです。それに、次回からは、リピーターのために、より発展したクラスを設けることを、検討中だとか。わたしも、参加するたびに新しく得るものがありそうで、今からわくわくしています」

メールは、ついで彼女の近況に触れ、長い間目標にしてきたことを、もうすぐ達成できそうだと書いてあった。あれから、『ファントム』君や『憂鬱(ゆううつ)な薔薇(ばら)』おばさんとは、何度かメールを交換しているのだという。二人とも非常に元気で、どうやら、上昇機運は、セミナーの会員たち全員の上に等しく訪れているようだった。

「みなさん、自分の目標に向かって、着々と進んでいるんですね。サオリストさんは、どうですか? サオリちゃんのハートは、つかめましたか?」

『美登里ちゃん』が突然メールをくれた理由は、何となく、彼にも理解できた。長い間、辛(つら)いことに耐えてきた人間は、いったんその悩みが解消されて、物事がよい方向へと回転し出すと、誰彼かまわず、その喜びを分かち合いたくなる。気前がよくなり、博愛主義的になり、そして、人の過ちにも寛大になれるのだ。それはそのまま、信一の現在の心境にも当てはまった。

信一は、すぐに返事を書くことにした。まず、セミナーのアンケートから片づけ、会報の原稿依頼には、多忙なので少し考えさせてくれと答える。それから、いよいよ『美登里ちゃん』への返信だった。

だが、そこで、ぴたっとキーを打つ手が止まってしまった。

自分は、目標のために、いったい何をしているだろうか。たしかに、以前よりは生活に張りが出てきたのは、事実である。だが、『美登里ちゃん』と引き比べると、どうしても我が身のふがいなさを感じずにはいられない。

そうだ。自分は、ライターになるのではなかったのか。そのためには、書くしかない。自分が本当に書きたいこと、訴えたいことを、文字にするんだ。

そう決心すると、武者震いのようなものが起きた。

信一は、正直に、自分がまだ、将来の目標への糸口すら、つかんでいないことを書いた。だが、自分もやはり、合宿以来、すべてが上向いている感じがする。ものを書きたいというのが自分の目標なので、そのために、これから精一杯の努力をするつもりだと。まだ将来の見通しは立たないが、自分では、悲観も楽観もしていない。

「悲観も楽観もしていない」というのは、信一のお得意のセリフだった。ストレートに「何も考えていない」と書くのが恥ずかしい時には、たいへん重宝する。

最後に、『サオリちゃん』の攻略は完了したと書こうかと思ったが、向こうでは、彼女を実在の人間だと思っているはずなので、あらぬ誤解を与えないために割愛することにした。

三通のメールへの返信を送ってしまうと、信一は、ワープロソフトを起動した。

もう、悠長に、構想を練ってからなどと考えている場合ではない。それでは、いつまでたっても、何一つ書けないだろう。今すぐ書くんだ。想いがほとばしるままに。自分が、心の底から表現したいと思っていることを。

これまでは、そうは思っても、真っ白な画面を見ると、つい怖気(おじけ)づいていた。本当は、自分には何一つ書けないことを、はっきりと思い知らされそうで、非常に不安だった。だが、不思議なことに、ひと呼吸すると、もやもやした気持ちは自然に消えていった。だいじょうぶ。書ける。とにかく、キーを叩いてみよう。

信一にとって、今すぐ書きたいこと、書けそうなことは、ただ一つしかなかった。ゲームのことだ。

まず、タイトルを決めなくてはならない。『ヴァーチャルな世界が人類にもたらす癒しについて』とした。なかなかいい。続いて、書き出しの部分は、すぐに出てきた。

ゲームを、百害あって一利なしと攻撃するのは、例外なく、一度もゲームをしたことのない大人たちなのである。

ここで信一は、ちょっと違和感を感じて、手を止めた。年齢からすると、自分もすでに充分すぎるくらい大人であることに、突然気がついたのである。だが、不当に虐げられている子供たちの代弁をしているんだからと、自らを納得させる。

だが、自分が、一度も経験したことのないものを、どうしてそんなに、あっさりと切り捨てることができるのだろうか？　あんたらは、そんなに、神のような判断力を持っているのか？　絶対に間違わないのか？　特に思い上がりも甚だしいのは、功利主義の権化のような『お受験ママ』たちなのである。彼女らにしてみれば、ゲームは、目を悪くするだけの時間の無駄にしか見えないらしいのだ。彼女らの決まり文句は、そんな暇があったら、せめて身体でも鍛えた方が……なのである。

ふざけるな。人間はロボットじゃないんだ。誰も、そんなに、『効率的』なことばっかりして生きられないのだ。人生には、余裕とか、遊びとか、無駄な時間とかいうものが、絶対に必要なのである。

ちょっと、聞きたいんだけどな。あんたら、自分たちが子供のころ、本当に、そんだけ毎日、勉強ばっかりやってられたのか？　やってて、今程度の大人にしかなれなかったのかよ？

もっとむかつくのは、子供に勉強ばっかりやらせようとするくせに、今の子供たちは自然と接することが少ないからダメだの、ひ弱だの、もやしだのと言いやがることである。子供たちのまわりから、自然を奪い取ったのは、大人たちじゃないか。自然を奪われたから、今の子供たちにとっては、ヴァーチャルな空間が、貴重な心のオアシスになってるんじゃないか。

最近、青少年の凶悪犯罪が多いが、そうすると、『有識者』たちが、必ず引き合いに出すのが、テレビゲームとの関連性なのである。ゲームに熱中している者は、それだけで人間性を失っているみたいに見なされるのである。それが、暗黙の了解になっているのである。だが、人間をモノ扱いしているのは、どっちだ？『お受験ママ』たちこそ、自分の子供を使って、ひたすら数値を上げるゲームに、血道を上げているじゃないか。ゲームをしてる人間は、モノを人間扱いしているのである。

本当のことを、教えてやろう。実は、ゲームというのは、子供の心を『癒す』ために、すごく大切な働きをしているのだな。これは、実際に少しでもゲームをプレイしたことのある人間なら、誰しもわかることなのである。

パチンコ、煙草、カラオケにも、ちょっと前は、同じようなヒーリングの効果があったのである。だが、パチンコは、金権主義から、ギャンブル性が高くなりすぎたので、本来の目的を失ってしまったのである。煙草は、健康に悪い。カラオケも、曲が難しくなりすぎて、癒しとは全然無関係になりつつあるのである。

大人も、一度、ゲームをしてみればいいのである。格好を付けたり、恥ずかしがっていると、損をするのだ。ロールプレーイング、格闘ゲーム、シミュレーション、なごみ系、H系など、様々なジャンルがあるよ。激しいストレスは、ヴァーチャルな戦闘で発散されるし、寂しさを癒してくれるゲームなんかもあるのだ。今の時代、優秀な人材は、字を書いたりなんかしてないで、みんなゲーム作家になっているのである。

ゲームばかりやっていて、人間同士の付き合いが稀薄になってしまうのが問題だとかほざく評論家ども。現実の人間関係っていうのは、そんなに大事なものなのか？　殺伐としてて、容赦がなくて、恋愛にしたって、やたらと即物的で、情緒なんか、全然ないじゃないか？　心優しい人間は、引くよ。当然である。あたりまえだ。

それなのに、現実の中では対象が見つからなかった真実の愛を、ヴァーチャル・ヒロインに向かって注ぐことが、そんなにおかしいのか？　彼女たちは、現代の現実の女性から失われてしまった、美しい要素全部の集大成なのである。それなのに、誰にも迷惑なんかかけてないのに、なんで、おたくとか、変態呼ばわりされなければならないのだ？　生身の人間とゲーム感覚で恋愛をして、簡単に捨てたり裏切ったりして、深く深く相手を傷つけても平気なような奴らから、どうして、人を傷つける怖さを知っている人間が、見下されなくてはならないのだ？

今こそ、我々は、ゲームから学ばなくてはならない。いじめなどで心に傷を負った子供は、ゲームによって癒されるべきである。学校の教師とか、カウンセラーとか、医者とかは、みんな認識不足なのである。ゲームの持っている潜在的な可能性を、しっかり勉強するべきなのである。そして、とっとと本格的な『癒しゲー』を開発すべきなのである。『お受験ママ』どもも、自分の虚栄心を満足させるために、他人の人生を支配しようとするのはやめろ！　奴らには、専用の『育てゲー』を作ってやればいいのである。新感覚の育成シミュレーション・アドベンチャーゲーム、『ジ・アルティメット・お受験』だ。ヴァーチャル・チャイルドたちの学力パラメーターを上げ、入試や面接でフラグを立てて、見事、難関小学校に合格させよう。その後は、難関中学編、難関高校編、難関大学編、難関企業就職編、難関結婚編と続くのだ。もし扱い方を間違えると、グレたり、変になったり、死んだりするよ。それでも、本当の子供がそうなるよりは、いいじゃないか？

苦心惨憺して、文章をひねり出していくうちに、今までは漠然としていた物事の本質や筋道が、はっきりと見えてきた。信一は、自分が評論家になるべく生まれついた人間だったことに、ようやく確信が持てた。

ここまで打つのに、たっぷり二時間以上かかっている。だが、読み返してみても、我ながらいい出来映えだと思う。これまでの人生で、ここまで自分の思ったことを的確に表現できたことはなかった。

まだまだ、書きたいことは、山のようにあった。いずれ完成した暁には、どこかへ投稿しようと思う。だが、彼の初めての評論が載る媒体として、どんな雑誌が適当なのかについては、まったくノーアイデアだった。なにしろ、信一が日頃読む雑誌といえば、パソコン美少女ゲームの専門誌である『電脳天使』、『萌え萌えウィンドウズ』、『PCガールズ』、『アイ・ラブ・S

LG』などに限られていたからだ。どれも、一応、読者の投稿欄というものは設けてはいるが、長文の評論を掲載するような感じでもない。

とはいえ、朝から一仕事した爽快感は格別だった。発表の目処こそなかったが、ようやく、フリーライター兼ゲーム評論家としての第一歩を踏み出した実感があった。

さて、仕事もしたし、今度は、自分へのご褒美の時間だった。彼のお気に入りは、相変わらず、『天使が丘ハイスクール』である。ときどき、ほかのHゲーに浮気することはあったが、結局、このゲームに戻ってくる。

ゲームのテーマソングを聴き、『紗織里ちゃん』の顔を見るだけで、心の底からほっとするのも、以前と変わらなかった。

『しんいちー。待ってよー。▼』

『おせーんだよ。何やってんだ? 遅刻すんだろうが。▼』

『しんいちー。足、早いんだもん。追いつけないよう。シクシク。▼』

『ほらあ。カバン、持ってやっから。▼』

『ラッキー。しんいちって、あんがい優しいじゃん。▼』

『うるせー。とっとと歩け。▼』

信一は心の底からリラックスして、マウスをクリックする。すでに、『紗織里ちゃん』を含め、十人の女の子の攻略を完了しており、ゲームの完全制覇の日も近かった。もはや、攻略マニュアルを見なくても、会話のリズムだけで、正しい選択肢を選べるまでになっている。『天使が丘ハイスクール』の世界は、彼にとっては、自分の部屋と同じくらい、なじみ深い場所だった。

　だが、その反面、以前ほどには、ゲームにのめり込んでいけない自分を意識することもあった。いじめも、対立も、葛藤もない世界。少し前までなら、ひたすら心地よく思ったはずなのに、今はなぜか、逆に物足りなさを感じてしまう。

　唐突に、『美登里ちゃん』のことが、頭に浮かんだ。

　あの子なら、ゲームの中の美少女にもひけは取らないだろう。知的で、清楚で、優しくて、しかも美人だ。やっぱり、3Dにも、あんないい子がいるんだ。自分には、とうてい手が届かないとばかり思い込んでいたが、今日は、なんと向こうからメールをくれたのだ。マイナスイメージしか持たれていないと思っていたのは、もしかすると勘違いだったのかもしれない。まあ、でも、現実には、やっぱり高嶺の花なのかもしれない……。よく考えてみたら、まだ、本名だって知らないわけだし。

　それから、斉藤美奈代だって、けっして悪い子じゃないと思う。少なくとも、自分に対して、好意というか関心を示してくれた。それだけでも、得点は大幅にアップする。選り好みできる立場じゃないことを考えると、こっちが本命かなとも思う。

　いずれにせよ、二十八歳にして、ようやくヴァーチャル世界のヒロインを卒業して、生身の人間を相手にする時期に来たのかもしれない。

　だが、たとえそうなったとしても、『紗織里ちゃん』のことは永遠に忘れないぞと心に誓う信一だった。これまで、自分を支えてきてくれたことには、いくら感謝してもし足りない。今から何十年か先、ついに最後の瞬間を迎えようとする時に、『紗織里ちゃん』との想い出は、人生で最も美しかった出来事として、鮮やかに心によみがえるに違いない。

ディスプレイ上での女の子とのイベントが一段落すると、信一は、データをセーブして、ゲームを終了させた。もう少しパソコンをいじっていたい気もしたが、きっぱり思いを断って、ウィンドウズも終了させ、電源を落とした。今日はコンビニに行くまで時間がある。久しぶりに、少し、外へ出てみようかと思っていた。

鏡を見ながら、髪の毛をきれいに梳かした。規則正しい生活をしているせいか、顔色もよく、額や眉間のあたりには光沢があった。何だか、オーラを発しているような感じさえする。顔の造作には変わりはなくても、少し前までとは、印象が一変しているのだ。自分でもそう思うくらいだから、他人には、なおさらだろう。

急に、将来の展望が明るく開けたような気持ちが湧いてきた。つくづく、あのセミナーに巡り合ったことは、自分の人生の転機だったと思う。思い切って参加してみて、やっぱり正解だったのだ。

さて、どこへ行こうか。信一は、同年代の若者が遊びに行くような場所には疎かった。だが、別に遠くへ行かなくてもいい。近所を散歩するだけでも、充分楽しいに違いない。大きな蜘蛛が巣を張っている道でも、わざわざ避けて通る必要はないし。

そうだ。不思議なことに、あれほどひどかった蜘蛛に対する恐怖心も、ほとんどなくなっていた。蜘蛛を見ると、心の奥ではまだ、かすかな嫌悪感と不安を感じるものの、同時に、すぐに克服できるという自信も湧いてくるのだ。

ふと、今日こそ、完全に蜘蛛恐怖症を払拭してやろうと思い立った。そうだ。今がチャンスかもしれない。考えてみると、これは、人生における重大なチャレンジの一つだ。

そう思うと、急に、いても立ってもいられなくなってきた。これまで経験がなかったが、血が騒ぐとは、こういうことを言うのだろうか。信一は興奮して、部屋の中をぐるぐる歩き回った。それから、意を決して外へ出た。

近所の道や公園など、蜘蛛のいそうな場所を探して歩く。

ところが、今日に限って、蜘蛛は一匹も見つからなかった。信一は、少なからずがっかりした。

諦めようかとも思ったが、一度火がついた彼の闘志は、容易なことでは消えそうもなかった。時計を見ると、まだたっぷり時間は残っている。

信一は、一度部屋に戻って身支度を整えると、駅へ向かった。途中にあるペットショップで、プラスチックの虫籠五つと捕虫網を買う。こんなものを手にするのは、何年ぶりのことだろう。むしょうに懐かしかった。小学生のころは、虫取りに行くような暇は、ほとんどなかった。ただ、夏休みの宿題で昆虫採集をするときだけは、おおっぴらに野山に出かけることができたので嬉しかった。青空の下、信じられないようなスピードで飛翔するギンヤンマやアオスジアゲハを追いかけていた、あのときの気分と興奮が、よみがえってくる。目指す獲物は、当時とは少々違っていたが。

信一が部屋に戻ってきたのは、それからおよそ三時間後のことだった。

虫籠の中には、大型の蜘蛛がひしめき合っていた。胴体がやや細長く、水面に何種類もの絵の具を落として紙で掬い取ったような、複雑でサイケデリックな紋様のある方がジョロウグモ、ずんぐりとしていて、黄色地に黒い縞のあるのがコガネグモである。わざわざ、武蔵野にある寺の境内まで行って、捕獲してきたのだった。電車の中では、何人もの乗客が、彼の虫籠の中に目を留めては、ぎょっとした顔になった。だが、それすらも、なぜか信一を、勝ち誇ったような気分にさせてくれた。

部屋の中で、あらためて戦果を確認すると、すでに縄張りを巡る戦いに敗れた数匹が、白い経帷子に包まれた骸と化していたが、それでもまだ、五つの虫籠で、合計二十匹近い蜘蛛が生き残っている。

その様子を見ていると、うなじの毛がちりちりと焦げるようなスリルを感じるのと同時に、腹の底から、ぞくぞくするような勝利の快感がこみ上げてくる。自分は今、邪悪な蜘蛛どもを支配している。あれほど忌み嫌い、恐れていた、蜘蛛をだ……。だが、これではっきりした。こいつらは、いくらおぞましく見えようとも、しょせんはちっぽけな虫けらにすぎないのだ。生殺与奪の権利は、全部、自分が握っているのだ。

もう、自分には、怖いものは何一つない。

信一は、それから長い間、うっとりしながら、飽かずに蜘蛛を眺めていた。

はっと気がつくと、いつのまにか夕方になっていた。そろそろ、コンビニへ行く用意をしなくてはならない。

五つの虫籠は、ずらりと並べて窓際に吊す。赤く染まりつつある西日が射し込んできて、虫籠のシルエットを畳の上に投げかけた。まるで影絵を見ているように、籠だけでなく、蜘蛛の形まで弁別できた。緩慢な動作で、籠の中の縄張りに巣を張ろうとしている。

そのとき、何かが聞こえた。

信一は、一瞬、蜘蛛が鳴いているかのような錯覚に襲われた。だが、もちろん、蜘蛛は鳴かない。

また、聞こえた。

鳥の囀りに似た音だ。信一は、耳を澄ませた。

今度は、はっきりとわかった。ピッコロのような音色だが、音程が微妙に揺れている。絶えず、半音ずつ繰り上がったり、繰り下がったりしているのだ。不安定だが、不思議な魅力に溢れている音で、思わず聞き惚れてしまいそうだ。

だが、どこから聞こえてくるのだろう。きょろきょろあたりを見回すが、位置も方向も、なかなか定まらない。上へ行ったかと思うと、急に下から聞こえてきたりするのだ。しかも、いくら目を凝らしても、何も目に入らない。

やがて、囀りは、天井の一角に固定された。薄暗いが、どう見ても、何もない空間。だが、鳥の囀りのような音は、たしかに、そこから聞こえてくるのだ。か細く震えてはいるが、それでも、けっして途切れることなく囀り続けている。

とうとう来た。

信一の胸は、これまで一度も感じたことのないような感激で、いっぱいになっていた。

間違いない。守護天使が、やって来たのだ。

今まで、ずっと信じていた。ずっと待っていたのだ。だが、その甲斐はあった。これで、自分も、ようやく守護天使と一体になれるのだ。

守護天使の囀りは、途中で何度も弱まり、消え入りそうになりながらも、健気に続いている。

彼は心の中で、懸命にエールを送った。聞いているよ。安心して。ちゃんと、聞いているから。

がんばれ。もっと元気よく鳴くんだ。負けるんじゃないぞ。

頬を暖かく濡らすものを、感じる。信一は、ふっと溜め息をもらした。

もう、だいじょうぶだ。これからは、守護天使が、ずっと自分と一緒なのだから。

きっと、うまくいく。何も、心配しなくていい。

九章　大地母神(ガイア)の息子

早苗は、腕時計を見た。ちょうど午前十一時三十分を回ったところだった。すでに約束の時間は、三十分以上過ぎている。今頃、ホスピスでは、早苗の担当すべき回診を、誰かが代わりに行っているはずだった。そう思うと、こうして無為に座って時間を潰(つぶ)していることへの罪悪感がわいてくる。土肥美智子は、何も聞かずに行ってきなさいと言ってくれたのだが、自分を必要としている多くの患者たちのことを思うと、職場放棄の罪は重いと思う。

おそらく、これから渡邊(わたなべ)教授に会ったところで、何か画期的な新事実が判明するというのは望み薄だった。実人生では、推理小説のように、すべての謎(なぞ)が明快に解き明かされる方が、むしろ稀(まれ)である。いずれ、時が経過し、偶然の僥倖(ぎょうこう)によって真相が顕(あらわ)れるのに期待するよりないのだろうか。それに、かりに真相がすべてわかったとしても、それで高梨のことについて、完全に心の決着が付くというものでもないだろう。

早苗は、もし今日も収穫がないようだったら、これで終わりにしようと思い始めていた。自分にはやるべき仕事があり、人生は常に進行形である。いくら高梨のことが忘れられないといっても、いつまでも、この問題にばかりかかずらっているわけにはいかない。

彼のことは、生涯、自分の中で反芻(はんすう)していこうと思った。思い出として。そして、辛(つら)い負い目として。

渡邊教授の部屋は、大学の中庭に面しているためか日が射し込まず、薄暗く陰気な感じだった。ソファの座面は低すぎ、背もたれの角度も大きすぎるので、後ろに寄りかかるとリクライニングシートに寝そべったような格好になってしまう。背筋をぴんと伸ばしているだけでも一苦労で、居心地が悪かった。ほかに見るものとてないので、早苗は、書架にある本の背表紙を眺めた。

『エッセンシャル法医学（第2版）』、『現代の法医学（改訂第3版）』、『標準法医学・医事法（第4版）』……。

同じ医者でありながら、なじみのないタイトルばかりである。インターンを終えてホスピス医となることを決めた時、彼女は、周囲からさんざん変わり者扱いされたものだった。人の命を救うことを本分とし、誇りともする医者の中で、患者をただ従容と死に向かわせるしかないホスピス医は、少なくとも、若く希望に燃えた人間の志望するものではないと思われていた。だが、それが法医学関係となると、さらに、奇人、変人のイメージが強く、あんなものは医者ではないなどと平気で公言する教授までいる始末だった。

ドアが開き、小柄な白髪の老人が入ってきた。早苗は立ち上がった。

「どうも、お待たせしました。急に解剖が入っちゃったんでね」

渡邊教授は、立ったまま煙草に火を付けると、鼻と口から一緒に煙を吐き出した。いかにも、一仕事終えた後の満足げな一服のようだが、見ようによっては、鼻孔に染み付いた臭(にお)いを消そうとしているような感じもする。

「お忙しいところを、ご無理言って申し訳ありません」

「いや、いや」

渡邊教授は、煙草をふかしながら座り、上機嫌に言った。

「北島さんは、田尻教授の門下生なんだって？　僕はね、田尻君とは昔、一緒に机を並べた仲なんですよ」

「ええ、うかがってます。先生は、たいへんな酒豪でいらっしゃったとか」

渡邊教授が、たまたま、早苗の母校の系列である医大の出身だったことは、幸運だった。そうでなければ、これほど簡単に会うことはできなかったに違いない。

しばらく、共通の知人である医者たちの噂話（うわさばなし）をした後、早苗は本題に入った。

「実は、今日うかがったのは、先生が執刀なさったご遺体のことで」

「うん。そうだったね。赤松さんと言ったかな？」

心なしか、表情が曇ったような気がする。

「北島さんは、赤松さんとは、どういうご関係なの？」

「直接の面識は、ありませんでした。ただ、私の知り合いがアマゾン探検に参加したとき、赤松さんとご一緒でした」

渡邊教授は、灰皿で煙草をにじり消し、肺に蓄えていた最後の紫煙を吐き出した。それとともに、笑顔も完全に消えてしまった。

「……それで、聞きたいというのは、どういうこと？」

「赤松さんのご遺体を解剖されたときに、何か不審なことがなかったかどうか、教えていただけないでしょうか？」

早苗は、かすかな興奮を感じていた。渡邊教授の態度には、はっきりとした手応えがある。何かを知っているのだ。おそらく、遺体を解剖したときに、何か異状を発見したに違いない。

「そういうことは、いくら医局の紹介でも、軽々しく口にするわけにはいきませんね」

渡邊教授は、二本目の煙草に卓上ライターで火を付けた。言葉とは裏腹に、そのあやふやな手つきは、心中に迷いがあることを示している。

「もちろん、さしつかえない範囲でけっこうです。プライバシーの問題は、重々承知しておりますので」

「しかしね……」

渡邊教授は、煙草に意識を集中しているかのように、目を細めた。早苗は、教授が話し出すのを待った。

「まあ、それは、異常といえば異常な遺体でしたよ。トラに咬まれたんだから。赤松さんには、全身に数ヶ所、骨まで達するひどい咬傷がありました。それで、死因は、外傷による二次性ショックで、心不全を起こしたものと判断しました。だが、これは、救急病院の管理を責めるわけにはいかない。むしろ、あれだけの重傷を負いながら二日間も保った方が、奇跡に近いんだ」

違う、と早苗は思った。渡邊教授が急に饒舌になったのは、故意に話をはぐらかそうとしているしるしだ。教授は、何かもっと、別のことを発見したに違いない。

だが、いったい何を見つけたのか。

「先ほど申しましたとおり、赤松さんは、アマゾン探検隊に参加していました」

早苗は、慎重に言葉を選びながらしゃべった。渡邊教授の表情を観察すると、かすかに動揺が走ったようだ。さっき、アマゾンという言葉を聞いたときと同じだ。やはり、何か思い当たる部分があるのだ。

「実は、同時期にアマゾンへ行って亡くなったのは、赤松さんだけではないんです」

渡邊教授は、あやうく煙草を取り落としかけた。

「何だって？」

「ほかに、二人が亡くなっているんです」

「しかし、そんなことは……」

渡邊教授の顔色が、蒼白(そうはく)になった。

早苗は唾(つば)を飲み込んだ。どうやら、的中したらしい。渡邊教授は、司法解剖の際に、何かを見ている。

「渡邊先生。何か、お心当たりがあるんですね？」

渡邊教授は無言だった。煙草を持った手が震えている。もう一押しだ。

「先生がご覧になったものは、赤松さんの直接の死因ではないかもしれません。ですが、その原因を作った可能性が高いんです」

「その、根拠は？」

渡邊教授は、鋭い目で早苗を見た。

「赤松さんを含めて、三人とも自殺してるんです。しかも、常識では考えられないような方法でです」

「だからと言って……」

「うち一人は、私が直接診察しました。奇怪な幻聴や、幻覚、妄想などの精神症状が見られました。それも、精神分裂病などとは明らかに違います。今までに知られていなかったような種類の精神病なんです。しかも、これは、何らかの方法で伝染するのではないかと思われる節があります」

これが、駄目押しになったのがわかった。早苗は、逸る心を抑えながら沈黙を守った。渡邊教授が自分から話し出すのを、辛抱強く待つ。

「保健所には、一応、報告した」

渡邊教授は、宙の一点を見つめながら、別人のような嗄れた声で言った。

「しかし、私には、それ以上のことはできない。私は法医学者で、私が執刀するのは、司法解剖だ。遺体の死因を確認するのが仕事であり、それ以外のことは、それぞれの専門家に任せなくてはならない。だが、一応、注意は喚起しておいたんだ」

日本で行われる遺体の解剖には、司法解剖、行政解剖、病理解剖の三種類があり、それぞれ目的が微妙に異なっている。犯罪や事件性の有無を調べる司法解剖では、ふつう、死因に関係のない身体疾患についてまで詳しく調べることはしない。

「保健所からは厚生省に報告が上がり、私はすぐにサンプルを送った。だが、厚生省から委嘱を受けたその道の第一人者という男が、問題なしという報告を出した。門外漢の私には、それ以上、口出しをする権限はない。それに、今度は、遺族からもクレームが来た。プライバシーだけじゃなく、差別問題まで絡んできたんだ。それで、以降はこのことについて口外することもできなくなった」

「先生。先生は、いったい、何を見つけられたんですか？」

早苗は、たまりかねて訊ねた。

「トラックだ」

「トラック？」

「溝のことだ。遺体の脳を調べたら、表面に、ちょっと見には気がつかないくらいの、小さな溝があったんだ。私は、今でも、視力は二・〇だ。そこで、脳を輪切りにしてみた。すると、脳幹部に、微細な線虫が百匹以上も食い込んでいるのが見つかった。表面にあったのは、虫の這った跡だったんだ」


早苗は、受話器を取り上げたまま、考え込んでしまった。

餅は餅屋である。本格的な調査をしようと思ったら、福家に頼むべきだろう。早苗には逆立ちしても知り得ないことも、新聞社のネットワークを使えば、瞬時に判明する場合もある。

だが、これには、渡邊教授も言うように、微妙な問題が絡んでいた。

赤松助教授の脳内から発見された線虫を調べたのは、寄生虫学が専門ではない、日本の医学界の有力者だった。

『回虫は、しばしば脳や眼球に迷入する。人体内に、ニクバエの幼虫や、シマミミズが寄生していた例さえあり、当該の線虫についても、たまたま脳内で見つかったからといって、ただちに危険なものと断定することはできない』

早苗は、渡邊教授から見せてもらった厚生省からの文書の一節を思い出した。有力者の判断が、そのまま反映されたものらしい。現在の日本のシステムで、一医師がこれに楯突くのは容易なことではない。かりに早苗が失職覚悟で異議を申し立てたとしても、役所の方針が覆るとは思えなかった。しかも、この方針が百パーセント間違っていたとも言い切れないのだ。文書の最後には、たしか、こうあったはずだ。

『死亡との直接の因果関係は確認できず、プライバシーの問題もある。海外で偶然に罹患した風土病と思われ、いまのところ流行の可能性は認められない以上、いたずらに不安を煽るのは望ましくない』

いかにも役所らしい言いぐさではある。だが、一面の真実を衝いていることは否定できない。そして、その点が、早苗が福家に電話するのをためらう最大の理由なのである。

もし福家に知らせれば、遅かれ早かれ、必ず記事になるだろう。そして、いったん公表された情報は、環境中に放出されたウイルスと同じで、後から抹消するのは不可能に近い。

しかも、情報は、繰り返し誇張され、潤色され、歪曲されながら報道されるうちに、どんどん形を変えていく。その速度はエイズウイルス以上である。そして、最終的に生き残るのは、ウイルスとまったく同様に、生き残りやすい形質を備えたものである。つまり、より人々の意識に刻み込まれやすい、センセーショナルで、恐怖という根元的な感情に直結しやすい『物語』である。

エイズのときもそうだったが、脳に巣くう寄生虫というイメージには、より生々しく人の生理的な嫌悪感に訴えるものがある。デフォルメされた情報が広まる過程で、無意味なパニックやバッシング、いじめ、差別問題などが引き起こされる可能性は高かった。今の時点で、そこまでの犠牲を払ってまで警戒を呼びかけるべきなのかどうかは、とても判断できない。

さらに、公表を恐れる赤松助教授の遺族の意向も、故なしとは言えなかった。

赤松助教授の出身地方の村落には、古代から連綿と続く、ある『憑き物』に関する迷信が存在しているのだという。

早苗は、さっき黒木晶子に電話をかけて、『憑き物』に関するレクチャーを受けたばかりだった。それによると、村の中で特に羽振りがよかったり、隣の田と比べて稲がよく実ったりする場合に、

「あの家は『憑き筋だ』」などと噂されるのだという。狐などの妖怪変化が『憑く』ことによって、周囲の家から密かに財宝を奪い取り、その家の繁栄を助けているという『物語』である。日本人特有の陰湿な嫉妬の感情によるものだろうが、噂された方では、縁談に支障が出るなどの実害を被り、極端な場合は、村八分のような目に遭うことさえあるらしい。

『憑き物』に関する迷信は、関東から中部地方、中国、四国にまで広く分布している。狐を自在に操るという『飯綱使い』などは、十三世紀の天福年間に、狐にまたがった荼枳尼天への信仰から始まったとされているが、その真のルーツは遥かに古く、ほとんど有史以前の信仰にまで遡るらしい。

これもまた、病原性ウイルスと同じように有害な情報の一種である。早苗は、そうした馬鹿げた迷信はとうに絶滅したのかと思っていたが、地域によっては、今日でも根強く生き残っているらしかった。むしろ、オカルト・ブームや、非合理的なものを無責任に肯定してしまうテレビ番組などの影響によって、復活する傾向にすらあるのだという。

そうした中で、ただでさえ奇怪な自殺を遂げたために噂になっているであろう、赤松助教授の頭の中から、わけのわからない「虫が出てきた」などということになれば、田舎にいる親族は、単に肩身が狭いだけではすまないことになるのかもしれない。そのあたりの感覚は、東京に住んでいる早苗には、想像することさえ難しかった。

早苗は、いったん置いた受話器を、もう一度取り上げた。福家の協力を仰げないとなれば……。早苗は手帳を開き、渡邊教授から聞いた番号をプッシュした。その相手が協力者となってくれることを、強く念じながら。

渡邊教授の友人というので、もっと年輩の人物を想像していたのだが、依田健二は、どう見ても、まだ四十代の前半のようだった。けっして大柄ではないが、引き締まった男臭さを感じさせる風貌で、視線は剃刀のように鋭い。

「お忙しいところを、お邪魔して申し訳ありません」

早苗の挨拶に、依田は、鼻からフンと息を吐いて応えた。

「お忙しいように見えますか？　日本の大学の教授なんてものは、企業とタイアップした研究でもしてなければ、一年中ヒマなんだよ」

早苗は面食らった。

「でも、渡邊先生からは、この分野の第一人者だと伺ってます」

「その、この分野っていうのが、くせ者なんでね。誰もやらないような、たとえば、金魚の糞がどういう連なり方をしてるかという研究でもしてれば、第一人者には簡単になれますよ」

「ご謙遜を……」

依田は、ポケットからティッシュを出すと、大きな音を立てて鼻をかんだ。

「失礼。花粉症でね」

「でも、もう夏ですよ」

「花粉っていうのは、杉ばかりじゃない。一年中、何かしらあるんですよ。私のIgE抗体は、あらゆる花粉を敵だと誤解して認識している。放置しておくと、やがて芽を出して、身体を乗っ取られるという妄想でも抱いているらしい」

依田は、突然くるりと背を向けると、どんどん歩いていく。早苗は、一瞬迷ったが、黙って、ついていくことにした。

依田は、木のドアを開けて、研究室に入った。早苗も後に続く。

「どう思います？」

依田は、急に振り返って、早苗に聞いた。

「何が、ですか？」

「この部屋」

早苗は、雑然と実験器具が置かれた部屋を見渡した。とりあえず褒めようと思ったのだが、何一つ、褒めるべきところが見つからなかった。しかたなく、「すてきなお部屋ですね」などと言う。

「すてき？　あなた、目はだいじょうぶですか？」

依田は、鼻をかみながら言った。

早苗は、ホスピスにいる間に、突っかかるような攻撃的な物言いをする人には慣れている。言葉と内心は、裏腹のことが多いのだ。できるだけ、にこやかに答える。

「大きくはないけど、逆に、こぢんまりとしていて、使い勝手が良さそうです」

「なるほど。ものは言いようだ」

依田は、初めてにやりと笑顔を見せた。

「しかし、実際には、使い勝手も全然よくない。機械や設備は老朽化してるが、新しいものを買う金もない。未だにDNAシークエンサーも、プロテイン・シークエンサーもないし、炭酸ガス孵卵機は、ここ十年ほど、毎年買い換えの希望を出し続けている。遮蔽冷蔵庫に至っては、学生の下宿にある冷蔵庫の方が高性能なくらいだ。今年、ここで私が使える科研費がいくらか、わかりますか？」

「カケン費って何ですか？」

「科学研究補助費。文部省から与えられる予算のことだ」

「さあ……」

依田が口に出した金額は、信じられないほど少なかった。大卒の新入社員の年収にも満たないだろう。

「まあ、それが、欧米の大学のように、きちんとしたシステムで査定された結果なら、しかたがないと思いますがね。しかし、日本では、科研費が認められるかどうかは、密室で、わけのわからない恣意的な理由によって決められるんです。学術審議会というところが判断するんだが、ここもご多分に漏れず、少数のボスが何もかも仕切っていてね。結局は、彼らの匙加減一つというわけだ」

「はあ」

よく似た体質の大学の医局というものを知っている早苗には、さもありなんと思える話だった。

「しかも、四月以降の科研費が認められるかどうか判明するのは、五月になってからだから、それまでは、自腹を切る覚悟でもない限り、動きがとれない。その上、実際に金が銀行に振り込まれるのは、七月になってからでね。そのため、やむを得ず、前年度分の科研費の一部を、表面上は使った形にして出入りの業者に預けている。まあ、一種の裏金だ。必要に応じて、それを小出しにして使うんだ。おそらく、国公立の研究機関では、どこでも似たようなことをしてるはずです」

「それは、たいへんですね」

「ところが、最近になって、金をプールしていることを、検査、摘発しようとする動きが出てきた。市役所なんかでやってる一連の裏金づくりと、同列に見ているわけだろうね。この間も、どこかの役人がやってきて、ねちねちと嫌味を言って帰って行ったよ。だが、こっちは何も、好きこのんで、こんなやり方をしているわけじゃない。ランニングコストを賄うための校費というものは、あるにはあるが、雀の涙だ。金が入るまで待ってたら、四月から七月までは、本当に何一つできないんだ。文部省は、三ヶ月もの間、我々に遊んでいろとでも言うつもりなのかね？　それに、そもそも、本当に暴くべき不正は、もっとほかにあるはずだとは思いませんか？」

「はい、思います」

依田の鋭い眼光と勢いに押されるように、早苗は答えた。依田は、急に我に返ったような苦笑を見せた。

「いや、失礼しました。あなたに文句を言ったって、しかたがないですね」

「どんどん、言ってください。私の仕事は、人の悩みを聞くことですから」

依田は、しばらくぽかんとした顔をしていたが、笑い出した。

「あなたは、なかなか面白い人ですね」

「お褒めにあずかったものと、解釈しておきます」

早苗は、三眼顕微鏡や、小さなプラスチックのシャーレなどが置いてある机の上に目をやった。

「渡邊先生から伺ったんですが、依田先生は……」

依田は、顔をしかめた。

「先生っていうのは、やめませんか。こっちもあなたを先生と呼ばなきゃならなくなる。小学校の職員室じゃあるまいし、お互いに『先生』、『先生』と呼び合うのは滑稽(こっけい)だ」

「では、依田さんは、『線虫』の専門家と伺ったんですが」

「ある意味では、そのとおりだが……。あなたは、線虫については、どの程度ご存じですか？」

「ほとんど何も。一応、大学で寄生虫病に関する講義は受けましたが」

依田は、また、鼻を鳴らした。

「最近の医学部では、まだ、講座があるだけましだな。じゃあ、まず、私がふだん研究に使ってる線虫を、見せましょう」

依田は、机の上からシャーレをひとつ取ると、早苗に手渡した。依田は、強面（こわもて）の風貌（ふうぼう）にもかかわらず、意外に白くきれいな指をしていると思う。

早苗はシャーレを手に取って目を凝らしたが、空にしか見えなかった。

「どこにいるんですか？」

「中央に、小さな糸屑（いとくず）のような物が見えるでしょう？」

さらにシャーレに目を近づけると、長さ一ミリほどの、髪の毛よりもずっと細い物体が見えた。かすかに動いているのがわかる。蓋（ふた）の閉まった容器の中だから、空気の振動によるものではない。

「線虫って、こんなに小さいものなんですか？」

「まあ、種類にもよるんだが」

依田は、ピポットでシャーレの中身をスライドガラスに移すと、顕微鏡の載物台（ステージ）にセットした。

「これなら、もっとよくわかるはずだ」

早苗は、接眼レンズに目を当てて、顕微鏡を覗（のぞ）き込んだ。細長い、半透明の生き物が、しきりに身をくねらせている。

「本当だ。動いてます」

「これが、C・エレガンスだ」

「エレガンス？　可愛い名前ですね」

「正しくは、Caenorhabditis elegansと言う。雌雄同体と、雄の二種類の個体がいる。今見ているのは、雌雄同体の方。土壌の中で主に大腸菌を食べている、自活性の線虫なんだが、遺伝子が多細胞生物の中では最小の部類である上に、実験に使いやすい利点がいくつかあってね、現在、世界中で、最も広く研究に使われている」

早苗は、顕微鏡を見ながら身体の向きを変えようとした時に、床に置いてあった、何か大きな物に躓きそうになった。

「おい、気をつけて！」

早苗は、あわてて足下を見た。高さが八十センチほどある、金属製の瓶のような形の物体である。保温のためらしいビニールのカバーから、細くなった口の部分と、その両脇にある二つの持ち手が覗いていた。早苗は、昔牧場で見た、搾ったばかりのミルクを入れる容器を思い出した。

「まったく、どこの大馬鹿野郎だ？　こんな物を出しっぱなしにしてるのは」

依田は低い声で唸った。どうやら、怒りの矛先は、早苗に向けられているわけではないらしい。

「これ、何ですか？」

「液体窒素」

依田は不機嫌そうに言った。

「何に使うんですか？」

「さっき言った、C・エレガンスが実験に都合がいいという最大の理由は、冷凍保存が容易なことだ。終濃度十五パーセントのグリセリン下でゆっくりと凍結させると、後は液体窒素でマイナス七十度に保ってやれば、半永久的に保存することができる」

　容器の口の部分をよく見ると、かすかな煙が漏れ出ているのに気がついた。金属製の蓋は、上に載せてあるだけのようだ。

「口が、ちゃんと閉まってないようですけど」

　依田は、ふんと鼻を鳴らした。

「液体窒素は、常温では気化し続ける。口を密閉なんかしたら、数分で大爆発だよ」

　そんなこともわからないのかという口調に、早苗は赤面した。

「だから、今も危ないところだったんだ。蓋が緩いから、ひっくり返したら、隙間から液体窒素が流れ出てくる。もし、直接、脚の皮膚にでもかかったら、ひどい火傷になったかもしれない」

　早苗は、おやという気がした。依田の顔を見ると、そっぽを向く。態度はぶっきらぼうだが、案外、繊細で優しい人間ではないかという気がした。

　そのとき、液体窒素を置きっぱなしにしていた張本人らしい学生が、くしゃくしゃのハンカチで手を拭きながら、研究室に入ってきた。早苗を見て、驚いたような顔つきで立ち止まる。依田は、低くドスの利いた声で、液体窒素は使ったらすぐに保冷庫に戻せと言った。早苗がいなかったら、たぶん、雷が落ちていたのだろう。学生は、すっかり恐縮したようだった。ぺこぺこと何度も頭を下げながら、容器を台車に載せて運んでいく。取っ手をつかんで持ち上げる時に、ふらついていたところを見ると、かなりの重さがあるようだ。

「依田さんは、今、C・エレガンスで、どういう研究をなさってるんですか?」

早苗が訊ねると、依田は少し仏頂面を和らげた。

「いろいろだが、今は、フェロモンの感覚情報処理をテーマにしている。C・エレガンスは、一生を通じて、常に一種のフェロモンを出し続けていてね。このフェロモンは、amphid という感覚器官にある四種類の感覚神経で受容される。そして、フェロモンによって、個体密度がある一定の線を越えたのを感知すると、耐性幼虫と呼ばれる三齢の幼虫に変化する。要するに、飢餓に備えて、生き残ろうとするわけです。そのために、表皮のクチクラ層が厚くなり、餌を取る必要のなくなった口まで覆ってしまう。代謝の水準が下がり、動きは不活発になるが、奇妙なことに、nictating と呼ばれる、尾端を支えにして立ち上がり、激しく体を揺らす活動だけは、逆に活発になる……」

早苗が素人だということを忘れてしまったのか、依田の説明はしだいに熱を帯び、専門的な領域へと分け入っていった。

「……このため、C・エレガンスを変異誘起剤である、メタンスルホン酸エチル（EMS）溶液に浸けることにより、寸詰まりや表皮のねじれなどのある異常個体や、運動、走化性などに異状のある変異体を作り出せるわけで、しかも」

「あの、依田さん」

「ん?」

「少しお話が難しすぎて」

早苗がそう言うと、依田はようやく気がついて苦笑いした。

「そうか。失礼。何となく、あなたが大学院生みたいな気になっていた」

「そんなに若く見てもらえたのは、嬉(うれ)しいですけど」

「それに、あなたが知りたいのは、C・エレガンスのことじゃなかったね。例の、渡邊先生からの一件でしょう?」

「ええ」

依田は、しばらく考え込むような目になった。

「そもそも、線虫というものが動物分類学上どこに位置するのか、わかりますか?」

「いいえ」

早苗は、ここへ来る前に、もう少し予習をしておけばよかったと後悔した。

「まあ、いい。どうせ今はヒマだから、レクチャーしてあげよう」

そう言うと、また、突然、すたすたと歩き出す。部屋を出ると、早苗が小走りにならないと追いつけないくらいのスピードで廊下を歩いていった。

「線虫を定義すれば、袋型(たいけい)動物門線虫綱 Nematoda(ネマトーダ) に属する、生物の総称ということになる。形状は、読んで字のごとく細長い線形をしている。有名どころを挙げれば、長く松枯れの原因とされていたマツノザイセンチュウとか、犬の死因の第一位であるフィラリアもそうだ。それに、あなたが腸の中で飼っている回虫なんかも、立派な線虫の仲間だ」

早苗は、少しむっとした。

「私は、そんなもの、飼っていません」

依田は『遺伝子保存室』、『小動物飼育室』、『微生物培養室I、II』などという部屋の前を足早に通り過ぎ、『セミナー室』というプレートのついたドアを開けながら、振り返った。

「あなたは、線虫などというものは、まったく取るに足らない生き物だと思っているはずだ。違いますか?」

「いいえ、そんなことは。そもそも、取るに足らない生き物というものは、地球上に存在しないと思います。すべての生物が何らかの役割を担って、バランスの取れた生態系を作り上げているわけでしょうから」

「なるほど。優等生の答えだな」

依田は、早苗を招き入れた。中は、階段状の教室のような部屋だった。

「だが、まだまだ認識が甘い。地球上で最も繁栄している多細胞生物は、人間でも昆虫でもない。線虫だ。線虫こそが地球の本当の支配者だと言っても、過言ではない」

「本当ですか?」

早苗は依田の顔を見たが、とても冗談を言っているようには見えなかった。

彼女が部屋の中程まで進み出たとき、ぱちんと音がして、部屋の明かりが消えた。早苗は、ぎょっとして振り返った。

「心配しなくていい。別に、あなたを襲うつもりはないから」

依田は、彼女の心の中を見透かしたように言った。

「以前、文部省のひも付きでない研究費を得るために、素人相手にプレゼンテーションをしたことがある。もう、二度とやらんがね。これは、そのときに作ったスライドだ」

　依田がいかにも旧式のプロジェクターらしい音を立ててスイッチを入れると、正面のホワイトボードに掛かったスクリーンに、光が当たった。依田は、最初のスライドをセットした。萎びかかったリンゴが映し出される。さらに、スライスしたリンゴの組織を拡大した写真も。そこには、線虫とおぼしき細長い輪郭をしたものが、ぎっしり詰まっていた。

「現在、線虫がいかに繁栄しているかは、その数を見れば一目瞭然だ。線虫の個体数は、多細胞動物中では群を抜いて多い。中世の神学者は、針の頭で何人の天使がダンスできるか真剣に議論したらしいが、腐ったリンゴ一個の中に何頭の線虫がいるか、実際に数えた学者がいる。結果は、約九万頭ということだった。これが現在の世界記録だが、ほかにそんな暇人はいないから、もっと多い例があったとしてもおかしくない」

　次のスライドは、畑のような場所だった。

「こちらは、虱潰しに数えたわけではないだろうが、耕地一平方メートルあたりでは、だいたい十二億頭の線虫が存在するという推計がある」

　地球の写真と円グラフ。

「いかに線虫の個体数が多くても、一頭あたりのサイズは非常に小さいので、ふだん目にする機会はほとんどない。そこで、ほかの生き物と比べて、どのくらい繁栄し、成功しているかの指標として、生物量を計算してみる。これは通常、乾燥重量で比較するんだが、ある試算によれば、線虫の生物量は、なんと、地球上の全動物の十五パーセントを占めるという」

　今度は、海や砂漠、南極などの写真が次々に現れた。

「線虫の種類は、既知のものだけでも数万種ほど、地球上にはゆうに百万種以上が存在すると推定されている。その生活圏は、淡水、海水、動植物の内部から、南極の氷の下や、53℃の硫黄泉、乾燥した砂漠や、酢の中にまで及んでいる。およそ生き物の存在できるところには、必ず線虫が存在していると言っても過言ではない。ゆえに、線虫を知るということは、地球を知ることに他ならない」

その次のスライドからは、様々な形の線虫の写真が出てきた。

「線虫の大きさは、自活性線虫では通常、〇・五から四ミリほどだが、海産種では、五センチに達するものもある。また、動物寄生性の線虫では、体長一ミリに満たないものから、腎虫やメジナ虫の雌のように体長一メートルを超えるもの、マッコウクジラの胎盤に寄生するパラセントネマ属のように、雄で二メートルから四メートル、雌は六メートルから九メートルに及ぶものまで存在する」

早苗は、四つ目に出てきた写真に圧倒された。サイズを比較するためか、にこやかに笑っている女性の背後に、線虫の標本が映っている。同じ寄生虫でも、サナダムシなどにはそのくらいの長さのものが存在することは知っていたが、これほど巨大な生き物が、ついさっき見た、糸屑のほつれのようなC・エレガンスと同じ種類の生き物であるとは、驚きだった。九メートルといえば、蛇の最大種である、アナコンダやアミメニシキヘビとほぼ同じ長さだ。

その次は、C・エレガンスによく似た線虫の写真だった。

「これがまあ、もっとも平均的な線虫の姿だ。これまでのところで、ほぼ、イメージはつかめたかな?」

「線虫の数が非常に多いこととか、大小いろんなサイズのものが存在することはわかりましたけど。でも、どういう生き物なのかは、今ひとつぴんときません」

「まあ、それも無理はない。普通の人は、日頃、ほとんどなじみがないからな」

　線虫の解剖図が、映し出される。

「線虫というのは、もっとも原始的で、かつ、もっとも高級な動物だと言われている。換言すれば、動物の基本形だ。たとえば、ミミズは真っ二つになっても再生可能だが、線虫だと死んでしまう。体長一ミリに満たない線虫でも、脊椎(せきずい)以外は、我々人間とほとんど同じ器官を備えているんだ。実際、我々の先祖を辿(たど)っていけば、線虫にきわめて近い構造の生き物にまで行き着く」

　暗い部屋の中で、投影された線虫の写真を見ているうちに、早苗の脳裏に、奇妙な映像が浮かんできた。基本的に我々とたいして異ならない構造の生命体が、気の遠くなるほどの数、暗黒の中に浮かんでいる……。それは、高梨の遺作である『Sine Die(サイニーダイイー)』のイメージとダブった。もし輪廻転生(りんねてんしょう)が存在するとしたら、数から言って、ほとんどの魂は線虫に生まれ変わるに違いない。そして、光のない地下の世界で、いつ果てるともなく蠢(うごめ)き続ける……。

　早苗は身震いしてから、頭を振って妄想じみた考えを振り払った。

　次の写真は、再びC・エレガンスだった。

「線虫は、必要最小限のシンプルな構造でできている。透明で強靭(きょうじん)なクチクラの表皮で覆われた体は、先ほど述べたような、あらゆる環境に適応することができるんだ。まあ、これは余談だが、C・エレガンスの体内にDNAを導入するためにガラスの針を刺そうとすると、角度によっては針が折れてしまうことがあるくらいだ」

「天敵は――いないんですか？」

早苗は質問した。

「いないどころじゃない。これだけ数が多い生物だ。まわり中、ほとんど天敵だらけと言ってもいい。次のスライドを見ればわかる」

線虫の写真を中心にして、たくさんの生き物の写真を放射状に配した図が現れた。多くは、捕食関係を示すらしい矢印が双方向に引かれている。

「土壌中の線虫は、数限りないライバルとの熾烈な生存競争を行っている。トビムシモドキ、クマムシ、ダニ、ヒメミミズ、プロトゾアなどは、すべて線虫を捕食する」

次は、細長い輪のような物が、線虫の胴中を締めつけている写真だった。

「カビなどの菌類も、線虫にとっては恐ろしい敵だ。鋭い槍状の分生胞子で線虫の体を貫いて、体内に菌糸を広げるカビや、さまざまな形の罠をしかける食肉カビなどが存在する。代表的なのは、絞め輪式のダクティラリア、トリモチ式のダクティレラ、蜘蛛の巣式のアルスロボトリスなどだ。生きた線虫に襲いかかる細菌もいるし、胞子虫類は、線虫に寄生して内部から食い尽くしてしまう。これに対し、線虫の側も、さまざまな対抗進化を遂げた。現在、線虫と、それ以外の微小動物やカビとは、お互いに捕食し合う関係にあると言える」

スクリーンには、いくつかの線虫の頭部を拡大したものが現れた。

「ぱっと見には、ほとんど同じように見える線虫の口頭部の形状は、食性によってそれぞれ異なっている。これが、分類の一つのポイントだ。一番左は、強大な口針を持つ植物寄生性線虫。その次が、対照的に短小な口針の食カビ線虫。最後が、頭部にストローのような構造の見られる食細菌線虫だ」

　どちらかといえば無愛想な印象だったが、さすがに講義で慣れているらしく、依田は、しゃべるのは苦にはならないらしい。

「ここで、クイズを一つ。とは言っても、線虫のことはよく知らないだろうから、それよりは多少なじみのありそうな、蛇について聞こう。あなたは、蛇の食物の第一位は、何だと思いますか？」

　早苗は、面食らった。

「ネズミですか？」

　依田が期待したとおりの答えだったらしく、彼は低い声で笑った。

「そう思うかもしれないが、動物学者が、蛇が最もよく食べる餌が何かと調べたところ、ほかの種類の蛇だということがわかった。裏を返せば、蛇の最大の天敵は、他の種類の蛇ということになる。成功した生き物の最大の敵は、しばしば捕食者に鞍替えした同族他種であるという好例だ。これは、線虫にも当てはまる」

　スクリーンには、さっきとは別の線虫の頭部が映し出された。続いて、小さな線虫を丸呑みにしている大型の線虫の姿も。

「たとえばこれは、線虫の中のトラのような存在である、捕食性線虫モノンクスだ。写真で見るとおり、盃状の口腔と内側に反り返った牙を持っている。シャーレの中で、ネコブセンチュウなど他の種類の線虫と一緒に入れておくと、一匹残らず貪り食ったあげく、最後は共食いまで始める始末だ。『吸血鬼』ディプロガスターは、別の線虫に口針を突き刺して、養分を一滴残らず吸い尽くす。セイヌラ属も、小型ながら大型線虫を口針で刺し殺すことができる」

　スクリーンを眺めながら、早苗は、まるでSFホラー映画を見ているような気分になった。人間の気づかない場所では、常に生き残るための壮絶な戦いが行われている。だが、線虫類は、新たな環境に適応して様々な進化を遂げることによって勝ち残り、繁栄を謳歌してきたのだろう。

「ここで、少し固い話もしておこうか。線虫学の現況についてだ。興味がなければ、聞き流してくれてもかまわない」

　依田は、咳払いをした。

「かつて、コップという学者により、動物寄生性線虫についての研究は、吸虫類や条虫類と一緒に蠕虫学（helminthology）に入れられてしまった経緯がある。一方、自活性線虫は、土壌生態系の中で最も重要な要素の一つだが、その方面の研究は全く進んでいない。明らかに農学部の領分のはずなんだが、最近は、金になる研究にしか予算が出ないという傾向が顕著で、分子生物学、動物学、農学などは、ほとんど同じようなDNAの実験ばかり行っている。私がC・エレガンスを使った、フェロモンの感覚情報処理という研究テーマを選んだのも、煎じ詰めれば、科研費のためだ。昔ながらの博物学や分類学的な手法による研究は、現在の日本では、誰一人やっていない」

　依田は、くしゃみをして、大きな音を立てて鼻をかんだ。

「つまり、線虫を総合的に研究する線虫学（nematology）という学問は、事実上存在しない。だが、将来、地球上から人類が一掃されることがあっても、線虫が絶滅することなどあり得ない。我々は、今後もずっと彼らと共存していかなければならないわけだ。にもかかわらず、線虫について我々が知っていることは、あまりにも少ない」

再び、プロジェクターを操作する音。スクリーンには、線虫の進化を示すらしい複雑な系統図が映った。

「線虫が地球上に現れたのは、約五億年前の前カンブリア紀からだ。現在の地球の土壌が作られたのは、線虫の働きによるところが大きい」

だとすると、線虫こそが大地母神（ガイア）の子供と呼ぶにふさわしいのではないか。そんな考えが、早苗の中で生まれた。

「線虫の祖型（プロトタイプ）は海洋型だが、海洋から淡水、陸上へ、そして再び海洋に戻るなどという、かなり複雑な進化を経てきた。その後、地球上に動植物の体内という新しい環境が生まれたことで、海洋型、淡水型、陸上型の線虫から、幾度となく寄生への適応が繰り返された。そのため、現在の線虫の系統はきわめて入り組んでおり、分類が非常に難しい」

今度は、とぼけた顔をした牛の漫画が出てきた。体内の各臓器には、それぞれ特化した線虫が棲（す）んでいる。

「土壌などにおける生存競争がどれだけ厳しいのかは、すでに見てきたとおりだ。それと比較すると、人間を含めた動物の体内は、いっさい外敵が存在しない、理想に近い栖（すみか）だ。彼らにとって、どれほど魅力的かは、明らかだろう。そのために、線虫類は、数え切れないほどしばしば、寄生への適応を繰り返してきたんだ」

成功し、繁栄している生き物は、当然のことながら、捕食者や寄生者に狙（ねら）われやすい。早苗の頭には、常に暖かく、ふんだんな水と栄養に満ちた、五十億の袋のイメージが浮かんでいた。線虫の側から見た、我々人間の姿である。

「動物寄生性線虫の形態はまちまちだが、馬には六十九種、羊で六十三種など、動物ごとに数十種程度、固有の寄生性線虫が存在する。大型の動物だけでなく、蚊やナメクジなどの小動物についても、同様に、必ず固有の寄生性線虫が存在する。人体に寄生する線虫は五十種存在し、回虫を始め、蟯虫、鉤虫、鞭虫、旋毛虫、バンクロフト糸状虫、日本住血吸虫、アニサキス虫などが有名だ」

続いて、人体に寄生している線虫の写真がいくつか出てきた。早苗は、目をそむけた。医師ではあっても、この手の生き物は、昔から苦手だった。

「まあ、線虫に関する基礎知識としては、こんなところだな」

依田は、部屋の灯りをつけた。早苗は、眩しさに目を瞬いた。

「何か、質問はありますか？」

「ええ。おかげさまで、線虫がどんな生き物かというのは、だいたいわかりました。それで、渡邊先生が、人間の脳の中から発見した線虫についてなんですが」

「残念ながら、あれについては、まだ何もわからない。はっきりしているのは、新種だということだけだ」

「実際に、ご覧になったんですか？」

「今、『微生物培養室』で育てているところだ」

早苗は驚いた。

「本当ですか？」

「脳で見つかったのは成虫だけだが、渡邊先生から送ってもらった遺体の各部、筋肉組織や血液などのサンプルからは、かなりの数の虫卵が発見された。そこから線虫を孵化させ、シャーレの中で継代飼育を試みているところだ」

渡邊教授は、依田のことを、線虫の研究にかけては日本でナンバーワンであり、飼育にも他の追随を許さない職人的な技量を持っていると言っていた。だからこそ、こっそりと試料を彼の元に送ったのだろう。

「渡邊先生は、あの虫について、相当強い危機感を抱いておられました」

依田は、じろりと早苗を見た。

「あなたは医者だから、当然、よく知っているだろう。戦後、日本の衛生状態が改善するに従って、多くの大学で、寄生虫学の講座がばたばたと閉鎖されてしまった。そのために、最近の医師は、寄生虫についてほとんど何も知らない。だが、最近では、再び寄生虫症が増加しつつある。それも、既知のものに限らず、急速な国際化によって、これまでに見たこともない外国の寄生虫が、ある日突然、日本に上陸するケースも珍しくない」

「おっしゃるとおりです」

「だから、今度は、私が教えてもらいたい。なぜ、精神科医のあなたが、この線虫に興味を持っているのか。そしてもう一つ、死亡した人間は、どこで、どうやって、あの線虫に感染したのか」

早苗は、深く息を吸ってから、「わかりました」と言った。

十章　テュポン

　同窓会の会場である西新宿の寿司屋は、すぐにわかった。座敷に通されると、十数人の目が早苗を注視する。誰だろうかと訝（いぶか）るような色。一瞬間をおいて、歓声が彼女を包んだ。口々に、「何だ、北島。元気にしてたか？」などと言っている。

　ここに集まっているほとんどの面々とは、高校卒業以来の対面になる。当時からクラスで幅を利かせていた連中が、今日もしっかり上座の方に陣取っていた。早苗を自分たちの仲間に入れようとしきりに手招きしている。座を見渡すと、隅の方で黒木晶子が目で合図を送っていたので、彼女の隣に緊急避難する。

「よく来れたね。忙しいんじゃないの？」

「まあね。怠けてたつけが回って、書類仕事（ペーパーワーク）が溜（た）まってるから。でも、どうせ晩御飯を食べなきゃなんないから、気分転換に、ちょっとだけ顔出そうと思って」

「じゃあ、また病院へ帰んの？」

　晶子は、呆（あき）れたように言った。

「北島。久しぶりだな。まあ、一杯」

　ワイシャツを肘（ひじ）の上まで捲（まく）り上げた、よく太って血色のいい男が、ビールの瓶を持って早苗の横ににじり寄ってきた。

「え？　藤沢君？」

「そう。だけど、何だよ。その、えって言うのは？」

「たぶん、あんたが、見る影もないってことじゃない？」

晶子が、辛辣な調子で口を挟んだ。

「俺は、そんなに変わってないぜえ。野球やめてから、ちょっと太ったけどな」

藤沢は、早苗のグラスにビールを注いだ。泡を立てすぎないところに、サラリーマンとしての習熟がうかがえる。

「ありがとう」

「早苗え。久しぶりい」

田端瑞恵がやって来た。声の出し方などは高校時代とまったく変わらないのだが、顔を見ると、もうすっかりおばさんになっていた。愕然としたのを悟られないようにするのに苦労する。さっき、全員が一瞬だけ沈黙したときも、自分の姿はすっかり見違えられてしまったのだろうか。歳月の積み重ねは、思った以上にはっきりと顔に刻まれているのかもしれない。

「早苗、全然変わってないねえ。元気してたあ？　お医者さんになったってえ？」

「うん。瑞恵も、そんなに変わってないね」

「やだあ。あたしなんか、もう、完全におばさんよお」

言ってることが少しも冗談になってないので、早苗は曖昧に笑ってごまかした。

「もう、二人の子持ちなんだから。上の子は、今年小学校。早苗は結婚は？」

「まだ」

どうせ聞かれることになるとは覚悟していたが、開始のゴング早々、いきなりパンチを浴びせられた気分だった。

「ええ？　まだなのお？」

「何だ。北島、まだ、シングルか？」

「えー。そうなのかよ。俺にもまだ、チャンス、あるかな？」

「あんたなんかじゃ、だめよ。早苗に釣り合うのは、もっと頭のいい人じゃないと」

「北島のタイプってさ、太宰治みたいな暗めのやつだろう？」

「やっぱり、並の男じゃだめか。でも、いつまでもそんなこと言ってると、そのうち、即身成仏だぜ」

今度は、まわり中から雨霰と砲弾が降り注ぐ。座には、ほかにも二、三人、独身女性がいるはずだったが、早苗を援護してくれるどころか、彼女だけが注目を浴びていることが不愉快だというような表情で、そっぽを向いている。

早苗は、鍛え抜かれた笑顔と、「私、仕事と結婚してますから」というお決まりのセリフを弾除けに使い、ひたすら一斉攻撃が途絶えるのを待った。

「あいつらはみんな馬鹿なだけだからね。気にしない方がいいよ」

ようやく座の関心が早苗から離れたとき、晶子が言った。

この中で高梨のことを知っているのは、彼女だけである。

気づかってくれているのがわかり、早苗は微笑んだ。

「気になんか、するもんですか」

「それにしても、あんたが同窓会に顔出したがらない理由、今わかったような気がする」

晶子は、刺身を醬油に浸しながら、しみじみと言った。

「別に、出たくないわけじゃなかったのよ。だけど、なかなか時間がとれなくて」

「そうだろうね。あ、そうだ。復讐の女神に追いかけられてたおじさん、元気にしてる？」

「え？」

「ほら。電話で聞いてきたじゃない？　そういう妄想に悩まされてるおじさんがいるって。おじさんとは言ってなかったかな。忘れたの？」

「ああ」

早苗は、狼狽を隠すためにビールに口を付けた。親友に対して作り話をしたのを、すっかり忘れていた。

「症状は……まあ、今のとこ、安定してるわ」

「そりゃ、なによりだわ」

ふと、晶子に、天使のことを聞いてみようかという気になった。

「天使ってさあ、背中に羽根が生えてるよね」

「はあ？」

晶子は、ぽかんとした顔をした。

「あれって、ワシの羽根なんでしょ？」

「ワシねえ。まあ、そうかもしんない。だいたい、宗教画なんかの天使の姿っていうのは、もろにギリシャ神話のキューピッドからきてるからね」

「どういうこと？」

早苗は、興味を引かれるのを感じた。

「天使にせよ、復讐の女神にせよ、有翼の神々というのは、新しい宗教が世界中で古代のスネークカルトを駆逐していった、名残なのよ」

「なーにこむずかしいこと、言ってんだよ？」

早くも酔っぱらった男が、両手にビール瓶とグラスを持って、早苗と晶子の間に割って入ってきた。さっき、上座から早苗を呼ぼうとしていた、小村という男だった。

「うるさいわね。あっち行きなさい」

晶子は、小村を邪険に押しのけた。

「ねーえ。あんたたちって、高校の時から、いつもべったり一緒じゃない？　もしかして、レズじゃないの？」

テーブルの反対側から、早苗たちとは仲の悪かった荏原京子が声をかけてきた。昔と寸分変わらぬ底意地の悪そうな声音に、早苗は呆れた。少しアルコールが入っただけで、これだ。皆、外見だけ老けても、中身は高校時代からまったく進歩していないのではないか。

「スネークカルトって、どういうものなの？」

しばらく我慢して、ようやく邪魔がなくなってから、早苗は訊ねた。

「有史以前に世界中に広く分布していた、蛇を崇拝する宗教よ」

「世界中ってことは、日本にも？」

「もちろん」

早苗がビールを注ぐと、晶子は、うまそうに飲んだ。

「日本の原文化は、自然と共生するアニミズムの文化だったからね。スネークカルトの本場の一つだったかもしんない。たとえば、注連縄。もう見慣れちゃってるから、誰も何とも思わないけど、よく見ると奇妙な形でしょう？　あれはもともと、交尾のために絡み合った二匹の蛇を象ったものなのよ。縄文時代っていう言葉の元となった縄文土器の文様だって、蛇を図案化したものだしね」

「へえ」

最も得意とする分野の話だけあって、晶子の舌は滑らかに回り始めた。

「だいたい、西洋よりは東洋の方が、スネークカルトに寛容だったかもしんない。新しい宗教に駆逐されてからも、蛇への信仰は、龍に形を変えて生き延びたからね」

「その、スネークカルトが駆逐されたっていうのは、どうして？」

「そりゃあ、あんた。それが、自然の成り行きってもんなのよ」

晶子は、早苗が注ぎ足すビールを飲みながら、滔々と説明した。

元来、スネークカルトというのは、大地の豊饒を人格化した大地母神信仰と一体であり、その起源は、旧石器時代末期のオーリニャック期にまで遡るという。クレタ島のクノッソスなどからは、大蛇を体にぐるぐる巻きにしたり、両手に蛇を持っている大地母神の像が出土しているらしい。

その後、各地で、新しい民族の流入と征服に伴って、新しい神々による古い神々の駆逐という現象が起きた。蛇を信仰し、自然と共生していた古代宗教が、大空の神をあがめ、鉄器を使って文明を作り出した新しい宗教によって滅ぼされていったのだ。

「つまり、父性原理を代表する天空の神が、母性原理である大地母神(ガイア)に取って代わったわけね。それ以来よ、この腐った男社会が始まったのは」

晶子は眉(まゆ)をしかめて、大騒ぎしている上座の連中を見やった。

「神話を詳しく分析すれば、その過程は明らかだわね。ほら、多くの神話で、新しい神々が古い神々と戦って打ち負かすというエピソードがあるでしょう？　これは、宗教間の争いを、ダイレクトに神々の戦いとして表現してるわけなの」

「ふうん。つまり、神や天使が翼を持っているのは、大地に対する天空の優越を表しているっていうこと？」

「さすがに、理解が早いね。でも、それに加えて、翼を持つということには、『蛇を殺す者』という意味もあるの。鳥類は、一般的に蛇の天敵だからね。さっき、天使はワシの翼を持っているって言ってたけど、そういう理由もあるのかもしれない。ギリシャ神話は、エジプト神話から大きな影響を受けてるんだけど、エジプトには、ヘビクイワシという蛇を専門に食べるワシがいて、古代から神聖視されているのよ」

「そうすると、スネークカルトっていうのは、完全に消滅してしまったわけ？」

「ところが、そうじゃないんだなあ。そこが面白いところなんだけどね」

晶子は、豪快にビールをあおった。早苗は、注ぎ足そうとして、ビール瓶が空になっていることに気づき、遠慮がちに幹事に追加の注文を頼んだ。

「……宗教が宗教を駆逐するときには、しばしば、敗れた方の神話の要素が吸収されるという現象が起きるの。ほら、仏教なんか、その典型的な例でしょう？　広まっていく過程でさまざまな異教の神々が取り込まれ、仏法を守護する役割を担わされている。スネークカルトも、完全に消滅しちゃったんじゃなく、新しい宗教の中に融合されたのよ。たとえば、それね」

　晶子は早苗のハンドバッグを指さした。一瞬、意味不明に思えたが、すぐに、エルメスのマークを指していることがわかった。

「ギリシャ神話のヘルメス、ローマ神話のマーキュリーは、天空と地上との仲立ちをする役を担った神なのよ。つまり、象徴的に、天空の神と大地母神（ガイア）の間を取り持っているの。ヘルメスの格好は、どっかで見たことあるでしょう？　羽の生えたサンダルを履き、二匹の蛇の巻き付いた杖（つえ）を持っている。それから、有翼で髪の毛が蛇という、例の復讐の女神（エウメニデス）もそうね。どちらも、本来なら対立するはずの、天の鳥と地の蛇の要素を併せ持っている。これは、スネークカルトと新しい宗教の不思議な混淆（こんこう）を示すものなのよ。逆に、龍なんかは、蛇の方が出世して、大空を飛ぶ能力を身につけた姿なわけね」

　早苗はそのとき、スネークカルトについて、最近読んだおぼえがあるのを思い出した。

「アマゾンの古代文明が、蛇を崇拝していたっていう説があるんだけど」

「ああ。知ってる。『バーズ・アイ』に出てたやつでしょう？　古代麻薬文明（ドラッグ・カルチャー）の何とかってやつ。読んだわ」

　晶子は、しごくあっさりと言った。

「アマゾンあたりだと、まだ、有史以前のスネークカルトが生き残っていても、おかしくないわね。アマゾンには、フェルドランスやブッシュマスターなんていう物凄（ものすご）い毒蛇がいるから、きっと原住民の精神文化にも大きな影響を及ぼしているはずだと思うわ。私は、いずれ、オーストラリアのアボリジニの神話を調べてみたいと思ってるのよ。あっちには、タイガースネークとか、タイパンとか、世界で最も恐ろしい蛇がいるからね。これは単なる想像だけど、危険な毒蛇の分布というのは、きっと、スネークカルトの発祥にも大きな影響を及ぼしているんじゃないかな。うん」

早苗の頭に、蛇に似た形の別の生き物のことが浮かんだ。

「もしかしたら、線虫っていうのは、小さな蛇に見えるんじゃないかしら」

思わずつぶやいた言葉に、晶子は怪訝な顔をした。

「センチュウって、なによ？」

さすがに、博覧強記で鳴る晶子といえども、知らないことはあるらしい。早苗は、ほとんど依田から受け売りの説明をした。

途中で、上座の方の話し声が、早苗の耳に届いた。さっきから、ネクタイをだらしなく弛めたり頭にまいたりした男たちが、大声で笑ったり喚いたりしていたが、いつのまにやら話が湿っぽくなって、今度は悲憤慷慨が始まっていた。リストラとか不況とか倒産とかいう言葉が、頻繁に聞かれる。「いまさら給料カットなんて、やってらんねえよ」と、吐き捨てるような声もした。

テーブルの反対側では、女たちが硬い表情で、男性優位の社会の理不尽について話し合っていた。同じ部屋の中で、早苗と晶子だけが、現実と遊離したまったく異質な会話を交わしているようである。

「線虫ねえ。たしかに、ほとんどの民族で、蛇と同じような細長い形をした生き物は、同類だと見なされてたでしょうね。日本語にも『長虫』なんていう表現があるし。古事記には、イザナギが黄泉で見たイザナミの死体には、無数の蛆とともに四肢にはイカッチが絡まり蠢いていたとあるんだけど、このイカッチっていうのは、蛇だと解されてるのよ。つまり蛇は、ウジ虫や、その他細長い生き物の親玉っていうわけね」

古代人が、もしマッコウクジラの胎盤に寄生する長さ九メートルの線虫を見ていれば、こちらを長虫の王に推したかもしれない。

晶子は、にぎり寿司を頬張ると、割り箸を振り立てて話し始めた。

「さっき、ヘルメスの話をしたけど、よく考えたら、あんたの病院の名前になってる、『聖アスクレピオス』だってそうなんだよ」

たしかにそうだと早苗は思った。古代ギリシャの医学の神であるアスクレピオスのシンボルは、蛇だった。アスクレピオスが持っている蛇の巻き付いた杖は、ＷＨＯや医師会のマークにもなっている。医者への道を志しながら、今まで疑問に思ったことは一度もなかったのだが。

「でも、なんで、蛇が医学のシンボルになったのかしら？」

「いろんな理由があるわ。ポール・デイエルなんかは、生命の木を象徴する杖に巻き付く蛇は、征服され、支配された悪しき心を意味するなんて言ってるけどね。でも、それは、スネークカルトを否定したヨーロッパ人のこじつけよ。もともとの意味では、蛇が脱皮を繰り返すことから、物事を新しく変える象徴になったという面もあるし、一部の地域では、蛇の毒そのものを治療に使っていたからという事情もある。だけど、一番大きな理由は、夢でしょうね」

「夢？」

「古代ギリシャ人は、夢のお告げを何よりも重視したの。実際に、夢によって病気の診断を下していたこともあったし、夢が人間の心を癒すという作用についても知っていたらしいわ。その夢は、夜ごと、地下の世界からやってくると信じていたのね。あんたの詳しい心理学では、たぶん、地表が意識で、地中は広大な無意識の世界ということになるんじゃない？　そして、蛇は古来から大地母神の息子とされていて、地中にすむ生き物の代表格だったのよ。その結果、当然のなりゆきとして、蛇が、夢によって人間を癒す神様のシンボルとなったわけ」

蛇が、夢を作り出して人を癒す。古代ギリシャ人が作り上げたイメージには、奇妙でありながら、強く人の想像力を喚起するものがあると思った。

しかし、真に大地母神の息子と呼ぶなら、蛇ではなくミミズの方が、そしてミミズより地中いたるところに蠢く線虫こそ、よりふさわしいような気がする。そう思うのは、依田から受けたレクチャーの影響かもしれなかったが。

晶子の講義は、さらに続いた。アスクレピオスは、女神アテネから死者を蘇生させる力を持つメドゥーサの血を貰い受けて、多くの英雄を生き返らせたという。

「ほら。メドゥーサの髪も蛇だよね？　蛇は大地母神の息子だから、生命力と豊饒のシンボルでもあるのよ」

アスクレピオスは、その力を恐れるゼウスに雷で殺され、天に昇って『へびつかい座』となったという。これもまた、古代ギリシャで、スネークカルトが新しい宗教に吸収されていった過程を示すものらしい。

「ええ。宴も酣ではございますが」

幹事の藤沢が、喧噪に負けないように大きな声を張り上げた。

「次の予約が入ってるそうなので、あと十分くらいで、お開きとしたいと思います。本日は、ご参加ありがとうございました。まだ参加費をお払いになっていない方は、私、藤沢まで。なお、引き続き、有志による二次会を行いますので、特に女性は、こぞってご参加ください」

まばらな拍手が起きた。早くも数人が帰り支度を始め、座は急に、ざわざわと落ち着かない雰囲気になった。

「どうすんの？　やっぱり、これから帰って残業？」

晶子の質問に、早苗はうなずいた。

「じゃあ、しっかり食べといた方がいいよ。まだ、ほとんど残ってるじゃない」

そうだった。晶子の話に夢中になっていて、食べる方がおろそかになっていた。早苗は座り直すと、しゃりが乾いてぱさつき始めた寿司を食べ、寿司屋独特の濃い緑色のお茶でのみ下した。

テーブルの上に目をやると、特に上座の方は食い散らかしてあって、ひどい有様だった。

『台風一過』という言葉が浮かぶ。この場合には、そぐわないかもしれないが……。

「ねえねえ。『台風』って、ギリシャ神話で、何か意味があったっけ？」

早苗は、口いっぱいに寿司を詰め込んだまま、不明瞭な発音で訊ねた。

「台風？　台風という言葉の語源はアラビア語のtufanで、ぐるぐる回る風っていう意味らしいけどね。ギリシャ神話には、特に関係ないんじゃないかな」

「そう」

早苗は咳き込み、お茶を飲んだ。カプランの手記にあった最後の言葉にも、もしかしたら神話的な意味があるんじゃないかという思いつきだったのだが、はずれだったようだ。

「だけど、タイフーンじゃなくて、テュポンだったら、ギリシャ神話に出てくるよ」

「え？」

晶子は、バッグから手帳を出すと、万年筆でこう書いた。


『Typhoon＝Typhon』


「これ、何のこと？」

そう言いながら、早苗は、カプランの手記には、『Typhoon』ではなく、『Typhon』と書いてあったのを思い出した。自分が勝手に、スペルミスだと思いこんでいただけなのだ。

「Typhonっていうのは、ギリシャ神話に登場する化け物の名前なの。エジプト神話の古代神Sethと同一だとも考えられてるんだけどね」

「化け物って、どんな？」

「テュポンもまた大地母神の息子で、太古に存在していた恐ろしい怪物神の一人だったとされてるわ。いわば、打ち負かされた大地母神の呪いを一身に背負った復讐者ってとこね。テュポンって、なんだか変な名前だけど、太陽神アポロと戦ったときに、どうしてだか名前の子音が入れ替わって伝えられたことに由来するの。一説では、あまりに恐ろしい怪物だったんで、その名を発音するのを忌み嫌ったためだということね」

晶子は、さっきの手帳のページに、『Python』と書いた。

「これが、その元々の名前」

「パイソン？」

「そう。ギリシャ語ではピュトンだけど。モンティ・パイソンの、パイソン。現代の英語では、大蛇とか、悪魔っていう意味ね」

「じゃあ、モンティ・パイソンは？」

「『おかまの大蛇』かな」

「何なに？　おかまバーに行くのお？　あたしも行きたーい」

すっかり出来上がった田端瑞恵が、晶子の言葉を小耳に挟んで、しなだれかかってきた。

晶子は、うるさそうに瑞恵の腕を外すと、手帳の文字に書き加えた。


『Python→Typhon』


「ただし、ギリシャ神話の中では、『Python』の名も別に伝わっていて、今では、『Typhon』とは別の大蛇、または『Typhon』の育ての親ともされてるわ」

晶子の説明によれば、スネークカルトの象徴でもあるテュポンは、最後はゼウスの雷によって滅ぼされたということだった。その身体は、無数の蠢く毒蛇が寄り集まってできた、異様なものだったという。

これで、『Typhon』という言葉の意味そのものはわかった。だが、早苗の中では、再度の疑問が生まれていた。

カプランは、この語によって、いったい何を伝えたかったのだろうか？

病院へ戻ると、九時半を過ぎていた。急患の搬送口から入ると、暗いロビーを抜けて、エレベーターで六階まで上がる。建物を空中で結ぶ回廊を通って緩和ケア病棟に入ると、土肥美智子医師の部屋から灯りが漏れているのに気がついた。

ノックすると、「どうぞ」という声がした。

ドアを開けると、美智子は、何か書き物をしていた。パソコン嫌いで、今でも、ほとんどの文書を手書きで作成しているのだ。

「まだ、お帰りじゃないんですか？」

「うん。ちょっと、警察へ呼ばれててね」

「警察？」

美智子は、眼鏡の上から早苗を眺めた。表情に、いつになく疲れが見える。

「私はどうも、警察では、今でも青少年の自殺に関する権威ってことになってるらしいのよ。以前は、よく警視庁に出入りして、研究のための便宜を図ってもらってたりしたからね。ご高説を賜りたいって下手に出られれば、今さら嫌とも言えないでしょう」

「誰かの自殺について、意見を求められたんですか？」

「そう」

美智子は、そう言ったまま押し黙った。どういうことなのか、早苗には事情がよくのみ込めなかった。今どき、青少年の自殺は日常茶飯事である。そのために、わざわざ精神科医を呼んで意見を聞くというのは、どうにも解せなかった。それに、美智子の態度も気になる。すっかり混乱し、考え込んでしまっているようだ。彼女をそうさせたのは、何だったんだろう。

「そういえば、あなたの周囲でも、最近、自殺があったわね？」

美智子は、ふいにそう言うと、早苗を見つめた。

「……ええ」

「いや。ごめんなさい。やめましょう。あなたには関係ない話だし」

美智子は、しきりに唇を舐めていた。話すべきかどうか、迷っているようにも見える。

「先輩。もしよかったら、話していただけませんか？」

「『先輩』は、やめなさいっていうのに」

美智子はそう言って、早苗を睨んだが、表情は少し和らいでいた。

「でも……そうね。あなたの意見も、聞いてみたいし。どこか、その辺に座って」

早苗は、一人掛けのソファを美智子の方に向きを変えて、腰かけた。美智子は、眼鏡を折り畳んで机の上に置くと、天井を見上げる。

「自殺したのはね、二十五歳の男の子。成人はしていても、まだ、精神的には未熟で、子供のままなのよ。一応、家業を手伝ってはいたんだけど、きちんとした仕事を任されていたわけじゃないし、将来、跡を継ぐという気もなかったみたい。まあ、実家でアルバイトをしていたっていう程度の意識ね」

「家業っていうのは、何なんですか？」

「それがね……メッキ工場なの。江戸川区にある、畦上鍍金工業っていうんだけど。あ。名前はまずかったかな。亡くなった子は、四、五歳のころ、そこで事故に遭ってるのよ。メッキ工場っていうのは、私もよく知らなかったんだけど、危険な薬品をたくさん使ってるのね。その子は、ふだんは工場に入るのを止められてたんだけど、誰も見ていないときに、たまたま入っちゃったの。そして、薬品の入った容器をひっくり返して、顔に大火傷を負ったということでね」

「じゃあ、今でも、その痕が残ってたんですか？」

美智子は、首を振った。

「いいえ。今は、皮膚移植や副腎皮質ホルモンによる治療技術が進んでるから、言われなければわからない程度にまで、きれいに治ってたのよ。私が見たのは、写真だけだけど。ところが、本人は、そのことをひどく気にしていたのね。自分の容貌が、他人に不快感を与えるんじゃないかって、悩んでたみたい」

「醜形恐怖ですね」

「今の若い世代には、非常に多いらしいわね。ただ、この子の場合には、一応、それにも理由があったのよ。病院へ担ぎ込まれて、応急手当を受けた後、知らせを受けた母親が飛んできたのね。子供は、母親の顔を見て、抱きつこうとした。ところが、この子の顔がひどく爛れていたために、母親の方がたじろいでしまったらしいの。母親は、それが、心の傷になって、醜形コンプレックスを引き起こす原因になったんじゃないかって、悔やんでるらしいわ」

それで、子供に自殺されてしまったのでは、親は堪ったものではないだろう。早苗は、自殺した青年よりも、むしろ残された両親に同情した。

「醜形コンプレックスが原因なのかどうかわからないけど、高校在学中から引きこもりがちになって、結局、中退してるわ。その後は、ずっと家でぶらぶらしてたんだけど、最近は、よく外出するようになったり、少し明るい兆しが出てきたんで、周囲もほっとしていたところだったらしいの」

鬱病(うつびょう)などでは、治りかけが最も自殺の危険性が高い。話の筋は、それなりに通っていた。だが、早苗は、『明るい兆し』というのに、妙に引っかかるものを感じた。

「それが、昨日の晩、突然自殺したのよ。まあ、そこまでは、気の毒だけど、よくある話だと思うの。だけど、その自殺の方法が、何とも異様なのよ」

どきりとした。

「どうやったんですか？」

自分の声が、掠(かす)れているのを自覚する。

「深夜、工場に忍び込んで、劇薬の溶液に顔を浸けて死んだのよ」

美智子は、立ち上がって窓際へ行き、外を眺めた。

「金属メッキなんかに使う、重クロム酸ナトリウムっていう薬でね。猛烈な酸化作用があるらしいの。もちろん、自殺した彼は、よく知っていたはずよ。工場には、水溶液をポリ容器に入れて保管してあったんだけど、それを大型の金盥(かなだらい)にあけて、顔を浸したということらしいわ。自殺の方法としてはあまりにも異常なことから、警察は一時、他殺の線も疑ったらしいんだけど、現場は一種の密室でね。自殺であることだけは間違いないということだったわ」

「でも……それは、すごい苦痛を伴うんじゃないですか？」

「そのはずよ。死因は、顔の組織を広範囲に損傷したことによる、火傷に類似した外傷性ショックなんだけどね。彼の顔は、皮膚だけでなく、結合組織や筋肉の一部まで、どろどろに溶けていたらしいわ」

「とても、信じられません」

早苗は、鳥肌が立つような気分に襲われていた。

「奇妙なことは、まだあるのよ。彼は、目だけを保護しようとしていたかのように、競泳用のゴーグルをつけていた形跡があるの。文字どおりの形跡ね……顔に、溶けたゴムの跡が黒く付いていたんだから。すぐにゴムとプラスチックが冒されたために外したらしくて、溶けかかったゴーグルは、足下に放り出してあったそうよ」

「何のために、そんなことをしたんでしょう?」

「それだけなら意味がわからないでしょうけど、そばには鏡もあったのよ」

「鏡?」

「盥の向こう側の、ちょうど顔が見えると思われる位置に、鏡が立てかけてあったの。ゴーグルのことも考え合わせると、どうしても、自分の顔が無惨に溶けるのを見たかったとしか考えられないのよ。実際に、のたうち回ってもがき苦しみながら、なおも懸命に鏡を見ようとしていた痕が……血まみれの指の痕が、あちこちに残っているの」

早苗は、絶句した。

ここにも、まったく理解不能な形の自殺があった。ちょうど、高梨光宏、赤松靖、白井真紀らのときと同じように。ここまで続くと、単なる偶然とは考えにくい。

だが、その青年がアマゾンへ行っていたとも思えない。もしそうなら、土肥美智子は、当然、警察から聞いているはずだ。

だとすると、どういうことになるのだろう。

早苗は、しだいに沸き上がってくる嫌な予感を、懸命になって否定した。人間の心というものは、時として、常識では思いもつかないような方向にねじ曲がってしまう。おそらくこれも、純粋に、精神病理的な現象にすぎないのだろう。

渡邊教授が発見した、あの線虫が、何らかのルートによって、その青年に感染したのでなければだが……。

十一章　蜘蛛

「おう。荻野くん。今、帰り？」

　コーポ松崎に帰ると、松崎老人が、にこにこしながら声をかけてきた。

「はい。今日は、昼勤なんです」

　信一も、愛想良く応じる。

「そうか。まあ、その方がいいかもしれんわなあ。この頃は、コンビニ強盗とか、いろいろ物騒だもんなあ」

　松崎老人は、箒に体重をかけるようにして立ち、話し込む態勢を作った。これは、まずい。

「そうですねえ。まあ、この辺はまだ、だいじょうぶじゃないですか？」

「いやいや。油断してっと、危ないわ。何しろ、最近の若い奴らはみんな、何すっかわかんねえからなあ。まったく、平気で万引きしたり、強盗したり、人を刺したり」

　信一は、苦笑した。

「それは、人によりますよ」

「うん。まあ、荻野君は、そういうのとは違うけんどな」

　松崎老人は、一人で納得しているように、うなずいた。

「だけど、ここんとこ、あんた、すごくよくなったわ。え？　立派んなった。やっぱ、人間的に、成長したんかなあ」

「そうですか？」

「うん。そりゃ、もう、間違いない。ちゃんと、挨拶もできるようになったし、何よりかにより、顔つきが、もう全然違うわ。明るくなった」

「はあ……」

そのとき、信一の背負っているデイパックの中で、ごそごそと音がした。信一は、一瞬、松崎老人に聞かれたのではないかと思い、ひやりとする。

「この年んなって、最近つくづく思うんだけんど、人間、やっぱり、明るいのが一番だわなあ。え？　明るいのが一番。俺らの同級生でも、もう、それこそ、いろんなのがいたんだわ。学校の成績のよかった奴とか、矢鱈めったら才気走ってた奴とか、もう、滅茶苦茶に喧嘩が強かった奴とか。え？　だけんど、やっぱり、偉いもんだわなあ、今頃んなって、真価が出てきてるっちゅうか。今、青森で県会議員をやってる男がいるんだけんど、こいつが何で青森くんだりまで行ったかっちゅうと、まあ、これにもいろいろあるんだけんど、こいつなんか、本当に、昔は、全然目だたんかったんだわ。え？　勉強がそれほどできたっちゅうわけでもないし、番長だったわけでもない。ところがだわ。こいつの、たった一つだけ、偉かったことは……」

まるで老人の長話に閉口したかのように、デイパックの中では、暴動が発生し始めていた。背中に密着した部分で、ごそごそ動くだけではなく、ビニール袋を激しく蹴るような微妙な振動が感じられる。ほとんど音は出ていないので、少し耳の遠い松崎老人に聞こえるはずもなかったが、それでも信一は、なるべく老人の方をまっすぐ向いて、デイパックが隠れるよう気を配っていた。

「……まあ、脱線したけど、荻野君が明るくなったっちゅうことは、いいこったわ」

「はあ。ありがとうございます」

「ただ、ちょっと顔色が悪いなあ。何か、その、真っ白けだぞ？　え？　もうちょっとお日様に当たった方が、いいんじゃないか？」

「そうですね。それじゃ、僕」

信一は頭を下げて、すばやく階段に避難した。

「そうだ。二階のゴミ、まだ、捨ててなかったかもしれん」

松崎老人がつぶやきながら、後ろから階段を上って追尾してくる。

まずい。どういうつもりだろう。

老人は、信一の部屋の前までついてきた。捨てなければならないゴミなど、どこにも見あたらない。

「あの、じゃあ、これで」

信一がドアの鍵を開けながら振り返ると、老人は、不審そうな目で、じっとデイパックを見つめていた。思わず、後ずさりしたくなる。

「何か、今、このナップサック、動いとったように見えたんだが」

「は？　まさか、そんな」

「そうかなあ。俺あまた、目だけはいいはずなんだがなあ。よく、年取ると順番に三つ駄目んなるって言うけんど、まだ、二っつは現役で、入れ歯だってそんなにないし、林檎も囓れる。

……確か今、このナップサック、動いとりゃせんかったか？」

「いやあ、気のせいだと思いますよ」

信一は小さくドアを開けると、身体を滑り込ませた。

「そうかなあ」

老人は、信一に続いて、ドアの前にやってきた。奥の六畳間に続く引き戸は閉めてあるが、台所にも見せたくないものはいろいろあった。そんなに目がいいのなら、部屋の中を覗き込まれると、厄介なことになるかもしれない。信一は、慌てて背筋を伸ばし、自分の身体で老人の視線をブロックした。

「それじゃあ、失礼します」

老人に二の句を継がせないように、頭を下げ、すばやくドアを閉めた。そのまま、息を殺して外の気配を窺う。

老人は、しばらくドアの前に佇んでいたようだが、やがて、諦めて立ち去る足音がした。危いところだった。こちらから、お茶でもどうですかと言い出すのを期待していたのだろうか。どうも、あの様子からすると、最初から上がり込む腹だったのかもしれない。大家である以上、万が一、部屋の点検をしたいなどと言い出されれば、断る理由に窮するところだった。

信一は、台所の灯りをつけると、デイパックから大きなビニール袋を出した。

かざして見ると、中では、たくさんの黒い昆虫が、押し合いへし合いしている。エンマコオロギだ。コンビニからの帰り道にあるペットショップで、爬虫類の餌用に売られているものである。量り売りなので、何匹いるかは彼にも見当がつかない。全体に、よく太っていて、クリーム色の腹部には汁気がたっぷり詰まっていそうだ。

あのペットショップでは、ここのところ定期的に大量のエンマコオロギを購入しているので、信一がかなりの爬虫類マニアだと思われていることは確実だろう。そんな噂が老人の耳に入らないように、別の店も開拓しておいた方がいいかもしれない。信一は、自戒した。コーポ松崎では、ペットを飼うことが禁止されていたからだ。

信一は、袋入りのエンマコオロギの三分の二くらいを、台所に置いてある六つの大型の水槽に振り分けた。中には黒土が敷かれ、キャベツやキュウリなどの野菜屑も入れてある。ときどき、霧吹きで湿り気を与えてやれば、自然繁殖までは望めなくても、当分の間は生きているはずだった。

老人の長話に付き合わされていた間の暴れぶりからすると、すでに相当数が仲間によって嚙み殺されたり、圧死したりしているのではないか。信一は、ひそかにそう心配していたのだが、幸いなことに、ほとんどのエンマコオロギはまだ元気だった。さかんに触覚を震わせながら、険のある真っ黒い目で、新しい住まいの住み心地を検分しようとしている。

冷蔵庫の上には、もう一つ、水槽が置いてあった。上部には、赤外線ランプが設えられ、中には砂が敷き詰められていて、中央には平べったい岩がある。一見、生き物の姿はどこにも見あたらない。信一は、こちらにも、三匹のエンマコオロギを落とし込んだ。心なしか、ほかの水槽に入れられた仲間よりも不安そうに見え、さかんに歩き回ったり、岩の上で跳ねたりしながら、あたりの様子を窺っていた。

エンマコオロギが見晴らし台にしている岩の下には、シャロンと名付けた、南米産の巨大なトリトリグモが眠っている。こちらは、つい最近、都心の大きなペットショップで購入してきたものだった。目玉が飛び出そうな値段だったが、国産の蜘蛛とは比較にならない偉容に一目惚れしたのである。しかし、日本の気候が合わないのか、ここへ連れてきて以来シャロンの動作は不活発で、大部分の時間を岩の下で過ごしているのには失望した。ここに入ったエンマコオロギも、シャロンの機嫌と運さえ良ければ、かなりの長期間生き延びるかもしれない。

信一は、ビニール袋の口を摑んで立ち上がった。袋の中に残された三分の一のエンマコオロギは、水槽組と比べて、より過酷な運命が待ち受けていることを予知したかのように、再び、さかんに暴れ始めた。

奥の六畳間に通じる引き戸を、静かに開ける。正面にかかっている安物のカーテンから、赤味がかった西日が、かすかに滲み出していた。だが、部屋全体は、ぼんやりと薄暗い。天井からは、まるで巨大な鍾乳石のように見える、なめらかな円錐形の物体が、何本も垂れ下がっている。そのため、部屋の空間は著しく圧迫を受け、場所によっては、床から一メートル半ほどの高さしかない。

信一は、頭を低くして障害物を避けながら、奥へと入って行った。頰にそよそよと、天使の羽根を思わせるほど軽い物体が触れる。鼻孔がむず痒くなった。

カーテンを閉め切ったまま、大型の太陽光ランプのスイッチを入れた。とたんに、異様な光景が、眩しいばかりの光に照らし出される。

そこは、繭の中を思わせるような場所だった。鍾乳石のような物体の正体は、鴨居や天井の横木から張り渡されている何十本もの白いポリエチレンの紐である。紐は、それぞれ緩やかな懸垂曲線を描いて垂れ下がり、さらに複数の紐の間はびっしりと蜘蛛の巣で埋め尽くされて、漏斗状になっている。反対側からランプの光を透かして見ると、まるで巨大な提灯のようだった。壁面や天井、さらにまわりの家具類までもが、紗がベールのような蜘蛛の巣で幾重にも覆われている。

ここは、何百、何千という蜘蛛の巣が集まり、融合した集合住宅だった。太陽光ランプの強い光を受けて、巣の一本一本の糸が、きらきらと光って見える。白い飾り帯のついた比較的シンプルなのは、コガネグモの巣である。それに対して、より複雑で立体的な構造を持つジョロウグモの巣の糸は、目もあやな金色に輝いていた。

最初に蜘蛛を捕まえてきて以来、信一は、暇さえあれば、せっせと郊外へ足を運んで、採集を続けていた。この部屋は、その努力の結晶なのである。並外れた情熱を傾けた結果、回を重ねるごとに、捕獲方法にも熟達した。今では、電車の窓から見ただけで、大型の蜘蛛が群棲していそうな場所には鼻が利くようになった。また、保冷剤とアイスボックスを利用するようになってから、蜘蛛を生かしたまま連れ帰る歩留まりも大幅に改善した。彼が訪れた場所では、大型の蜘蛛を根こそぎ攫って来てしまったので、この夏、害虫の大発生に悩む地域があるかもしれない。

もし、現在の首都圏における大型の蜘蛛類の生息マップを作ったとしたら、極小の一点、わずか六畳のスペースに、ドットが異常な集中を見せることになるだろう。統計上意味を持つほどの数の個体が、すし詰めになって暮らしている六畳間では、蜘蛛たちが、新しい環境に対して見事なまでの適応力を見せていた。餌をふんだんに与えているせいか、互いに殺し合うような現象もほとんど見られず、かつての香港の九龍城のように一つに融合した巣の上では、二種類の蜘蛛たちが平和に共存している。

信一は、最近では、夜も台所で寝袋に入って寝るようにしており、奥の間は、蜘蛛たちの聖域(サンクチュアリ)となっていた。普段は、彼らの平穏を妨げるものは、何一つ存在しない。

信一にとって驚きだったのは、脳などほとんどないように見える蜘蛛たちにも、ちゃんとした学習能力があるということだった。引き戸を開けて、太陽光ランプをつけると、食事の時間になったことを察知して、巣の奥の方から、大きな蜘蛛たちが続々と這(は)い出してくる。

今、信一の目の前で、金の糸を伝って出てきたのは、ナンシーという名前の、この部屋でも最大級のジョロウグモだった。黄色と水色と鮮紅色の入り交じった美しい胴体は、ぷりぷりとして弾(はじ)けんばかりである。

本来、コガネグモは夏、ジョロウグモは秋に成熟する蜘蛛なのだが、採集してきて以来、昼夜を問わず太陽光ランプを当てて、栄養価の高いエンマコオロギを頻繁に与えていた結果、すでに、どの個体もフルサイズにまで成長していた。中には、自然状態ではまず見られないほどの大きさに達しているものもいる。

現在ここにいるのは、すべて雌ばかりだが、もう二、三週間もすれば、痩(や)せこけて見栄えのしない雄蜘蛛も採集して来るつもりだった。そうすれば、夏の終わりから秋には、小袋のような卵嚢(らんのう)が山ほど産み落とされて、数限りない子蜘蛛が生まれてくるに違いない。信一はそれを、今から待ちきれないほど楽しみにしていた。

いつのまにか、数え切れない蜘蛛が、信一の周囲の空間、上下左右を取り巻くようにしていた。後ろの四本の肢（あし）で身体を支え、前の四本を持ち上げて、しきりに貧乏揺すりのような動作を繰り返している。信一の背筋に、わくわくするような戦慄（せんりつ）が走った。

「よしよし。いい子だね。お腹がすいちゃったねえ。今、ごはんを上げるからね」

信一は優しく囁（ささや）くと、ビニール袋からエンマコオロギを摑みだして、一匹ずつ、まわりの巣の上に置いていった。

網の上に落ちたエンマコオロギは、腹が糸にくっついてしまったことに気づくと、必死でもがいて、逃れようとした。それがかえって命取りになることなど、知る由もない。

網を伝わってくる振動を感じた蜘蛛たちは、すばやく、獲物の方へと移動した。饗宴（きょうえん）の始まりである。

一つの獲物の発する振動は、糸を伝って四方八方へと走り、巨大な巣全体を揺るがす。蜘蛛たちは、いっせいに興奮状態に陥り、巧みに糸の上を走って、獲物の方へと集まってきた。最愛の蜘蛛たちが、獲物を巡って同士討ちをしたりしないよう、信一は、エンマコオロギを摑んでは、できるだけ均等に散らばるよう振りまいた。数匹のエンマコオロギが床に落ちて、逃走を図っていたが、大部分は、うまい具合に網に引っかかっている。

その間にも、しっかりと獲物を確保した蜘蛛は、自分の体長よりも大きなエンマコオロギを手際よく回転させながら、糸をかけ、死の繭にくるんでいった。

信一は、魅入られたように、蜘蛛がエンマコオロギを捕食する様を眺めていた。ぞくぞくするような戦慄と、えもいわれぬ多幸感が同時に沸き上がってくる。

だが、ふと、何かが間違っているという気がした。もともと自分は、蜘蛛にはひどい嫌悪感を抱いていたはずだ。こんなことに喜びを覚えるのは、変じゃないか。自分は、もしかすると、こんなことをしてはいけないのではないだろうか。

信一は、ちらりと視線を壁際に向けた。あれほど熱中していたはずのパソコンや、大切だったゲームの入った本箱までもが、今では分厚い蜘蛛の巣で覆われている。胸の奥の方に、茫漠とした、悲しみに似た感情が湧き起こった。

しかし、それも、快楽への期待が高まる中、いつのまにか忘れてしまう。

信一は、しだいに酔っぱらったようになって、無我夢中でエンマコオロギを蒔いていた。気がつくと、右手は、すでにすっかり空になったビニール袋の底を、引っ掻くようにまさぐる動作を繰り返している。

信一は、しばらくの間、呆けたように立ちつくしていた。

すると、どこからか聞こえてきた。

天使の囀り声。一つの声に呼応するようにして、たくさんの声が響きわたる。来た……。来た、来た、来た。

信一は、その場にへたり込んだ。両膝を抱え、天井を見上げる姿勢で、うっとりと目を閉じる。

無数の天使が現れて、囀りながら、六畳間の中を輪舞している。家具も蜘蛛の巣も突き抜けて、ぐるぐる回転しながら、飛び続けている。まるで、部屋の中に、百万羽の雀が舞い込んだかのようだった。

天使の囀りは、やがて、群衆のざわめきのように変化し始めた。歌うような、奇妙な節回しの中に、ときおり、信一に対する嘲りや、分裂症的な意味不明の喃語も混じって聞こえる。

おまえは、**ではないのか。信一に向かって、執拗な問いかけが続く。おまえは、本当に、**ではないのか。おまえは、本当は、ずっと、**だったのではないのか。

信一は懸命に耳を澄ませたが、どうしても、肝心な部分だけが、何と言っているのか聞き取れない。

明日、電線が爆発する。明日、電線が、止まったまま爆発する。ずっと止まったまま、爆発し続けるだろう。止まったまま、ずっと、爆発し続ける。

時計は、これ以上、膨らまさない方がいい。時計は、膨らまさないで、貯めておくことだ。時計を、これ以上、膨らましてはいけない。なぜ、時計を膨らませるのか。

かつて、黒点と呼ばれていた。かつて、黒点と呼ばれていたこともある。それは何だ。かつて黒点と呼ばれていたものは、何だ。なぜ、かつて、黒点と呼ばれたのか。なぜだ。それは、なぜだ。

信一は、ずっと、何かを拒絶するかのように首を振り続けていた。涙があふれ、目尻を伝って、ぽろぽろとこぼれ落ちる。

だが、それは、恐怖や悲しみではなく、随喜の涙だった。

身体の芯が燃えるように熱く、頭は空白で、ふわふわと浮遊しているようだった。

下半身に苦痛を覚え、自分が、破裂しそうなほど昂っていることに気づく。最近、太ったせいか、ジーンズがひどく窮屈になっていた。信一は、服を脱ぎ捨てた。一糸まとわぬ裸になると、蜘蛛の巣の中に右腕を突っ込んだ。さらに、ぐるぐる回転しながら、綿菓子を作る要領で、身体全体に蜘蛛の糸を絡め取っていく。

蜘蛛の巣と一緒に、何十匹もの蜘蛛が、彼の身体にまとわりついた。せっかくの食事を中断させられて怒った蜘蛛は、信一の首筋や腕にところかまわず噛みつく。

おぞましさや痛みまでもが無上の喜びに感じられるのは、なぜだろう。

恍惚感の火花が、頭の中で弾ける。信一は、そのまま仰向けに床の上に寝そべった。背中の下で、次々と蜘蛛が潰れていく感触。その瞬間、彼は射精していた。

後ろめたさ。罪悪感。すべて、嵐のような快感の前では、彩りを増すだけの存在でしかない。

信一は、涎を垂らしながら首を振る。全身が痙攣し、再び激しく勃起している。

そのとき、耳をつんざかんばかりの天使たちの囀りに混じって、かすかに別の音が聞こえてきた。音楽……『School days』のメロディだった。

信一の脳裏に、大好きだった歌詞がよみがえった。

School days. もう一度、君と過ごしたい。胸躍った、あの季節を。争いも、妬みも、苦しみもない世界で。

School days. もう一度、君に来てほしい。夢がかなう、あの教室へ。大事なのは、素直な心、ただそれだけ。

『紗織里ちゃん』が、どこか遠い場所から、じっと彼を見ている。なぜか、ひどく悲しげな瞳になって。

School days. ああ。地上に訪れた、この奇跡の時間。君を待っている、制服の天使たち。放課後の図書室。蟬の鳴くプール。文化祭の校庭。そして、夕暮れの校門で。

きっと、どこかにあるはずだよ。Another time, another place. 天使たちの降り立つ場所が。

彼は、いつしか平静に戻って、しゃくり上げていた。滂沱と涙が流れる。今度は、喜びなどではなく、心からの後悔と懺悔の涙だった。自分では気がつかないうちに、ひどく遠いところへ来てしまった。もう一度、あのころに戻れたらと、心の底から願う。

しかし、それも一刹那の出来事にすぎなかった。再び、圧倒的な快感の波が押し寄せてくる。もはや、抗するすべはない。

「紗織里ちゃん。ごめん……」

そうつぶやいたとき、ぐるぐると回りながら昇天していくような幻想が、彼を包んだ。激しい眩暈を感じるほどの快感に翻弄され、信一は鮭のように身を震わせ、連続して放出する。

彼は呻いて、霞む目を見開いた。すぐ横の床を、大きなジョロウグモが這っているのが目に入った。ナンシーだ。

信一は、顔いっぱいに微笑みを浮かべ、そっと手を伸ばして、優しく蜘蛛を捕まえた。目のすぐそばまで近づけて、惚れ惚れと眺める。夢中になって頰ずりやキスを繰り返すうちに、自分の口が自らの意志に反して、独立した生き物のように勝手に動き始めた。

気がつくと、口の中がねばねばした液体でいっぱいになっている。自分がナンシーを食べていることに気がついて、彼は茫然とした。
だが、今度も、めくるめくような喜びに、信一は、白目を剝いて打ち震える。
しばらくたってから、彼の両手は、次の蜘蛛を求めてゆっくりと周囲を探り始めた。

十二章　メドゥーサの首

高い位置にある窓から、血のように真っ赤な夕日が射し込んできている。薄暗いコンクリートの校舎の中は、がらんどうの廃屋のようで、人影も見えない。

ヒールの音を響かせて階段を上りながら、早苗は、心臓の鼓動が徐々に早まるのを感じていた。これから、依田の研究室で、いったい何を見せられるのだろうか。そう思うと、掌が汗ばんでくるような感じだった。それが、高梨らの異常な死を解き明かすことになることを期待しながらも、依田の研究室が近づくにつれ、逃げ出したいような気持ちが高まってくる。

昨晩、土肥美智子から聞かされたメッキ工場で自殺した青年の話も、まだ、心の片隅に澱のようにわだかまっている。無関係かもしれない。だが、もしそうでないとするなら、自分の行く手には危険が存在していることになる。自分もいつ、彼らと同じ運命を辿るか予測がつかない。

依田の研究室のドアが、すぐ目の前にあった。心を決めて、静かにノックする。ややあって、ドアが開いた。依田と目が合う。

「どうぞ。入って」

依田は、言葉少なに早苗を導き入れた。

「お邪魔します」

早苗は、息をつめて、まわりの様子を見回した。一歩研究室に入った瞬間から、寒気のような、圧迫感のようなものが、ひしひしと押し寄せてきた。この部屋の中に、高梨らを殺したものがいる。そう思っただけで、鳥肌が立つようだった。

「これだ。見てごらん」

依田は、単刀直入に言った。早苗は、彼が指し示した顕微鏡を覗(のぞ)く。

レンズの向こうに見えたのは、何の変哲もない線虫の姿だった。両端の尖(とが)った細長い半透明の姿。きわめて緩慢に蠢(うごめ)いている。この前来た時に見せてもらったC・エレガンスよりは大きいようだったが、形状はほとんど変わらない。

だが、なぜか早苗は、一目見ただけで確信していた。これが、すべての元凶となったものだ。

顕微鏡から目を上げると、依田がうなずいた。

「とりあえず、Cerebrinema(セレブリネーマ) brasiliensis(ブラジリエンシス)、ブラジル脳線虫と命名した。まだ、どこにも報告はしていないがね。これが、『天使』の正体だよ」

載物台の上のスライドガラスに目をやったが、肉眼では、わずか四、五ミリのちっぽけな虫にすぎない。本当に、こんなもののために、高梨らは死んでしまったのか。そう思うと、身体から力が抜けるようだった。

「動物寄生性の線虫は、自活性の線虫などと比べると、形態はバリエーションに富んでいるが、ブラジル脳線虫は、見てのとおり、非常にオーソドックスな形をしている。そのため、外見から系統を類推することはできないが、おそらく、広東(カントン)住血線虫やコスタリカ住血線虫などに近縁の種だと思う」

　早苗は、うなずいた。今まで、自分の線虫症に関する知識はといえば、エイズの日和見感染症の一つである糞線虫症などに限られていた。だが、今朝早い時間に、久しぶりに学生時代に使った医学書を紐解き、線虫が原因である主な病気について復習してきていた。広東住血線虫などは、人間の体内に侵入してから、脳や脊髄などの中枢神経を冒すことで知られている寄生虫である。

「私は医者じゃないから、このあたりは専門外なんだが、広東住血線虫などは、末梢神経枝をさかのぼって脊髄に入り、さらに脳幹を上行して頭蓋内に侵入するらしい。脳へ達するルートは、そんなにいくつもないから、おそらく、ブラジル脳線虫も似たような経路を辿るはずだ。だとすれば、感染した人間の髄液から虫体そのものを見つけられるかもしれない」

　早苗は、具体的な作業を思い浮かべてみた。16ゲージ以上の太い穿刺針で、髄液を採取すれば……。

「でも、タイミングの問題もありますから、実際には難しいと思います」

「だとすると、確定診断は、どうやってするのかな？」

「それはやはり、髄液中の好酸球数を見るしか……」

　早苗は、はっとした。なぜ、今まで気がつかなかったのだろう。好酸球数の増多は、多くの寄生虫感染に共通する兆候ではないか。赤松の搬送された救急病院の医師は、はっきりと、好酸球が増えていると言っていたのに。

「いずれにせよ、広東住血線虫は、中枢神経内で発育後、肺に向かうが、ブラジル脳線虫の場合は、終宿主の脳幹が最終目的地ではないかと思われる」

「どうしてですか？」

依田は、黙って机の上に置いてあった大きな金属製のトレイを取り上げ、早苗の前に置いた。縦に薄くスライスされた脳の試料が、数枚並べられている。白っぽい肌色をした表面は、うっすらと濡れ光っていた。ホルマリン臭が鼻を突く。たった今、隣にあるガラス瓶から出したばかりらしい。渡邊教授から送られてきた、赤松の脳の試料であることは、説明を要しなかった。

「これを見ればわかる」

早苗はトレイを受け取り、脳の矢状断面を観察した。大脳半球の内側面と脳梁、脳幹、小脳は、それぞれ色合いが異なっており、はっきりと見分けることができる。依田はピンセットの先で、脳幹の部分を指した。

目を凝らすと、脳幹の中央部に沿って、破線のような奇妙なパターンが走っているのが、かすかに認められた。トレイを傾けて光の当たる角度を変えると、今度は、はっきりと見えた。長さ四、五ミリの半透明な糸による縫い目のようなものが、規則正しく続いている。縫い目は、断面上に浮かんだり消えたりしており、何枚もの試料を連続して見ると、脳幹から大脳新皮質にかけて、緩やかな三次元曲線を描いているらしいことがわかる。さらに辿っていくと、パターンは一本だけで終わっているのではなく、途中で何本にも複雑に分岐していた。

早苗は、模様のような線を凝視しているうちに、その縫い目の一つ一つが、脳幹に深く食い込み、半ば周囲の組織と同化しかけている線虫であることに気がついた。

思わず身震いする。これはいったい、何なの……。

「ここまで整然としているところを見ると、ブラジル脳線虫の遺伝子には、最初から、脳に侵入した後のフォーメーションがプログラムされているとしか思えないだろう？」

早苗は、それ以上トレイに触れているのもおぞましくなってきて、机に置く。

「でも……何のために？」

「これから先はまだ仮説の段階だが、私より、むしろあなたの専門分野だと思う」

「どういうことですか？」

「数百頭の線虫が、整然と行列を作っているとすれば、もちろん、何らかの意味のある行動に違いない。その場所が人間の脳内であることを考えれば、脳に直接働きかけることによって、人間の行動に影響を及ぼすためではないかという推測が成り立つ」

「脳に？　でも、人間の思考に干渉するなんていうことは、どう考えても……」

「思考ではない。ブラジル脳線虫の列が、どこを走っているか、よく見てくれ。一番中心になっているラインは、脳幹にある中脳を起点として、視床下部、大脳辺縁系を経て、前頭連合野と側頭葉にまで達している。つまり、ちょうどA10神経系の上をなぞるように走っているんだ」

A10神経系は、脳内を走る神経系の一つで、快楽神経(ヘドニック・ナーブ)または恍惚神経(オイホロゲニック・ナーブ)という別名のとおり、人間の快感を司る(つかさど)とされている。早苗は、昔読んだ医学雑誌の論文を思い出した。A10神経に電極を差し込み、微弱な電流を流すという実験に関するものである。被験者は例外なく、心が解放されたような静かな幸福感を感じたという。特に、側頭葉の内窩皮質(ないか)を刺激した実験では、非常な快感がもたらされたため、被験者が医師に対して恋愛感情を抱いていると錯覚した例が相次いだ。中には、男の子が男性の医師に求愛したケースすらあったという。

「ちょっと、待ってください。つまり、線虫が、快感によって、人間を操作していると言うんですか？」

「そうだ」

早苗は、何か神聖な物を冒瀆(ぼうとく)されたような気がして、依田に対し、怒りに近い感情を抱いた。

「そんな。いくら何でも、信じられません。こんな下等な……単純な生き物が、人間を操るなんて」

「私の仮説は、すべて、あなたから聞いた事実に基づいている。感染していたと思われる人々は、例外なく人格が変わったようになり、ふつうでは考えられないような方法で自殺している。そうだね？　それと、今、あなたの目の前にある、脳の中で線虫が作っている規則正しいパターン。この二つを考え合わせた上で、ほかに納得のいくような解釈があれば、聞かせてもらいたい」

「でも、これには、ほとんど知能なんかないんでしょう？」

「まあ、線虫には、シャーレを叩(たた)いたときの『タップ反応』に、慣れによる閾値(いきち)の低下のような現象は見られるが、知能と呼べるほどのものはないな」

「それがどうして、人間を操作したりできるんですか？」

「医者でもその程度の認識とは、嘆かわしいな」

依田は、呆(あき)れたように言った。

「あなたは、脳(ブレイン・ワーム)虫について聞いたことはないかな？」

「いいえ。さっき言われた、広東住血線虫なんかとは違うんですか？」

「脳虫は、人間の寄生虫ではない。たとえば、非常に有名な例としては、扁形動物門吸虫綱に属する、Dicrocoelium dentriticumが挙げられる。中間宿主はカタツムリとアリ、終宿主は羊で、必ず、順番にその三者の体内を経なければ、成熟することができない。カタツムリからアリへ移るのは比較的容易だろうが、アリの体から羊に乗り移るというのは、我々が考えても、かなりの難問だ。この吸虫は、アリの脳である食道下神経節に穿孔し、その行動を制御することによって、このネックを見事にクリアーしている」

「どうするんですか？」

「吸虫に感染したアリは、牧草の先端までよじ登ると、大顎で茎に嚙みついて、そのまま眠ったようにじっとしている。その結果、羊が牧草を食べるときに、一緒に喰われる可能性が高くなる。吸虫は明らかに、アリの行動を操作しているわけだ。それも、かなり複雑なやり方で。だが、吸虫そのものには、知能など皆無だ。宿主であるアリとは比べようもないし、たぶん、線虫以下だろう」

「でも、アリの脳と、人間の脳とでは、複雑さが違いすぎます」

「脳がいくら大きくなっても、たいした障害にはならない」

依田は、にべもなかった。

「現実に、哺乳類の脳が操作を受けている例は、珍しくない。狂犬病に感染した犬は、やたらにさまよい歩くようになり、相手かまわず嚙みつこうとするだろう？　これは、偶然にしては、狂犬病ウイルスにとって、都合の良すぎる行動だと思わないか？」

「でも、人間では……」

「それも、いくらでも例が挙げられる。あなたは精神科医だから、梅毒に感染した患者の性的行動が変化するのを、聞いたことはあるだろう？　梅毒スピロヘータは、明らかに感染者のリビドーを高め、性行為の回数を増やすよう仕向けている。もっと卑近な例では、風邪を引いた人間が、くしゃみをしてウイルスをまき散らすのも、ウイルスから一種の操作を受けていることになる」

早苗は考え込んでしまった。

「ウイルスにはもちろん、思考能力も、意思も、意識もない。それどころか、自ら増殖したり、恒常性(ホメオスタシス)を保ったりする能力さえないという点では、生物というよりは、フロッピーディスクに入ったチェスのプログラムに近い存在かもしれない。それでも、宿主を操るのに、何ら不都合はないんだ。寄生者は、宿主の持っている知的能力を借用すればいいわけなんだから」

たしかに、寄生者にとっては、宿主の身体や能力のすべては、利用可能な資源だろう。だが、そこに知的な能力まで含めるのは、早苗には抵抗があった。

「でも、だとすると、宿主の知能は、操作するのに障害になるどころか、高ければ高いほどいいんですか？」

「そういうことになるかな。さっき言った脳虫にしても、アリの神経系がもっと原始的だったら、うまく羊に喰われるよう仕向けるのには難渋したはずだ。……その意味では、人間の脳というのは、最新のコンピューターと同じで、最も快適な操作性を持っているのかもしれない」

「でも、それで行くと、寄生者は、あらかじめDNAに、あらゆる事態を想定した指示を書き込んでおかなくてはなりませんよね？　人間の行動は、アリと比べればはるかに複雑ですし、現実に出会う環境も千変万化です。とてつもなく膨大なプログラムが必要になってくるんじゃないでしょうか？」

依田は、実験机の横にあるパソコンに手を触れた。使い込まれて筐体(きょうたい)が黄ばんだマッキントッシュと、比較的新しいウィンドウズ機とが並んでいる。

「あなたは、パソコンでゲームをすることはありますか？」

「いいえ」

「私は、時間のかかる実験の結果を待っているときなど、よく暇つぶしにやる。囲碁のソフトは、まだ笑いを取りに来ている段階だが、将棋では、アマの二、三段は充分ある。これがチェスとなると、コンピューターの誕生と同時に研究が始まっただけあり、すでに洗練の極地に近い。史上最強のチャンピオンと呼ばれたロシアのカスパロフが、IBMのスーパーコンピューター『ディープ・ブルー』に敗れたのは、そんなに前のことじゃないが、現在、ふつうのアマチュアでパソコンに勝てる人間は、ほとんどいないはずだ。私も何度となく市販のソフトに挑戦したんだが、最強のレベルに設定すると、引き分け(ドロー)に持ち込むことさえできない」

早苗は、依田が何を言いたいのかわからずに、とまどった。

「ところが、私のチェスのソフトは、悪魔のように巧妙に立ち回って、人間を翻弄(ほんろう)するにもかかわらず、わずか1・5MB(メガバイト)ほどのサイズしかないんだ」

「……フロッピーディスク一枚分ですか」

「巧妙に設計されたプログラムには、それほどサイズを必要としないということだよ。一方、ブラジル脳線虫の遺伝子(ゲノム)のサイズを調べると、異常なまでに大きいことがわかった。C・エレガンスと比べると十三倍以上にあたる、１３００Ｍｂもある。つまり、最低限必要な体の設計図などの分を差し引いても、１２００Ｍｂ以上の余裕があることになる。……念のため言うと、１Ｍｂは百万塩基対だ。塩基対には四種類あるから、１２００Ｍｂというのは、４の１２００Ｍ乗の情報量だ。従って、イコール２の２４００Ｍ乗、２４００Ｍビットで、１バイトは８ビットだから、２４００÷８＝３００ＭＢとなる。単純にサイズで比較すると、さっきのチェスのプログラムの二百倍だ。まあ、実際には、ＤＮＡでは複数のコドンが同じアミノ酸に対応しているし、イントロンやジャンクＤＮＡ、重複配列なども考慮に入れなきゃならないので、同列には比較できないがね」

「そこに、人間を操るためのプログラムが入っていると言うんですか？」

「たとえ、巨大な霊長類の脳を操作するために、どれだけ複雑な戦略が必要であるとしても、それを組み込むだけの余地は充分にあるということだ」

早苗は、頭がくらくらしてきた。

「……線虫以外の動物のゲノムは、どのくらいの情報量を持っているんですか？」

「大腸菌ゲノムがおよそ４７００Ｋｂだから、今と同様な換算を行うと……だいたい、１・２ＭＢかな。これもほぼ、フロッピー一枚分だ。ヒトのゲノムは、大ざっぱに言って大腸菌の千倍程度だから、情報量としては、１ＧＢ強というところだろう。つまり、人間の本質とも言うべき情報のすべてが、パソコンのハードディスクに、簡単に入ってしまうわけだ」

早苗は、あらためて顕微鏡の戴物台の上を見やった。１ＧＢと、３００ＭＢ……。こんなに小さな線虫が人間の三割もの情報量を必要とするというのは、たしかに異常としか思えない。

「ブラジル脳線虫にこれほど長大なゲノムが必要な理由は、まだ、よくわからない。今言ったようなプログラムが組み込まれているのかもしれないが、それがすべてだとも思えない。ゲノムが大きくなれば、それだけ核や細胞のサイズも必要になるし、放熱の問題も出てくる。いいことばかりではないんだ。まあ、ちっぽけな上に細長い線虫は、出来の悪いパソコンのチップセットみたいに熱暴走する心配はないだろうがね」

早苗はまだ、半信半疑の状態だった。SFではあるまいし、線虫が人間を操るなどということが、現実にあり得るのだろうか。

「でも、ブラジル脳線虫は、どうやって脳に快感を与えているんですか?」

「それはまだわからない。すべては仮説の段階だ。まあ、ふつうに考えれば、脳内麻薬に似た化学物質を分泌しているか、電気的な刺激を与えているかの、どちらかだろう。ただ、素人目には、これは電気的な回路のように映る」

依田は、赤松の脳の薄片を指し示した。こうして距離を置いて見ると、縫い目は、単なる脂肪か膠質の筋のようにしか見えない。その一方では、人為的にマーキングしたとしか思えないほど規則的なために、整然と並ぶマイナスの符号を連想させる。

神経系そのものが一種の電気回路であり、神経電流は、神経線維に沿って次々に発生する、『発火』と呼ばれる放電によって伝えられる……。昔、教科書で読んだだけの知識だったが。

「たしか、A10神経は、鞘のない『無髄神経』だったと思います。つまり、どの場所も、まったく絶縁されてないんです。したがって、ブラジル脳線虫の側からすると、有髄神経の場合のように髄鞘の切れ目を探さないですむだけ、取り付きやすいかもしれません」

依田はうなずき、卓上にあったメモ帳を引き寄せると、乱暴に線虫の神経系の模式図らしきものを書き殴った。

「線虫の神経系は、ヒトと比べれば非常にシンプルだ。消化管を取り巻いているのが、非常に原始的な脳である神経環で、あとは、体に沿って一本の腹部神経索が伸びているだけだ。脳に侵入したブラジル脳線虫は、もはや運動する必要はないから、自前の神経系は用済みになる。いわば廃物利用で、自ら神経線維を異常興奮させて『発火』を起こし、体の両端にある口針と感覚毛を通じて、A10神経系に電気的な刺激を伝えるのかもしれない。生きた発電器兼導線というわけだ。おそらく、一頭あたりの発電能力はきわめて微小なんだろうが、こいつらは全部が直列につながっている。数百頭が同調(シンクロ)してパルスを出せば、もともと電流に敏感なA10神経を操作することくらいは、可能かもしれない」

依田は、早苗に向き直った。

「もしそうだとすると、あなたの言っていた『天使の羽音』や『囀(さえず)り』という幻聴には、説明がつくかな？」

「そうですね。もちろん、脳を直接刺激するのであれば、どんなことでも可能なんでしょうが……」

早苗は、少し目を閉じて考えた。

「ブラジル脳線虫が広東(カントン)住血線虫と同じように脳へ侵入すると考えると、もしかすると、『羽音』と『囀り』は、別物じゃないかという気がしてきました。聞こえて来る時期も違いますし、単なる物理的な音である『羽音』と、言葉に変化して聞こえたりする『囀り』とでは、性格が異なるように思えるんです」

「ほう。どういうことかな？」

すべては、現時点では、単なる思いつきと憶測の域を出るものではない。だが、依田とのブレイン・ストーミングは、早苗のインスピレーションを強く刺激した。

「つまり、『天使の羽音』という、鳥の羽搏きを思わせるような音は、虫が脳幹へ到達する前に、小脳を経由して、内耳の迷路に入って起こすんじゃないでしょうか。それに対して、『天使の囀り』の方は、脳幹でのフォーメーションがある程度完成してから、聴覚情報を伝える中脳の蝸牛神経核を刺激した結果とも考えられます。精神分裂病の幻聴と妙に似た感じなのは、線虫が、言語を司る前頭葉の補足運動野にも影響を与えているせいかもしれません」

「だとすると、問題は、何のためにそんな幻聴を起こすのかだな」

依田が、機嫌のよい猫のように目を細めながら言った。

「何のため？」

「ブラジル脳線虫が、無意味な幻聴を聞かせているとは思えない。特に、わざわざ内耳にまで寄り道しているとすれば。そうすることによって、必ず、何らかの利益を得ているはずなんだ」

利益……。早苗は、そのときになって、まだ肝心なことを聞いていないのに気がついた。

「依田さん。ブラジル脳線虫は、人間を操って、いったい何をさせようとしているんですか？」

ファミリーレストラン、『ヴェルダーデ』は、家族連れやカップル、背広姿のサラリーマンなどで賑わっていた。

　メニューを見ながら、早苗は溜め息をついた。和洋中エスニックと、節操なく何でもあるのだが、注文したいものは、ほとんど見つからなかった。大きな肉片のようなものは、とても喉を通りそうになかったし、麺類やパスタなどの細長いものも、どうしても嫌な連想が働くから、パスである。寿司などの生魚も、ふだんは好物だが、今日に限っては食べる気が起きなかった。

　情緒的には、食欲はすっかり失せているのに、頭を酷使したせいか、切迫した飢餓感だけはあるという妙な状態だった。いつもここで夕食を済ませるのだという依田の誘いで、大学のすぐそばにあるファミリーレストランまでついてきたのだが、何一つ、食べたいものが思い浮かばない。端末を持ったウェイトレスがやってきた。しかたがないので、クロワッサンのサンドイッチとコーンポタージュを頼む。

「そんなものでいいんですか？」

　依田は、意外そうに眉を上げると、ワインと三百グラムのガーリック・ステーキを注文し、「レアで」と付け加えた。

　このくらいの神経でなければ、研究者は務まらないのかもしれない。早苗は、あらためて依田の顔を見た。

　あらためて、不思議に思う。今回のように、これまで経験したことのないような恐ろしい事件が次々と出来してきた時に、自分が、初めて何もかも打ち明けてパートナーに選んだのは、信頼している先輩の土肥美智子でもなく、大新聞という強力なバックを持つ福家記者でもなく、い。


この、一見無愛想で取っつきにくそうな、一匹狼の研究者だった。理由は、自分でもわからない。

依田に会うのは今日で二回目だが、非常に頭の切れる人間だという印象は変わらなかった。高梨より、ずっと男性的な感じだが、シニカルなユーモアのセンスには、共通するものがあるかもしれない。

依田には、ほかにも、高梨を思い起こさせるものがある。繊細でいて、力強そうな指も、その一つだ。それから……。

いつのまにか、依田を高梨と比較していることに気がついて、早苗は驚いた。

「さっきの質問の答えなんだが、脳に侵入する線虫は、いわば特攻隊だ」

依田が、急に話し始めた。特に声をひそめるわけでもない。

「さっきも見たとおり、彼らは、脳の神経系の一部に同化して、そのまま死を迎えることになる。脳の膠細胞（グリア）を食べてエネルギーにするかもしれないが、自ら繁殖することはできない。だが、その代わりに、彼らのクローンたちが、体の各部分で発育する。あなたは、芽殖孤虫（がしょくこちゅう）という寄生虫を知ってますか？」

「いいえ」

早苗は首を振った。そのとき、依田と高梨の、もう一つの共通点がわかった。あの目だ。持ち主の旺盛（おうせい）な精神的活動を裏付けるように、絶えず輝きが変化する、薄茶色の目。

「いまだに感染経路も不明なら、分類学上の位置づけすらわかっていない、謎（なぞ）の寄生虫だ。人体内では薄い嚢（ふくろ）に包まれているが、大きさが一ミリから十センチまでと、まちまちなだけでなく、形も、一頭一頭出鱈目に作ったとしか思えないくらい、滅茶苦茶だ。ずんぐりした芋虫のようなものや、発芽した球根のようなもの、細長い紐状のもの、無数の突起を伸ばしているもの……。増殖するときは、それぞれの虫体から芽が出て、その先に新しい嚢ができる。そうして、芽殖孤虫は、皮膚、筋肉、肺、腸、腎臓、脳など、あらゆる場所で際限なく増殖していく。薬は効かないし、数が多すぎるために、外科的に摘出することも不可能だ。その結果、感染者の全身の組織は虫だらけになって……」

「依田さん」

早苗は、あわてて小声で依田を制した。依田の後ろの席にいるカップルが、こちらを睨んでいた。

「レストランでする話じゃないと……」

「そうか。食事中の人もいるんだな」

依田は、悪びれた様子もなかった。

しばらく、沈黙が続く。『ヴェルダーデ』の店内は禁煙のため、依田は、手持ち無沙汰で落ち着かないようだった。

早苗は、何か無難な話題を見つけようとした。

「いつも、ここでお食事なさってるんですか？」

「週に二日くらいかな。実験で遅くなるときだけだが」

「奥様は、何もおっしゃいませんか？」

「妻は、亡くなった」

依田の表情が暗転し、早苗は質問したことを後悔した。

「もう、五年になるかな。……交通事故だった」

「すみません。立ち入ったことをお聞きして」

「いや」

そういったきり、依田は黙り込んだ。そのとき、ちょうど料理が運ばれてきた。

「さあ。食べましょう。腹が減っていては、頭も働かない」

依田は強いて明るい声を出すと、ステーキにナイフを入れ、黙々と食べ始めた。

強気で冷静な科学者の仮面(ペルソナ)の下で、依田は、真っ黒な絶望と虚無とを引きずっていた。胸が痛むような気がする。

早苗は、サンドイッチを食べながら、どうにかして、彼の助けになれないだろうかと考えていた。

食事を終えて大学に戻ると、午後八時過ぎだった。理科系の学部や大学院の入っている建物には、まだ、皓々(こうこう)と電気がついていた。文系の学部の建物の大半が、早くも真っ暗になっているのとは好対照である。

農学部棟の生物化学工学のセクションには、学生や院生らしい、Tシャツにジーンズというラフな格好の若者が何人もいた。夕方来たときより、むしろその数は増えているような気がする。

二人は、依田の研究室のある二階に上るのではなく、地階へと降りていった。

『微生物培養室』という札のかかっている部屋に入る。依田は部屋の電気をつけると、早苗を椅子に座らせた。

「私の研究室は機材が充分じゃないんで、時々こちらのを拝借させてもらってる」

室内は薄緑色で統一され、部屋の中央に対面式のクリーンベンチが置かれているほか、高圧滅菌器、乾熱滅菌器、遮蔽冷蔵庫などがぎっしりと壁際を埋めている。作業台の上にも、細胞培養のための回転ドラムや震盪装置、倒立式位相差顕微鏡などがずらりと並んでいた。たしかに、依田の研究室と比べると設備は充実しているようだった。

「面白いものを見せてあげよう」

依田は、炭酸ガス孵卵機の中から、底の尖った円筒形の培養瓶を取り出した。瓶の内側は、白い網目模様で覆われている。

「何ですか？」

培養瓶を受け取りながら、早苗は訊ねた。依田は、にやにや笑って答えない。妙に幾何学的な模様に顔を近づけて眺め、早苗は顔から血の気が引くような感じがした。白い模様は、ガラスの壁面に集まった無数の線虫が形成しているのだ。一頭一頭は透明に近いのだが、大量に寄り集まると白っぽく見える。

「線虫類にはなぜか共通して、奇妙な性質がある。フラスコや培養瓶の中で大量に飼育していると、いつのまにか、ガラスの壁面の線虫がよじ登ってきて、こういう独特の網目模様を作るんだ。模様は、線虫の種類によってそれぞれ異なっている。ブラジル脳線虫の作る模様は、なかなか複雑で優雅だと思わないか？」

「これが全部、ブラジル脳線虫……？　短時間に、こんなに大量に培養するのに成功したんですか？」

「そう。とは言っても、まだ継代培養まで成功したわけじゃない。渡邊先生から送られてきた脳以外の組織のサンプルから、大量の虫卵が見つかったんだ」

ファミリーレストランで聞いた芽殖孤虫の話を思い出して、早苗は、背筋がぞくりとした。

「おかげで、ブラジル脳線虫の行動をいろいろ観察することができた。乾燥した環境下に置いたり強い紫外線を照射したりすると、寄り集まってボール状の塊になる。これは、他の種類の線虫にもよく見られる、集合（アグリゲーション）と呼ばれる防御行動だ。また、密集しながら、より好適な環境の場所へ移動したりもする。こちらは群遊（スウォーミング）という。それから、これもまた、スウォーミングの変形だ」

依田は、今度は直径が十センチくらいある大きなシャーレを出してきた。

「運がいいな。ちょうど今、活発に動いているところだ」

シャーレの中には、百頭くらいのブラジル脳線虫が入れられていた。だが、培養瓶の中の仲間たちと違うところは、そのすべてが直立し、ゆらゆらと揺れているところだった。

「尾部で立ち、頭を上にして群集しているだろう？　突起物などがあれば、その上に集まってきて、同じ行動を取る。これは、動物寄生性の線虫だけに顕著に見られる行動だ。こうやって、宿主に出会い、寄生する機会を窺（うかが）っているんだ」

早苗は、立ち上がって揺れているブラジル脳線虫に目を近づけて見ているうちに、彼らもまた、自分を認識しているような気がし始めた。線虫と人間とが構造的には意外に近いことを知ったせいか、直立しているというだけで、はっきりとした意思を持った存在のように感じられてならなかった。

　今、彼らと自分とを隔てているのは、ガラスの蓋一枚にすぎない。早苗は、まるで線虫を刺激するのを恐れるように、そっとシャーレを実験台に置いた。

「……これが、ブラジル脳線虫が宿主に感染する方法なんですか？」

　早苗は訊ねた。もしそうだとしたら、たとえば野原を歩いているときなど、踝のあたりにちくりとした痛みを感じ、気づかないうちにブラジル脳線虫の宿主になっているなどということがあり得るのだろうか。

「いや。そうじゃない。寄生性生物は、機会主義者だ。体外へ放り出されれば、一応、こうして寄生のチャンスを窺う。だが、それが成功する見込みは、万に一つもない。小さな生き物たちが生存競争を行っている環境というものは、我々には想像がつかないくらい厳しい。たいていは、目指す宿主を見つける前に他の生物に捕食されてしまうだろうし、信じられないような幸運で巡り合えたとしても、その体内にうまく侵入できる確率は、ほとんどゼロだ。実際に実験を行ってみた。小さな箱にヌードマウスを入れ、十頭ほどのブラジル脳線虫と一緒にしてみたんだ。彼らは侵入を試みていたようだったが、結果、ヌードマウスの皮膚を突き破るのに成功したブラジル脳線虫は、一頭もいなかった。これが、固くて毛で覆われたサルの皮膚では、さらに難しいだろう」

「でも、それじゃあ、いくら機会主義者でも無意味じゃないですか？」

「もう一つ、別の実験もやってみた。カニクイザルを動けないようにストラップで固定して、皮膚に傷を付け、そこにブラジル脳線虫をのせてみた。その場合は、見事に体内に潜り込んだよ。それから、眼球や内耳、粘膜などからも侵入する能力があることがわかった。つまり、交尾時などに、個体間を移動する可能性はあるわけだ」

「だとすると、ブラジル脳線虫症は、今後、性病（STD）として扱うべきなんでしょうか？」

早苗は押し殺した声で訊ねた。沸き上がってくるパニックに圧倒されそうになる。高梨とは、アマゾンから帰国した直後、一度だけベッドを共にしているのだ。

「まあ、可能性はあるという程度だな。特に、コンドームをつけている場合は、感染するリスクは、エイズよりはるかに低いだろう」

「だったら、彼らは本来、どうやって宿主の体内に入るんですか？」

依田の答えに、早苗は安堵（あんど）した。それに、もし自分が感染していたとすれば、今ごろはもう、何らかの症状が出ているはずだろう。

「あなたにも、もう見当がついているだろう。高梨氏、赤松氏、それにおそらく白井女史は、同時期にアマゾンで感染している。しかも、ずっと行動を共にしていた蜷川（にながわ）、森の両氏も行方（ゆくえ）不明だという。全員が一時に感染したとすれば、食べ物を通じてとしか考えられない」

「じゃあ、やっぱり、呪（のろ）われた沢で食べたっていうサルが……」

「ウアカリだな。私も、その可能性が最も高いと思う」

依田は、ブラジル脳線虫が網目模様を描いている培養瓶を持ち上げて、無表情に眺めた。

「別の理由からも、ブラジル脳線虫の本来の終宿主は、ウアカリなどのオマキザルの仲間だと考えられる。おそらく、そこへ至るまでに複数の中間宿主が存在するはずだ。霊長類学をやってる友人に聞いてみたんだが、ウアカリは、基本的には草食だが、昆虫なども食べるそうだ」

「その、別の理由というのは、何ですか？」

「脳だ。ブラジル脳線虫がヒトに感染したのは偶然だろうが、脳幹に辿り着いて、あれほど完璧なフォーメーションを組むことができたところを見ると、本来の宿主も、かなり大きな脳を持った生き物であるはずだ。オマキザルは、一説では、チンパンジーに匹敵する知能を持つらしい。南米には、他に、そんな生物はいない」

早苗は、食事に出る前にした質問の答えを、まだ貰っていないことを思い出した。

「ブラジル脳線虫は、サルに、何をさせるんですか？」

「脳虫がアリにすることと同じだ。捕食者に喰われるよう仕向けるんだよ」

依田は、こともなげに答えた。早苗は、背筋が寒くなった。

「ブラジル脳線虫は、ウアカリなどのサルの体内に侵入すると、脳幹を支配して、快感を与えることによってその行動を操作する。さっき言いかけたが、脳へ侵入した個体は、子孫を残すことはできない。だが、その代わりに、彼らと一卵性のクローンたちが、身体の各部に広がって産卵するんだろう。その卵は、脳を操っている線虫にとっても、直接の子孫と同じことになる」

「とても、信じられません……」

理論的にはあり得ても、とても現実の話とは思えない。過酷な世界を生きる微小生物の論理が、人類と最も近い生き物であるサルにまで及んでいるというのは。まるで、街角でゴキブリが犬や猫を捕らえて、むしゃむしゃ食べているのを目撃したような気分だった。

「あなたからファックスで送ってもらった、カプランという学者の手記も、裏付けになってるんだよ」

最愛の妻を殺害し、自らも壮絶な焼身自殺を遂げたカプラン……。彼の悲痛な手記のことを思い出したとき、早苗の心に鈍痛のようなものが走った。高梨を失った心の痛手が、いまだに癒えていないことを自覚する。

「『隠者』と呼ばれる個体に関して記述した部分だ。ブラジル脳線虫の感染初期には、宿主の食欲や性欲が異常に増進するようだ。これも、操作によるものと考えて間違いないだろう。食欲は、線虫のために充分な養分を得るためだろうし、群れの中で乱交的行動に及ぼうとするのは、性行為による感染の機会を増やそうとしているのだと思う。こうした個体を群れから放逐するのは、ウアカリの側が、ブラジル脳線虫の感染を避けるような対抗進化を遂げたからだろう。そして、最終的には、ブラジル脳線虫は、ウアカリにオウギワシやジャガーなどの捕食者に食われるよう操作する。そうすれば、ウアカリの全身の組織に産みつけられた卵は、捕食者の体内で孵化し、糞を経由して、次の宿主へと向かうことができる」

早苗の脳裏には、わずか数ミリの寄生虫に操作を受け、自ら天敵に喰われてしまう、哀れな猿のイメージが浮かんだ。

「……じゃあ、人間が感染した場合は、どうなるんですか？」

「さっき、あなたが訊ねた質問だな。ブラジル脳線虫がウアカリに感染した場合のことも推論でしかないが、その答えは、さらに推論に推論を重ねたものになる。だが、少なくとも、このことだけは言えると思う。ブラジル脳線虫の側は、ヒトに感染した場合も、ウアカリに対するのと同じ指令を発しているはずだ。つまり、『捕食者に喰われろ』ということだ」

サファリパークでトラに近づいていく赤松の姿が、早苗の頭に浮かんだ。依田の顔を見ると、彼も同じことを考えているらしい。

「……でも、たしかに赤松さんのことは、それで説明が付くかもしれませんが、高梨さんは睡眠薬自殺です。それに、白井さんの心中事件でも、どうして子供を道連れにしなければならなかったのかが、わかりません」

「そのあたりは、私よりも、あなたのような心の専門家の方が、的確な推理ができるんじゃないかな。ストレートに考えれば、感染者は、捕食者に喰われるのと類似した形で自殺を図ろうとするんだと思われる。だが、人間の心はサルよりはるかに複雑だ。ブラジル脳線虫の指令が、人間の心にあるさまざまな抑圧やコンプレックスにより、デフォルメされて現れるのかもしれない。実際、我々の周囲には、人間を捕食できるような生き物は、めったに見られない。したがって、ブラジル脳線虫の最終指令は、彼らの本来の『意図』とは違った形になることが多いだろうが、その前の段階の、食欲や性欲の増進については、ウアカリの場合とほとんど変わらないはずだ」

早苗は、目を伏せた。依田が高梨のことを指して言っているのはわかっていた。だが、高梨が、あんなちっぽけな寄生虫に脳を支配されて、死ななければならなかったと考えるのは、とても耐え難かった。

「……ブラジル脳線虫が感染するのに、他のルートは、考えられないんでしょうか？」

「どういうことかな？」

早苗は、依田に、メッキ工場で自殺したという青年のことを話した。手段の異様さにおいて、高梨らの一連の自殺と共通するものがあるような気がしてならない。万が一、それがブラジル脳線虫によるものだとすれば、二次感染が起きていることになる。

依田は、腕を組んで考え込んだ。

「もう一つ、あなたに見せたいものがある」

ややあって、依田はそう言うと、立ち上がって部屋を出ていった。早苗も、あわてて後に続いた。

暗い廊下を歩いて、依田は、『小動物飼育室』という札のかかったドアを開けた。

中は、空調の柔らかい音が響く十畳くらいの部屋だった。今まで見たどの部屋よりも、メタリックで無機質な感じがする。よく見ると、部屋のほとんどが銀色のステンレス板で覆われているのだ。右側の壁は全面が作りつけの飼育棚だった。棚の高さは、自由に調節できるようになっているようだ。

一番手前に並んでいたのは、ウサギだった。ブロイラーのように、ぶくぶくに肥満して、体とほとんど変わらない大きさのケージに押し込められている。体のあちこちに、抜け毛が汚らしくまとわりついていた。早苗が近づいても、まったく生き物らしい反応を示さない。

早苗は、ウサギの目を見た。生のしるしである対光反射はあった。だが、そこからは、知性と認識の光がすっぽりと欠落している。赤く血液の透けた目は、ただ照明を反射してぎらぎらと輝いているだけだ。たとえ視力があったとしても、その目は何も見ていなかった。

発狂している……。早苗はそう確信した。やむを得ないことだとはわかっていても、動物実験に対するほとんど生理的な反発で、息苦しいような気分になった。

「あなたに見せたいのは、ウサギじゃない。これだ」

依田が、大声で言った。早苗のショックは、彼には全然伝わっていないようだ。依田の指の先には、大きめのケージに入ったサルがいた。落ち着かずに、そわそわとケージの中を歩き回っている。早苗の顔を見ると、歯を剝き出して泣きっ面のような表情になった。体毛が灰色で尻尾が長いことを除けば、ニホンザルによく似ている。

「カニクイザルだ。さっき言った、ブラジル脳線虫の感染実験をした」

早苗は、サルを実験に使う場合、最近では、かなり面倒な手続きが必要だと聞いたことがあった。「実験の許可は、どういう名目で取ったんですか？」

「取っていない」

「え。でも……」

「あなたが言ってるのは、実験動物として霊長類を用いる際の倫理規定のことだろう。アメリカの学会が勝手に定めたものだが、たしかに、事実上の国際的な規準になっている。だが、今の段階でブラジル脳線虫のことを大学に報告するわけにはいかない。だから、このサルは、私がペットショップから、ポケットマネーで購入した。ブラジル脳線虫を継代培養するには、どうしても必要だったからだ」

「でも、ペット用のサルじゃ、信頼の置けるデータは取れないんじゃないですか？」

実験用の動物には、何代にもわたって厳密な飼育条件が必要とされる。依田は、うなずいた。

「いずれは、きちんとした専門の機関に、実験を委託しようと思っているんだが」

カニクイザルが、早苗の前で頭を低くした。何気なく見ていて、彼女はどきりとした。サルの頭部に、うねうねと蛇行する白い筋が何本も走っているのが、毛皮を通してうっすらと透けて見えたのだ。

「爬行疹だ。頭頂から、放射状に伸びている」

依田が、自分の頭に線を描くような仕草をした。早苗は、高梨らが殺したウアカリも、頭部に傷跡のような筋があったことを思い出した。

「脳へ侵入しようとして、誤って皮下に出たんでしょうか?」

「いや。硬膜と頭蓋骨を突き抜けて外へ出るのは無理だ。おそらく、それとは別の経路を取った線虫だろう。これを見ていると、まるで、骨の下に脳があるのを知っていて、懸命に入り口を探した跡のような感じに見えないか?」

「ええ。それにもう一つ、別なものにも見えます」

「何?」

「髪の毛が蛇の、メドゥーサの首に」

依田は、口をぽかんと開けた。

「いやいや。驚いたな。その言葉が出てくるとは。ユングの言う共時性というのは、実際にあるのかな?」

彼は、顕微鏡に試験管をセットした。ここにあるのは、同じ倒立式の位相差顕微鏡でも、『微生物培養室』にあったのとは違って、簡易型らしい。写真撮影などには向かないが、取り扱いが容易で、直接、試験管やシャーレの中を見ることができる。

「今度は、こっちを見てごらん」

早苗は、言われるままに接眼レンズに目を近づけた。

視界の中央に、ぼやけたボール状の物体が現れた。微動ハンドルを回して調節すると、くっきりと焦点を結ぶ。

それは、液体の中に浮遊している、たくさんの線虫が寄り集まってできた球体だった。

「このカニクイザルの血液中からは、こんなふうに凝集した線虫塊が、多数見つかっている。どれもブラジル脳線虫のⅠ期幼虫で、成虫と比べるとはるかに小さく、400から800μm(マイクロメーター)ほどしかない」

「いったい何のために、こんなふうにボールみたいになってるんですか？」

「それも推測するしかないが、こういう行動を取る線虫は、他にも存在する。バンクロフト糸状虫などの幼虫であるミクロフィラリアが、血管内の流れの中を移動する時に、五十頭から百五十頭ほどが、血液中の繊維素などを中心にして尾の先端部でつながりあい、こういう球形の塊を作ることが知られている。形態がそれに酷似しているところを見ると、おそらくブラジル脳線虫の場合も、血流に乗ってすばやく体内を移動するためだろう」

依田は言葉を切って、含み笑いを漏らした。

「さっき、シンクロニシティと言ったのは、このボール状の物体に付けられた名前のことだ。ミクロフィラリアの場合は、“Medusa head formation(メドゥーサ・ヘッド・フォーメーション)”と呼ばれているんだよ」

『メドゥーサ・ヘッド・フォーメーション』……。『メドゥーサの首隊形』とでも訳すのだろうか。早苗は、顕微鏡から目を離すことができなかった。線虫が、ボールのような塊から鎌首(かまくび)

をもたげて、ゆらゆらと蠢いている様は、まさに怪物メドゥーサを彷彿とさせた。

そのとき、早苗は、別のことにも気がついた。カプランの手記にあった復讐の女神も、メドゥーサと同じく、頭髪が蛇ではないか。もしかすると、カプランは、これと同じものを見たのだろうか。

「この、『メドゥーサの首』を調べていて、一つ実験に使う上での大きなメリットがあることがわかった。ブラジル脳線虫の成虫を、C・エレガンスの幼虫と同じ手順を用いて凍結保存できないかと試みたんだが、残念ながら、解凍してみると、すべて死んでしまっていた。ところが、『メドゥーサの首』を、終濃度十五パーセントのグリセリン下でゆっくりと凍らせると、マイナス七十度で半永久的に保存できることがわかった。解凍後のI期幼虫は、どれも以前と同じように活発に動き始めた」

依田の口調は、まるで、ブラジル脳線虫を愛おしんでいるかのようだった。早苗はふと、依田があげた寄生虫の名前に引っかかるものを感じた。

「さっき"Medusa head formation"を作る線虫の例として、バンクロフト糸状虫のミクロフィラリアと言われましたけど……」

「ああ。有名な象皮病の病原体だ。あなたの方が詳しいかもしれないが」

象皮病は、中南米、アフリカ、東南アジアから南太平洋など、世界中に蔓延している熱帯病だった。感染すると下肢や陰嚢などの皮膚が極端に腫脹し、まるで象のように見えることからこの名がある。日本でもかつては、九州、四国、南西諸島などに普通に見られ、西郷隆盛がこの病に悩んでいたというのは有名な話である。

「バンクロフト糸状虫は、アカイエカなどの蚊によって媒介されます」

「うん。ミクロフィラリアが『メドゥーサの首』を作るのは、血流に乗るのと同時に、蚊などの吸血昆虫に吸い込まれるのに都合がいいためとも考えられる。まあ、宝くじに当たるような確率だが、バンクロフト糸状虫は一日に数万個を産卵するから、それでも充分伝播できるんだろう」

「依田さん。もし、ブラジル脳線虫も蚊を通じて感染するのなら、またたくまに日本中に広がってしまいます！」

依田の態度があまりにものんびりとしているために、早苗は思わず厳しい声になった。

「……そうだな。まあ、バンクロフト糸状虫ほど数が多くないことと、ブラジル脳線虫のミクロフィラリアや『メドゥーサの首』は、バンクロフト糸状虫と比べるとずっと大きいから、うまく蚊の吻を通り抜けられるかという問題はあるが、その可能性は、完全には否定できないな」

「だったら、すぐにでも、保健所を通じて警告を発するべきじゃないですか？」

「それはできない」

「なぜですか？」

「まだ、蚊によって感染するという、確たる証拠はないからだ」

「でも……」

「あなたもよく知っているはずだ。日本の学会では、いったん権威者が断を下したことは、よほどのことがないと覆せない」

それが真実であることは、薬害エイズ事件である教授が果たした役割や、日本の法医学の権威だった人物によって重大事件の鑑定が歪められた例などを見れば、明らかだった。

早苗も名前を知っている医学界の泰斗が、公式に『危険はない』としたのである。よほどはっきりとした証拠がないかぎり、厚生省のような役所が、彼の面子を潰すような形で、方針を変えるとは思えなかった。

だとすれば、残された道はただ一つだった。依田と協力し、一日も早くブラジル脳線虫の本当の感染機序を確かめるしかない。

早苗は、落ち着かずに動き回っている、頭に白い爬行疹のあるカニクイザルを見た。

脳幹にまで侵入されてしまえば、現代医学では、もはや打つ手はない。

自殺を防ぐために拘束衣を着せ、独房にでも監禁する以外には。

十三章　歯と爪

八月も終わりに近づいていた。日本列島全体の気温は、平年と比べてさほど高めではなかったが、ビルや工場、車などから生み出される廃熱の坩堝（るつぼ）である首都圏は、衛星からの赤外線写真でもひときわ輝く、巨大な熱の島（ヒート・アイランド）と化していた。

ホスピスのエアコンも朝からフル稼働していたのだが、少しも涼しくならない。早苗は、うんざりして窓の外を眺めた。見渡す限りのビルが、すべてエアコンのスイッチを最強に入れっぱなしなのは間違いない。その電力需要の総計たるや莫大（ばくだい）なものだろう。そのために、政府や電力会社は、危険を覚悟で原発を増設してきたのだろうが、結果として、その電力で、いっせいに冷房をかけて、外気温の上昇に拍車をかけるという悪循環に陥っている。

毎年、夏になると思うことだったが、年を追うごとに、温暖化が加速しているような気がする。日本は、今や、完全に亜熱帯化したと言ってもいいのかもしれない。かつては、日本の西南部にはマラリアが普通に見られたらしい。やがて再汚染が起きるのは、時間の問題ではないだろうか。しかも、今度は東京を中心にした人口密集地に、広い範囲にわたって……。

電話の呼び出し音が鳴った。

「もしもし」

「どうも。福家（ふくや）です」

受話器から聞こえてきた声に、早苗は妙な懐かしさを感じた。

「こんにちは。北島です。その後、何かわかりましたか？」

「いや。赤松さんの件は、あいかわらず進展ないすね。今日は別件……ていうか、ひょっとすると、関連があるかもしれないんですが」

福家は、耳障りな声で咳払いした。

「最近、妙な自殺が続いてることに、関連してるんですが」

早苗は唇をなめてから、慎重に答えた。

「妙な自殺って言いますと？」

「今朝の新聞、ご覧になってないですかねえ？　昨日の晩、ナイフで目を刺して死んだ女性がいたんですが。各紙とも、かなり大きく扱ってたはずですけど」

「ちょっと、待ってください」

早苗は、カバンから新聞を取りだした。今朝は出勤前に枯れそうになっていたベゴニアの世話をしていて忙しかったので、読んでいる暇がなかった。あった。すばやく記事に目を走らせる。

亡くなったのは、東京都北区の主婦、吉原逸子さん（43）。昨晩遅く、果物ナイフで自分の右目を突いて自殺。傷は、脳にまで達する深いもの。部屋の内部には、無数の薔薇の花が飾ってあったほか、なぜか、ナイフやフォークなどの鋭い先端を持つものばかり百個以上が、椅子の背やドアノブなどにくくりつけてあった。逸子さんは、最近、精神的に極度に不安定になっており、夫と子供は、逸子さん一人を残して一時的に実家に戻っていたという……。

この暑さにもかかわらず、早苗は、うそ寒いような感覚に襲われた。深呼吸してから、もう一度受話器を取り上げる。

「……もしもし。記事、見ました」

「その件と、それから、こないだ江戸川区のメッキ工場で、青年が顔を劇薬に浸けて死んだ一件では、おたくの土肥先生が、アドバイザーとして警視庁に呼ばれたそうですよね？」

さすがに新聞記者だと早苗は思った。

「ええ。そのことは聞いてます」

「どちらも、理解に苦しむような方法を採っているっていう点では、赤松さんや白井さん、高梨さんたちの自殺と共通するものがあると思うんすよ。妙な話ですが、高梨さんの小説、ありましたよね？　私、あれを思い出しましたよ。『Sine Die（サイニー ダイイー）』でしたっけ、自殺マニアの手記みたいな感じの話。……まあ、それはともかく、今朝早く、また一件ありましてね」

心臓が跳ね上がった。

「誰なんですか？」

「いや。それが、まだ身元不明らしいんですよ。若い女性なんですがね。十代後半から、二十代前半くらいの。もしかしてと思って電話したんですが、心当たり、ありませんか？」

「いいえ」

年齢からすると、アマゾン探検隊のメンバーではないだろうし、それ以外に、特に思い当たる人間はいなかった。だが、もし、ブラジル脳線虫が、蚊などの吸血昆虫によって媒介されるとしたら……。早苗は、唾（つば）を飲み込んだ。

「ほかに、何か特徴はありますか？」

「そうすね。……歯が悪かったことくらいかな」

「悪いというと？」

「歯が全部、溶けたようにぼろぼろになってたんですよ。特に、前歯なんかが。よっぽど、甘いものが好きだったんですかね」

早苗は、はっとした。そう聞いて、一人、思い出す少女がいたのだ。だが、病院へ来ていた時期がまったく違うし、高梨と接点があったとは思えない。別人の可能性が高いが、違っていたとしても、身元を特定する手がかりにはなるかもしれない。

「それで、どんな方法で自殺したんですか？」

「入水自殺です。それがですね、どうにも不可解なんですよ。場所は、千葉県の手賀沼なんですが……」

聞いた限りでは、自殺の方法として特に奇妙だとも思えない。だが、早苗は、すでに決断していた。

「私、ご遺体を見せていただきたいんですが、どちらへ伺えばいいですか？」

「え？　そうですか。何か、心当たりがあったんすね？」

「それはまだ、わかりませんけど」

「じゃあ、案内しますよ。私、今、現地に来てますので。上野から常磐線に乗って我孫子で成田線に乗り換え東我孫子の駅まで来てもらえますか？　そこから電話もらえれば、すぐ迎えに行きます」

早苗は、福家の携帯電話の番号をメモした。

受話器を置いたときには、早苗はすでに、ホスピスを抜け出す口実について考えを巡らせていた。

早苗は、手賀沼を一目見たとき、ここで入水自殺をするのが不可解だと福家が言っていた理由を、すぐに理解した。

水面は、まるで、べっとりとした緑色のペンキを流したようだった。その周囲に、油膜のような筋が、幾重にも取り巻いている。あたりには、不快な悪臭が漂っていた。

「ひどいもんでしょう。今年は例年に比べても、特にひどい。水温が高かったせいすかね」

「これって、何なんですか？　ヘドロ？」

早苗は、鼻をつまみながら訊ねた。

「アオコですよ。別名を『水の華』とも言いますが」

「アオコ？」

「藍藻の一種。ミクロキスチスとか、アナベナ、アナベノップシスなんかですね」

福家は、歩きながら手帳を開いて、舌を嚙みそうな名前をすらすらと口にした。

「以前に、水質汚染の特集で記事にしたことがありましてね。私が取材したのは琵琶湖だったんですが、一九八三年に南湖で最初にアオコが観察されて以来、比較的きれいだと言われていた北湖にも広がり、以来、毎年発生を繰り返してます。同じ滋賀県では、かつては透明度の高い水で『鏡湖』と呼ばれ、羽衣伝説でも有名な余呉湖でも、アオコやカンテンコケムシの大量発生を見ています。行政は躍起になって、一台数億円もするエアーポンプを使って水に酸素を吹き込んだりしてますが、水質は、逆に悪化する一方のようですね」

「原因は、何なんですか？」

「アオコは、窒素やリンなどの栄養塩類が大量に流れ込んで水の富栄養化が進むと繁殖するんです。最大の原因は、周辺の住宅から流れ込む生活排水だと言われてますね。手賀沼も面積が六・五平方キロあって、これは東京ディズニーランドの約十四倍だから決して小さな湖じゃないんですが、生活排水を垂れ流しにしていたら、琵琶湖ですら自浄能力が追いつかないんですよ。しかも、手賀沼で深刻なのは、周辺の人口密度が琵琶湖の約七倍もあることです。かつては『千古の明鏡』とうたわれ、志賀直哉や武者小路実篤など、多くの文人墨客が湖畔に居を構えていたそうですがね。今じゃ、環境庁による河川・湖沼水質調査では、二十三年連続でぶっちぎりのワーストワンですよ」

　福家は、西の方に見える、丸い塔がそびえている立派な建物を指さした。

「そこで、ついに千葉県が立ち上がったというわけです。多額の税金を投じて、あそこにある『水の館』を建設したんですよ」

「何ですか、それ？」

「手賀沼の水質問題に関する、いろんな常設展示を行ってるんです。美しかったころの手賀沼の写真とか、啓発ビデオ、あと、環境問題に関するクイズの機械なんかね。上には、プラネタリウムや展望台もありますよ。それに、『親水広場』の芝生には、手賀沼を模した池だとか……。まあ、ハコもの大好きの、お役人にしかできない発想でしょうね。私も一度だけ取材に行って、職員にアオコの写真があったら見せて欲しいと頼んだんだけど、非常に迷惑そうな顔をされただけで、結局、一枚も見つかりませんでしたよ。あんな馬鹿げたものを建てて、大勢の職員を置く金があったら、少しでも下水道を整備したらどうかと思うんですがねえ」

『手賀沼フィッシィングセンター』という建物を横目に見て歩いていくと、小さなコンクリートの橋があった。

「これが手賀曙橋。自殺現場は、この下でね」

緊張が走る。警察官がいないかと見回したが、現場検証などはすでに終わっているらしく、まったく人影は見えなかった。狭い橋なので、袂で向こうから来た車をやり過ごす。少し行ったところに鉄梯子があり、そこから橋脚の張り出しの上に降りられるようになっていた。

梯子を下ると、異臭はますますひどくなってきた。あたりの岸には、役人に代わって水質浄化の重責を託された葦の群落が生い茂っていたが、もはや、それくらいでは、とても追いつかないのだろう。

「ちょうど、このあたりかな」

福家が指し示した場所を見て、早苗は気分が悪くなった。このあたりでは、手賀沼は川のように細くなっている。しかも、コンクリートの堰の間で水が淀んでいるところが、とりわけアオコの発生条件に好適だったのに違いない。

水面は、浮き滓状に盛り上がったアオコにすっかり覆われていた。おそらく、大発生したアオコが死んで、この高温下で、その死骸が細菌によって分解されているのだろう。鼻が曲がるような強烈な腐敗臭が立ちこめ、涙が出てくるほどだった。早苗は、ハンカチを出して鼻を押さえた。

「これは、酸欠で死んだのかしら?」

早苗は、分厚いアオコの塊の間に点々と浮いている、白い腹を見せた魚の死骸を指さした。

「そうかもしんないすね。アオコは、夜になると光合成ができませんから、水の中の酸素を消費し尽くしてしまうんですよ。赤潮みたいに。それで魚が窒息して死ぬんです。ただ、もしかすると、アオコそのものの毒素によるという可能性もありますね」

「アオコって、有毒なんですか?」

再び福家は手帳を開いた。

「かなりね。肝臓毒のミクロシスティンや、ノデュラリンなど、五十種類以上が確認されてます。どちらも、肝細胞を破壊するだけじゃなく、強い発ガン性もあるっていうことですよ」

専門外とはいえ、早苗は、不勉強を恥じた。

「私が取材した中では、兵庫県西宮市高座町の新池で、カルガモなど多くの水鳥が死んでいたっていう例があります。一九九五年の夏だったんだけど、阪神大震災の影響で用水路が塞(ふさ)がり、池に河川からの新鮮な水が入らなくなった上に、今度は生活排水が大量に流入して、アオコが異常発生してましてね。カルガモを解剖した結果、肝臓が壊死(えし)していたそうです。たぶん、カルガモは、餌(えさ)である水草と一緒に、アオコも吸い込んでしまったんでしょうね。海外では、池の水を飲んだだけで、牛が死んだケースまであるそうですよ。なんでも、北米のアオコは、肝臓毒だけじゃなくて、アナトキシンとか、サナトキシンといった神経毒まで作り出すそうでね」

だとすると、この中に飛び込んでアオコを吸い込めば、溺死(できし)しなくても、中毒死する可能性もあるのではないか。

「WHOの報告では、海外では、アオコの毒素が家庭用水道水やミネラルウォーターに混入し、人が死んだ例も少なからずあるそうでね。厚生省は、例によって、『ミクロシスティンは浄水場で分解されるので、水道水に濃度の高いミクロシスティンが混入する恐れは低い』とかコメントなさっていて、調査をする気もないようですがね」

「……それにしても、本当に、ここで入水自殺をしたのかしら？」

早苗は、湖面を見渡しながら、信じがたい思いでいっぱいだった。通常、自殺をするには、かなりの精神力が必要であり、そのため、多くの人間は、酒や薬の助けを借りることになる。若い女性によく見られるのは、自ら悲劇のヒロインとなる陶酔感によって、恐怖をカバーするというパターンだった。そのためには舞台装置は、幻想を壊さないように、極力ロマンチックであることが望ましい。

だが、その意味では、ここは、ヘドロの海や肥溜めよりひどいではないか。

「私も最初は信じられなかったんだけど、目撃者がいるんですよ。地元の高校生のカップルなんですがね」

「その子たちは、一部始終を見てたの？」

「はあ。唖然として見てたそうなんですが、声をかけても反応がないし、止めようがなかったということです。それで、フィッシングセンターに人を呼びに行って、職員と一緒に戻ってきたときには、もう死んでたらしくて」

「亡くなった人は、橋の上から飛び込んだんですか？」

「いや。ちょうどこの場所から、ゆっくりと水に入って行ったそうでね。それも、まるで水浴びでもするみたいに、アオコをすくい上げて、こう、身体に擦(こす)り付けてたって言うんだけど……」

福家も、しゃべりながら顔をしかめていた。自分で取材した事実に、どうにも納得がいかないのだろう。

通常の精神状態による自殺ではない。そのことだけは、現場を見て確信が持てた。だとすれば、今回の自殺者も、ブラジル脳線虫に脳をコントロールされていたのだろうか。だが、それでもまだ、うまく説明ができない部分が残る。依田の仮説によれば、ブラジル脳線虫が宿主に与えるのは、『捕食者に喰(く)われろ』という命令であるはずだ。それが、どうして、汚水の中で死ぬことにつながるのだろう。

考え込んでいる早苗に、福家は、もう上がりませんかと言った。悪臭は、瘴気(しょうき)のように水面から立ち上ってくる。たしかに、それ以上、その場にとどまるのは、彼女ならずとも耐え難いものがあった。

そこから千葉県警東我孫子署までは、タクシーでほんの数分の距離だった。

遺体は身元不明であるので、司法解剖のために千葉大学に送られるまで、警察署の霊安室に安置されているという。

いきなり行って死体を見せてくれというのは無謀かと思ったが、今回も、福家の新聞記者証以上に、早苗の医師という肩書きが役立ったようだ。東我孫子署の担当官は、すぐに二人を、地階の霊安室に案内してくれた。

「どうですか？」

遺体の被布をめくって、担当官は、早苗の顔色をうかがった。

違う。早苗は、ひとまず安堵の溜め息をもらした。数年前、ピンチヒッターで、土肥美智子医師の患者だった少女のカウンセリングを行ったことがあった。面談したのはわずか数回だったが、それでも、顔立ちははっきり記憶していた。今、目の前に横たわっている細面の少女とは、まったく似ていない。

それにしても、整った顔立ちの子だった。生前は、きっと可愛らしかったことだろう。それがなぜ、こんなに若くして、死を選ばなくてはならなかったのか。

「違います。私の知っている女の子とは別人でした」

担当官は、がっかりした顔になった。

「でも、ちょっと、歯を見せていただけませんか？　身元を発見する手がかりになると思うんです」

「それは、まあ、かまいませんが」

担当官は気が進まない様子でゴム手袋を持ってきた。早苗は手を出して、呆気にとられた表情の担当官から手袋を受け取ると、自分で遺体の口を開けようとした。死体強直は、まず顎から始まるため、すでにかなり固くなっていて、ほとんど開かせることはできない。結局、唇をめくってみることにした。

やはり、そうだ。まず、間違いないだろう……。

そのとき、霊安室の扉が開き、白衣を着た小柄な中年男性が入ってきた。福家より、まだ背が低く、黒縁眼鏡をかけて、髪を七三にぴったり分けていた。担当官が、ぱっと挙手の礼をする。

「こちらは、どなたですか?」

男は、早苗を見て、少しむっとした口調で言う。

「東京からはるばる、遺体の確認に来られたんですが」

「北島早苗と申します」

早苗は、身分を明らかにして自己紹介した。

「こちらの福家さんから事件のことを聞いて、もしかしたら私の患者さんだった方かもしれないと思い、やって参りました。でも、違って、少しほっとしてます」

早苗の笑顔を見て、その男も態度を和らげた。

「そうですか。それは、わざわざ。私は、天王台で内科医をやってます墨田です」

それで、相手の見当がついた。墨田医師は、開業医ながら、ふだんから警察に協力をしているに違いない。たぶん、東京や横浜など六大都市圏の監察医に相当する仕事をしているのだろう。

「ところで、私の患者さんではなかったんですが、この方は、精神科か心療内科などにかかっていた可能性があると思います」

「えっ。それは、なぜですか?」

そばにいた担当官が、急に色めき立った。

早苗は、遺体の歯を墨田医師と担当官に見せた。

「この方は、若年にもかかわらず、歯はほとんど溶けてなくなっています。おそらく、かつて拒食症だったことがあるんじゃないでしょうか」

早苗がかつてカウンセリングをした少女も、そうだった。思春期特有の精神病理によって、ふとしたきっかけから過食(ビンジ)と嘔吐(パージ)を繰り返すようになり、その過程で、精神も肉体もぼろぼろになっていく。

「これは、慢性的な嘔吐(おうと)によって歯が胃酸にさらされ、切歯内側のエナメル質の崩壊をきたした結果だと思います」

早苗は、溶けた前歯を指し示しながら、説明した。

「拒食症の好発年齢は、思春期から二十代前半くらいで、そのほとんどが女性です。亡くなった方の年格好とも一致します。ただ、現在の栄養状態は良好のようですので、おそらく、どこかで治療を受けたんだと思います」

「なるほど。拒食症か。最近、多いとは聞いていたが」

墨田医師はうなった。

「手配してきます」

早苗の話をメモしていた担当官が、張り切って部屋を出ていった。

「先生。この方の死因は、溺死(できし)なんでしょうか?」

早苗は訊ねた。

「まあ、解剖してみないとわからないが、溺死の可能性が高いでしょう。ただ、手賀沼は平均水深が九十センチ足らずしかなく、現場も、おそらく足の立つ深さだったはずなんです。それに、沼の水を飲んでいたという目撃情報もあるんですよ。それが事実とすれば、アオコの毒素による急性中毒の可能性もあると思います」

あの水を飲んでいた……。早苗は、胸がむかつくような気がした。

「ちょっと、ご遺体の手を見てもよろしいでしょうか？」

「ああ、どうぞ。何か気づいたことがあれば、言ってください」

墨田医師は、早苗に気を許したらしく、すっかり協力的になっていた。

早苗は、これもすでに死体強直を起こしている、少女の手を見た。

強迫的な手洗いのために、手の皮膚がかさかさになっているのではないかと予想していたが、特に異常な点は見られなかった。やはり、きちんとした病院で治療を受けて、死の直前には、心の病は快方に向かっていたのかもしれない。だが、だとすると、なぜ、死を選ばなければならなかったのか。

早苗は、少女の右手を離そうとして、人差し指に目を惹きつけられた。腕が曲がらないので、その場にしゃがみ込んで目を近づけ、爪の様子を検分する。

「何か、あったんすか？」

福家が、気がかりそうな声音で訊ねた。

「ええ。ちょっと変わったことが」

早苗は、少女の爪を指した。

「本来の爪の上に、透明なプラスチックの義爪を貼りつけてあるんです」

墨田医師も、覗き込んだ。

「うーん。これも、気がつかなかったな。いやいや……女性ならではの視点ですな」

「最近女子高生なんかに流行してる、付け爪ってやつですか？」

福家が訊ねる。

「いいえ。違うと思います。だってほら、この、一本だけなの。右手の人差し指だけ。それに、お洒落（しゃれ）のための付け爪だったら、もっとカラフルにするのが普通でしょう？　これは無色で、ほかの指と見分けがつきにくいようにしてあるんです。たぶん、切りすぎたり割れてしまった爪を隠すために使う、人工爪（スカルプチュア）だと思います」

墨田医師の方を向く。

「先生。この人工爪（スカルプチュア）を、剝（は）がしてみてよろしいでしょうか？」

「……かまいませんが」

「それ、無理やり剝がすんすか？」

福家が、たじろいだ様子で言った。

「まさか」

早苗は、ハンドバッグから、マニキュア用の除光液を出した。

「付け爪用のグルーなら、たぶん、これで取れるはずよ」

少女の人差し指を持って、爪の間に除光液を染み込ませる。しばらくすると、人工爪（スカルプチュア）はぐらぐら動くようになり、やがて、簡単に取り除くことができた。

下から現れた爪は、短く切ってあった。

「なんともないすね」

福家の言葉に、早苗は首を振った。

「いいえ。やっぱり、人工爪が必要だったんです。ほら、よく見てください」

早苗は、手袋を脱ぐと、自分の爪で、さらに一枚の薄いシートを引き剝がした。

「何ですか、それは？」

墨田医師が、仰天したような声を上げた。

「弱った爪を補修するための、シルク製のシートです。以前、野茂投手の爪が割れたときに、新聞にも報道されて、けっこう有名になったんですけど。普通は、このシートを貼った上からヤスリをかければ、ほとんど目だたないようになるはずなんですが、さらに、その上から人工爪を付けてたということは、よっぽど気にしてたんでしょうね」

早苗は、ようやく現れた少女本来の爪を、じっと見つめた。すっかり摩耗して薄くなり、ぺらぺらの状態である。これなら、若い女の子が気にするのはわかる。だが、いったいどういう理由で、右手の人差し指の爪だけが磨り減ったのだろう。

「福家さん。一本だけ指の爪が磨り減る職業とか、ご存じありませんか？」

「さあ……」

さすがの福家も、首を捻るばかりだった。

「遺留品が、いくつかあったんだが」

墨田医師は、そう言って部屋を出ると、紙の箱を持って戻ってきた。早苗は、緊張しながら中を見た。だが、そこにあったのは、財布、ハンカチ、目薬、それに小振りの扇子と、それらが入っていたらしい安物のポーチだけだった。若い女性に扇子というのは少し奇異な感じがしないでもないが、特に身元を確認できるようなものはなく、爪が磨り減っているわけを示すような手がかりも見つからなかった。

早苗は、もう一度、少女の死体を見やった。

そして、ぎくりと硬直する。

少女の水に濡（ぬ）れた髪の毛の間からは、蛇行する白いミミズ腫（ば）れのような跡が、何本も覗いていた。

十四章　カラスとサギ

早苗は、ホスピスの患者たちの間を回診している間もずっと、手賀沼で死んだ少女のことが、頭から離れなかった。

あのたくさんの小さな蛇のような爬行疹には、疑う余地はない。彼女もまた、ブラジル脳線虫に感染していたのだ。だが、年齢から考えても、アマゾン調査プロジェクトに直接関係があったとは思えない。あとで福家が調べたところでも、該当するような女性は見つからなかった。だとすると、この日本のどこかで、二次感染が起こっているのだ。おそらく、メッキ工場で劇薬に顔を浸けて死んだ青年、畦上友樹もそうだったのだろう。

だが、どうやって？

その謎を解くためには、まず、あの少女の身元を特定しなくてはならない。すでに、東京都内の主だった精神科や心療内科の病院に電話をかけて、拒食症で通院していた患者に該当しそうな女の子がいなかったかどうか問い合わせていたが、いまだ、はかばかしい答えは得られていなかった。それに、考えてみると、警察でも、より組織的に同じ調査をしているはずである。それでもまだ、身元はわかっていないのだ。

早苗は、廊下を歩きながら、自分の右手の人差し指の爪を見つめた。亡くなった少女の、もう一つの際だった身体的特徴……。

どうすれば、たった一本の爪だけが摩耗するだろう。何か、手先を酷使するような特殊な職業に就いていたのだろうか。たとえば、人差し指の背側で、何かを擦(こす)るとか。ずっと想像を巡らせているのだが、いまだに何も思いつかなかった。人差し指の上に中指を交差させてみる。こうやって、いつも二本の指で何かを挟んでいたとしたら、人差し指の爪は減るのではないか。いや、それも不自然だ。何であれ、人差し指と親指とで挟んだ方がずっと安定するはずだし。そのまま指をクロスして絡み合わせると、欧米で幸運を祈るときにする仕草になる……。

早苗は、頭を振って気分を切り替えると、青柳の病室に入った。

「おはよう。どう？　気分は」

「別に、いつもと変わりゃしねえよ」

青柳は、早苗の方にアイパッチをした顔を向けた。頭をつるつるに剃(そ)り上げた容貌魁偉(ようぼうかいい)な大男で、入院してきたときには怖いような印象すらあったのだが、ここのところ憔悴(しょうすい)の度が一気に進んだようだった。体重も、最も太っていたときと比べると半分くらいになり、皮膚から脂気と一緒に精気が抜けてしまったように見える。

「先生。今日も美人だな。惚(ほ)れ直したよ」

「ありがとう」

早苗は笑って答えたが、青柳の心中を思いやると胸が痛んだ。すでに彼の目には、早苗の顔は、薄ぼんやりとした輪郭にしか見えていないに違いない。

青柳からすでに右目を奪ったサイトメガロウイルスは、彼の左目の端に出現して以来、じわじわと視界を蚕食(さんしょく)してきていた。少しでも進行を食い止めようと思えば、抗ウイルス剤の点滴の量を増やさねばならないが、そうすることは、今の彼の腎臓には負担が大きすぎる。すでにほとんど失われている視力と腎臓とでは、腎臓を優先せざるを得ないのだ。

「何か、不自由なこととかない？」

　青柳は、ベッドに横たわったまま薄く笑った。

「別に不自由はねえけどさ……。ああ。もう一度だけ、将棋を指してえよ」

「あら。青柳さん、将棋が得意だったの？」

「得意だったの、だあ？　聞くに事欠いて、何てことといいやがる。空中戦の青柳って言やあ、御徒町近辺じゃあ、知らない奴あ、いなかったんだぜ」

「空中戦？」

「ああ。後手番で、相手に横歩を取らせんだけどな……今の8五飛車戦法の走りみたいな……まあ、説明は面倒だ。とにかく、青柳さんは、ツボにはまりゃあ、県代表クラスって言われたもんだ。その代わり、ドツボにはまって、あっさり潰されちまうのもしょっちゅうだったけどな」

　彼は、ときおり顔をしかめながら、口をつぐんだ。カンジダというカビに、咽喉の一部を冒されているのだ。唾を飲み込むだけでも、痛みが走るのだろう。

　それでも、青柳は、いつになく饒舌に話した。話している内容は半分もわからなかったが、早苗は微笑みながら聞いていた。もっと早く、趣味の話をしてみればよかったと思いながら。

「……とにかく全盛期にゃあ、どんな相手でも、一発パンチさえ入れれば、こっちのもんだったんだ。元奨励会っていう有名な強豪に、六十手の短手数で快勝したこともあった。あんときの華麗な捌きにゃあ、見物人が沸いた沸いた。龍と馬を叩き切って寄せに入ったときにゃあ、拍手まで起きたくらいでね。……畜生。俺ぁ、まだ五十三なんだぜ。本当なら、まだまだこれから強くなったんだ。米長だって、名人取ったのは、ほとんど五十んなってからだろう。それがよお、石田検校じゃあるめえし、俺にゃあ、目隠し将棋なんてできねえよ」

青柳は、何かを求めるように、宙に右手を伸ばした。

まるで幸運のまじないのように、彼の中指が人差し指の上に重ねられるのを見て、早苗は、はっとした。

二本の指の間に駒を挟んで、発止と打ちつける仕草。

早苗の脳裏に、少女の遺品の映像が浮かび上がった。扇子……。

彼女は、息を詰めて、青柳の指先を凝視していた。


聖アスクレピオス会病院から、日本棋院のある市ヶ谷までは、目と鼻の先だった。

「うちの社の学芸部に、囲碁と将棋の両方を担当したことのある、ベテラン観戦記者がいましてね。さっきつかまえて、話を聞いてみたんすよ」

タクシーの中で、福家が早苗に説明した。

「そうすると、たぶん、将棋より囲碁の方が、可能性が高いんじゃないかって言うんでね」

「どうして?」

「碁石も、将棋の駒も、人差し指の爪と中指の間に挟んで持つんで、どうしても人差し指の爪が磨り減るらしいんだけど、木製の駒と石とじゃ、減り方が違うってことなんすよ。それも、つるつるした蛤でできた白石よりも、表面がざらざらした那智黒石の方が、爪を削るらしくすか?」

「ふうん。……よくわかりませんけど、将棋のプロと囲碁のプロって、同じようなものなんで

て」

「まあ、組織や棋戦の仕組みなんかは微妙に違うんだけどね。日本棋院は財団法人で、日本将棋連盟は社団法人とか。でも、棋士の身分は、だいたい似たようなもんだと思っていいっすよ。ただ、一番違うのは、数かな」

「どっちが多いんですか?」

「ちょっと意外だったんだけど、これは、圧倒的に囲碁の棋士の方が多いんです。四百五十人対百五十人で、ほぼ三倍。まあこれは、将棋のプロが四段以上なのに対して、囲碁のプロは初段からということも、多少は関係してるのかな。そのうち女流棋士が何人いるかはわからないけど、将棋では、男子と同じ資格の女性プロがいまだに誕生していないのに対して、囲碁棋士では大勢いますからね。このことからも、囲碁の方が可能性が高いだろうって言ってましたよ。ただ、自殺した子は、まだ年齢が若いことと、爪が薄くなるくらい毎日熱心に稽古(けいこ)していたことを考えると、まだ正式のプロになっていない、院生なんじゃないかって……」

早苗は、痛ましくてならなかった。青春を囲碁にかけて、黙々と努力を積み重ねていた少女。それがなぜ、ブラジル脳線虫に感染して、死へ追いやられなくてはならなかったのか。どうしても、その理由を確かめなくてはならなかった。

電話でアポイントを取っておいたため、日本棋院に着くと、すぐに応接室に通された。二人に応対してくれたのは、三十代後半の、眉(まゆ)が濃く人の良さそうな顔をした男だった。名刺には、

日本棋院棋士、九段、喜屋武雅弘とあった。現在、東京本院の院生師範も務めているという。

あらかじめ二人の用件を聞かされていたためか、喜屋武九段の表情は曇りがちだった。せわしなく煙草をふかしたかと思うと、神経質そうに、瞬きをする。

「そうですか。爪が磨り減ってた……」

その口調は、はっきりと、心当たりがあることを示していた。

喜屋武九段は一度中座して戻ってくると、早苗と福家に、一枚の若者たちの集合写真を見せた。ピクニックにでも行ったところらしい。写真を撮られ慣れている今どきの子供らしく、前列の子は寝そべり、その次の列の子は中腰になるなど、フレームいっぱいに要領よく収まっていた。誰もが、屈託のない笑顔だった。このときばかりは、勝負師の卵というより、年齢相応の子供の姿に戻っている。

「ええとですね……お話からだとですね、該当する可能性があるのは、この子じゃないかと思うんですけどね」

喜屋武九段は、そっと、後列の一番左にいる一人の少女の顔を指した。指先が、かすかに震えている。

早苗は、写真の少女の顔に目を落とした。微笑んではいるが、一人だけ口を閉じていた。確信が持てるまで、じっくりと確認する。顔を上げると、喜屋武九段と目が合った。

「どうですか?」

彼の顔には、間違いであってくれという、祈るような思いが顕れていた。だが、早苗の表情を見て、すべてを悟ったらしい。口を開きかけたが、何も言わなかった。

「たいへん残念ですが、間違いないようですね」

福家が、早苗から受け取った写真を見て、宣告した。

「そんな。とても信じられません。どうして、今になって……」

「この方の、お名前を教えていただけますか？」

福家の質問に、喜屋武九段は低い声で答えた。

「滝沢優子さんです」

「こちらで、院生をされてたんですね？」

「昨年までは、そうでした。日本棋院の院生には、十九歳までという年齢制限があるんです。滝沢さんは、いったんそれで退会したんですが、短大を卒業した後、『外来』という資格で院生のリーグ戦にも参加し、再び囲碁棋士を目指していました」

喜屋武九段は、太い指で目頭を擦った。

「本当に努力家で、性格も優しい、いい子なんですよ。院生の間はずっと研修センターに住み込んで、毎日十時間以上も、碁石を握って猛勉強してたんです。爪が薄くなってしまうほど」

「しかし、なかなかプロになれなかったということは、やはり、才能というか実力が伴わなかったわけですか？」

福家の質問に、喜屋武九段は、むっとした表情を見せた。

「実力はありました。才能も、あったと思います。今流行してる、勝負だけにこだわった『地に辛い』碁ではなく、武宮先生か苑田先生を思わせる中央にロマンを求める棋風で、特に、黒番を持つと、『三連星』の布石が得意でした。私から見ても、独自のきらりと光る感性がありましたよ。戦いになってからのパワーも、決して劣っていたわけじゃないですし、前半、厚く打っておいてから、後半ヨセで追い上げる技術もしっかりしてました」

「それでも、伸び悩んでいたわけですよね？」

新聞記者らしく、福家は追求を緩めなかった。

「……そうですね。実力はありながら、なぜか、ここ一番で結果を出し切れずに、負けてしまう癖があったんです。急所で、判を押したように、ポカというかブランダーというか、ふだんなら考えられないようなミスをしでかしてしまうんですね。そのために、なかなか壁を破れずに悩んでいました」

そういう性格類型は、早苗の知っている範囲でも、いくつか存在していた。上がり性で、すぐに舞い上がって前後不覚の状態に陥ってしまう。過度の緊張に耐えられず、そこから逃走するために無意識に負けを選んでしまう。不必要に悲観的になり、悪い予想ばかりが頭にちらついて、マイナスの自己暗示をかけてしまう。自分に完璧を求めすぎるため、わずかな失敗を犯しただけで嫌気がさしてしまう。こうした性格は、特に日本人に多いと言われているものだが、一方では、鬱病や拒食症などにもなりやすい特徴だった。

滝沢優子の場合は、日常生活に支障を来すというレベルではなかったのだろうが、勝負というぎりぎりの場面で、相手が盤上没我の状態にあるのに、こちらだけ心が揺れて集中しきれないとしたら、よほどの実力差がないと勝ちきれないだろう。

「滝沢優子さんは、以前、拒食症だったことがあるようにお見受けしたんですが」

早苗が聞くと、喜屋武九段は、少し躊躇する様子を見せた。プライバシーにかかわることだから、しゃべっていいものかと思ったのだろう。だが、テーブルの上に置いた早苗の名刺を見て、彼女が精神科医だということを思い出したらしく、口を開いた。

「まあ、高校生のころに、一時期、そういうことがあったようです」

「原因は、何だったんですか？」

「私もよくは知らないんですが、痩せようとしてダイエットを始めたのが、しだいに、のめり込んでしまったと言ってました」

根拠のない痩身神話に躍らされて、今も多くの少女が、ダイエットによって健康を害し、精神を傷つけ続けている。精神科医として、常日頃から早苗は憂慮していた。

同じような手口は、メディアに蔓延している。ごく平凡な容貌の女性にまで、繰り返し暗示をかけて醜形恐怖をあおり、美容整形をすれば明るい未来がやってくると信じさせたり、薄い頭髪や濃い体毛、体臭などを病的なまでに忌避させたりと。結局は、それによって儲ける業者から、巧妙なマインド・コントロールを受けているだけなのだが。

「それで、歯が悪かったんですね？」

「やはり年頃の女の子ですから、歯のことは相当気にしていたと思います。それで、いつのまにか、笑うときにも口を開けない癖がついてしまったようです。爪のこともそうで、対局中以外は、いつも右手を握りしめていました」

「さっき、『どうして、今になって』とおっしゃいましたね？　あれは、どういう意味だったんですか？」

福家が、メモを取りながら訊ねる。

「今年の春頃、滝沢さんは少しノイローゼ気味だったんです。努力してもなかなか将来の展望が開けてこないのと、あと、失恋などもあったように聞きました。それで、しばらくの間、リーグ戦も休んでいました。それが、三ヶ月ほど前に復帰したときには、別人のように明るい表情になってたんで、驚いたんですよ。どういうわけか、精神的にも格段に逞しくなっていて、勝率も飛躍的に上がりましたし、この分なら、入段は間近だろうと、楽しみにしていたんですが……」

「本人は、性格が変わった理由について、何か言ってましたか？」

「一度、聞いてみたことがあったんですが、何だか妙なことを言って、はぐらかされてしまいまして」

「妙なこと？」

「自分には『守護天使』がついているのだとか、何とか」

早苗と福家は、一瞬、顔を見合わせた。

「しかし、実際、そんな感じでした。以前とはうって変わって、険しい勝負所になればなるほど、逆に不敵な笑みを漏らすような感じで、対戦相手から恐れられていたくらいでした。そのせいか、ちょっと神がかり的な逆転勝ちもあったりしましたし」

喜屋武九段は、嘆息した。

「あのまま伸びていれば、きっと、いい棋士になっていたと思うんですが……」

早苗は、もう一度、写真に目を落とした。滝沢優子は、可愛らしい顔立ちの少女だった。歯さえきちんと治せば、かなりの美人になったはずだ。実力の世界のはずの棋界でも、女性の場合には容貌がものを言うのは、ほかの世界となんら変わらない。多少入段が遅くなっても、プロにさえなれれば、きっと、囲碁界のマドンナとして脚光を浴びていたのではないだろうか。

「院生の手合いは週に一度で、先週はたまたま休みの届けが出ていたんです。それで、たった今まで、失踪していたことさえ、気づきませんでした。……郷里のご両親に、何と言ってお詫びをすればいいか」

　喜屋武九段は、がっくりと肩を落としていた。

　日本棋院の囲碁研修センターは、千葉市の幕張にあった。この日は、たまたま院生の手合日にあたっていた。早苗たちが会いに来たのは、滝沢優子と最も親しかった浜口麻美という少女である。

　早苗と福家は、タクシーを降りた。研修センターは、まだ新しく、小ぎれいな感じのする建物だった。ちょっと見には、銀行の寮のように見える。まわりは芝生で囲まれていて、駐車場には、子供たちを送迎するためのものらしい、研修センターの名前入りのミニバスがとまっていた。

　玄関を入ったところにあるロビーには、卓球台が置かれていた。まだ小学生くらいに見える少年たちが、熱戦に興じている。彼らもまた、将来のプロ棋士を目指す院生なのだろうか。

　事務室の受付で来意を告げると、浜口麻美を呼び出してくれた。対局は、もう終わっているらしい。

　現れた少女は、十七、八歳くらいに見えた。色白で頬がふっくらしている。階段を下りたところで立ち止まって、探るような目つきで早苗たちを見た。まだ、優子が死んだことは知らないのだ。

「こんにちは。突然、お邪魔してごめんなさい」

早苗は、自己紹介した。精神科医と新聞記者が連れ立ってやって来たと知り、浜口麻美は、ますます狐につままれたような表情になった。

卓球をしていた少年たちも、何事かというような顔でこちらを見ている。早苗は、麻美を外に連れだした。喫茶店などに行くよりも、太陽の下で話した方が、話の衝撃を和らげられるような気がした。

早苗は、浜口麻美にショックを与えないようにと、喜屋武九段から何度も念を押して釘を刺されていたことを思い出した。最終的には、早苗の精神科医という肩書きがものをいい、事情聴取にあたっては充分な配慮をするという約束で、ようやく許可が得られたのである。

「さっき、市ヶ谷の日本棋院で、喜屋武先生にお目にかかったとこなの。それで、あなたが、滝沢優子さんと一番親しかったって聞いたものだから」

「優子さんと？　そうですけど……え？　でも、親しかったって？」

浜口麻美は、さすがに勝負師を目指しているだけあって、勘の鋭い子のようだった。これ以上遠回しに言っても、辛さを増すだけだろう。早苗は、思い切って優子が亡くなったことを告げた。

早苗の真剣な態度から、それが事実であることを悟ったのだろう、麻美の顔が蒼白になり、ついで目からは、ぽろぽろと大粒の涙がこぼれ落ちてきた。

しばらく麻美が落ち着くのを待ってから、早苗は、優しい声で質問を始めた。福家は、今回は口を挟まずに、横で聞いていた。

麻美は、ハンカチで目元を押さえながら、それでも、一生懸命に質問に答えた。麻美は今十八歳だった。滝沢優子とは二歳違いだが、以前から気が合って、姉妹のように仲がよかったという。優子が人並みはずれた努力家だったという点は、喜屋武九段の話と符節を合わせていた。さすがに、人差し指の爪が磨り減ってしまうほど稽古する院生は、それほどいないらしい。

麻美は、優子ほどは勉強していないということだったが、それでも、ふだんから爪には気を付けているという。彼女は、早苗に人差し指を見せた。コラーゲン入りのクリームやファイバープロテイン配合の液体で爪を強化している上に、補強用のベース・コートと、ひび割れを防ぐトップ・コートを塗っているのだという。

化粧品の話をしている間だけ、麻美は平静に戻っていたようだったが、急に優子の死を思い出したらしく、涙ぐんだ。

優子さんは、あんなに努力家で、優しい人だったのに……。

早苗は、麻美の背中をさすってやった。これ以上悲しませるには忍びなかったが、まだ聞かなくてはならないことが残っていた。

「実は、優子さんが亡くなったのは、我孫子市の手賀沼なの」

麻美は、早苗の手を振り払うようにして、さっと顔を上げた。目を見開いている。その反応の激しさに、早苗は驚いた。

「手賀沼で？　本当に、優子さんは、手賀沼で死んだんですか？」

「そうよ」

「そんな……。じゃあ、きっと、うちへ来る途中だったんだわ」

「あなたのおうち？　我孫子市内なの？」

「ええ。湖北台なんです」

それで、謎の一つが解けた。喜屋武九段の話では、滝沢優子は、研修センターのある幕張にほど近い千葉市内のアパートで、一人暮らしをしていたということだった。同じ千葉県内でも、千葉市内から手賀沼まではかなり距離があるし、交通の便も悪い。なぜ滝沢優子が手賀沼へ行ったのかが、わからなかったのだ。

「優子さんは、あなたのおうちに来たことはあったの？」

「ええ。前に一度、今年の春頃だったんですけど、優子さんをうちへ招待したんです」

麻美は、遠くを見るような目をして言った。楽しかった思い出らしい。かすかに、口元がほころびかける。

「そのときは、湖畔を案内して、ずっと歩きました。ふだん、どうしても運動不足になりがちですから、汗をかいてもいいようにジャージーを着て、スニーカーを履いて。優子さんは、すごく手賀沼が気に入ったって言ってました」

早苗は、先日見た沼の光景が目に焼き付いていたので、少し驚いたが、考えてみると、春先であれば、まだアオコも発生しておらず、それなりに美しい景色かもしれない。

「あのあたりは、白樺派の聖地なんですよ。明治から大正にかけて、志賀直哉とか、武者小路実篤とか、バーナード・リーチとか、中勘助なんかが住んでて、今でも住居跡なんかが残ってるんです。わたしは小学生の頃から志賀直哉が大好きで、優子さんは武者小路実篤の愛読者だったんです。それで、わたしたちも、志賀直哉と武者小路実篤みたいに、一生友達でいましょうねって、言ってたんです……」

麻美は言葉をつまらせた。

「『水の館』は、つまらないので行かなかったんですが、そのすぐ近くに、『我孫子市鳥の博物館』というのがあって、いろんな鳥の剝製なんかがあるんです。そこで、カラスとサギを戦わせたらとか、いろんな冗談を言い合ってて、二人だけでウケてたんです。まわりにいた人たちは、冗談の意味がわからないんで、変な女の子たちだって言う目で、ちょっと引いてました」

「カラスとサギ？」

「碁のことなんです。囲碁には、爛柯とか、手談とか、いろんな異名があるんですけど、烏鷺っていうのもあるんです。黒石と白石の戦いだから、カラスとサギ」

「ふうん」

「あ。そういえば、優子さん、最近、おかしかったなあ。頭の中にいる鳥の話とか、してたし」

「え？　どういうこと？」

「それが、変なこと言うんです。『対局中、頭の中で、たくさんのカラスとサギがせめぎ合っていて、ぎゃあぎゃあうるさいの』とか、『天使って、小鳥みたいなものだと思う？』とか」

早苗と福家は、顔を見合わせた。

「やっぱり、きっと優子さんは、私のうちを訪ねるつもりだったんだと思います。突然来て、驚かせようと思って……」

　麻美は、絶句した。

「優子さんが亡くなったのは、何時頃ですか？」

「たぶん、朝の十時前だと思う」

「じゃあ、やっぱり、そうですよ。きっと、まだ早すぎると思って、手賀沼のまわりで時間を潰してたんだと思います。それで、きっと、足を滑らせて……」

　麻美は、鼻をすすり上げた。どうせわかることだ。早苗は、麻美には真実を知る権利があると思った。

「麻美さん。ショックを受けないで欲しいんだけど、優子さんは、たぶん自殺らしいの」

「えっ」

「目撃者がいるのよ。彼女は、自分で、沼の中に入って行ったって」

「そんな。何かの間違いです。最近、優子さん、すっごく明るくなってましたし、碁の成績だって絶好調でした。……それに、変じゃないですか？　わたしに会いに手賀沼に来たのに、どうして、会わないまま死んじゃったりするんですか？」

「そのことが不思議だから、あなたにお話を聞こうと思ったのよ」

　麻美は、しばらく考えてから、大きく首を振った。

「いいえ。ぜったい違います。もし優子さんが自殺しようと思ったら、今頃の手賀沼なんか、ぜったい選ばないと思います」

「たしかに、私が見ても、ちょっと汚かったわ」

「ふつうの人でもそうですけど、優子さんは、ぜったいに、あんなところに飛び込んだりしません。だって、だって、優子さん、すごい潔癖性だったんですよ？　不潔なものは大嫌いで、電車に乗っても、ぜったい吊革(つりかわ)にはつかまらないし、文房具なんかも、全部抗菌グッズでした。対局の時の座布団まで、自分専用のを持ってきてましたし、対局前には、新品のタオルで、盤石を、すっごく丁寧に拭(ぬぐ)ってました。そんな人が、どうして、あんな臭いアオコがいっぱいの水の中に飛び込むんですか？」

麻美は、むきになったように言い募った。早苗は、あえて反論しなかった。亡くなった友の名誉を守ろうとする彼女の心情はよくわかったし、それ以上に、彼女の言うことには筋が通っていた。

「もう一つだけ、教えてくれる？　優子さんが、明るくなったきっかけっていうのは、何だったのかしら？　何か、聞いてない？」

麻美は、考え込んだ。

「そういえば、たしか、セミナーみたいなのに参加したって言ってました」

「セミナー？　どういうの？」

「よくは、知らないんですけど。あんまり詳しくは聞きませんでしたから。でも、自己啓発セミナーって言うんですか？　何か、そういう感じでした。優子さんは、わたしも誘いたがってたみたいなんですけど、わたしは、そういうのとか宗教みたいのは、ダメなんです」

「名前とか、覚えてない？　所在地とか、どこで勧誘されたとか？」

「ええと。入ったきっかけは、インターネットからだって言ってましたね。偶然、そのセミナーのホームページを見つけたとか。名前は……ごめんなさい。よく思い出せないです」

「いいわ。きょうは、協力してくれて、助かったわ。もし、何か思い出したら、電話してくれる？」

「はい。わかりました」

麻美は、そう言ってから、急に何かを思い出したようにつぶやいた。

「そうだわ。ガイア……」

「え？」

「セミナーの、名前。たしか、ガイアっていう言葉が付いてました」

「ありがとう」

だが、麻美には、早苗の言葉は、もう耳に入っていないようだった。

今頃になって、急に優子が死んだという実感が迫ってきたのだろう。まるで、悪夢でも見ているような気分なのに違いない。早苗の別れの挨拶（あいさつ）にも、かすかに顔をうなずかせただけだった。

早苗は、しばらく行ってから振り返った。

少女は、研修センターの中へは戻ろうとはせず、西日を浴びながら、ただその場に立ちつくしていた。

十五章　救世主（メサイア）コンプレックス

家に持って帰った仕事がようやく一段落したのは、午前一時を過ぎてからだった。

早苗は、文書ファイルをフロッピーに落とすと、紅茶を入れた。英国式に、温めたミルクをたっぷり入れた大きめのカップに、熱いオレンジペコを注（つ）ぐ。

紅茶を飲みながら、ブラウザを起動し、パスワードを打ち込んで、インターネットに接続した。仕事を終えたサラリーマンなどのアクセスが増えるため一番回線が混雑する時間帯であり、いつもより余分に時間がかかった。

キーワードで、ホームページの検索を開始する。

最初は、シンプルに『ガイア』とした。かなり多いのではないかと予想はしていたが、該当するホームページは、二千件以上あった。

ディスプレイには、そのうち最初の十件だけが表示されている。『次の十件』を何度もクリックして、要約（サマリー）の内容を確認する。インターネット放送局「ステーションガイア」、宮崎シーガイア観光ガイド、パソコン通信「ガイアネット」のサービス案内、女子プロレス「GAEA JAPAN」の情報、そのほか、地球環境保護団体、健康食品の通信販売……。この分では、すべて見終わるのは、いつになるかわからない。

次に、キーワードを増やして、『ガイア―自己啓発セミナー』としてみた。

該当なしだった。考えてみると、目指す団体が自ら『自己啓発セミナー』を名乗っている可能性は、むしろ低いかもしれない。検索エンジンは、ホームページの文中にキーワードが含まれているかどうかで選別するわけだから、どちらかと言えば、相手が使いそうな言葉を選ぶ必要があった。

今度は、『ガイア―癒し』で調べてみる。該当するホームページは十六件だったが、残念ながら、期待していたような内容は現れなかった。それから、複数の検索エンジンを使いながら、さまざまなキーワードと『ガイア』との組み合わせを試みたが、目指すホームページは見つからない。

浜口麻美の話では、滝沢優子が自己啓発セミナーに入会したのは、インターネットを通じてだということだった。だとすると、必ずアクセスできるはずなのだが。

滝沢優子がどうやってそのページを見つけたのか、推理しようとも試みたが、これは、さすがに無理だった。別のホームページにリンクがあったのかもしれないし、ほかの媒体で、偶然アドレスを見ただけかもしれない。早苗の経験でも、ネット・サーフィンの途中では、しばしば、思ってもみなかったようなホームページを発見することが多い。アドレスを登録しておかなかったために、二度と到達できないページもいくつかある。

試行錯誤を繰り返すうちに、キーワードがネタ切れになってしまった。もう一度、最初から考え直してみる。第一のキーワードは、本当に『ガイア』でいいのだろうか。

もしかすると、『地球』か『大地』などに『ガイア』というルビを振っているのではないかと思いついた。その場合は、『ガイア』では検索に引っかからないはずだ。早苗は、まず『地球』と入力し、少し迷ってから、『地球―天使―蛇』で検索をかけてみた。別に、それで発見できると思ったわけではない。とりあえず、今回の事件に関して、鍵になっていると思った言葉を打ち込んでみただけだった。

これだけとりとめのないキーワードでも、該当は七件あった。予想したとおり、宗教や、オカルト関係の項目が多い。その中に、『地球の子供たち』というタイトルが見える。

サマリーには、こうあった。

『あなたは、自分が傷ついていることを、自覚しているでしょうか？　現代社会に生きる私たちは、毎日、心をストレスというヤスリによって削られています。傷だらけになったあなたの心が、ついに耐えきれず悲鳴を上げたら、思い出してみてください。私たちはみな、地球の子供たちなのだということを。守護天使は……』

これだ……。

緊張で、手が震えるのを感じる。早苗は、深呼吸してから、問題のホームページに飛んだ。

画面が、薄い煉瓦色のホームページの背景に切り替わる。BGMに、心に沁みるようなアコーデオンの調べが流れてきた。続いて、つま弾くような二台のギター。偶然にも、早苗の好きな曲だった。マドレデウスの『禁じられた旅』である。

画面には、『地球の子供たち』というタイトル文字と、文章が現れた。

あなたは、自分が傷ついていることを、自覚しているでしょうか？　現代社会に生きる私たちは、毎日、心をストレスというヤスリによって削られています。傷だらけになったあなたの心が、ついに耐えきれず悲鳴を上げたら、思い出してみてください。私たちはみな、地球（ガイア）の子供たちなのだということを。守護天使は、いつでもちゃんと、あなたを見守っています。癒しと救いは、すぐ手の届く場所にあるのです。

私たちの肉体は、怪我（けが）をすれば血が流れ、痛みを感じるようにできています。しかし、心の傷は、目には見えず、ともすれば、自ら痛みなどないと誤魔化してしまいがちです。しかし、目に見えないからといって、心の傷を軽視するのは危険です。それは、長い目で見れば、肉体の損傷以上にあなたにとって有害なのです。それは、私たちの無意識に深く沈潜し、おりに触れ蛇のように鎌首（かまくび）を持ち上げて、私たちの生活に破壊的な影響を及ぼし、ときとして、命を奪うことすらあります。

一見素朴なようでいて、なかなか巧妙な文章だった。つかみは占い師のよく使う話法で、開口一番、あなたは傷ついていると大上段に決めつけられると、暗示にかかりやすい人は、そうかと思ってしまう。心の傷云々（うんぬん）ということになれば、たいていの人は一つや二つの心当たりはあるし、特にこの場合、ホームページには大勢の人がアクセスするわけだから、その中には、深い悩みを抱えた人もいるだろう。勧誘する側では、百人に鼻で笑われても、一人が引っかかれば大成功なのだ。

ここで、心の傷（トラウマ）について述べていることは、特に間違ってはいなかったが、それを完全に脅し文句のように使っていることには、問題があった。

飛ばし読みをしながら画面をスクロールしていくと、『守護天使』について述べている部分が見つかった。

そうすれば、あなたにも必ず、守護天使の姿が見えるようになります。馬鹿馬鹿しいと思われたかもしれません。しかし、守護天使は、たしかに実在するのです。それが、神話に登場するような羽根の生えた美少年であろうと、私たちの心に本来備わっている作用、無意識の持つ特殊な働きについて擬人化した名前であろうと、理屈はどうでもいいのです。ただ、現象として、守護天使は実在する。それだけは、自信を持って断言できます。

いにしえの人々、科学知識には乏しくても、何が正しいのか直感的に判断できた人々は、そのことをよく知っていました。守護天使に守られている家庭では、子供が高い木に登っても、燃えさかる暖炉のそばで遊んでいても、両親は心配しませんでした。守護天使に守られている限り、絶対に事故が起きないことを知っていたからです。私たちが地球の子供たちであることを忘れなければ、心には調和の気が満ち、守護天使が、私たちを不慮の災害から守ってくれるのです。

これだけだった。『守護天使』などという、わけのわからない存在について語りながら、その正体については、結局、何一つコミットしていない。しかも、断定的な書き方を避けながら、まるで、それが心理学的に説明可能な現象であるかのような印象を与え、うまくオカルト臭を消している。なぜか文章の切れ目ごとには、天使の格好をした二人の女の子のマンガが配置されていた。これもまた、アニメ世代の若者の心をとらえる方策なのかもしれない。

それでは、私たちの目を曇らせているものは、いったい何なのでしょうか？　そこには、たくさんの要因が挙げられます。まず、私たちが、母なる地球をあまりにも痛めつけてしまったために、地磁気そのものが攪乱されてしまっているという事実があります。さらに、あまりにも多くの化学物質が私たちの生活に入り込んでしまった結果、身体の持っている自然の良能が阻害されています。

しかし今や、私たちにとっての最大の敵は、ストレスなのです。現代におけるストレスは、すでに心理災害とでも言うべきレベルに達しています。間断なく、あまりにも多量のストレッサーにさらされ続け、かつ、私たちを守ってくれるはずの守護天使を否定し去ってしまった結果、私たちの精神はじわじわと蝕まれ、取り返しのつかないようなやり方で、崩壊へと突き進んでいます。あなたは、まだ、その兆候に気づいてはいませんか？　もし、あなたが日頃、無意識に、他人を厭わしく思うようになっているとしたら……。

早苗は、長い文章をスクロールして最後まで読んだが、どこまで行っても、同じ論法、同じ種類の根拠を示さない警告が続くだけだった。『守護天使』や、『地球の子供たち』という言葉が何を示すのかということは、どこにも明言されていない。

早苗は、『チャット・ルーム』へと飛んだ。チャットは、毎週、決まった時間に行われているらしく、残念ながら、今日は休みだった。だが、過去の発言内容はそのまま残されていたので、ざっと眺めてみる。チャットとは、ふつうは参加者同士による気楽なおしゃべりのことだが、ここでは、一種の人生相談のようなものらしい。問題を抱えた人間が、順番に悩みを打ち明け、それに対して、『庭永先生』なる人物が解決策を与えている。その内容は、早苗の目にはかなりドラスチックに思えるものが多かったが、それなりの説得力を持ってはいた。

たとえば、ある中年サラリーマンからの相談では、妻と母親の折り合いが悪く、帰宅すると両方から悪口を聞かされ、責め立てられるのだということだった。そのたびに、どちらも傷つかないように懸命になだめるのだが、状況は悪化する一方で、胃に穴が開きそうだという。

これに対する『庭永先生』の回答は、文句を言われるたびに、妻も母親も叱りとばせというものだった。どちらも、相談者が毅然とした態度を示さないことに最もイライラしているはずであり、一家で誰が一番偉いのかはっきりさせれば、自ずから問題はなくなるはずだという。現在の妻と母親の態度は、しつけを受けていない犬の『権勢症候群』と同じ症状であり、ご主人様の命に従わないときは、断固として実力行使(鉄拳制裁)をせよとのこと。

快刀乱麻を断つ、と言いたいところだったが、早苗の見たところ、相談者がアドバイスに従った場合、功を奏する見込みはゼロとは言えないという程度だった。そうした過激な手段によって、あっさり解決を見る場合もあるだろうが、逆に、とんでもないくらい紛糾する可能性もある。しかし、現在の状況そのものが、相談者にとって耐え難いのであれば、それ以上こじれたところで、失うものはないかもしれない。

早苗は、『チャット・ルーム』に残された発言記録に一通り目を通したが、すべて同じような調子で、特に宗教がかったところや、『守護天使』について語っている部分は、ほとんど見あたらなかった。唯一わかったのは、ホームページの本文を書いた人物と、『庭永先生』とは別人だということくらいである。

　早苗は、チャットの行われる日に、あらためてアクセスしようと思いかけた。だが、ふと『オフ会のお知らせ』という表示が、早苗の目を引く。クリックしてみると、次のような文章が現れた。


　このたび、関係者各位のサブリミナルな声援にお応えして、第五回のオフ会を敢行する運びとなりました。場所と時間は、下記の通りです。例によって、庭永先生のお話の後は、懇親会です。チャットでは話しきれなかったことなどあれば、心ゆくまで肉声で語り合いましょう。じかに庭永先生に悩みを相談できるチャンスもあると思います。そこで、一人でたじろいでいるあなた。この際、思い切って参加してみてはいかがでしょうか？　道が開けるかもしれませんよ。


『オフ会』の会場は、西武池袋線の石神井（しゃくじい）公園駅から歩いて十分ほどの場所にある、小ぎれいな建物の中にあった。

　十室ほどある部屋は、会議やイベントなどのためにレンタルされており、天井のレールに沿って動く中仕切りによって、自由にサイズを変えられるようになっている。この日も、公務員倫理を考える都民の会から、盆栽愛好会、オセロの選手権試合、マニアによる女子校の制服の即売会まで、硬軟取り混ぜて様々な催しが行われていた。

　部屋は、すぐに見つかった。立て札に、『地球（ガイア）の子供たち』と大きく墨書された紙が貼（は）られている。知らない人間がこの立て札を見れば、怪しげな新興宗教の説法会か、環境保護運動の集会だと思うだろう。早苗は、周囲を見回した。幸い、誰もこちらを見ている人間はいなかった。深呼吸してから、そっとドアノブを回す。

部屋は、ちょうど学校の教室くらいの広さになっていた。中にいた四、五十人の視線が、いっせいにこちらに向けられたので、早苗は少し緊張した。だが、それも一瞬だけのことで、すぐに思い思いに談笑を始める。集まっている人々は、どちらかというと女性が多く、年齢層は、若者から初老までまちまちのようだ。

「こんにちは」

三十代半ばくらいの小柄な男が、名簿らしい紙を持って、早苗に近づいてきた。色が浅黒く髪の毛がぼさぼさで、前歯がひどく突出している。だが、貧相ながらも親しみのこもった笑顔には、どことなく相手を安心させるものがあった。おかげで、緊張気味だった早苗も、ごく自然に会釈を返すことができた。

「よくいらっしゃいました。お名前は?」

「あの……佐藤です」

「いや、ご本名じゃなくて、ハンドル・ネームでけっこうですよ」

「実は、私、まだ、チャットに参加したことがないんです。ほかの方の発言を読ませて貰(もら)っていただけで。それじゃあ、まずいでしょうか?」

「いやいや。とんでもない。よくいらっしゃいました。大歓迎ですよ。特に今回は、みなさん、初めて参加される方ばかりですし。ただ、ここでは、みなさん、ハンドル・ネームだけで呼び合っています。その方が気を遣わないですみますしね。私、今日の『オフ会』の幹事をやってますが、本名より、『めめんと』って言った方がわかると思います」

早苗はうなずいた。その変なハンドル・ネームの人物は、司会役として、チャットの中にしばしば登場していた。

「今後はチャットにも参加していただきたいですし、あなたも、適当なハンドル・ネームをお決めになっておいた方がいいですね」

早苗は、少し考えた。

「じゃあ、『エウメニデス』っていうのでも、よろしいですか」

「けっこうですよ。『エウメニデス』さんですね。わかりました。由来は、あえて聞きません」

『めめんと』氏は、軽く会釈すると、新しく部屋に入ってきた参加者の方へ行った。

「『エウメニデス』さんですか？　よろしく。私、『てふてふ』です」

そばで聞き耳を立てていたらしい頭の薄い中年男が振り返って、嬉しそうに言った。事情を知らない人が聞いたら、正気の会話とは思えないかもしれない。

「前は信販会社に勤めてましたけど、リストラされて、今は無職です。庭永先生からは、チャットでは、ずいぶん貴重なアドバイスをいただきました」

「そうですか」

それはよかったですねというのも憚られて、早苗は曖昧に微笑した。

「え。ええええ。ああああ。……本日は、みなさま、『地球の子供たち』の『オフ会』にようこそご参加いただきました」

マイクを手にした『めめんと』氏が、朗々とした声で話しだした。

『オフ会』というのは、本来、パソコンのオンライン上だけでコミュニケーションを取っている人間同士が、回線をオフにした状態で、つまり直接会う会のことである。だが、『地球の子供たち』の場合、そういう呼び名が妥当かどうかは疑問だった。チャットが主で会合が従なのではなく、最初からチャットはただの撒き餌にすぎず、今日の会合の方が本番なのかもしれないからだ。

「庭永先生は、もう少ししたら来られると思います。さっき、携帯が入ったんですが、ちょっと、車が渋滞しているようで……。ええ、本日の予定としましては、庭永先生の講演を聞いていただいた後、質疑応答、それから、河岸を変えて、と言ってもただの居酒屋なんですが、懇親会を行いたいと思います。まあ、世間一般に『オフ会』と言えば、こっちがメインですので、ぜひ、お時間の許す限り、お付き合いいただきたいと存じます」

『めめんと』氏は、控えめに言っても風采が上がらない部類だったが、いじけたところや、対人恐怖症的な部分は見られなかった。それどころか、マイクを持って壇上に上がったとたん、嬉々とした顔つきになって人々を見回し、愛想を振りまいている。『めめんと』氏からは、幸せで満ち足りた気分がオーラのように発散されていた。それは、見ている側にも伝染し、参加者たちも、みな、自然に顔がほころんできていた。

早苗だけが、彼に厳しい目を注いでいた。たしかに、『めめんと』氏には不思議な魅力がある。決して単純に明るいだけのキャラクターではなく、悩みに悩んだ挙げ句、こだわりを捨て去った人間に特有の、突き抜けたような明るさが感じられるのだ。

だが、それはどこか、アマゾンから帰ったばかりの高梨を思い出させるような雰囲気でもあった。

部屋の前のドアが開いた。開襟シャツを着た痩せぎすの男が、姿を見せる。

「あ。庭永先生が来られました。どうか、盛大な拍手でお迎えください」

割れんばかりの拍手が沸き起こった。早苗も、手を叩く。

「どうも、遅くなりました。みなさん。はじめまして」

会員の応える声に、『庭永先生』は破顔した。真っ黒に日焼けした顔に、白い歯が覗く。

「本日は、ようこそ『地球の子供たち』のオフ会へいらっしゃいました。みなさんたちのうち、ほとんどの方々とは、すでにチャットでお会いしていると思いますが、こうして、じかにお目にかかれて、こんなに嬉しいことはありません」

『庭永先生』の声は低く、少し嗄れていたが、よく通った。頬がこけ、笑っているときでさえ、眉間に深いしわが刻まれている。苦しい修行の末に悟りを開いた高僧のようなストイックな雰囲気を漂わせている反面、その目に湛えられた光は、慈愛に満ちているように見えた。

「いまさらお断りするまでもないと思いますが、『地球の子供たち』は、宗教団体ではありません。また、営利を目的としないという点で、いわゆる自己啓発セミナーのようなものとも、一線を画しております。私たちが広めようとしているのは、様々なストレスで傷ついた心を癒すための、テクニックなのです」

『庭永先生』の語る言葉に、特に新味があるわけではない。内容は、むしろ平凡と言ってもよかった。だが、彼からオーラのように発散されている確信は、とても演技によるものとは思えない。聴衆も、すっかり彼に魅せられてしまっているようだ。

早苗は、じっと『庭永先生』を観察し続けた。金儲け（かねもう）のためにインチキ宗教をでっち上げて、教祖を演じているような人間には見えない。強烈なカリスマ性があることだけは、認めざるをえないだろう。

早苗は、高梨がメールに書いてきた、彼の人となりを思い浮かべてみた。抜群の行動力と信念を兼ね備えた、孤高の人。自ら、救世主（メサイア）コンプレックスの持ち主と公言していたという。高梨の人間観察力は、確かだったはずだ。良くも悪くも、偏執病的（パラノイアック）なパーソナリティの持ち主であったことは、間違いないだろう。

そうした人間は、往々にして独善に陥りやすく、自己批判力が低下すると、自らの妄想に呑（の）み込まれてしまうこともある。

救世主（メサイア）コンプレックスに取り憑（つ）かれた人間は、病的な全能感に支配され、自分が全人類を救うことができると本気で思い込む。現実認識を失った自己イメージは、際限もなく膨らみ、やがて、キリストや、ナポレオン、マザー・テレサなどの再来を持って任じるようになる。そして、辻説法（つじせっぽう）や、本人にしかわからない奇怪な方法で、『世直し』を行おうと試みたりするが、その大部分は、誇大妄想狂として、周囲から敬遠されるだけに終わる。

だが、まれに、そうした猪突猛進（ちょとつもうしん）が、有名な鉱毒事件の場合のように、多くの人を救うこともある。その一方で、他人をうまく操れる術に長（た）けていた場合、ヒトラーのように、大勢の人を巻き込んで、とんでもない惨禍をもたらしかねないのだ。

壇上で演説している男は、常人にはない活力に溢（あふ）れてはいるが、現実との接点を失った偏執狂には見えなかった。表情や態度は、あくまでもまっとうな範囲だし、話す内容にも、極端な飛躍や理解しがたい部分はない。

だが、彼の途方もないエネルギーの源、内面で燃えさかっている炎は、いったい何なのだろう。彼自身の信念、使命感なのか。それとも、脳幹に規則正しい縫い目（ステイッチ）を作っている線虫から与えられる、単なる電気的刺激にすぎないのか。

アイドルを取り巻く親衛隊のような雰囲気の聴衆の中で、一人だけ厳しい顔つきをしている早苗は、かなり目立つ存在だったのだろう。『庭永先生』は、こちらに目をやったときに、視線を留めた。

しばらく、目と目が交錯したが、彼は、意味不明の笑みを口元に浮かべると、早苗から目をそらした。

十分間ほどのスピーチが終わると、『庭永先生』は集まってきた参加者に取り囲まれた。彼らはみな、口々に、自分の悩みを救ってほしいと訴えている。

だが、『庭永先生』は全員を無視し、壇上から降りると、まっすぐに早苗の方へやってきた。

「ああ。こちらは、『エウメニデス』さんです」

影のように付き従っている『めめんと』氏が、言った。

「『エウメニデス』……？　なるほど、あなたは、復讐（ふくしゅう）の女神というわけですか」

『庭永先生』の笑みは、早苗を見ているうちに、凄惨（せいさん）なものに変わった。『めめんと』氏は、事態がうまくつかめず、ぽかんとしている。

「はじめまして。庭永先生。それとも、蜷川（にながわ）先生とお呼びした方がいいですか？」

「どちらでも。ただ、平仮名を入れ替えただけですから。私は、最初から、本名のままでいいと思っていた。……できたら、あなたのお名前もお聞かせ願えますか？」

「北島早苗です。精神科の医師をしております。私は、高梨光宏さんの婚約者でした」

『めめんと』氏は、泡を食った様子で割って入り、早苗を蜷川教授から引き離そうとした。だが、蜷川教授は彼を手で制した。

「高梨さんとは、アマゾンで行動を共にしました。いい人でした。また、優秀な作家でもありました。心から、お悔やみを申し上げます。今日は、そのことでいらっしゃったんですか？」

「彼がなぜ、殺されなければならなかったのか、あなたになら教えていただけると思いましたので」

二人の周囲を取り巻いている人々の間から、当惑したようなざわめきが起きたが、すぐに静かになった。大多数の人々は、早苗が冗談を言っているのだと思っているのか、笑顔のままだった。

「高梨さんは、自殺されたように伺いましたが」

「外形的には自殺でも、彼の自由意思によるものではありません。高梨さんの脳は、当時、別の存在によって支配されていました」

「なるほど。でしたら、わざわざ私にお聞きになるまでもないでしょう。その間の事情については、すっかりご存じなわけだ」

「一応の推測はできました。しかし、どうしても、蜷川先生にお聞きしないと、わからないこともあります」

「ほう。どういうことですか？」

「一度もアマゾンへ行ったことがないはずの、畦上友樹さんや滝沢優子さんまでが、どうして感染し、同じような死を遂げなければならないのか、ということです」

再び、ざわめきが起きたが、今度は容易に消えなかった。何人かが早苗の方を指して、何を言っているのかと周囲の人間に訊ねている。早苗は、じっと蜷川教授の顔を注視していたが、まったく表情に変化はなかった。

「そのお二人なら、覚えていますよ。たしかに、『地球の子供たち』の会員でした。亡くなられたということは伺ってますが、それが、私の責任だとおっしゃるんですか？」

「違うんですか？」

「もちろん、違います。地球上の生命は、等しく、優勝劣敗の法則に従っています。あなたが名前を挙げた方たちは、残念ながら、生き残るだけの強さを備えていなかったということですよ」

「もし、あなたに騙されて、危険な寄生虫を感染させられなければ、死ぬことはなかったはずです！」

「危険な寄生虫？　ウアカリ線虫は、注意して扱えば、けっして危険なものではありませんよ。私や、ここにいる森君が、その証拠です」

蜷川は、ブラジル脳線虫を意図的に感染させたということを否定しなかった。早苗は、怒りに身体が熱くなるような気がした。

二人の周囲は、一転して、水を打ったように静まり返っている。話している内容はよくわからなくても、全員、ただごとでない雰囲気を感じ取っているようだ。

「宿主に対して、死ぬように命令する寄生虫が、危険じゃないとおっしゃるんですか？」

早苗は声のトーンを強めた。驚きの声が上がる。人々は急に、めいめい勝手にしゃべり始めた。会場は、一気に騒然とし始めた。

「なるほど。そう解釈されたわけですか。おそらく、あなたは、高梨さんや赤松助教授の自殺を見て、そういう結論に飛びついたのでしょうが、根本的に誤解している。ウアカリ線虫は、決して、そんな命令などしない」

「ブラジル脳線虫……あなたがウアカリ線虫と呼んでいる生き物は、あたかも脳虫（ブレイン・ワーム）がアリを操るようにして、次々と感染した人を自殺に追い込んでいます。これだけ大勢の犠牲者が出ている以上、どんなに強弁しても、そのことだけは誤魔化せませんよ」

蜷川教授は、悠揚迫らざる態度を崩さなかった。周囲の騒ぎにも、まったく無頓着（むとんちゃく）のようだ。

「私は別に、責任逃れをするつもりはない。ただ事実を語っているだけです。大脳の発達した霊長類の行動は、きわめて複雑だ。とても、吸虫がアリを操るようにはいかない。考えてみてください。『死ね』という命令を出そうと思えば、宿主にまず、『死』の概念を理解させなくてはならないし、『捕食者に喰（く）われろ』という命令を出すなら、サルの意識の中に存在する『捕食者』のイメージを把握してからでなくてはならない。たかが線虫ごときに、そんな洒落（しゃれ）た芸当ができると思いますか？」

早苗は混乱した。蜷川教授の指摘には、それなりに説得力がある。

「では、なぜ、これだけ多くの人が自殺しているんですか？」

「それは、不運にも、ごく一部の人間が辿(たど)ってしまった帰結です。あくまでも、結果的にそうなってしまっただけの話でね」

「あの、さっきから言ってる自殺って、いったい何のことですか？　それから、寄生虫って……？」

二人の話を聞いていた『てふてふ』氏が、ついに勇を鼓して訊ねたが、蜷川教授は、目もくれようとはしない。

「ウアカリ線虫が、宿主を操る操縦桿(ジョイスティック)として使っているのは、脳内の快楽神経なんですよ。文字通り、喜び（ジョイ）によって、宿主をコントロールするわけだ。それは、吸虫がアリを操る以上に単純なメカニズムかもしれない。だが、単純だからこそ、効果的に機能するということがある」

「A10神経系のことは、知っています」

「だったら、話は早い。ウアカリ線虫が実際にやっていることは、マイナスからプラスへとコードを変換する、ただそれだけなんですよ。宿主の脳が強い不安やストレス、恐怖などを感じたときに、彼らは脳内物質の濃度変化からそれを察知し、自動的に快感へと変えてくれるわけです」

「でも、それでは……」

「これは、私自身、感染しているからこそ、わかることなんでね。幸か不幸か、私には、この世の中にほとんど怖いものがない。とはいえ、たとえば交通事故に巻き込まれそうになったときには、人並みにひやりとするし、科研費の申請が蹴(け)られたときなどは、強い怒りとストレスを感じる。そんなとき、ウアカリ線虫は、直ちに私の感じたネガティブな感情を鎮め、快感へと転換してくれるんです」

「だったら、どうして、自殺を……」

「あなたも精神科医ならば、推測がつくんじゃないですか？　そもそもなぜ、単純に恐怖を快楽へと変えられたサルが、捕食されてしまうのかということです。ジャングルの中で最も激しい恐怖を呼び覚ますのは、言うまでもなく捕食者の接近でしょう。小さなサルにとって、いきなり頭上から自分の何倍もある大きな鳥が舞い降りてきたときの恐ろしさは、たいへんなもののはずだ。当然、すぐに安全な場所に逃げ込もうとする。ところが、ウアカリ線虫に感染したサルの脳の中では、巨大な猛禽(もうきん)への恐怖が快感へと変わるために、その場から動くことが出来なくなる。結局、自ら進んで、捕食者に身を任せてしまうことになるんですよ」

蜷川教授は平然とした様子で、不安な面持ちの聴衆に目をやる。騒ぎは収拾がつかないほど大きくなりつつあるが、誰もが、それ以上、どう反応していいのかわからない様子だった。

「感染した人間の頭の中で起きることも、これとまったく同じです。かりにその人間が、特定の対象に強い恐怖症を持っていた場合、今度は、その対象に強く引き寄せられてしまうことになる。問題は、途中でそれをストップするのが至難の業だと言うことです。対象に近づけば近づくほど恐怖が高まるために、結果的に、より強い快感を感じることになる。そのため、自らを律する訓練の出来ていない人間は、取り返しのつかないところまで行ってしまうんですよ。動物恐怖症の大学助教授は、のこのことトラに近づき、我が子を失うという被害妄想に囚(とら)われた母親は、自らその子を殺害してしまう。醜形恐怖に取り憑(つ)かれていた青年は、自らの顔貌(がんぼう)を薬品でどろどろに溶かし、不潔恐怖症の少女は、アオコの腐敗臭漂う沼で水浴する。そして、死恐怖症（タナトフォビア）の作家は、自ら最も遠ざけたいと思っていた死を選ぶことになる」

早苗は唖然（あぜん）とした。蜷川教授は、話しながら白い歯を見せている。

「だが、さっき私が言ったように、ウアカリ線虫は、正しく対処しさえすれば、決して危険な寄生虫ではないんです。たしかに、哀れなウアカリのような猿にとっては致命的かもしれないが、人間においては少々事情が違う。我々には、意志と未来を見通す力がある。逆に、ウアカリ線虫をコントロールすることもできるはずです。もちろん、注意は必要ですよ。偶発的にも、強すぎる恐怖を感じるような状況は、極力、避けなくてはならない。人間は、圧倒的な快感に逆らえるようにはできていませんからね。だが、ある一線さえ越えなければ、種々の脳内薬品を用いて、強すぎる快感を制御することは可能だ。現実に私たちは、その方法で、今まで生き延びてきた」

早苗は、激しい怒りと戦慄（せんりつ）で、身体が震えるのを感じた。

「あなたは、それでいいでしょう。でも、あなたに騙されて感染させられ、亡くなった人はどうなんですか？」

「これは、壮大な『実験』なんですよ。人類の将来において、どういう個体が生き残っていけるかを選別するための」

蜷川教授は、平然と言い放った。

「自殺してしまったのは、最初から心に致命的な弱点を抱えていた人々です。いわば、人生の不適格者だ。遅かれ早かれ、淘汰（とうた）されてしまったはずです。まあ、彼らにも気の毒な部分はある。ウアカリ線虫に対する対処の仕方を教えられてませんでしたからね。そうした場合は、えてして拙い結果を招くということがわかっただけでも、大きな収穫と言っていいでしょう」

「人間をモルモットのように殺しておいて、『実験』……？」

「必要な『実験』ですよ。あなたも精神科医なら、現在、我々が置かれている状況は、よくわかっているはずだ。不安や恐怖は、ジャングルの中では必要な機能だったが、文明社会では、逆に大きな負担になっている。現代の人間は、過酷な競争によるストレスと不安、パニック障害などで、押し潰されつつある。強すぎるストレスが加われば、人間の神経細胞は物理的な損傷を受ける。我々のシナプスは、ほとんど擦り切れる寸前と言ってもいい。ウアカリ線虫は、我々を過剰なストレスから守ってくれる守護天使であり、天使の囀りこそは、我々が待ち焦がれていた福音です」

「寄生虫の奴隷になることが、福音なんですか？」

「かつてインカ文明では、奴隷たちは、コカの葉を噛むことによって過酷な労働に耐えていた。現代では、それが、飲酒やセックス、麻薬や抗精神薬などに置き換わっただけです。だが、それらはいずれも、肉体的・精神的依存という高価な代償を伴うものばかりだ。よくご存じでしょう。中には、有機溶剤のように、主成分が脂肪である脳を溶かしてしまうものまで混じっている」

蜷川教授の言葉は、いっそう熱を帯びた。

「それに比べて、ウアカリ線虫は、いっさい脳にダメージを与えることなく、自動的にストレスをコントロールしてくれる。理想的な、生きたドラッグと言っていい。私は、アマゾンの密林文明について調査した際に、彼らの麻薬文明（ドラッグ・カルチャー）なるものの正体が、実はウアカリ線虫だったという傍証をいくつか摑（つか）んでいる。残念ながら、彼らの文明は、ウアカリ線虫の濫用（らんよう）によって滅んだようだが、我々は決して、同じ轍（てつ）は踏まない。現代のバイオ技術によってウアカリ線虫を『品種改良』していけば、今後、危険性はますます減少するはずだ」

蜷川教授の目は、一種異様な光を帯びていた。さっきまでの、エネルギッシュな人格者としての仮面は、完全に消えてなくなっている。早苗が相対しているのは、病的な救世主（メサイア）コンプレックスによって突き動かされている、狂信者だった。

「かつて人間は、脆弱（ぜいじゃく）な肉体という弱点を、毛皮の鎧（よろい）をまとい、鉄製の武器を身につけることによってカバーした。現在、我々に残された最大のウィークポイントは、心だ。我々は地球上で唯一、自分がいつか死ぬのだということを強烈に意識させられている生き物であり、常に、どうすればよりよく生きられるのか、幸せになれるのかという、答えの出ない疑問に苦しんできた。だが、その心の隙間（すきま）をウアカリ線虫という鎧で覆ってしまえば、我々は無敵の存在になる。二十一世紀は、新たなる共生の時代の幕開けとなるでしょう。そのときには、戦争や犯罪、モラルの低下などの問題は、すべて過去のものとなっているはずです。私がやっているのは、そのための準備なんですよ。目先しか考えない安直なヒューマニズムも結構だが、もっと大事なのは、人類全体の行末を視野に入れたグランド・デザインだ。違いますか？」

蜷川教授は、言うべきことはすべて言い終えたというふうに、微笑した。早苗に軽く会釈して、きびすを返すと、すたすたと会場を出ていく。

あわてたように、『めめんと』森氏が後に従った。『オフ会』の参加者たちは、呆気（あっけ）にとられた様子で、誰一人として蜷川教授を引き留めようとする者はなく、黙って二人が立ち去るのを見送った。

早苗もまた、後を追うことができなかった。膝が、がくがくと震えているのがわかる。それが、怒りのためなのか、恐怖によるものなのかは、自分でもわからない。

周囲では、いったん鎮まったざわめきが、再び大きくなりつつあった。


「いいニュースと、悪いニュースがある」

早苗の話を聞いた後、依田は、しばらく腕組みをして考えてから言った。

「いい方は、何ですか？」

「ブラジル脳線虫は、おそらく、蚊によっては伝幡しない」

それが本当なら、吉報と言うべきだった。

「でも、なぜ、それがわかったんですか？」

「いくつかの証拠から、そう推測できるんだ。少し前に、ブラジル脳線虫の凍結幼虫を国立感染症研究所にいる旧友に送って、サルへの感染実験を依頼していた。筑波霊長類センターで実験した結果、ブラジル脳線虫は、霊長目であれば宿主特異性はほとんどないということがわかった。にもかかわらず、アマゾンでは、ウアカリ以外に感染が広がっている様子はない。これが、最大の理由だ」

「蚊を通じて広まるのなら、他のオマキザルにも感染が広がっているはずだということですか？」

「そうだ。ブラジル脳線虫がウアカリを宿主としたのには、いくつかの理由があると思う。ウアカリは、オマキザル科で唯一、水没林（バルゼア）に住んでいる。かつての同僚で、レッド・データ・ブックの編纂（へんさん）なんかにも加わっている男がいるんだが、彼の話では、アマゾンで食物連鎖の頂点に位置するジャガーは、非常に泳ぎが巧みであり、雨期には水没したジャングルでも狩りを行うそうだ。また、ウアカリは、植物質だけでなく、昆虫などの小動物も捕食する。したがって、ウアカリからジャガー、ジャガーの糞（ふん）から昆虫か腹足類などの未知の中間宿主、そこから再びウアカリという、サークルが存在すると考えられる」

依田の講義を聞いていると、なぜか早苗は、安心できるような気がした。

「もっとも、ウアカリの天敵の本命は、ジャガーよりもむしろオウギワシかもしれない。そうだとすると、ブラジル脳線虫が宿主に『天使の羽音』を聴かせている理由がわかる。ウアカリにとっては、オウギワシの翼の音は、そのまま死を意味している。したがって、聴いただけで、すぐに逃げようという条件反射が働くはずだ。ブラジル脳線虫がわざわざ内耳に侵入して頻繁に羽音を聞かせるのは、この、逃走への条件反射を弱める狙（ねら）いがあるのかもしれない」

「……蚊によって媒介されないという、ほかの理由は何ですか？」

「この前も言ったと思うが、ブラジル脳線虫の作る『メドゥーサの首』は、バンクロフト糸状虫のミクロフィラリアのように蚊に吸入されるためには、少々大き過ぎる。それで、筑波霊長類センターでは、特殊な顕微鏡を使って、サルの血管の中で『メドゥーサの首』がどういう振る舞いをするかを観察してもらった。その結果、『メドゥーサの首』は常に血管のサイズぎりぎりの大きさになり、通れないと、いったんばらけてから、適当な大きさに組み直すという行動を取ることがわかった。これで、『メドゥーサの首』が、宿主の全身に効率よく行き渡るためのものだということが、ほぼ実証されたんだ」

想像しただけで肌が粟立つようだったが、いい知らせには違いない。

「おそらく、ウアカリは、かなり長い間にわたって、ブラジル脳線虫の感染を受けてきたんだと思う。そのため、ウアカリの側でも対抗進化をした節がある。あの、ウアカリの奇怪な容貌自体、感染個体を識別するのを容易にするためなのかもしれない。ブラジル脳線虫に感染すると、しばしば頭皮に白い爬行疹が現れる。頭部の毛が禿げ上がった上に顔色が鮮紅色ならば、一目瞭然だからね」

早苗は、ジョーン・カプランが付けていた観察日記の中で、ウアカリの群れが感染した個体を追放するくだりを思い出した。

結局、ブラジル脳線虫は、繁栄を極めている線虫類の中では落ちこぼれだったのかもしれない。あまりにも特殊化しすぎたために、進化の袋小路に入ってしまったのだ。ウアカリの対抗進化と個体数そのものの減少、さらには、開発によってウアカリの天敵であるオウギワシやジャガーまでが数を減らすことによって、ブラジル脳線虫は絶滅寸前に追い込まれていたはずだった。人間という、新しく、きわめて魅力的な宿主を発見するまでは。

早苗は、蜷川教授が、滅亡したアマゾンの古代文明がブラジル脳線虫を利用していたと言っていたことを思い出した。はたして、ブラジル脳線虫と人類との関わりは、そのときが最初だったのだろうか……。

「そもそも、アマゾン探検隊と関わりのない若者が二人も感染していたことで、蚊による感染脳線虫は、人為的に感染を広げられていたわけだ」

依田は、まるで、それがごく自然な成り行きであるかのような、呑気な言い方をした。

「ただ、蜷川教授は、どうやって大量のブラジル脳線虫を日本に持ち込むことができたんでしょうか？　ワシントン条約によって、ウアカリ属の輸入は全面禁止されているはずです。自分の身体から虫卵を取り出して、継代飼育するのは、相当難しいんでしょう？」

「まあ、まず無理だろうな。専門家の中でも、よほどの特殊技能がなければ」

「依田さんみたいな、ですか？」

「そうだな」

依田は、照れもせずに答えた。

「だが、彼らが採った方法は、だいたい想像がつく。実は、森助手の研究室に問い合わせてみたんだ。森助手とデータのやりとりをしていたんだが、突然連絡がつかなくなって困ってますと言ってね。すると、森助手は、帰国してから、もう一度アマゾンに渡っていることがわかった。期間は、一、二週間だ。しかも、その時、森はモンクサキというサルを数頭、個人で輸入したらしい。これも、たまたま送り状が大学に届いたんで、わかったんだ」

「モンクサキ？」

「私もよく知らなかったんだが、オマキザルの一種で、最もウアカリに近縁の種類ということだった」

早苗は、高梨からのメールに、その名前があったのを思い出した。陰気な顔をした、灰色のサル。顔つきや雰囲気が、森にそっくりだという。

「これから先は、推測だがね。おそらく、蜷川教授の指示で、森はアマゾンへ渡航し、『呪（のろ）われた沢』でブラジル脳線虫に感染したウアカリを捕獲し、その肉をウアカリと近縁のモンクサキに食べさせて、ペットショップを使って輸入したんだと思う」

「検疫は、どうやってパスさせたんですか？」

「そんなものはないよ」

「ない？　でも、実験用のサルは……」

「あなたの疑問は、しごくもっともなんだがね。実験用のサルとペットとでは、扱いが違うんだよ」

依田は淡々と、早苗の心胆を寒からしめるような説明をした。

「たしかに欧米では、以前からサル類の厳しい輸入規制を行ってきた。アメリカでは、かの有名な疾病管理センター（CDC）が、人への疾病の感染を防ぐ観点から、徹底的な検疫を行っている。ヒト以外の霊長類については、輸入者は登録が必要で、しかも輸入目的は、科学、教育、展示の三種類に限られ、ペット目的での輸入は禁止されている。英国では、アカゲザルが狂犬病を持ち込んだ事件以来、サルの厳重な輸入検疫を始めた。ドイツでも、マールブルグ病がきっかけで、研究用とサーカス用以外のサルの輸入を全面的に禁止している。しかし、日本に限っては、サルの輸入規制はいっさいないんだ」

「じゃあ、誰でも、いくらでも、勝手に輸入できるんですか？」

「たしか一九七三年だったと思うが、厚生省は人畜共通伝染病調査委員会を設置して、サル類の輸入の実態調査を行った。これにより、恐るべき実態が判明した。輸入サル類は、約八割がペット用で、しかも、赤痢菌や寄生虫に高率に汚染されていたんだ。この結果に基づいて厚生省が何をしたかというと、輸入業者に対して、『自主的規制を指導』しただけだった。それから今日に至るまで、何の追加措置も採られてはいない。つまり、サルの検疫は、すべて業者任せで、実験用のサルに対しては、専門会社が最低九週間かけて行う厳重な検疫が施されているが、ペット用の猿に関しては、だいたいペットショップなどに検疫の能力があるはずもないから、事実上フリーパスということなんだ。したがって、ペット業者を通せば、寄生虫に感染したサルを輸入することなど簡単なんだよ」

「……でも、厚生省は、あまりにも無責任じゃないですか。エボラ出血熱の問題でも明らかですけど、人間に最も近いサル類をペットにすることは疫学的に危険が大きすぎますから、本来なら、アメリカのように即時全面禁止にすべきなんです」

「動物検疫に関する厚生省の杜撰さ、やる気のなさは、何も今に始まったことじゃない。たとえば、我々の世代なら、だいたい記憶にあるんだが、かつてある菓子メーカーが、『アマゾンのミドリガメ』を景品としてばらまいたことがあった。その後、同じ種類の亀は、人気が出て、日本中のペットショップで売られるようになった。だが、ミドリガメは以前から危険なサルモネラ菌の宿主として知られており、アメリカでは、甲羅の直径が十センチ以下のものについては販売が禁止になっている。子供が口に入れたりする危険性を考慮してのことだ。だが、まさに子供をターゲットとした菓子の景品であったにもかかわらず、使われたのは仔亀だった。この時も、多くの医学者から上がった警告を無視して、厚生省は拱手傍観を続けた。もし死者で挙にいとまがないくらいだ」

も出ていれば、それからおみこしを上げるつもりだったんだろう。そんなエピソードなら、枚挙にいとまがないくらいだ」

依田の舌鋒は、一段と激しさを増した。

「厚生省がこれまで汲々として守ってきたものは、自省の権益と製薬業界の利害に尽きる。国民の生命や健康などには、最初から何の関心も持っていないんだよ。その体質こそが、薬害エイズ事件を始めとして、スモンやサリドマイド、さらには汚染された脳硬膜移植によるクロイツフェルト・ヤコブ病など、数限りない薬害事件の温床となってきたんだ。賭けてもいいがね、たとえ行政改革で看板だけ掛け替えたところで、彼らの本質が何ら変わらない以上、薬害の悲劇は、これから何度でも繰り返されるよ」

だが、ブラジル脳線虫の問題にしても、最終的には、その厚生省に頼るしかないのだ。これは最悪の状況かもしれない。

「……そう言えば、『悪いニュース』というのを、まだ聞いてませんでしたけど」

早苗は、おそるおそる訊ねた。

「ああ。私が口で説明するよりも、これを見た方が早いだろう」

依田は、机の引き出しから、何のラベルも貼っていない黒いVTRのカセットを取り出すと、パソコンモニターと接続してあるビデオデッキに入れた。

映し出されたのは、研究室の内部のようだった。依田の大学よりは、はるかに設備が整っているようだ。依田が説明する。

「これは、筑波霊長類センターの中だ。私が送った『メドゥーサの首』の凍結幼虫を解凍し、さまざまなサルに対して感染実験を行った。使ったサルは、ニホンザルと同じマカク科に属するカニクイザル、HIVの起源ではないかと言われているアフリカミドリザル、この中では唯一の新世界ザルであるコモンリスザルの、三種類だ」

モニターには、時間を追ってのサルの様子の変化が現れた。

「ブラジル脳線虫は、霊長類の体内にいるときだけ、爆発的な増殖を見せるんだが、感染したサルは、いくつかの段階(フェイズ)を経ることがわかった。これを、第一段階から最終の第四段階まで撮影してある。小さなサルほど、段階間の移行が早い。この場合、コモンリスザルに、最も早く症状が現れている。また、狭いケージに入れ、運動不足の状態で高カロリーの餌(えさ)を飽食させた場合、過程がさらに加速されるようだ」

ブラジル脳線虫に寄生されたサルの様子は、ジョーン・カプランの記録にあったのと、ほとんど同じだった。最初は、健康なサルよりもむしろ、元気そうに見える。旺盛(おうせい)な食欲で餌を食べ、隣のケージのサルにも、しきりに関心を示す。カニクイザルやミドリザルに比べて、リスザルが最も影響を強く受けているようだった。

「これが、第一段階だ。A10神経系に刺激を受ける結果だろう、気分爽快(そうかい)となり、活動性が高まる」

画面が切り替わり、再び現れたのは、さっきのリスザルだった。相変わらず活動性が高いが、かなり落ち着きがなくなっている。餌の食べ方も、がつがつと貪(むさぼ)るような感じだ。隣のケージに、もう一頭のリスザルを入れると、大きな鳴き声を上げ、激しく格子を揺すったり、嚙(か)みついたりする。

「第二段階では、爽快感は病的なまでに亢進しているようだ。隣のケージに入れたのは、メスの個体だ。感染個体の方は、繁殖期でもないのにしきりに求愛行動を取るようになる」

　リスザルの様子が、高梨の取った行動と二重写しになり、早苗は両手をぎゅっと握りしめた。

　次に、画面にはサルの頭部のアップが現れた。頭頂を中心として、うねうねと蛇行している白い筋は、すでに何度もお目にかかっている爬行疹だった。こうしてあらためて見ると、不規則な曲がり方は、肝硬変のクモ状血管を思わせる。

「爬行疹は、第一段階から第二段階の始めにかけて現れる。必ずしも時期は一定しないし、中にはまったく現れない個体もあった」

　再び、画面転換。今度は、リスザルの様子は一転していた。動作が不活発になり、ぼんやりと瞑想に耽っているような状態である。相変わらず食欲だけは旺盛で、最初と比べてかなり太ったようだ。

「これが、第三段階だ。多幸症を通り越して、一種の無感動状態に陥っている。実験前は、これが最終段階だと思っていた」

「違うんですか？」

「通常は、これで終わりだ。野生状態でここまで活動性が低下して、しかも捕食者が現れても逃げようとしなければ、餌食にされるのに時間はかからないだろう。だが、もし、感染した個体がいつまでも喰われずに生きのびたらどうなるのか。その疑問への答えが、もうすぐ現れる」

　画面には、奇妙な映像が現れた。

「これが、第四段階。最終段階だ。奇妙なことは、実験に使った三種類のサルは、それぞれ異なった段階にあったにもかかわらず、一頭が第四段階に突入すると、まるでつられるように、次々と変化していったということだ」

早苗は茫然(ぼうぜん)として画面を見守った。サルはどれも、身じろぎ一つせずに沈黙を守っている。

「この段階に入ると、どの種類のサルも、ほとんど鳴き声をたてなくなる。この次は、ちょっと刺激が強すぎるかもしれない。第四段階に入ったリスザルを解剖するシーンだ」

早苗は、口を押さえた。喉(のど)の奥から、酸っぱいものがこみ上げてくる。

次いで、解剖されたリスザルの体組織が拡大して映し出された。彼女は、カプランの手記にあった、『Typhon(テュポン)』という不気味な言葉が何を暗示していたか、ようやく悟っていた。耳の奥に、晶子の声がよみがえる。

『スネークカルトの象徴でもあるテュポンは、最後はゼウスの雷によって滅ぼされたんだけど、その身体は、無数の蠢(うごめ)く毒蛇が寄り集まってできた、異様なものだったということよ』

ピンぼけの写真に写っていた袋状の物体の正体がわかると同時に、謎(なぞ)は次々と氷解していった。

「だいじょうぶですか？　顔色が悪いが」

依田が、いつのまにか早苗のすぐ横に来て、腕に手をかけていた。心配そうな表情が見える。目を転じると、ディスプレイにはまだ、異様な物体がいくつも映し出されていた。早苗は目を閉じる。

「悪かった。今の映像は、見せるべきじゃなかったようだ」

早苗は、首を振ってから、声を絞り出した。

「違うんです。やっと、わかったんです。ロバート・カプランが、最後に何を見たのか。そして、なぜ、愛する奥さんと一緒に焼身自殺しなければならなかったのか」

「ブラジル脳線虫に感染していたからだろう？」

「いいえ。感染していたのは、奥さんだけです。カプランは、奥さんが感染したことに気づいていました。そして、感染したウアカリ数個体を、天敵に捕食されないように、金網の中で飼育したんです。その結果ウアカリがどうなったかを見て、彼は奥さんと共に焼身自殺しました。愛する奥さんに、同じ運命を辿らせたくなかったからです」

「しかし、なぜ、それがわかる？」

「あの手記を読めば、最初から明らかだったんです。カプランの文章は、剝き出しの『恐怖』に満ちていました。もし、彼もまたブラジル脳線虫に冒されていたのなら、どんな状況が起きても、恐怖はすぐに打ち消されてしまうはずです」

「……そうか」

依田は、ビデオを止めた。

早苗の胸の中に、熱いものが込み上げてきた。高梨を始め、線虫に操られるロボットと化して、死へと向かっていった人々の姿には、あまりにも救いがなさすぎた。それを思うと、最期の瞬間まで人間らしい矜持を持って、妻への愛のために自ら死を選んだカプランは、心から立派だと思う。

肩に、依田の手が置かれた。いつものぶっきらぼうさにそぐわない、優しい仕草である。

「依田さん……」

彼の胸に抱き寄せられた時も、早苗は別段、驚きを感じなかった。ただ、上目遣いに薄茶色の目を覗き込んだ時、まるで高梨に抱かれているような錯覚に陥って、どきりとした。

何もかもが自然で、ずっと以前から、こうなる運命だったような気がした。

依田は、細長い指で、早苗のおとがいをそっと持ち上げる。

早苗は、ゆっくりと目を閉じた。

十六章　変貌

二ヶ月が過ぎ、十月の半ばになっても、オフ会の会場から姿を消した蜷川(にながわ)教授と森助手の行方(ゆくえ)は、杳(よう)としてわからなかった。『地球(ガイア)の子供たち』のホームページも、翌日には削除されてしまっていた。早苗はその後も毎日、さまざまなキーワードを使って検索を続けていたが、今のところ、何も引っかかって来ない。蜷川教授は、インターネットを使って勧誘するのを諦(あきら)めたか、少なくとも、やり方を変えたのだろう。

依田とは、二日に一回くらいのペースで会っていたが、最後には、必ず議論になった。

早苗は、個人の努力で二人の行方を追うには限界があり、警察の助けを借りるべきだという意見だった。だが、依田はそれには否定的だった。蜷川教授と森助手については、すでに家族から捜索願が出されている。警察に、それ以上本気で彼らを捜させるには、ブラジル脳線虫のことを説明するしかないが、まず間違いなく一笑に付されるだろう。たとえ、半信半疑の状態になるまで説得できたとしても、結局は、保健所から厚生省を通じて、くだんの『権威』に問い合わせることになる。『権威』が、警察に対してどういうご託宣を下すかは、考えるまでもないと言うのだ。

だとすれば、適当な口実をこしらえるしかないが、かりに彼らを詐欺か何かで刑事告発したとしよう。警察が首尾よく居所を発見しても、調べれば、すぐに事実無根だということがわかってしまう。彼らをその後もずっと拘束しておくのは無理だし、嘘(うそ)をついたことがわかれば、こちらの立場は、きわめて悪くなるだろう。その後は、たとえ有力な証拠を摑(つか)んでも、まったく取り合ってもらえなくなる恐れがあった。

最後の手段としては、福家を通じて新聞社を巻き込むということも考えられた。だが、これも、福家個人ならともかく、大新聞社がブラジル脳線虫の話を信じて協力してくれるとは、とても思えなかった。

この二ヶ月間、まったく何事もなく過ぎたということが、早苗には、かえって不気味でならなかった。貴重な時間を空費してしまったという気がする。

この日、午後の回診の間も、早苗の頭にはずっとそのことが蟠(わだかま)っていた。部屋に帰ってきたとき、タイミングを計ったように、外線からの呼び出し音が鳴る。

「もしもし、北島先生をお願いします」

受話器を取ると、若い女性の声がそう言った。どこかで聞いたことがあるとは思ったが、すぐには思い出せない。

「はい。私ですけど」

「あの。浜口麻美です。前に、滝沢優子さんのことで」

相手はそう言って、言葉を途切らせた。

「ああ。そうだったわね」

早苗の脳裏には、幕張(まくはり)で会った少女の顔がはっきりと浮かんだ。何かを予期して交感神経が緊張し、心臓の鼓動が早くなる。

「彼女のことで、何か、思い出してくれたの？」

「ええ。でも、大したことじゃないんですけど……」

麻美の声は、電話をかけたことを後悔しているかのように、小さくなった。

「どんなことでもいいのよ。電話してくれて嬉しいわ。教えてくれる？」

「はい。あの、今年の春頃なんですけど、優子さんが、ジャムをくれたんです」

「ジャム？」

「ええ。ブルーベリーとサクランボの。旅行のお土産だって言ってたんですけど、どこへ行ったのかは、教えてくれなかったんです。わたしも、特に聞かなかったんですけど」

「そう」

「でも、朝食にジャムを出したとき、後ろのラベルに、産地が書いてあって。そのとき、優子さん、誰と遊びに行ってたんだろうって思ったんです。ついさっき、思い出したんですけど」

「どこだったの？」

「詳しくは覚えてないんですけど、那須のどっかでした」

「那須……」

早苗の頭の中で、何かが結びついたようだった。赤松助教授が自殺したのは、那須高原サファリパークだった。赤松助教授と滝沢優子が、ともに那須を訪ねていたというのは、単なる偶然とは思えない。

早苗は、麻美に礼を言って電話を切ると、アドレス帳を見て、滝沢優子の実家の電話番号をプッシュした。優子の身元を確認したときに控えておいたものだが、まさか、こんな風に役に立つとは思っていなかった。

電話に出たのは、優子の母親だった。まだ心の傷が癒えていないだろうにと思い、心が痛んだが、優子が手帳か何かに電話番号を残していなかったかと訊ねる。母親は、早苗に対して、娘の身元を明らかにしてくれたということで恩義を感じているらしかった。すぐに、優子の遺品を探しに行ってくれる。

電子手帳だったら面倒だと思ったが、幸い、母親が見つけだしてきたのは、ごくふつうの手帳らしかった。住所録に０２８で始まる栃木県の電話番号がないかと訊ねる。一つだけあったが、名前の欄は白紙だという。早苗は、その番号を控えた。

今度は、その番号にかけてみたが、応答がない。

時間をおいて、三度かけてみたが、結果は同じだった。呼び出し音は鳴っているらしいが、誰も受話器を取らないのだ。

早苗は、しばらく考えてから、依田に電話をかけた。依田は、黙って彼女の話を聞いていたが、彼の口から出てきたのは、彼女の予想を裏切り、この週末に、ドライブへ行かないかという誘いだった。

迎えに来た青い車を見て、早苗は微笑んだ。最近の国産車の流れるようなラインとは違い、四角張ったブリキの玩具のようなフォルムで、特に、フロントスクリーンが真っ平らなところが、妙に懐かしさを感じさせた。

「どうぞ」

依田が、手を伸ばして助手席のドアを開けた。左ハンドルなので、早苗は道路の側に回り込んだ。依田は、早苗の持っていた旅行カバンを受け取る。後部シートを前に折り畳んでラゲージ・スペースを作ってあったが、たくさんの段ボール箱で、ほぼ満杯の状態だった。依田は、カバンを段ボールの上に無雑作に載せる。

早苗が乗り込んでシートベルトを締めると、車は発進した。ドライバーの技量もあるのだろうが、きびきびとした走りである。エンジン音などの細かなノイズがあり、サスペンションの利いた国産車と比べると、シートに伝わってくる震動も大きい。だが、不思議に乗り心地は悪くなかった。

「これ、何ていう車？」

「フィアット・パンダ4×4(フォー・バイ・フォー)。まだ、君を乗せたことはなかったな」

「フォー・バイ・フォーって？」

「車輪が四つあって、そのうち駆動するのも四つということ」

車輪が四つ以外のことがあるんだろうかと思ったが、あえて質問はしなかった。

「へえ。小さいけど、四輪駆動なんだ」

「駆動装置は、オーストリアのシュタイヤー・プフ社製だよ」

依田は自慢げに言ったが、もちろん早苗には、何のことだかわからない。

「可愛(かわい)い車ね」

「まあね。何といっても、ジョルジエット・ジウジアーロのデザインだからな」

「その人って、有名なの？」

「聞いたことないかな？　イタリアを代表する産業デザイナーで、車で言えば、VWゴルフや、ピアッツァなんかを設計した人」

それからしばらくの間、依田は、ジウジアーロの業績と、フィアット・パンダの素晴らしさについて熱っぽく語り続けた。早苗は、ときどき相槌を打つ以外は、黙って依田の話を聞いていた。依田も自分も、これから向かう場所で直面するであろう事態から、目をそむけているだけだとわかっていた。だが、そのことを話題に上せるのが、怖かったのだ。

フィアット・パンダは、渋滞にも遭わず、順調に練馬ICから東京外環自動車道を通り、川口ジャンクションから東北自動車道に入った。着実に目的地へと近づいていく。早苗は腕時計を見た。午前九時三十分。浦和ICから那須ICまでは、だいたい150kmの距離だから、オービスに引っかからない速度で走って、一時間半ほどだろう。那須ICを降りてからの時間を考えても、昼前には目指す建物に到着することになりそうだった。

「……場所は、わかってるの？」

早苗は、依田がフィアット・パンダのリーフリジッド・サスペンションの特性について説明し終えたときに、訊ねた。

一瞬の沈黙があり、依田は、移動式の灰皿で煙草をにじり消すと、煙を吐いた。半分開いた窓から入ってきた風が、煙を吹き散らす。

「住所は確認してある。君が聞いてきてくれた電話番号から、夕刊紙に広告が出てた業者に依頼して調べたんだ。貸別荘らしいということまでわかったんで、客みたいな顔をして仲介の不動産屋に行ったら、世間話の合間に、ぺらぺらと何でも話してくれたよ」

「貸別荘？」

「ああ。だが、場所が中途半端で人気がなかったために、大学のサークルの合宿や企業の新人研修なんかを当て込んで、セミナーハウスに模様替えしたんだそうだ。そういうのが、一時期需要が多かったそうでね。だがそれでも、依然として利用状況は芳しくなかったらしい。それが、今年の五月から、半年契約で借り手がついた。条件としては、三、四十人が合宿できて、集会のできる大広間があって、瞑想の邪魔にならないような静かな場所にある物件ということだったんで、担当した営業マンの話では、これは宗教か人格改造セミナーのたぐいだとぴんときたそうだが、借りてくれる以上はお得意さんだ。特に、この不景気では、客の選り好みなんかはできない。契約後、賃貸料は一年分が前金で振り込まれた上に、極端に干渉されるのを嫌っている様子だったので、一度も連絡は取っていないそうだ」

「たしかに、連絡はつきにくいみたいね。私が電話をしたときも、誰も出なかったわ」

「ああ」

「居留守を使ってるのかしら？　それとも……」

「まあ、今、あれこれ気を回してみても、しょうがないよ。行ってみれば、わかることだ」

依田は、新しい煙草に火を付けた。それから煙を気にしたのか、レバーを引いて、キャンバス地のサンルーフを全開にする。秋の日射しが車内に降り注ぎ、風がリズミカルで小気味よい音を立てた。

早苗は、ほっと救われたような気分になった。こうして吹きすさぶ風の音を聞いていると、それだけで心身が清められるような気がする。爽籟という言葉を思い出した。簫の音のような秋風の爽やかな響き……。

あたりの景色に目を向ける余裕を取り戻す。天気も快晴だし、こういう状況でなければ、楽しいドライブだったかもしれない。フィアット・パンダという車も、気に入り始めていた。

だが、少し首を巡らせると視野の隅に映る、シートの後ろに積まれている荷物が、否応なく、前途に待っているものを思い起こさせた。

「君のカバンには、何が入ってるの？」

早苗の視線を見て、依田が訊ねた。

「一応、一通りの診察ができる道具を。それと病院から、線虫病の薬をいくつか持ってきたの。サイアベンダゾールとか、メベンダゾールなんか……」

「そうか」

依田は何も感想を述べなかったが、早苗には、彼の考えていることがわかっていた。どんな薬を持ってきたとしても、気休めでしかない。脳幹の奥深くに巣くっているブラジル脳線虫を駆虫できる薬など、あるはずもないのだ。

「依田さんの、この大きな荷物は？」

「ああ。まあ、何かの役に立てばと思って持ってきた。農学部の付属農場へ行って、主に土壌消毒のための殺線虫剤とか、有機塩素系の殺虫剤なんかを調達してきたんだ」

「……そう」

それから、しばらく会話が途切れた。

早苗は、今日は福家も連れて来ていれば、もっと心強かったのではないかと思い始めていた。少し窮屈かもしれないが、後ろで段ボールの上にでも腰かけさせておけばいい。その様子を想像して、早苗の口元は少し緩んだ。

だが、福家に助力を求めることには、依田が強硬に反対した。新聞記者に包み隠さず事情を打ち明けるということは、何もかも公表する覚悟を決めるということでもある。先の見えない今の段階では、秘密裏に事を運ぶという選択肢を残しておかなくてはならないというのだ。結局、それには、早苗も同意せざるを得なかった。

「以前、私の妻が事故で死んだという話はしただろう?」

依田は世間話をするような何気ない調子で言った。

「ええ」

「私が殺したようなものなんだ」

穏やかでない言葉に、どきりとする。当たり障りのない話題に切り替えた方がいいのだろうか。だが、ホスピスでの経験から、彼に最後まで話させようと思った。

早苗は黙って、彼が話し始めるのを待った。依田は、しばらくしてから、堰を切ったように話し始めた。

「五年前だった。私は結婚が遅かったから、まだ新婚一年目のことでね。妻は、妊娠八ヶ月だったんだが、ある晩、気晴らしにドライブに行きたいと言い出した。結婚前は、よく夜中にドライブに出かけていたんだ」

依田は口をつぐんだ。まるで、そのときの感触がよみがえってきたというように、ハンドルを握っている両手を眺める。

「……嫌な予感がした。前から、何かが猛スピードで近づいてくる。それが、ヘッドライトを消して、反対車線を逆走してきた車だと気がついたときには、判断の時間は、一秒の何分の一かしか残されていなかった。私は、左に急ハンドルを切った。間一髪で、衝突は回避できた。逆走してきた車は、そのまま何事もなかったように走り去った。だが、私たちの乗った車は、歩道に乗り上げて、電柱に衝突した。私は、奇跡的にかすり傷一つ負わなかった。しかし、助手席にいた妻は即死だった。もちろん。お腹の子供もだ」

「ひどい……」

「事故の原因を作ったドライバーは、ついにどこの誰だかわからなかった。それも、当然かもしれない。相手は、ただ走りすぎただけで、現場に塗料片一つ、ブレーキ痕(こん)さえ残していないんだからね。私の記憶も混乱していて、白っぽい乗用車というだけで、それ以外の特徴は何一つ思い出せなかった。結局は、私の脇見(わきみ)か居眠り運転による、単なる自損事故ということになった。警察や保険会社に、どんなに逆走してきたドライバーがいたと訴えても、責任回避のための作り話をしているとしか思われなかったんだ」

早苗には、何一つ慰めの言葉が思いつかなかった。

「今でも、あのときのことを夢に見ることがある。私は、同じように左に急ハンドルを切り、相手は、平然と走り去る。そして、そのたびに、ぐったりとして動かなくなった妻を抱いて、歯噛(はが)みしながら思う。今度こそ、絶対に回避なんかしない。正面衝突してやると」

話し終えると、依田は、ぴたりと口をつぐんだ。両手でハンドルを握り締め、怖いような目で、じっと前方を見据えている。横顔は固く、一切の慰めを拒否しているようだった。

早苗は、彼に言葉をかけるのを諦めた。再び、沈黙が訪れる。耳に届くのは、はためくような風の音だけだった。

依田の心に暗い影を投げかけてきたものが、ようやくはっきりした。日頃の、ぶっきらぼうで強気な態度には、それほど辛い経験を経てきたと窺わせるものはなかった。よほど強い精神力によって、自分を律しているのだろう。だが、表面では平気な顔を取り繕っていても、内側では、傷痕はいまだに癒えず、血を流し続けているのだ。

早苗は、何とかして、彼を救ってあげたいと思った。多少でも、苦しみを軽くすることはできないのだろうか。過去をすっかり忘れ去ることは不可能でも、徐々に、気持ちを未来に向けていくようにすることは。

そのために、もし、自分にできることがあれば……。

早苗は、依田の横顔を見つめた。

依田の気持ちには、少し前から気がついていた。もともと、素直に自分の思いを口にできるタイプには見えないし、何をしようとしても、辛い記憶は足枷になるだろう。事故後五年を経過しても、依田は、自分だけが幸せになることには罪悪感があるようだった。

にもかかわらず、彼は、出会って間もない自分に、すべてを打ち明けてくれた。そのことは、嬉しく思う。

問題は、今、その話をする気になった理由だった。

もしかすると、依田は、今話しておかないと、二度とチャンスがないかもしれないと考えたのかもしれない。

　これから行く場所で、待ち受けているものによっては。

　那須ＩＣで東北自動車道を降りてから、フィアット・パンダは那須街道を北上した。しばらく行ったところで、右折する。

「あっ。ちょっと、止まって！」

　早苗の叫び声に、依田は反射的にブレーキを踏んだ。フィアット・パンダのブレーキは、利きが良すぎるくらいで、つんのめるような感じで道端に停車する。

「どうしたの？」

　早苗は、『天使の荊冠美術館』と書かれた看板を指さした。

「赤松助教授か？」

「ええ。やはり、そうだったのよ。まっすぐ那須高原サファリパークに向かったとしたら、なぜ赤松助教授がこの美術館を見つけられたのか、不思議だったんだけど。赤松助教授は、この道を通ってセミナーハウスに向かう途中で、偶然、この看板を見たんだわ。そして、『天使』という言葉に惹かれて立ち寄った」

「そうか。……だったら、もう間違いないな」

　依田がアクセルを踏むと、フィアット・パンダは、弾かれたように走り出した。別荘の点在する高原の秋の木立の間を、猛スピードで進む。途中で細い道に入ってから、急に路面の状態が悪くなったので、さっきまでと比べると、かなりバンピーなドライブになったが、もはや乗り心地を気にしているような余裕はなかった。

早苗は、そっと依田の様子を窺った。彼が目いっぱいアクセルをふかし続けているのは、そうしなければ怯みそうになる、自分の心と戦っているのだということはわかっていた。早苗自身、心の裡で恐怖がどんどん膨れ上がりつつあるのを意識していた。

道が大きくカーブし、木々が疎らになっているところで、フィアット・パンダは急に減速し、ゆっくりと止まった。

「たぶん、あれだ」

依田は、白樺の木立の向こうに見える建物を指さしながら、ささやいた。

早苗は、食い入るように見た。何の変哲もないモルタル塗りの二階建てである。正面の白壁に埋め込んである白木の丸太だけが、アクセントになっている。外観からは、ただの保養施設のようにしか見えない。

あたりは、ひっそりと静まり返っていた。近くにはほかの別荘はないし、頻繁に車の通る道からも隔たっている。いくら聞き耳を立てていても、建物自体からは何の音も聞こえてこなかった。

二人は、しばらくそこで建物を監視していたが、依田は再び車を発進させた。

「どうするの?」

「ここでこうしていても始まらない。とりあえず、車を前につけよう」

早苗は、浮き足立つような気分を押さえつけ、両手を握りしめた。

依田は、フィアット・パンダを、建物の真ん前に止めた。エンジンをアイドリングさせたまま、ドアを開け、早苗を見やる。

「君は、車の中で待っていてくれ」

「いいえ。私も一緒に行きます」

依田は何か言いかけたが、早苗の顔を見ると黙って車のエンジンを切った。

建物の表には、『那須高原セミナーハウス』という素っ気ない木の札が掛かっているだけである。依田は、メイルボックスに書かれている建物の所番地を確認してから、インターホンを押した。応答はない。正面玄関には、鍵(かぎ)はかかっていなかった。依田は、分厚い白木のドアを開けると、内に向かって「ごめんください」と声をかけた。

やはり、応える声はなかった。だが、早苗は、そこが無人ではないような感触を持った。大勢の人々が、どこかで、息を殺しながらこちらの様子を窺っているような気がしたのだ。

しばらく待ってから、依田は、土足のまま上がった。抵抗はあったが、早苗もそれに倣(なら)うことにした。裸足(はだし)では、柔らかい足の裏を負傷する危険があるし、万一の場合には、靴を履いていた方がすばやく逃げ出すことができる。

玄関の正面は壁で、左右に廊下が続いている。右は食堂、左は大浴場という表示があった。二人は食堂の方へ行ってみることにした。食堂と厨房(ちゅうぼう)設備、それにテレビとソファのある休憩室があったが、そこにも人影はなかった。

早苗は、食堂の中を見回した。特にちらかっているというわけではないが、いくつかの椅子が引いたままになっており、テーブルの上には、コップが出しっぱなしになっている。妙に雑然とした雰囲気だった。灰皿の縁の部分には、すでに火は消えているが、吸いかけのような格好で煙草が載っていた。

「ここ、少し前まで誰かが生活していて、急にいなくなったような感じがしない？」

「ああ。まるでマリー・セレステ号だな」

早苗は、厨房のドアを開けた。とたんに、塵芥でいっぱいのゴミ箱を真夏に開けたときのような悪臭に顔をしかめた。臭いの元は、すぐにわかった。流しに出されている大量の食器が、洗われないまま放置されており、食べ残しの残飯が腐敗しているのだ。

「ひどいな。これは」

依田も、鼻の付け根に皺を寄せていた。

「ここの住人が失踪したんだとしても、たった今ということはなさそうだ。これを見ると、少なくとも一、二週間はたってるんじゃないか？」

依田は、季節はずれの大きなカビの塊に覆われた皿を指さした。

「どうするの？」

「二階を見てみよう」

二人は、階段を上がった。早苗の胸騒ぎは、さっきから強まる一方だったが、襖を開け一目見ただけで、そこには何もないことがわかった。大宴会場のような畳敷きの部屋の隅には、たくさんの荷物が残されてはいたものの、人の姿はどこにも見あたらない。荷物のいくつかをあらためてみたが、着替えや化粧品、ＭＤプレイヤー、財布、文庫本などが見つかっただけだった。

「もう、限界だわ。警察に電話しましょう」

早苗は、依田の顔を見て言った。建物全体に充満している息詰まるような空気を感じ、早くこの場から立ち去りたかった。これ以上耐えられないという気がした。

「妙だな……」

早苗の言葉を聞いているのかいないのか、依田はのんびりしたことを言う。

「妙？　どう見たって、これは異常事態よ！」

「いや、そうじゃない……スリッパが、どこにも見あたらないだろう？」

「スリッパ？」

「こういうところでは、ふつうスリッパ履きだろう。玄関には、スリッパ立てはたくさんあったが、スリッパそのものは、二、三足しか見あたらなかった。もし、ここにいた連中が失踪したとしたら、スリッパを履いたまま消えたということになる」

そう言われてみると、たしかに、おかしかった。だが、それを敷衍すると、どういうことになるのか。

「じゃあ、まだ、建物のどこかに……？」

「とにかく、一階のまだ見ていない場所を見てみよう」

階段を下りると、玄関の前を通って、今度は大浴場の方に向かった。大浴場の入り口は、廊下の左手にあり、さらにまっすぐ行くと、ガレージらしい。

依田は、大浴場の脱衣場へ続く引き戸を開けた。

早苗は、息をのんだ。

そこには、たくさんのスリッパが、散乱していた。三、四十足はあるだろう。いくら風呂場が大きくても、全員が一時に入るというのは不自然である。それに、脱ぎ捨て方が、あまりにも乱雑だった。幼稚園児でも、ここまで、滅茶苦茶に放り出したりはしないだろう。

何よりも不気味なのは、それだけの数の人間が奥の大浴場にいるはずなのに、寂として声がないところだった。

そのとき、早苗の鼻孔は、敏感に異臭を感じ取っていた。厨房に充満していた生ゴミが腐ったような臭いとは違う。それは、病院では、なじみ深い、人間の排泄物の臭いだった。

依田は、退路となる引き戸を開けたまま、脱衣場に上がった。早苗も後に続く。大浴場の方を気にしながら、まず、脱衣籠をチェックする。脱ぎ捨てられた服は何着か見つかったが、スリッパの数と比べれば、比較にならないほど少ない。大部分の人は、着衣のまま大浴場に入っていったのだろうか。

依田が、黙って大浴場のガラス戸を指さした。

早苗は、ぎょっとして、立ち竦んだ。

窓から光の射し込んでいる大浴場の方が脱衣場より明るいため、中の人影が曇りガラスを通して、ぼんやりと見えるのだ。

一人は、ガラス戸から近い位置にいる。洗い場のタイルの上に座っているようだ。その奥には、浴槽の周囲に輪になって座っているらしい人影が見える。だが、どれ一つとして、身動きしない。

依田はゆっくりと歩み寄ると、大浴場のガラス戸に手をかけた。早苗は、その場を動くことができなかった。両手を、掌に爪がくい込むぐらい固く握りしめる。

引き戸はわずかに開いたところで傾いで、レールに引っかかった。そのとたん、隙間から、強烈な悪臭が襲ってくる。依田は、一瞬たじろいだが、今度は両手でガラス戸をつかみ、勢いよく引き開けた。

それは、ほんの四、五メートル先に、こちらを向いて座っていた。

ランニングシャツと青いトランクスを身につけていることで、かろうじて元が人間だったと判断できる。

何……これ。嘘よ……こんな……馬鹿なことって。早苗は喘いだ。

頭部は、通常の倍以上の直径があった。何十本もの白い畝のような隆起が縦横に走っている。土気色の皮膚を突き破らんばかりだった。隆起は、はっきりとした骨の特徴を備えていた。熱帯植物の板根を思わせる薄い骨が、直接、頭蓋骨から生え出しているのだ。それがなければ、ぶよぶよに肥大した組織は崩壊してしまうかもしれない。

両眼は、頭部全体が膨らんだために、極端に顔の中心に寄っているような感じがする。まわりから押し寄せてくる柔らかい組織に埋没し、暗い二つの虫食い穴にしか見えなかった。鼻があったはずの場所にも、空気穴らしきものが残っているだけである。口の名残らしい皺は、すでにほとんど消えかけていた。

巨大な提灯のように膨らんだ胸郭の上では、ランニングシャツが伸びきり裂けている。薄く張りつめた皮膚を通して、細かく網目状に枝分かれした異様な肋骨が透けて見えた。

気球のような腹でトランクスはめくれ上がり、ほとんど脱げかけていた。股間の皮膚は疣のような無数の小突起で覆われていたが、性器らしきものはどこにも見あたらない。

一方で、不要品のように投げ出されている四肢は、脂肪や筋肉はおろか骨まで消失しているらしく、萎びた紐と化していた。先端には、黒ずんだ爪のついた五本の指の痕跡が見える。自分がけたたましい悲鳴をあげていることに、早苗は気づいた。どうしても止めることができない。剝き出しの恐怖に圧倒され、彼女は叫び続けた。

気がつくと、依田の胸にしがみついて震えていた。

「落ち着いたか?」

依田の問いにも、うなずくのが精一杯だった。

「残念だが、来るのが遅かった……。第四段階に入ったんだ」

依田が、ぼそりと言った。

早苗は、霊長類センターで撮影したビデオテープに映っていたものを思い出した。かつては、カニクイザルや、アフリカミドリザル、リスザルであった袋状の物体を。

早苗は、依田の肩越しに、大浴場の中を見やった。

さっき見た人間の後ろにいる、大勢の姿が目に入った。多くは浴槽の周囲に集まっており、入口の方を向いているものもいる。

一瞥しただけで、全員がグロテスクな変形を遂げているのがわかった。それは、カプランの手記に挟まっていた写真の光景に酷似していた。沢のほとりに並んでいた、袋状に変形したウアカリの姿に。

悪夢のような非現実感が襲ってきた。視界にうっすらと靄がかかって見える。ここがどこなのかさえ、よくわからない。自分は、ここでいったい何をしているのか。

早苗は、再び大浴場の方を凝視すると、ゆっくりと依田の腕の中から擦り抜けた。脱衣場の隅へ行き、洗面台の前に跪く。

激しく嘔吐した。何物かに胃袋をしごき上げられているような、異常な苦しさがあった。だが、頭を空っぽにしてくれるなら、どんな苦しみでも歓迎したかった。早苗は、身をよじりながら吐き続けた。

吐くものがなくなり、ようやく横隔膜の痙攣がおさまってから、早苗は後ろを振り返った。理性では、あり得ないとわかっている。だが、異様に変身した人間たちが、今にも大浴場から飛び出して、襲いかかってくるという本能的な恐怖を打ち消すことができない。

「だいじょうぶか?」

依田は、早苗の肩に手を置いた。その感触にすら、びくりと飛び上がりそうになる。

「心配しなくてもいい。もう死んでいる」

依田は、早苗の恐怖を読みとっていたらしい。

「あの人たちは、どうなってしまったの?」

「第四段階……つまり、感染者の身体に産み付けられていた虫卵が孵化し、孵化した線虫が成長して次の代の卵を生み、さらにまた孵化する。宿主の身体を食い潰し、可能なかぎり個体数を増やそうとしたんだ」

早苗は身震いした。

「ふつう、寄生虫は、宿主の体内で無制限に増殖したりはしないわ」

「例外は、いくらでもある。旋毛虫や顎口虫、芽殖孤虫……」

「でも、あの身体は？　人間の身体が、あんなふうになるなんて」

「おそらく、ブラジル脳線虫が、宿主のＤＮＡに干渉した結果だ」

「遺伝子を操作したって言うの？」

　早苗はぞっとした。じゃあ、身体があんなふうに異様な姿に変貌していく間ずっと、彼らは生きていたというのか。

「ブラジル脳線虫は、最初は脳、次に遺伝子を操作する、究極の寄生生物だったんだ。奴らは、脂肪や筋肉を餌として殖えながら、宿主の身体を作り替えるんだろう。胴体の容積を増やして増殖するためのスペースを作り、手足などの不要な器官は分解して、養分を吸い上げる」

　依田の表情は険しかった。

「林檎に巣くっている線虫と同じことで、人間の肉体は、奴らの住居兼食糧にすぎない。あの男の身体も、すでにほとんどが食い潰されて、線虫に置き換わっているはずだ。少なく見積もっても、体重の半分以上は、線虫だろうな」

　それは、いったい何頭の線虫に相当するのだろう。何億。何百億。あるいは、兆の桁だろうか。

「あの肋骨にしても、線虫で膨らんだ組織を支えるために、ああいう籠のような形になってるんだろう。ドーキンスの言ったとおり、遺伝子の腕は長いんだ。遺伝子は、生物の肉体だけでなく、周辺の環境をも設計する。ＤＮＡには、そのために必要なあらゆる命令がインプットされている……待てよ。そうか。青写真だ。そのために、あれほど多くの情報量が必要だったんだ」

「何のこと?」

「ブラジル脳線虫のゲノムのことだ。なぜ、あんなに長大なゲノムが必要だったのか。ずっと疑問だったが、今考えてみれば、何の不思議もない。ミツバチの遺伝子には、蜂の身体だけでなく、六角形の巣の形に関する情報も書き込まれている。それと同じように、ブラジル脳線虫の遺伝子には、自分の巣として宿主の身体をリフォームするための青写真が含まれてたんだ」

人間とはかけ離れた生き物である線虫のDNAに、我々の肉体を勝手に変形させてしまう情報が書き込まれている……。そう思っただけで、激しい嫌悪感が沸き起こってきた。

早苗は、あらためて大浴場を見た。そこは悪魔にとりつかれた哀れな人間たちの墓場だった。

「とにかく、私は、生存者が残っていないかどうかチェックしてみる。……まあ、その見込みはほとんどないと思うが」

「私も診ます」

早苗は、まだ嘔吐したときの涙で濡れたままの目を上げて言った。

「しかし、君は……」

「だいじょうぶ。私だって、人の死には、数え切れないくらい立ち会ってきたから」

依田はまだ心配そうな表情だったが、早苗は、ゆっくりと立ち上がった。再び大浴場に入るときには全身に鳥肌が立ち、足が竦んだ。使命感だけで、必死に、逃げ出したい気持ちを押さえつける。

『地球の子供たち』の会員たちは、みな、ダルマのような姿勢で、タイルの上に座っていた。膨張した組織が垂れ下がったために、重心が低くなり、安定を保っているらしい。

近づいてみると、彼らの多くは、さらに奇怪な変貌を遂げていた。身体のあちこちに、前衛芸術のオブジェのような異様な突起物が生えているのだ。変身が遺伝子の操作によるものだとすれば、体細胞がすべて死んだ時点でストップするはずだ。最初に見た男性より、まだ先があるに違いない。

早苗は、長く震える息を吐いた。自分でも、神経が麻痺し始めているのがわかる。二人目は、頭部の白い隆起は前とそっくりだったが、それ以外にも、腹部から首筋にかけて、びっしりと細長い突起が生え揃っている。先端が丸くなっているので、まるで、巨大なカタツムリの目のようだった。

早苗は、細心の注意で突起を避けながら、頸動脈のあたりを触診する。どうしようもなく、指先が震える。思ったとおり、体温も脈も感じられない。

「この人は、亡くなってるわ」

早苗は、むしろほっとしていた。この状態では、死んだ方が幸せだろう。

「こちらもだ」

依田も首を振った。

「だが、これは……ひどい。DNA操作に、何らかのエラーがあったのか……」

早苗は、依田の前に座っている死体に目をやった。大きな身体の各所から、てんでばらばらに細い枯れ枝のようなものが生え、ぶら下がっている。よく見ると、それらはすべて、赤ん坊くらいのサイズの人間の腕だった。ほとんどミイラ化しているが、全部で二十本以上はあるだろうか。

早苗は、目をそむけた。自分の歯がかたかたと鳴るのを、どうしても止めることができない。一刻も早く、ここから逃げ出したい。それだけが、今の早苗にとっての切実な願いだった。だが、自分の仕事は、まだ終わっていない。早苗は歯を食いしばって、一人一人の触診を続けた。

次に診た人間は、残っている髪の長さから見て女性だろう。だが、頭皮が著しく広がったために、黒髪の密度がひどく疎らになってしまい、巨大な毛虫の頭部のように見える。彼女の身体に生えている突起は、その前の遺体よりさらに発達しており、イソギンチャクの触手を思わせた。

一本が、二十センチくらいはあるだろう。皮膚から鈴なりになって生え、大きく広がろうとしたところで終わっている。先端の丸い玉も、直径一センチくらいまで発育していた。早苗は、触診しようとして伸ばした手を、引っ込めた。特に根拠はないのだが、この突起にだけは絶対に触ってはいけないという、無意識の警告を感じたのだ。

女性の身体のタイルに接している部分を見て、死斑を確認する。こんな身体では、正確な判定は無理だろうが、たぶん、死後一日というところだろうか。

大浴場の中の人間は、全部で四十三人ほど。そのうち三十人が、浴槽の周囲に等間隔で並んでいた。

何人かの遺体は、生死を確認するまでもなく、浴槽に身体の一部を突っ込んだ状態で息絶えていた。それは、昆虫や蛇が脱皮した後の抜け殻に酷似していた。人間の形はしているものの、褐色になった皮膚以外には、ほとんど何も残っていないのだ。

早苗は、浴槽の上に倒れ込んでいる骸の群れを見渡した。涙があふれそうになった。心の平安を求めてセミナーに参加した人々……。彼らは、どうしてこんな姿にならなければならなかったのだろうか。

そのうちの一人に目をやって、早苗は、はっとした。

「この人……蜷川教授だわ!」

依田が振り向いた。

「間違いないのか?」

「ええ……」

それ以上、説明する必要はなかった。窓から差し込んでくる日射しで、抜け殻の顔面の皮膚が透けて見える。それは、見事な蜷川のデスマスクになっていた。

空っぽになった蜷川は、うっすらと笑っているように見えた。

その隣には、やはり、骨の一部と皮だけになった遺体が横たわっている。こちらは、頭から破れたらしく、顔の部分には、伸びきった皮膚の残骸と白骨の一部しか残っていない。

だが、早苗は、これは森助手だと直感した。白骨には、明らかにわかる歯の不正咬合があったからである。アングルの不正咬合の分類で第二級の一類と呼ばれる、特徴的なものだった。下顎遠心咬合で、上の前歯がひどく前に飛び出している。早苗は、『めめんと』森氏の不正咬合から来る、独特の鼻声を思い出した。

黙々と、検死作業を続けていると、額を汗が伝った。今まで気づくゆとりがなかったが、大浴場の中は、湿気が籠もってジャングルさながらである。その上に、垂れ流された排泄物の臭いが押し寄せてきた。依田が、呻くような声を出した。

「この臭いは、たまらんな。窓を開けようか？」

依田が窓に近づきそうになったので、早苗は、あわてて制止する。

「だめよ。もし、外にこの臭いが漏れたら、誰かに気づかれるかもしれないわ」

「近くには、誰もいないよ」

「それでも、今は、危険は犯せないわ。それより、水で洗い流したら、どうかしら？　浴槽の栓も抜いて」

「だめだ。それこそ、絶対にまずい」

依田が、厳しい顔で反対した。

「浴槽の水を、よく見てごらん」

早苗は、依田が指さした水面に目をやった。米の研ぎ水のように、うっすらと白濁している。

「これが、奴らの最後の戦略だ。ウアカリが沢のまわりに集まっていたのも、この人たちが浴槽のまわりに集められたのも、そのためだ。ブラジル脳線虫は、難破船から逃れるように、宿主の身体を喰い破って水中に逃げ込むんだ。こんな色をしてるのは、遺体から抜け出した無数の線虫が泳ぎ回っているからだ。たぶん、まだ生きている」

「まさか……」

「これを、このまま排水口から環境中に放出するわけにはいかない。もちろん、ブラジル脳線虫が、そう簡単に日本の自然環境に適応して、都合のいい宿主を見つけられるとは思わない。裸の線虫は無力な存在だし、大部分は、生き延びられないだろう。だが、これだけ膨大な数がいると、確実にすべてが死滅するともいいきれない」

「じゃ……じゃあ、早く殺さなきゃ」

早苗は、急にパニックに駆られそうになった。

「ああ。そうだな」

依田は少し考えた。

「この人たちの生死の確認は、ひとまず中断することにしよう。感染の拡大を防ぐ方が先だ。君も手伝ってくれ」

奇怪な温室のような大浴場を出たとたん、早苗は自然に小走りになった。ようやく、忌まわしい建物から一歩外へ出ると、深海から浮かび上がったダイバーのように深呼吸をする。

のどかな秋の陽光が眩しく、フィアット・パンダのメタリック・ブルーのボンネットに、木々から剝がれ落ちた紅葉が数枚散っている。今まで見ていた地獄絵図が、嘘のようだ。

「手分けして、これを運び込もう。遺体の方は、まだ全員の死亡が確認できていないから、とりあえず、浴槽の水を消毒する」

依田は、フィアット・パンダのラゲージ・スペースから、大量の段ボール箱を外へ出した。上に載っていた早苗のカバンが、地面に落っこちた。依田は一顧だに払わなかったし、早苗も、あえて拾おうとはしなかった。患者を治療するための薬は、今や、気休めという機能すら喪失している。

段ボールには、マジックインキで、『オサミル』、『カーバム』、『ダゾメット』、『D―D』などと書かれていた。

「これは全部、土壌に注入して燻蒸するための殺線虫剤だ。線虫類は、昆虫などとは根本的に生理が異なっているから、一般の殺虫剤では効果が心許ないと思ったんだ。だが、こういう状況なら、むしろ有機塩素系の農薬でも持ってきた方がよかったかもしれないな」

二人は、車と大浴場の間を二往復して、六個の段ボール箱を運び込んだ。依田は、様々なタイプの殺線虫剤を浴槽の中に投入した。液体は、浴槽の周囲からまんべんなく注ぎ込み、顆粒状の薬も、なるべく均一に行き渡るようふり蒔く。大量の殺線虫剤は、すばやく水に溶けて、拡散していった。

「これで、水の中の線虫は全滅したかしら」

早苗は水面を見つめた。さっきまでより濁りがひどくなったようだが、大量殺戮が完璧に成功したかどうかは、見た目では判断が付かない。

「ああ。だが、念のため、流すのはもう少し待った方がいいな」

早苗の中には、高梨らの敵討ちを果たしたような、暗い満足感が生まれていた。それとともに、ブラジル脳線虫に対する生理的な嫌悪感が、ますますつのってくるのを感じる。

悪魔を、一匹残らず抹殺したい。

「全部、殺さなきゃ……！」

「ああ」

「早く！　早く、全部殺してよ。ここにいる線虫を全部、一匹残らず！」

依田は、驚いたように早苗を見た。

「早くしないと。そうしないと、また、犠牲者が……」

「だいじょうぶだ。落ち着け！」

腕を強く摑まれて、早苗はようやく我に返った。

「……遺体の中の虫は、どうするの？」

「今は、どうにもできない。とりあえず、全員の死亡を確認したら、警察に連絡しよう。その間に、線虫が外に漏れ出すことのないように、ビニール・シートか何かで包めたらいいんだが」

早苗は、うなずいた。ヒステリックになっていた自分を、恥ずかしく思う。

そのとき、ふと、背後に気配のようなものを感じた。

ぎょっとして振り返ったが、誰もいない。錯覚かと思いかけたとき、彼女は、足下近くに座っている人間に気がついた。年齢、性別はわからない。皮膚に粉を吹いているために、コンクリートの彫像のように見えるが、肉体の変形の度合いは、この中ではさほど大きくはなかった。

だが、仔細に観察すると、かすかだが、胸郭が上下しているような気がする。

早苗は、しばし凍りついた。ゆっくりとしゃがんで、触診するために、右手を伸ばす。自分の手が、瘧がついたように激しく震えているのが、まるでどこかよその世界の出来事のように目に映った。

依田も、早苗の様子がただならないのに気がついたようだった。

「……生きてるわ」

「えっ」

「この人、まだ、生きてるのよ！」

早苗は叫んだ。

「そんな馬鹿な」

依田が大股に近寄ってきて、男性の呼吸と脈拍を調べた。

「本当だ……。信じられん」

あわてて周囲にいる人々をチェックしてみると、何人かには、まだ息があることがわかった。

「どうして。こんなになって、どうしてまだ生きていられるの？」

早苗は、茫然としてつぶやいた。病人が生きていることがわかって、これほど絶望的な気持ちになったのは、初めてだった。

「霊長類センターでの実験では、大部分のブラジル脳線虫は、ダウアー幼虫のような一種の休眠状態にあることがわかっている。エネルギー消費を抑えるためだろう。それに、サルが相当長期間にわたって生き延びていたことを考えると、宿主が餓死しないように、体組織を分解して得たエネルギーの一部を与えているのかもしれない」

依田は、彼自身の恐怖を紛らそうとするかのように、早口に話し始めた。

結局、生存が確認された人々は、七人に上った。しかも、うち三人は、まだ意識があるらしかった。一人は、まだ視力さえあるらしい。目の前で、早苗が指を左右に動かすと、塞がりかけた目の中で、瞳がゆっくりとそれを追う。

「聞こえますか？　私が、わかりますか？」

早苗は、懸命に呼びかけた。顔全体が虫瘤のような突起物で覆われている。たしかに、早苗を認識しているようではあったが、声を出すことも、身じろぎすらできない状態だった。

「やめなさい。むだだ」

依田が、早苗の肩を摑んで、後ろに引き戻した。

「とても、しゃべれるような状態じゃない。サルでさえ、第四段階に入ると、一匹も声を出せなかった。声帯が養分を奪われて、枯死してるんだ」

「……でも、声が出なくたって、何らかの意思表示はできるかもしれないわ」

「彼らの意思を聞いて、それで、どうするつもりだ？　君は、彼らを助けることができるのか？」

「できないわ。でも」

「こうなってしまってから、彼らの人間としての意識を呼び覚ますのは、かえって残酷だろう」

「人間としての意識？　彼らは、まだ人間なのよ！」

早苗は、きっとして依田の顔を見た。そこに、ある種の冷酷な決意のようなものを読み取り、どきりとする。

「依田さん。この人たちをどうするつもりなの？　……まさか」

そのとき、脇から、虫の羽音のような声が聞こえた。

「ミドリチャン……」

早苗は、文字どおり飛び上がった。

中腰の姿勢のまま、おそるおそる、声のした方に目をやる。そこにいたのは、先程生存が確認されたうちの一人で、若い男性と推定できる人間だった。

頭部の膨張が甚だしいために、グロテスクな着ぐるみに入っているように見える。レンズがピンク色のサングラスをかけたままだったが、よく見ると、柄の部分はこめかみに突き刺さっていた。皮膚がその上で癒着しているので、白い骨の隆起の間から、サングラスが生えているように見える。口を動かすことはできないようだったが、まだ、亀裂のようなわずかな隙間が残っていた。

「カエッテキタノ？」

セロファン紙を震わせているように、無数の倍音の混じった低く異様な声である。

「紙のように薄くなった声帯を、震動させているんだろう」

依田が、つぶやいた。

「しゃべれるというのは、ほとんど奇跡だな」

「あなたは、私がわかるの？　私の言うことが、聞こえますか？」

早苗は、青年の前にかがみ込んだ。

「……ボク、コンナニナッチャッタ」

声は青年の咽喉のあたりから響いてくる。彼は、早苗を誰かと取り違えているようだった。

『ミドリちゃん』というのは、ガールフレンドだろうか。

早苗は、青年の目を見た。大浴場の窓から射し込む光を反射し、きらきらと輝いている。早苗は、依田の実験室にいたウサギの目を思い出していた。外界の認識能力が失われ、ただ照明を反射して、ぎらぎらと輝く目。

だが、青年の目は、まだ清明な意識を保っているような感じがする。無限の後悔と絶望がひしひしと伝わってくるのだ。この段階に至っても、ブラジル脳線虫から与えられる快感が恐怖をうち消し、青年から、完全に発狂するという最後の逃げ道さえ奪っているのかもしれない。だが、人間が、これほど惨めな状態にあっていいものだろうか。

「どうしたらいいの？」

早苗は、途方に暮れた。すると、依田が静かな声で言った。

「楽にしてやろう」

「そんな」

早苗は、息をのんだ。

「そんなこと、できないわ！」

「じゃあ、どうするんだ？　このまま、警察に通報するか？　そうすれば、我々が罪に問われることはない。だが、この連中はどうなる？　病院へ収容されても、治療は不可能だ」

「でも、私たちに、人の命を奪う権利はないもの」

「彼らの処遇を、一度、公的な機関に委ねてしまったら、安楽死は不可能になる。日本では、そういう法律が整備されていないからだ。彼らは、自然死するまで、この状態で放置されるんだぞ。今まで保ったんだ。あと、どれくらい生き永らえるかわからない。その間、彼らをずっと苦しませておくのか？」

「でも、もし、この人たちが生きたいと思っていたら」

「君が彼らと同じようになったら、それでも、まだ生きていたいと思うか？」

「思わない。でも……」

殺人の禁忌(タブー)とヒューマニズムのジレンマは、ターミナルケアの現場で、何度も早苗の脳裏に去来した問題だった。だが、これほど過酷で恐ろしい状況には、まだ、一度も直面したことがない。

「……シテ」

青年の声がした。

「コロシテ」

今度は、はっきりと聞こえた。二人は、はっとして、彼の巨大な頭部を見つめた。彼の目には、自分の姿を認識する知性の光が宿っていた。たとえそれが、一片の救いもとどめない純粋な絶望であったとしても。

「彼は、はっきりと自分の意思を伝えた」

依田は、決然とした調子で言った。

「ほかの人間には意思表示の手段がない。彼の言葉は、全員を代表したものと受け取るべきだ」

「わかったわ」

早苗は、『鬼手仏心』という言葉を思った。人間としての尊厳を守り、耐え難い悲惨な状況から解放するためには、一刻も早く彼らを死なせてやらなくてはならない。たとえそのために、後に刑事罰に問われることになったとしても。

二人は大浴場を出た。建物の中を探すと、一階の厨房(ちゆうぼう)脇と二階に消火栓の扉があった。開けてみると、折り畳まれた布製のホースが見つかった。ガレージと大浴場は隣り合っているから、長さはこれで充分だろう。さらに早苗は物置の中を探して、ツール・ボックスと新品のガムテープを何巻か見つけた。

その間に、依田はガレージへ行った。内側からシャッターを開け、フィアット・パンダを入れるエンジンの音が聞こえてくる。早苗がホースを抱えてガレージへ行くと、依田が、パンダの後部を、ガレージのドアぎりぎりまで寄せているところだった。

ガレージには持ち主が不明のパジェロとマーチが入っていたが、パジェロには、キーが差したままになっていた。依田は、パジェロのエンジンもかけ、パンダに接触しないように気をつけながらバックさせた。

二人は手分けして、消火栓のホースをフィアット・パンダとパジェロの排気筒につなぎ、継ぎ目をガムテープでぐるぐる巻きにした。二本のホースの先は、廊下を通って大浴場に導く。

大浴場の曇りガラスにカッター・ナイフで深い傷を付け、周囲をガムテープで補強してから金槌で叩く。ガラスが割れ、小さな穴が開いた。そこに二つのホースの先を入れて、脱衣場にあったタオルで隙間を塞ぎ、ガムテープで固定する。それから、ドアの隙間を慎重に目張りした。

作業の途中で、早苗は、大浴場の中から、奇妙な音が聞こえてくるのに気づいた。

耳を澄ます。さっきの青年が、一人で何かをしゃべっている。だが、そこには、奇妙な節回しが加わっていた。

しばらく聞くうちに、同じ抑揚、高低のパターンが繰り返し出てくるのに気がついた。これは、メロディだ。愕然とする。彼は歌っているのだ。

早苗は、耳を澄ませた。それは、彼にできる人間らしい最後の営為だ。せめて、自分一人でも、最後まで聞いてやりたかった。

ふと、『夢がかなう、あの教室へ』という言葉が聞こえるような気がした。

でも、もういいわ。やめて。喉が破れちゃうわ。早苗は、作業を続けながら、ぽろぽろと涙を流した。

目張りが完了すると、ガレージへ行って、依田に合図した。依田は、いったん切っていたフィアット・パンダとパジェロのエンジンをかけた。

ホースが少し膨らみ、排気ガスが流れていることがわかる。途中でホースが折れ曲がっていないか点検しながら大浴場に行くと、もう、『歌』は聞こえなくなっていた。

気になって、早苗が中の様子に耳を澄ませていると、静寂を破り、異様な嗄れ声が響いた。

「サオリチャン……」

それっきり、後は沈黙が訪れた。おそらく、紙のようになった彼の声帯には、負担が大きすぎたのだろう。

早苗は、そっと涙を拭った。

大浴場の広さを考えると、排気ガスでいっぱいにするまでには、かなりの時間がかかりそうだった。その間に、二人は、もう一度セミナーハウスの中をくまなく調べた。

厨房にあった大型の業務用冷蔵庫を開けると、中から、冷凍された三頭の灰色のサルの死骸が出てきた。モンクサキだ。これもブラジル脳線虫の卵で濃厚に汚染されているはずであり、処分する必要があった。

二時間半後、依田は車のエンジンを切ると、フィアット・パンダを正面玄関の前に出した。

二人は大浴場に戻って、ドアと窓を開け放し、排気ガスを追い出す。臭気が外に漏れることには、もうかまっていられなかった。浴槽の栓も抜き、無数の線虫の死骸を含んだ水を、排水溝から流した。ホースとガムテープを処分し、安楽死の証拠が残らないようにする。

生存を確認していた七人は、全員死亡していた。唯一しゃべることのできた、あの青年も、すでに冷たくなり始めている。生地獄のような苦しみは終わった。だが、本当に、これでよかったのだろうか。早苗は、あらためて自分のやったことに気づき、おののいた。

自分は人の命を奪ってしまった……。

だが、今はまだ、後悔や感傷にひたっているときではない。やるべきことは、まだ残っていた。ロバート・カプランは、どんな思いで妻の遺体と一緒にケロシンをかぶって火をつけたのだろうか。そう思って、怯みそうになる心を励ます。

依田が、セミナーハウスのガレージから、ポリタンクに入ったガソリンを見つけだして持ってきた。もし、フィアット・パンダのガソリンを汲み出さなければならなかったら、帰りにガス欠の心配をしなければならないところだった。すでに重大な違法行為に手を染めてしまった以上、この近辺で給油をするわけにはいかなかったからだ。

二人がかりでポリタンクを抱え上げて、遺体の上に念入りにガソリンを撒布した。頭蓋の深奥部まで、すっかり焼きつくすか、充分な高温にする必要がある。モンクサキの死骸も、遺体と一緒に並べてガソリンに浸した。

大浴場の奥の方の遺体から、順番に作業を進めていった。唯一しゃべることのできた青年の頭からガソリンを注ぐとき、早苗は胸が痛んだ。うなだれた巨大な顔をピンクがかったガソリンが伝い、あごの先からぽたぽたと流れ落ちた。ごめんね。でも、こうしなければならないの。あなたみたいな苦しみを、ほかの人に味わわせないためには……。

早苗が、何気なく依田の姿を目で追ったとき、彼のすぐそばに佇立している遺体が目に入った。ほかのどの遺体よりも変形の度合いが大きく、かなり前に死亡しているのが明らかだったので、さっきは、ほとんど調べていない。

おそらく、かなり長い間生存していたのだろう。遺体の全身には、長さ四、五十センチにまで成長した触手が鈴なりになっていた。その先端には、薔薇の蕾のような形をした器官がついている。その姿は、全身に無数の毒蛇が蠢くメドゥーサを思わせた。

依田が遺体の前で方向転換しようとしたとき、早苗は、あっと思った。警告の叫びを上げようとしたが、一瞬早く、ポリタンクの口が一本の膨らんだ蕾に接触する。

その瞬間、遺体から生えている触手の、すべての蕾がいっせいにパチンと弾けた。

早苗と依田に向かって、大量の白濁した粘液が吹き付けられる。

「洗い流せ！　早く！」

依田の荒々しい怒鳴り声を聞きながら、早苗は大浴場を飛び出した。洗面台に頭を突っ込んで、髪に水をかけて必死で洗う。

すでに、胃の中には何も残ってはいなかったが、途中で、こみ上げてくる胃液を何度も吐いた。悪しきものを、全身全霊で拒絶するかのように。

ようやく髪の毛から粘液の感触が取れたとき、依田が、むっつりとした顔で、大浴場から出てきて、ポリタンクを置いた。濡れネズミになっているところを見ると、大浴場の中のシャワーを使ったらしい。

「ちくしょう。まさか、あの突起が、罠だったとはな。最後の最後に、あんな芸当を……」

「……だいじょうぶ?」

「ああ。これ以上、あの中にいると危険だ。ガソリンは、もう充分だろう」

依田は、大浴場から廊下を通って正面玄関の外まで、ガソリンで細い筋を引いた。砂利道の上でポリタンクを置き、ライターで火をつけると、炎は、躍り上がるように、地面に書かれた黒い線の上を逆流していった。

フィアット・パンダが元来た道を戻っていく間に、爆発音が聞こえ、大浴場のガラスが吹き飛んだ。ボンネットの上にまで、微細なガラスの破片がばらばらと落下する。

早苗が助手席から振り返ると、セミナーハウスは、真っ黒な煙を上げ、激しく炎上しているところだった。

十七章　悪　夢

早苗は、蜒々(えんえん)と続く長い廊下の途中にいた。

妙に後ろが気になる。誰かに追われているような気がして、しかたがないのだ。

ホスピスの廊下に人影はない。だが、周囲には、人の気配が濃密に漂っていた。どこかで息を潜めているような。

早苗は、並んでいる部屋のドアを順番に開けてみたが、どれも、中はがらんどうだった。

入院患者は、一人もいない。みな、死んでしまったのだろうか。

見覚えのある、木製のドアが目に付いた。土肥美智子医師の部屋だ。

早苗は、ドアをノックする。どうぞ、という声がした。

ドアを開けると、美智子先輩は後ろを向いて、机に向かって書き物をしていた。顔を伏せたまま、

「どうかしたの？」と言う。

「たいへんなんです。みんな、おかしくなってしまって」

「おかしいって？」

「みんな、ぼんやりして、天使の羽ばたく音や、囀(さえず)る声を聞いてるんです。それは幻覚なんですけど、本当は、頭の奥に食い込んだ線虫のせいなんです。線虫は、蛇と同じように大地母神(ガイア)

の子供で、人に夢を見させるんですが、放っておくと、とても恐ろしいことになるんです」

早苗は、懸命に訴えた。思考に焦点が合わず、自分でも説明がもどかしい。

「それは、たいへんね。みんな、そうなの？」

「ええ。まわりの人が全部。どうしたらいいでしょう？」

「そうねえ」

美智子先輩は、書き物をしている手を止めた。

「困ったわねえ。私が行ってあげられるといいんだけど、私、ここから動けないから」

「どうして、動けないんですか？」

「知りたいの？」

「ええ……」

美智子先輩の座っている回転椅子が、くるりとこちらを向いた。

彼女の両脚は、細い紐のような物体に姿を変えていた。

「急にこんなふうになっちゃって、歩けないのよ。それとも、あなたが椅子を押してってくれるかしら？」

早苗は、茫然と彼女を見つめた。

「どうしたの？　そんなに私を見て。私、変わった？」

美智子先輩は微笑していた。だが、その顔は異様に膨らみ、白い骨の隆起が何本も走っている。

早苗は首を振った。

「どうしたの？　ねえ、北島さん……」

早苗は、部屋を飛び出した。

土肥美智子先輩の忌まわしい姿を見てしまった今では、少しでも早く、この場を遠ざかりたいと思った。だが、いっこうに身体が前に進まない。

どこからともなく、人間とは思えない異様な声が聞こえてきた。歌のようだ。しかし、何を歌っているかまでは聞き取れない。なぜか、それを聞くと涙が出そうになる。

廊下の曲がり角まで来たとき、福家が、ひょっこり姿を現した。

「先生。どうしたんですか？」

「たいへんなの。助けて」

「いいすよ。どうぞ」

福家は、早苗に手をさしのべた。彼の手を握ろうとしたとき、彼がまだ、腕組みをしたままなのに気がついた。片方の手を差し出しながら、どうして、そんなことができるのだろう。よく見ると、それだけではなかった。彼には、ほかにも余分な手がたくさんあるようだ。何しろ、身体中に、手が生えているのだから。

「どうかしたんですか？」

福家が腕組みをとくと、提灯（ちょうちん）のように膨らんだ胸郭が露（あら）わになった。肋骨（ろっこつ）が奇妙な具合に分岐し、網の目になっている。その間を、何か細長いものが行き交っているのが、ちらりと見えた。

早苗は、黙って後ずさりした。

「北島先生。どうして逃げるんすか？　先生……」

心外そうな彼の叫びを聞きながら、早苗は必死で逃れた。福家はまだ、自分で異状に気づいていないのだろうか。だとしたら、彼がそのことに気づく前に、逃げなくてはならない。

後ろを振り返ると、福家の姿はなかった。その代わりに、ずっと彼女を追ってきたものの影法師が見えた。

メドゥーサのように、たくさんの蠢く細い影を生やしている。

早苗が恐怖に立ち竦んでいると、それは、角を曲がって姿を現した。

怪物の正体を見て、早苗は、胸が潰れるような悲しみを味わった。

「さなえー。逃げないでよー」

それは、親友の晶子だった。だが、その姿は、晶子のものではない。全身に、異様な形の触手が生えている。触手の先端にはたくさんの蕾があり、そのいくつかは、すでに開花していた。青ざめた顔は、何かに押し潰されたようにひしゃげており、両眼はずっと閉じたままだった。

「晶子……お願いだから、こっちへ来ないで!」

「いまさら、何、驚いてるのよ。私たちってさあ、元々みんな、蛇の化身なんじゃない」

その言葉どおり、晶子の下半身は、巨大な蛇だった。目を閉じ、耳まで大きく裂けた口で、にやにや笑いながら、這うようにこちらへ近づいてくる。

早苗は走り出そうとした。だが、足下を白濁した水が浸しており、思うように走ることができない。水の中では、無数の糸屑のような生き物が蠢いていた。

いつのまにか、ホスピスは燃えさかる炎に包まれている。

ようやく、出口が見つかり、早苗は外へ飛び出した。

誰かが待っている。こちらに向かって、手招きをしていた。

そちらに走ろうとしかけ、早苗は、疑念にとらわれて立ち止まった。もしかすると、今度もまた……。

自分が駆け寄ろうとしていた人物には、顔がなかった。疑惑は加速度的に膨らみ、恐ろしい確信へと変わっていく。

その姿が完全に視界に現れたとき、早苗は絶叫した。


最初に現実との接点を回復したのは、骨と筋肉の固有感覚だった。自分が、うつぶせに横たわった姿勢であることを認識する。次に、手足の触覚が、抱きついている物体の、毛羽立った表面とふかふかした柔らかさを感じた。

これは、ソファだ。その瞬間、記憶がよみがえる。

そうだ。久しぶりに依田と会って、食事に行き、その帰りに、タクシーで彼のマンションへ来たのだ。たしか、西武池袋線の東長崎駅の近くだった。高さ制限の緩やかな時代に建てられたらしく、かなり老朽化しているが、タクシーを降りて見上げた建物は、十一階建ての威容を誇っていた……ここは、その最上階。

依田と一緒にウィスキーを飲むうち、つい、ソファでうとうとと微睡(まどろ)んでしまったらしい。

「だいぶ、うなされてたな」

依田の声がした。早苗は、目を開けた。蛍光灯の眩(まぶ)しい明かりが網膜を灼(や)き、すぐにまた目を閉じる。

そう答えてから、ようやく完全に目が覚めた。早苗はソファの上に座って、目を擦（こす）った。全身が、汗びっしょりだった。

「顔色が、真っ青だぞ」

依田が来て、隣に座った。

「スカートが、皺（しわ）になっちゃったわ……」

早苗は、自分の身体を見下ろした。

「なんだ。震えてるじゃないか」

依田は、早苗の肩を抱きしめた。早苗は、しばらくぼんやりとしていたが、急に依田の腕にひしとしがみついた。

「どうした？」

「怖かったの」

「夢なんだろう？」

「だけど、怖かったのよ」

早苗は依田の胸に顔を埋め、声を殺して泣いた。

セミナーハウスでの出来事以来、この一ヶ月間というもの、ひとときも気持ちが休まることがなかった。だが、今、ようやく、心の鎧（よろい）を脱ぎ捨てることができた。あの恐ろしい体験を共有した依田の、腕の中で……。

依田は当惑したようだったが、辛抱強く背中をさすりながら、早苗が落ち着くのを待ってくれた。

「私って、だめね」

「どうして？」

「こんなに脆いなんて、思わなかった……」

「無理もない。あんなことがあったんだからな」

早苗はまた、嗚咽を漏らした。

「だいじょうぶ。心配ないよ。全部、終わったんだ。全部……」

「本当？　本当に、全部？」

「ああ」

依田は、早苗をそっと引き離そうとしたが、彼女は依田のシャツの背中を固く握ったままだった。

「事件のこと……警察は、どう思ってるのかしら？」

「あいかわらず、五里霧中だろう」

「でも、もし、私たちが、あそこにいたことがわかったら」

「わかるわけはない。我々とあの事件とを結びつける物証は、何一つ残っていない」

依田は、かなり楽観的なようだった。

実際、一ヶ月後の今日に至るまで、警察からは何の公式発表もなかった。メディアでも、人民寺院事件のような狂信集団の集団自殺であるという説と、未曾有の大量殺人との見方が、対立したままである。

だが、早苗には、日本の警察がそれほど無能だとは思えなかった。たとえセミナーハウスの遺体がすべて黒焦げになっていたとしても、骨の形状くらいは判別できるのではないだろうか。早苗は、あの網目状の肋骨を思い出し、身震いした。さっきの夢にも出てきたように、その映像は、瞼に鮮明に焼き付いている。

もしかすると、警察は、事態の異常性を充分把握した上で、メディアに対して情報管制を敷いているのかもしれない。そうでなければ、これほど捜査の進捗がないことには説明がつかなかった。

「でも、線虫のことは？」

「心配しなくてもいい。実験室のブラジル脳線虫は、すべて処分した」

そう聞いて、早苗は複雑な気分に襲われた。ブラジル脳線虫に関する研究を完全に放棄してしまうのは、正しい選択なのだろうか。

「私、本当にあれでよかったのかって思うの」

「彼らを、安楽死させたこと？」

早苗は、首を振った。

「もしかすると、何もかも焼いてしまったのは、間違いだったんじゃないかしら？」

「どうして？」

「あの人たちの遺体は、ブラジル脳線虫の危険性を示す歴然とした証拠よ。あれを見ていれば、どんなに分からず屋の官僚でも納得したはずだわ」

「だが、あのままにしておいたら、我々は、今ごろ殺人犯だ」

早苗は、依田を身勝手と非難する気にはなれなかった。自分も、同じことを考えたから、セミナーハウスに放火する手助けをしたのだ。だが、本当に、それでよかったのか。

依田は、早苗の髪の毛を掻き上げ、目の中を覗き込んだ。

「たしかに、ブラジル脳線虫の感染を心配する君の気持ちはわかる。だがそれは杞憂だ」

「そうかしら？」

「人間がブラジル脳線虫に出会ったのは、たまたま不幸な偶然が積み重なったからだ。今後、感染の機会があるとは思えない」

「でも、万に一つでも可能性があれば」

「ブラジル脳線虫の棲息域がごく限られていることと、事実上、食物を通じてしか感染しないことを考えると、確率は、万に一つもないよ」

早苗は、しばらく黙り込んだ。依田の言っていることは、現実的判断としては正しいのかもしれない。だが、どうしても割り切れない思いが残る。セミナーハウスで亡くなった人たちの犠牲は、まったく無意味だったのだろうか。

「もう、忘れた方がいい」

依田は、励ますように早苗の肩を叩いた。

「少しは、元気になった？」

「ええ。ありがとう」

早苗は、ようやく彼の胸から離れ、はにかんだ笑みを浮かべた。

「何だか、喉が渇いちゃった」

依田は、にやりとした。

「飲み過ぎるからだ」

「あなたが、無理に勧めたからよ」

「わかったよ。何か、飲み物を取ってきてあげよう」

早苗は、キッチンへ入っていく依田の後ろ姿を見送った。自分一人では、とうていこの重圧を乗り切れなかっただろうと思う。

これまで自分は、自立した人間、自分の面倒は自分で見られる人間だと思い込んできた。それどころか、苦しんでいる人たちの救済者を気取ってさえいたのだ。ところが、いざ問題が自分では処理しきれないくらい深刻になると、結局は、自分よりも強い人間に頼ることしかできないとは。早苗は自嘲した。

それにしても、依田はなぜ、そこまで強くなることができたのだろう。彼もこの一ヶ月間は、自分と同じく、異常な重圧下に置かれていたはずなのに。

依田が、キッチンから出てきた。飲み物を取りに行っただけにしては、ずいぶん時間がかかったようだ。

「さあ、これを飲んでごらん」

依田が差し出したのは、湯飲みに入った緑色の液体だった。

「何なの、これ?」

「薬草茶だよ。ハーブのほかに、クロレラのような藻が入ってる。気持ちが落ち着くはずだ」

早苗は、湯飲みを受け取ると、口元へ持っていった。どろりとした緑色は、滝沢優子が死んだ手賀沼を思わせた。漢方薬特有の、鼻につく臭いがする。ふだんなら、どうということはなかったかもしれないが、今は、その臭いを嗅いだだけで胃がむかむかして、とても受け付けそうにない。

「どうした？」

早苗は、湯飲みをテーブルの上に置いた。

依田が、もの問いたげな視線を向けた。

「何だか、臭いがきつくって。飲めないわ」

「鼻をつまんで、一気飲みしてごらん」

早苗は首を振った。

「ごめんなさい。せっかく持ってきてくれたのに。私、水でいいわ」

「じゃあ、何か別の飲み物を持ってきてあげるよ」

依田は、また立ち上がった。

「水道の水でいいのに」

「いいから、いいから」

依田は、先に立ってキッチンに入ると、冷蔵庫のドアを開けた。

「ダイエットコークでいいかな？」

「ええ。ありがとう」

本当は、天然水がベースの飲料が欲しかったのだが、あまり我儘ばかり言うのも憚られた。

早苗は、依田の手渡した缶のタブを開けて、冷たくて甘い液体を飲んだ。喉が渇いていたので、思ったより美味に感じられた。

「半分、分けてくれないか？」

早苗が缶を差し出すと、依田は首を振った。

「そうじゃない」

「えっ？」

「君に、飲ませてほしい」

早苗がきょとんとしていると、依田は笑い出した。

「君から飲ませて欲しいって、言ってるんだよ」

早苗は、依田をじらすために、しばらくの間、考える仕草をしていた。幼い子供のように、缶を口に当てたままで。

それから、首を傾げて、コークを一口含む。吹き出しそうになるのをこらえながら、依田の顔を覗き込む。

依田が顔を近づけてくると、缶を持ったまま両手を彼の首に回し、唇を合わせた。

頭から熱いシャワーを浴びて、早苗は、身体がすっかり冷え切っていたことに気づいた。うたた寝していたときに、ひどく汗をかいたからだろう。

彼女は目を瞑り、大きな吐息をつきながら、滝のように熱い湯に身体を打たれる感覚を楽しんでいた。やっと、人心地がついたような気がする。

今日は、最初から、依田に抱かれる覚悟をしてきた。彼には、自分のすべてを知って欲しい。

悪夢の残滓をすっかり洗い流し、生まれ変わったような気分で彼を迎えたかった。

だが、いつのまにか、さっきの夢のことを考えていた。

一つだけ、どうしても不思議でならないことがあった。なぜ、土肥先輩や福家、晶子が化け物の姿で現れたのだろうか。

三人とも、実際には、ブラジル脳線虫の感染は受けていない。しかも、程度の差こそあるものの、自分が信頼を寄せている人たちばかりである。

早苗が、これまでカウンセリングした人々の見た夢の中には、未来を予知したとしか思えないようなものもあった。常識的に考えれば、それは、意識が見過ごしていた様々な情報が、寝ている間につなぎ合わされて、論理的に将来起こりうることを予測したということになるのだろうが。

だが、夢は、ストレートに予測した結果を見せるのではなく、何らかの歪曲が加えられていることが多い。それは、逆夢となったり、マクベスの魔女の予言のような謎かけの形をとることもある。

それでは、さっき見た夢はどうだろうか。

信頼していた人たちが、怪物になってしまう。これは、信頼を裏切られるという予兆かもしれない。誰も信じるなと、無意識が警告しているのだろうか。

あるいは、裏返しの解釈もできる。当然のことながら、土肥美智子や晶子は、怪物などではない。

だとすると、夢に怪物としては登場しなかった人物が、本当は怪物であるということになる……。

バカバカしい。早苗は苦笑した。

極度の精神的な疲労から生まれた悪夢に、意味など求める方がどうかしている。

早苗は、コックを閉めて湯の奔流を止めると、固く絞ったタオルで身体を隅々まで拭った。バスルームを出ると、今度は、バスタオルで残った水気をきれいに拭き取る。

鏡に映った自分の顔は、シャワーを浴びる前と比べて、明らかに元気を取り戻しているように見えた。

外していたサファイアの指輪を指にはめようとしたとき、手が滑った。指輪は、鉛直に落下し、洗面所のゴミ箱の中に落ちた。

早苗は、ゴミ箱の中を覗き込んだ。中は、紙屑やシャンプーの空き瓶などでいっぱいになっている。重い指輪は、一番底にまで落ちてしまったらしい。

やむをえず、早苗は、上から順番にゴミを取りのけていった。すると、きらりと光るものが目に入った。手を突っ込んで取ったが、指輪ではないことは、すぐにわかる。もっと、ずっと軽いものだ。

目の前にかざしてみると、それは、空になった薬のパッケージの一部だった。

捨てようとしたとき、何かに気づいた。

もう一度、パッケージをよく見る。そこに書かれていた記号は、早苗のよく知っているものだった。

頬が固くこわばるのを感じる。

早苗は、ゴミ箱の中身を、すっかり床の上に出した。

指輪も見つかったが、彼女の注意が引きつけられたのは、別のものだった。さっきと同じようなパッケージが、いくつも見つかったのだ。しかも、それぞれ違う種類の。

強力精神安定剤である塩酸クロルプロマジンとハロペリドール……。この二つの薬は、脳神経の別々の受容器を阻害することで、ともにA10神経系の異常興奮を抑える。ほかに、抗不安薬のメイラックス、抗鬱薬(こううつやく)のイミプラミン、クロミプラミン、それに炭酸リチウム製剤のリーマスまであった。

心臓が、激しく動悸(どうき)を打ち始める。

蜷川も、たぶん同じような薬を使っていたはずだ……。

そんなことは絶対にありえないと、懸命に否定する。

だが、依田がこれほど多量の抗精神剤を必要とする理由は、彼女には、一つしか考えられなかった。

「早苗」

洗面所のアコーデオン・カーテンのすぐ外で、依田の声がした。早苗は飛び上がった。

「化粧を直し終わったら、私もシャワーを浴びたいんだがね?」

「ごめんなさい。今、出ます」

早苗は、あわてて床に散らばったゴミを拾い集めた。

「私にすっぴんを見せるのを、そんなに怖がらなくてもいいんだよ」

早苗は、無理に明るい声を絞り出した。

「……そうはいかないわよ。私も、もう、二十歳じゃないんだから」

「二十歳とは、恐れ入ったね」

どうにか音を立てずに、ゴミを元通りにできた。早苗は、手早く服を身につけ、アコーデオン・カーテンを開けた。

「お待たせしました」

依田は、彼女の姿を見下ろした。

「何だ。また服を着たのか？」

「裸でいるわけにもいかないでしょう？」

「どうせ脱ぐんだから、バスタオルでも巻いておけばいいのに」

「嫌よ」

「どうして？」

「私にも、そのくらいのデリカシーはあるんです」

「それは、失礼」

依田が代わって浴室に入り、ほどなく、激しい雨のような水音が響き始めた。

早苗は、しばらくその場に立ちつくしていた。さっきまで感じていた不安が、急に、実体のないものに思えてきたのだ。

依田は、たしかに抗精神剤を常用しているらしい。だが、ある意味では、それも当然ではないか。あれほど恐ろしいストレスを乗り切るためである。彼が、自分の前で平然とした態度をとっていられたのも、薬の助けを借りていたのだと考えれば、納得がいく。

早苗は、強いて自分を安心させて、リビングルームへ戻ろうとした。だが、そのとき、どうしても説明のつかない薬が一種類あるのに気がついた。

リーマスだ。

炭酸リチウムは、抗躁剤以外の目的に使われることはない。ストレスを和らげるためなら、強力精神安定剤や抗鬱剤は有効かもしれないが、抗躁剤は何の役にも立たないはずだ。

そのとき、背後から、かすかな唸り声のようなものが聞こえてきた。

早苗は、一瞬ぎくりとして立ち竦んだが、すぐにそれが、機械の音であることに気がついた。モーターかコンプレッサーのような。冷蔵庫だろうか。

……だが、それは、背後から聞こえている。

キッチンは、自分の前方だ。背後にあるのは、おそらく、依田の寝室と書斎だろう。

早苗は、暗い廊下の突き当たりにある二つのドアを見つめた。わずか四、五メートルの距離だが、そこまで行ってドアを開けることが、とてつもない難事業に思える。

音は、三十秒ほどで止んだ。

心の底から、見たくないと思った。未知の扉を開ける恐怖は、セミナーハウスの大浴場を思い出させる。だが、どうしても、確かめないわけにはいかなかった。

早苗は足音を殺して、廊下の突き当たりまで進んだ。部屋が二つ、並んでいる。右側の部屋のドアを開ける。寝室だった。見渡してみても、特に異状は見られない。そっとドアを閉めた。

左側のドアを開けたとたんに、かすかな機械の作動する音が聞こえた。さっきのコンプレッサーの唸り声とは違う。空気がひんやりと冷たいのを感じる。

ほぼ真正面の高い位置に、緑色の目のようなものが光っていた。窓の上に取り付けられたエアコンが作動し、冷気を噴き出している。十一月も半ばをすぎているというのに……。

早苗は、明かりを点けずに中に入った。そこは思ったとおり、書斎だった。正面の窓際には、パソコンの載った机と椅子があり、机の反対側の壁面は、専門書でいっぱいの本棚が三つ並んでいる。

そして、左奥の角には、暗い色をした中型の冷蔵庫が置いてあった。

早苗は鳥肌の立った両腕をさすった。まるで氷室の中のように、きんきんに冷房が利いている。おそらく10℃以下になっているだろう。ふつうのエアコンでは、これほど極端な温度設定はできないはずだが、わざわざ改造したのだろうか。

早苗は、冷蔵庫の前に立った。これだって、別に異常なことじゃない。自分にそう言い聞かす。依田は線虫の専門家だ。ときには、試料を自宅に保管する必要だってあるかもしれない。

冷蔵庫には、鍵がかかっていた。鉄板にドリルで穴を開けて、面付け錠をネジ止めしてあるのだ。

早苗は、机の引き出しを調べた。真鍮製らしい小さな鍵が、プラスチックでできた名刺の空き箱の中に無造作に転がっていた。

解錠しようとして手が震え、指先から鍵が滑り落ちた。急いで拾い上げ、鍵穴に入れて回す。思ったより大きな音がして、ぎくりとする。

冷蔵庫の扉を開けると、薄暗闇に光が射す。だが、それとともに籠っていた空気が解放されて、部屋の温度はさらに急降下したようだった。

早苗は、身震いをしながら中を見た。

冷蔵室内のしきりだけでなく、冷凍室との境の壁まで取り払われて、高さが八十センチくらいある金属製の容器が納められていた。前に、依田の研究室で同じものを見た覚えがあった。

おそるおそる、容器の蓋に触れてみる。ひどく冷たかった。アルミニウムの蓋は、口の外径より一回り大きく、上から被せてあるだけである。密閉すると爆発の危険があるからだ。よく見ると、冷蔵庫のパッキンにも、外へ気体を逃がすための穴が開けられていた。中に入っているのはたぶん液体窒素だろう。蓋を取ると、案の定、ドライアイスのような白い煙が流れ出す。

容器の口には、フックのような金具が引っかけてあった。うっかり触れると、指先の皮膚が貼りついてしまうかもしれない。指にハンカチを巻いてから、金具を引っ張り上げる。金具の先は細長い金属製の棒になっていて、花弁のような形の六つの輪がついていた。うち、五つの輪にプラスチックの試験管が差してあり、一つだけが空きになっている。すでに一本は、解凍済みということだろうか。

試験管の外側は白い霜で覆われ、中身は見えない。

喉元に、何か固いものがせり上がってくるような気分だった。

まだ、決めつけるのは早すぎる。これは、C・エレガンスのような、ただの線虫かもしれないからだ。

だが、そう考えるには無理があることに気がついた。設備が不充分な自宅で線虫を凍結保存するためには、頻繁に液体窒素を運んでは、注ぎ足さねばならない。あえて、そんな面倒なことをする理由があるだろうか。

一方、もしこれが、ブラジル脳線虫だったとしたら。

ずっと研究室に置いておけば、いつ誰の目に触れるかわからない。わざわざ自宅に持ってきたというのも、うなずけなくはない。

だが、依田はブラジル脳線虫はすべて処分したと言ったはずだ。なぜ彼は、嘘をつかねばならなかったのか。自分を安心させるためというのも、著しく説得力に欠ける。

早苗は、ゆっくりと試験管を元に戻した。呼吸が早くなっている。どうしようもなく手が震えるため、凍った試験管同士が触れ合って、かちゃかちゃという音を立てた。

……自分は、事実から目をそむけようとしていた。これだけの状況証拠があれば、依田がブラジル脳線虫に感染しているということは明らかではないか。

凍結された試験管に、捨てられていた薬のパッケージ。セミナーハウスでの事件以来、これほど重圧のかかる状況が続いているのに、ほとんどストレスを感じていないように見えること。

そして、彼には感染する機会があった。大浴場で、異様に変形した遺体から、粘液のようなものを吹き付けられたときだ。自分は、今までに何の症状も出ていないのを見ると、すぐに洗い流したことで事なきを得たらしい。だが、依田も同じくらい幸運だったとは限らない。

数時間前の、フランス料理店での食事を思い出す。せっかくのフルコースも、早苗はほとんど喉を通らなかったのだが、依田は、一皿残さずきれいに平らげていた。

そして、今晩の彼は、いつになく、性的な衝動を抑えかねているように見える。背筋に、震えが走った。依田は、高梨とほとんど同じ症状を見せているのだ……。

早く逃げなくては。早苗はそっと書斎を忍び出た。

玄関へ向かおうとしたとき、全身の血が凍りつくようなショックを受けた。

洗面所のアコーデオン・カーテンが開き、バスローブを着た依田が現れたのだ。たった今、シャワーから出たばかりなのだろう。髪の毛が濡れ、かすかに湯気が立っていた。あいかわらず口元には笑みを浮かべているが、眼光は、これまでに見たことがないほど険しかった。

「そこで、何をしてるんだ？」

依田は、静かな口調で訊ねた。早苗は、金縛りにあったように身体を固くしていた。何か言い訳をしなければと思うが、声を出すことができない。

少し前までは、あれほど安心感を与えてくれたはずの笑みが、今は、まったく違ったものに見える。

「早苗？」

「別に。ちょっと退屈しただけよ」

やっと声が出た。

「ずいぶん、長いシャワーだったわね」

「たったの五、六分だ。自分のことは棚に上げて、よく言うね」

依田の眼光が和らいだ。

「だが、それだけ君は、待ち遠しかったってことだな」

「……そうかもしれないけど」

依田は、大股に早苗に近づいた。早苗には、後ずさりするいとまさえなかった。彼の顔を正視することもできず、うつむいていると、視界いっぱいに依田の胸が迫ってくる。

長く強力な両腕で肘のあたりを摑まれ、引き寄せられると、身体が浮き上がり、あっという間に抱きすくめられていた。

「ね、ねえ、ちょっと……」

早苗は腕を突っ張ろうとしたが、彼の腕の中では、どんなに頑張っても、まったく身体の自由は利かなかった。胸郭が圧迫されて、呼吸すらままならない。依田の膂力に、初めて恐怖を覚える。

「待って。私……」

抗議の声を発しかけた早苗の口は、依田に塞がれた。

彼の舌が、生き物のように早苗の唇を割って侵入する。さらに、歯の間を無理やりこじ開け、彼女の舌を求めて動いた。

自分をがっちりと捕まえている男の肉体は、無数の線虫の巣と化している。そう思っただけで、おぞましさに発狂しそうだった。自分の口腔を蹂躙する舌は、巨大な線虫そのもののような動き方をしているではないか。早苗は、ただ、されるがままになっていた。

エイズはキスでうつることはない。だが、ブラジル脳線虫はどうなのだろうか。不安が増殖し、どうすることもできないという絶望感と恐怖に、身体が硬直していた。

そんな早苗の様子を、依田は、恥じらいと経験不足によるものと受け止めたようだった。

「早苗。愛してるよ」

依田は、接吻を中断すると、彼女の耳元で囁いた。

だが、その言葉すら、すでに彼自身のものではなくなっているのだ。早苗は、依田の脳を支配している線虫が彼の口を借りてしゃべっているかのような、錯覚にとらわれた。

　ふいに、胸を圧迫していた鋼鉄のような腕の力が弛んだ。ようやく息がつけるようになったかと思うと、尻の下を抱えて、赤ん坊のように持ち上げられた。

「どうするの？」

　早苗は震える声で訊ねた。

「寝室へ行こう」

「でも、私……」

「だいじょうぶだ。私を信頼して」

「待って、ねえ、お願いだから、待って」

　依田は、まったく聞く耳を持たないようだった。寝室に入り、ベッドの上に下ろされたが、身体が竦んで、逃げ出すこともできない。

　依田は、バスローブを着たまま、覆い被さってこようとした。

「長かったな……。私たちは、これからようやく一つになるんだ」

　その言葉は、早苗にとって、まったく別の不吉な意味を孕んでいた。セミナーハウスで見た遺体と自分の姿が、二重写しになる。

　瞬間、金縛りが解け、早苗は依田をつきのけた。

「早苗……」

「来ないで。こっちへ来ないで！」

「なぜだ？　どうして急に」

依田は、突然、はっと思い当たったようだった。

「まさか……さっき」

早苗は、思わずかぶりを振っていた。それは自白に等しい行為だった。

「そうか。見たんだな」

依田が、こちらに向かって一歩足を踏み出した。その瞬間、早苗はきびすを返すと、脱兎のごとく寝室を飛び出した。一瞬の判断で、書斎に飛び込み、叩きつけるようにドアを閉める。彼女が中から鍵をかけるのと、外から激しくノブが引っ張られるのとは、ほぼ同時だった。

「早苗！　ここを開けろ！」

依田が、荒々しくドアを叩いた。早苗は、耳を覆ってうずくまった。

「いいかげんに……！」

怒りを爆発させかけた依田の声の調子が、唐突に穏やかなものに変わった。

「早苗。わかった。何もしないから、ここを開けてくれないか？」

早苗は、何が起こったか気がついた。依田の心に生じた強いストレスが、一瞬にして消され、別の感情に置き変えられたのだ。

「君は誤解している。話を聞いてくれ」

「誤解じゃないわ」

彼女は、ようやく声を絞り出した。

「どうして、そう思う？」

「あなたは嘘をついてたわ」

「嘘？　ああ……そこにあった試験管のことだな。それは、ブラジル脳線虫じゃない。別の種類の線虫を冷凍保存してあるだけだ」

「もう、やめて。洗面所で薬のパッケージを見つけたの。それで、何もかもわかったのよ」

依田はしばらく黙っていたが、拍子抜けするほどあっさりと早苗の疑惑を肯定した。

「わかった。君の言うとおりだ。私は感染している。おそらく、セミナーハウスで、遺体の触手から粘液を吹き付けられたときだろうな。あのとき、一部が目に入った。すぐに洗滌したが、間に合わなかったらしい」

早苗は、唇を噛みしめた。

「早く、病院へ行きましょう！　今すぐ治療をはじめれば……」

依田は、早苗の言葉を一笑に付した。

「治療？　今さらどうしようもないよ。君にもわかってるだろう」

そのとおりだった。現代医学では、すでに依田を救う道はない。

「だから私は、残りの人生をブラジル脳線虫と共存するしかないわけだが」

依田は、他人事のような調子で言った。

「だが、これも、そんなに悪いものじゃない。君にも、いずれわかる……」

早苗は、身震いした。依田の意図が、はっきりとわかったのだ。自分を道連れにするつもりだ……。

「ねえ。もしも……もしもよ？　奥さんが生きてたら、同じことをしたの？」

依田は、含み笑いを漏らした。

「ああ。もちろんだ。この素晴らしい感覚を知ってもらいたいからね」

早苗は絶望した。すでに自分の知っていた依田は存在しない。ここにいるのは別人だ。

逃げなくては。なんとしても、自分の力で。

書斎の窓を開ける。外の世界の雑音が、部屋の中に入ってきた。だが、そこは周囲からは隔絶された場所だった。地上十一階から街路灯に照らされた地面を見下ろすと、足が竦むような気がする。エアコンの室外機を置く出っ張り以外には、伝い歩きのできるような張り出しなど、いっさい見当たらない。

「おい。何をしてるんだ?」

窓が開く音が聞こえたのだろう。依田が狼狽したような声を出した。

「もし、ドアを破って入ってきたら、私、ここから飛び降りるわ」

「馬鹿なことを言うな」

「本気よ。私、セミナーハウスで見た人たちみたいになるくらいだったら、死んだ方がいい」

実際、早苗は、それぐらいなら死を選ぶつもりだった。死ぬことは怖いが、死よりも遥かに恐ろしい運命があることを、はっきりとこの目で見てしまっている。

「早苗。落ち着くんだ」

「今言ったことは、脅しじゃないわ」

「わかった。ドアを破ったりはしない。お互い、少し冷静になろう……」

事態は、神経戦の様相を呈してきた。いつまで、自殺するという言葉が通用するだろうか。自分でも、死のうという意志をいつまで持ち続けられるか自信がなかった。

この膠着状態に終止符を打つのは、いったい何だろうか。

そのとき、ドアから、かすかな音が聞こえてきた。硬いもので、木の板を引っ掻くような……。依田が、ドライバーでドアノブか蝶番のネジをはずそうとしているのかもしれない。

残された猶予は、ほとんどないはずだ。早苗は、絶望的な思いで書斎の中を見回した。武器になりそうなものは何一つない。

何でもいい。ほんの一瞬でも、依田を怯ませることができれば……。

彼女の瞳に、冷蔵庫が飛び込んできた。

……あの中には、液体窒素の入った容器がある。

そうだ。使えるとしたら、これしかない。だが、どうやればいいのか。たとえば、依田がドアを開けた瞬間に、中の液体窒素を顔に浴びせかければ……。

早苗は、両手で容器を揺り動かしてみた。だめだ。ゆうに二、三十キロはある。ゆっくりと動かすならともかく、自分の腕力では抱え上げることすら不可能だ。かといって、液体窒素を小分けにする入れ物もない。

うっすらと、目に涙が浮かぶ。唇を噛んだ。わからない。どうすればいいの。方法なんて、あるわけない……。

そのとき、天啓のように、頭の中で声が聞こえた。それは皮肉にも、かつて依田自身が発した言葉だった。

「液体窒素は、常温では気化し続ける。口を密閉なんかしたら、ものの数分で大爆発だよ」

早苗は深呼吸した。そうだ。それしかない。とにかく、やってみよう。

冷蔵庫のプラグを引き抜くと、ドアを開けて、容器の蓋（ふた）を取る。ブラジル脳線虫の入った五本の試験管を取り出したが、処置に迷った。そのあたりに放り出しておけば、何かの拍子に試験管が割れて、飛沫（ひまつ）を吸い込んでしまうかもしれない。結局、ハンカチでくるんでハンドバッグに入れる。

早苗は、ドライアイスのような煙を吐き出している金属の容器を見つめた。とにかくまず、容器の口を密閉しなければならないのだが。

書斎の中を見渡すと、机の上にある花瓶とティッシュペーパーの箱が目に入った。液体窒素は水を凍らせる。水は接着剤になるはずだ。

早苗は、ティッシュペーパーの箱を開けて、中身をそっくり取り出した。くしゃくしゃに丸め、上から花瓶の水をかけて、たっぷりと含ませる。それを液体窒素の入っている容器の口に隙間（すきま）のないように詰め込んで、上から蓋をかぶせた。

これでいい。この温度なら、濡（ぬ）れたティッシュはすぐに凍り、容器を密閉するだろう。液体窒素が気化し続ければ、最後には破裂するはずだった。

だが、すぐに計画のあらが見えてきた。このままでは、ある程度内圧が高まった時点で、蓋が弾（はじ）けるだけかもしれない。自分の命がかかっていることを考えると、シャンパンの栓程度では心許ない。何とかして、蓋をもっと強固に固定できないだろうか。

早苗は、ドアノブに目をやった。ゆっくりと動いている。板を引っ掻くような音も、断続的に続いていた。もう、残された時間はわずかかもしれない。

もう一度部屋の中を見回すと、本棚の上にある耐震ストッパーが目に入った。阪神大震災の直後に飛ぶように売れた、天井と家具との間を固定する器具だ。

早苗は椅子に乗り、一基のストッパーを取り外した。中央部のネジで長さを調節するのだが、依田がよほど力任せに回したのか、最初はまったく動かなかった。だが、必死で力を込めるうちに、ネジはそろそろと回り始める。もう少しだ。ようやく取り外すことのできたストッパーを、容器の蓋と冷蔵庫の天板の間にかませた。再び渾身の力でネジを回し、がっちりと固定する。

もう、タイムリミットだ。早苗は、冷蔵庫の扉を閉め、花瓶などを元の位置に戻した。

早苗は、依田に声をかけた。

「依田さん。そこにいるの？」

しばらく間があってから、返事が聞こえた。

「ああ」

「ねえ、聞いて。私、今からドアを開けます。だけど、その前に、一つだけ約束して」

「何だ？」

「しばらく話をする間だけ、待ってほしいの」

「話？」

「気持ちを整理するには、それなりの時間がかかるわ。私のためを思ってくれてるんだろうけど、自分の意志に反して、無理矢理っていうのは嫌なの」

依田は、無言だった。

「お願いだから、私が納得するまで待って。急ぐ必要はないでしょう？」

再び間があった。

「ああ。わかった。約束する」

彼の声音には、何の感情も感じられなかった。早苗は、彼が約束を守るかどうか、一抹の不安を感じた。だが、ほかに取るべき道は残っていない。

「いいわ……。じゃあ、本当に、約束よ」

早苗は深呼吸すると、錠を回し、ドアを開けた。

依田は、目の前に立っていた。何の屈託もないような爽やかな笑みを浮かべながら。想像したとおり、片手にドライバーを持っている。見ると、外側のドアノブは、ほとんど外されて、ドアからぶら下がっている状態だった。声をかけたタイミングは、ぎりぎりだったのだ。

依田は、戸口のところに立ったまま、入ってこようとはしなかった。早苗が逃げるつもりではないかと疑っているのだろう。彼の手には、牛乳らしい白い液体の入ったグラスが握られている。

「じゃあ、さっさと済ませようか。聞きたいことというのは何だ？」

早苗は、口を開いた。何でもいい。何か質問をしなくては。

「その、つまり……。私には、どういうふうなのか、よくわからないから……いったい、どんな気分になるものなのかとか」

依田は、うなずいた。

「この生き物は、人生を劇的に変えてくれる。あらゆる苦しみを取り除き、人が十全に生きられるようにしてくれるんだよ。本当に、何もかもが変わった。以前の私にとって、人生は牢獄だった。妻を失った記憶が、私の感情を凍らせていた」

依田は、淡々としゃべった。

「だが、今は、もう違う。見るもの聞くもの、すべてが新鮮に感じられる。この世界の素晴らしさを、そのまま感じられるんだ。君は、麻薬の酩酊のような感覚を想像しているのかもしれないが、全然違う。これこそが、本来、人間が持って生まれたはずの感覚なんだ。縛られていたのは、今までの意識の方だったんだ。ブラジル脳線虫は……天使は、そこから私を解放してくれた」

早苗は、つばを飲み込んだ。

「依田さん。あなたもセミナーハウスで見たでしょう？　感染者が、いったいどんな末路をたどったか……？」

「ああ。たしかに、あれには驚いたな……」

依田は、ほとんど関心がないようにつぶやいた。

「だが、いずれ人間は死ぬ。長く生きることだけが人生の目的じゃないだろう？　大切なのは、今、この時だ。たとえ一瞬でも、意識を至高の状態にまで高めることができたなら、悔いはないはずだ。そうだろう？　この境地に達するためだけに、宗教的な苦行に一生を捧げる人たちもいる。私は、ようやくこれまでの苦しみから解放され、生まれて初めて心の底からの安らぎを得た。この気持ちを、是非、君にも知ってもらいたい。私はね、君を救ってあげたいんだよ……」

依田の論理は、完全に狂っていた。彼は、自分の目で第四段階に入った人間の姿を見ていながら、自分自身の運命を認識することを拒否していた。いや、そうではない。自分の運命を悟ったことによる恐怖が、ブラジル脳線虫によって快感に変えられているのだ。

依田の心には、最初から、致命的な弱点(バルネラビリティ)があった。彼の心は、不条理な事件で妻を失って以来、生きる力を失った空洞であり、それを支えていたのは論理だけだった。そして、蜷川教授のときもそうだったが、論理というものが、どんなに簡単にねじ曲げられうるものか、早苗は思い知らされていた。

依田は、なおも早苗を説得しようとして長広舌をふるいはじめた。もはや、普通の人間にとって、それがどんなに感覚的に受け入れがたいものか、わからなくなっているのだ。

依田は、一歩早苗に近づいた。

まだ、爆発は起こらない。何とか、もう少しの間、依田を押しとどめなければならない。早苗は、早口に話し出した。

「それは、よくわかったわ。本当に、素晴らしいことなんでしょうね。……でも、それで、どうなのかしら、その、人生の真実を知るための時間は、どのくらいあるの? ほら、いくら素晴らしい境地に至ったとしても、すぐに終わってしまうんじゃ、困るし……。つまり、だいたい、どのくらいの時間がかかるのか、知っておきたいのよ。感染……してから、そういう気持ちになれるために、どのくらいかかるのかとか、その後、どのくらい時間が残されているのかとか」

依田の表情に、失望の影が走った。自分でも支離滅裂になっているのがわかる。まだか。まだ、爆発は起こらないのか。

「まあ、それは、人それぞれだ。君も蜷川教授の例は知っているだろう？　うまくコントロールすれば、一年以上保つ可能性だってある」

依田の言葉を聞くふりをして、機械的に相槌を打ちながら、早苗は、じっと待ち続けた。極度の緊張で、顔の筋肉がこわばってきたのを感じる。

もう、かれこれ五分近くはたつのではないか。どうして、まだ爆発が起きないのだろう。

突然、背筋に冷たいものが走った。どこかに大きな誤算があったのではないか。爆発が起きるまでに何時間もかかるか、あるいは、もしかすると、いつまでたっても爆発には至らないのではないか……。

依田は、あいかわらず早苗の退路を塞ぐように、戸口側に立っている。万が一にも、逃げ出すチャンスはない。

「さあ。私を信じて。何も怖いことはないんだよ。ただ、これを飲み干せばいいだけだから」

見ると、依田は励ますような笑みを浮かべながら、コップに入ったミルクを差し出していた。

生温いミルクの中には、無数の『メドゥーサの首』が浮遊しているのだろう。リアルなイメージが脳裏に浮かんだ。

しかし、これ以上、話をして時間を引き延ばすことはできない。依田は、すでに充分な説得を行ったと信じている。もはや、彼女の言葉には聞く耳を持たないだろう。

進退窮まった。

最後の手段。せめて、依田が実力行使にでる前に、こちらから動いて最後の抵抗を試みるべきなのかもしれない。顔にミルクのコップを投げつけて、いちかばちか部屋の外に逃げ出す……。だが、自分の手足は、まるで鉛でできた義肢のように重く、冷たかった。まるで、すでに、自分の意志とは裏腹に、身体の方があきらめてしまっているようだった。これで、戦うことができるだろうか。

早苗は、ミルクを受け取るために、依田に向かって右手を伸ばした。肩から小刻みに痙攣が伝わって、どんなに抑えようとしても、指先の震えを止めることはできない。

依田は優しい笑みを浮かべて、彼女にミルクを手渡そうとした。だが、ふいに彼の表情が厳しいものに変わった。早苗の手を、じっと凝視している。

早苗は、差し出している自分の手に目をやった。

緊張で白くなっているはずの掌が赤い。低温の容器に触れていたために違いない。

依田は、はっとしたように冷蔵庫の方に目をやり、厳しい目つきで早苗を一瞥した。

もう、だめだ。これで、何もかも終わりだ。早苗は、依田が大股に冷蔵庫に歩み寄るのを見た。何か、夢の中の一シーンのように現実感がない。この後起こることから、自分の意識を閉ざしてしまいたいと思っているからだろうか。もはや、自殺する気力さえ残っていない。自分はこれから、言われるままに依田から与えられるミルクを飲み、そして……。

金属が軋むような音がした。

早苗がはっとした瞬間、耳をつんざくような激しい爆発音とともに、冷蔵庫の扉が弾け飛んだ。直撃を受けた依田は、その場に昏倒した。

漆喰のかけらが、ぱらぱらと天井から降り注ぐ。早苗は、自分が床に座り込んでいることに気がついた。鼓膜が破れてしまったのだろうか。耳がよく聞こえない。だが、それ以外は、どこにも怪我はしていないようだ。

依田は、彼女から数メートル離れた場所に倒れていた。一瞬、死んでしまったのかと心配になったが、もぞもぞと身動きするのが目に入る。

早苗は必死で起き上がった。足下に落ちていたハンドバッグをほとんど無意識に拾い上げ、寝室を出た。パンプスを履き、玄関からよろめき出る。

十一階の住人たちは全員留守らしく、あれほどの轟音がしたにもかかわらず、廊下に出てきているのは一人もいなかった。

ボタンを押すと、すぐにエレベーターが来た。乗ってから、ガラスに映った顔を確かめる。だいじょうぶだ。特に怪しまれるような様子はない。

早苗は、エレベーターを降りた。一階のエントランスホールを通ると、早くも外に人だかりがしているのがわかった。

まだ耳鳴りがひどいが、かろうじて、ガス爆発だと叫んでいる男の声が聞こえた。早苗はきびすを返すと、正面玄関とは逆方向の裏口へ向かった。ぐるりと駐車場を迂回して、表側に出る。四、五十人の人間が、指さしながらマンションを見上げていた。依田の書斎は、窓ガラスが完全に吹き飛んでいた。誰一人、建物には入ろうとしない。

もう、誰かが１１９番に通報しているかもしれない。早苗は、できるだけ目立たぬように、その場を離れようとした。

そのとき、窓から依田が顔を出した。

ざわめきが起こる。依然、頭部から出血しているようだ。依田は地上を見下ろし、群衆の後ろにいる早苗と目が合った。

早苗の中に恐怖がよみがえったが、同時にかすかな安堵の気持ちも生まれた。ここからでは表情まではわからないが、依田は命にかかわるほどの重傷ではないようだ。

依田は、窓から身を乗り出した。ぐらりと身体が揺れる。早苗は息を呑み、人混みから悲鳴が上がった。脳震盪を起こしているらしい。

依田は、危ういところで、窓枠をつかんで立ち直った。野次馬の間からは、拍手が湧き起こる。だが、彼は、なぜかいつまでもそのままの姿勢でいた。見物人たちの歓声は、しだいに訝しげなざわめきに変わる。なぜ、いつまでもあんな姿勢でいるのだろう。気が遠くなりかけているのか。

早苗は、ぎゅっと両手を握りしめた。依田が不自然な姿勢を変えようとしない、本当の理由がわかったのだ。彼は、バランスを崩した刹那、凄まじい転落の恐怖を感じたのだろう。それが、ブラジル脳線虫によって抗しがたいまでの快感に変換されたに違いない。

依田は、すでに異様な陶酔の中にいるようだった。さらに、宙に向かって身を乗り出し、空を見上げた。

彼の耳には、今、天使の囀りが聞こえているのだろうか。

早苗が固唾を呑んで見守る中、危ういバランスを保っていた依田の身体はゆっくりと傾いていった。

彼女は両手で目を覆う。急激に高まる群衆の悲鳴が、潮騒のように耳に轟いた。

重い物体が地面に激突する鈍い音。それを彼女は、身体全体で、自分自身の肉体を粉々に打ち砕く響きとして聞いた。
嵐(あらし)のような怒号の中、早苗はゆっくりとその場を離れた。
歩いているという感覚がなかった。
悲しみすら湧(わ)いてこない。そこにあるのは、深く底知れない喪失感だけだった。
高梨に続いて、自分はかけがえのない人を失ったのだ。
また一人、永遠に。

十八章　聖　夜

早苗は、クリスマス・ツリーに銀モールを巻きながら、デイルームに流れるＢＧＭに耳を澄ませた。曲は、彼女の好きなアドルフ・アダンの『おお聖夜』だった。

日本のホスピスの半数はキリスト教を基盤にしているが、ここ聖アスクレピオス会病院の緩和ケア病棟では、特定の宗教に偏らないことをモットーとしていた。とはいっても、クリスマスだけは別である。

「北島先生」

早苗が脚立の上から振り返ると、福家が立っていた。トレンチ・コートを片手に持ち、首にはマフラーを巻いたままである。

「あら、こんにちは。今日は、何か？」

「ちょっと、先生とお話しできないかと、思いまして」

福家は、いつになく神妙な顔をしている。

「あんまり、時間がないんですけど」

早苗は時計を見た。あと三十分ほどでイブの夕食会が始まる。

「そのままで結構です。すぐすみますから。話だけ、聞いてもらえれば」

「じゃあ、これを完成させちゃいますね。ちょっと、そこの金のモールを取っていただけません？」

　福家は伸び上がるようにして、モールを早苗に手渡した。

「そういう飾り付けなんかは、看護婦さんがやるのかと思ってました」

「彼女たちは、忙しいですからね。私が、ここでは一番ヒマなんです」

「謙遜しますね」

「いいんです。楽しいですから。これはこれで、なかなか美的センスが要求されるんですよ」

　福家はうなずいてから、懸念するような顔になった。

「北島先生は、かなり、お痩せになったんじゃないですか？」

「そうかもしれませんね。最近、忙しくて、体重を量る暇もないんです」

　早苗は、明るく答えた。

「そうですか。でも、体を壊さないように、気をつけてください」

　そう言ってから、なぜか赤面して、咳払いをする。

「もうすぐ、例の事件に関する追跡調査が、記事になります。まだ、充分裏はとれてないんですが、他紙に後れをとるわけにはいかないもんで」

「例の事件というのは、高梨さんたちの……？」

「それだけじゃなくて、うちで主催したアマゾン調査プロジェクトに端を発する、一連の事件すべてですよ。参加者が不可解な連続自殺を遂げたことから、那須のセミナーハウスでの集団死事件も含んでます」

　早苗の手が止まった。

「あの事件も、関連があったんですか？」

「ええ。セミナーハウスを借りていたのは、蜷川教授と森助手ですからね。どうやら、一連の自殺と、同じ原因によるものらしいです」

「同じ原因ですか？」

「死体は、ほとんど完全に炭化するまで焼けてましたが、警察は、那須のセミナーハウスを徹底的に調べたんです。死体は、なぜか全部浴室に集められていましたが、そこの排水パイプから、主に園芸用に用いられる線虫を殺すための特殊な薬剤と、大量の線虫の死骸が発見されましてね」

「線虫……」

「ええ。実は、赤松助教授の遺体を解剖した執刀医から、脳にかなりの数の線虫が巣くっていたという証言がありました。どうやら、アマゾンの風土病で、人間の中枢神経を冒すものらしいです。そのために、感染者は、精神に異常を来して、次々に自殺したんじゃないかということでね」

早苗は無言だった。

「これには、興味深い、もう一つの後日談があるんですよ。その執刀医は、別の大学の教授に、線虫の含まれた遺体の試料を渡したそうです。依田健二といって、線虫類の研究では、かなり有名な人らしいんですがね。その依田教授が今度は、不可解な事故で死亡している。ご存じないですかね。少し前に、大学教授が、自宅のマンションの爆発事故で転落死したという事件」

「新聞で読みました」

「その依田教授が、セミナーハウスでの事件当日に、車で那須まで往復しているらしいんです」

「……それは、どうしてわかったんですか？」

「東北自動車道には、上河内町など数ヶ所にNシステムが設置してあるんですよ」

「Nシステムって？」

「自動車ナンバー自動読み取り装置です。それに、依田教授の車のナンバーが記録されてました。時間的にも、ぴったり符合するらしくてね。しかも、依田教授は、実験用の農場から、セミナーハウスの排水溝で見つかったのと同種類の薬剤を、大量に持ち出していたことが判明してるんです」

「じゃあ、依田教授は、大量殺人の容疑者ということになっているんですか？」

福家は首を振った。

「動機がありませんよ。依田教授と、蜷川教授や『地球（ガイア）の子供たち』という自己啓発セミナーとの接点も、見つかりませんでしたし。我々はすでに、蜷川教授が、何らかの理由から、セミナーの会員に対して故意に線虫病の感染を広めていたという確証をつかんでいます。その結果、集団自殺に至ったのだろうというのが、警察の見方です。依田教授に関しては、想像ですが、独力で調査を進めるうちにセミナーハウスで大量の遺体を発見し、線虫病のこれ以上の蔓延（まんえん）を防ぐために、独断で焼却したんじゃないかと。ところが、焼却する過程で何らかの手違いか事故があって、彼自身も感染してしまったとすれば、筋は通ります」

「なぜ、依田教授は、すぐに警察なり保健所へ通報しなかったんでしょう？」

「さあ。よほど急を要する理由があったのか、専門家以外は近づくのも危険だと思ったのか……今となっては、真相はわかりません。ただ、依田教授の研究室から、冷凍された線虫のサンプルが見つかってましてね。この仮説が正しかったかどうかは、今後の研究で明らかになると思います」

早苗は黙って脚立から降りた。BGMは、ビーチボーイズの歌うクリスマスソングに変わっていた。タイトルは知らないが、子供の頃、何度もラジオで聴いた記憶がある。

「これから、病室へ行かなきゃならないんですけど」

「ああ、どうぞ。私も、これで失礼します。とりあえず、現在の状況をお知らせしておこうと思っただけですから」

本当に、それだけのために、わざわざやってきたのだろうか。何となく、釈然としないものが残ったが、早苗は福家をエレベーターの前まで送っていった。福家は、乗り込んでから、閉まりかける扉を押さえた。

「そうだ。ちょっと、言い忘れてたことがありました」

「何ですか?」

「那須のセミナーハウスでの事件なんですが、遺体は、さっきも言ったようにほとんど黒焦げの状態でした。しかし、骨は残ってましてね。ふつうでは考えられないような、異常な形状をしたものが多数あったそうです。これも、例の線虫病によるものかどうかは、不明ですが」

早苗は、ぞっとした。一瞬、脳裏に、あのセミナーハウスで見た、悪夢のような光景がフラッシュ・バックしたのだ。

「それから、赤松助教授の遺体の解剖をした、渡邊(わたなべ)教授なんですが、その後、そのことについて聞きに来た若い美人の女医さんがいると、私に教えてくれました。その女医さんは、もしかすると、後日警察から事情を聞かれるかもしれないとのことです」

「……そうだったんですか」

ようやく、早苗にも合点がいった。なぜ、福家が、突然訪ねてきたのか。

「ありがとう」

エレベーターの扉が閉まってから、早苗は、小さな声でつぶやいた。


早苗は、病室のドアを開けた。上原康之は、ベッドに横たわり、目を閉じていた。眠っているようだ。目の下には黒い隈(くま)ができ、頬(ほお)がげっそりとこけている。彼だけはイブの夕食会にも参加できなかった。悪性の肉腫(にくしゅ)が全身に転移しており、今日、明日にも亡くなって不思議ではない状態だった。

少年には、努めて明るい態度で接するようにしていた。だが、こうして彼の寝顔を見ていると、やりきれない思いに襲われる。

なぜ、この世には、復讐の女神(エウメニデス)が実在しないのだろうか。アレクト。ティシフォネ。メガイラ……。彼女たちなら、両手に松明(たいまつ)と鞭(むち)を持ち、薬害エイズ事件の主犯たちを発狂するまで追いつめたことだろう。

カプランは、ブラジル脳線虫を復讐の女神(エウメニデス)と呼んだ。もちろん、親切なる者(エウメニデス)ではなく、悪鬼(フューリーズ)というのが真意だったに違いない。たしかに、ブラジル脳線虫は、感染者に対しては、天使の仮面をかぶった悪鬼のようにふるまった。

だが、線虫そのものに、悪意があるわけではない。彼らはただ、過酷な生存競争の中で、子孫を残すためのプログラムを忠実に実行しているにすぎないのだ。

それでは、悪鬼と呼ぶべきなのは、蜷川教授ら、ブラジル脳線虫の感染を故意に広めた人間たちだろうか。

いや、そうではない。彼らの行動は、悪意ではなく、ねじ曲がった、恐るべき善意に基づいていた。彼らは、ブラジル脳線虫によって心をコントロールされていたために、自らはその歪（ゆが）みを認識できなかったのだ。

すべては、何かに依存せずには生きられない、人間の根元的な弱さに起因していたのだ。

悪鬼（フューリーズ）……。

あらためて、今まさに上原康之を死へと追いやろうとしている、薬害エイズ事件について思った。

これも、明確な害意に基づく犯罪ではない。

だが、恐ろしい結果を充分予見できる知識と頭脳を持ち、それを食い止めるべき立場にありながら、拱手傍観（きょうしゅぼうかん）して同胞に死の苦しみを与え、責任については頬かむりし続けてきた厚生省の官僚たち。はたして、彼らが許されてもいいものだろうか。

さらに、人の命を救うべき医師が、自己や製薬会社の利益を図るため安全な血液製剤への転換を妨害し、多くの罪もない人々を死の淵（ふち）へ突き落とすに至っては……。

これこそ、悪鬼の所行と呼ぶにふさわしいだろう。

早苗は、そっと康之の髪を撫（な）でた。

それでは、おまえのしたことは、どうなのだ。
心の中で、反問する声が聞こえる。おまえは、常に正しい選択をしてきたと言えるのか。
彼女は、依田が死んだ直後のことを思い出した。

依田のマンションの前の人混みを離れ、通りに出たとき、頭の中は真っ白になっていた。大切なものを失ってしまったという認識で、本来痛みを感じるはずの心の一部が、麻痺してしまったようだ。もう、どうなってもいいなどという捨て鉢な考えが明滅する。だが、そうなっても、意識の別の部分では、しっかりと現実に対処していたらしい。

何度か、タクシーを乗り継いだような記憶がある。なぜ、そんなことをしたのかは自分でもよくわからない。運転手に行き先を告げるときも、表面上は平静を保っていた。いざとなると、保身のための本能が働くということなのだろうか。

気がつくと、自分のマンションに辿り着いていた。ドアを閉め、鍵をかけると、早苗は、上がり框に座り込んでしまった。立ち上がる気力さえ湧いてこない。

自分の右手が固く握りしめているハンドバッグが目に入った。しばらくぼんやりと眺めてから、その中に何が入っているのか思い出した。

指先にまったく力が入らず、ハンドバッグの留め金さえ、なかなか開けることができない。ようやく蓋が開くと、早苗は中身をそっと三和土の上に空けた。

口紅やコンパクト、香水、手帳、財布などに混じり、ハンカチでくるんだ五本の試験管が転がり出てきた。中身はまだ凍っているが、外側に付いた霜がハンカチをぐっしょりと濡らしていた。

それは、依田のマンションでの出来事が、けっして白昼夢などではなく、現実であったことの証だった。

早苗は、しばらく試験管を凝視していた。

それから、立ち上がって洗面台のところへ行き、赤い方のカランをいっぱいに回した。蛇口から水が迸り、しだいに熱くなっていく。湯温が八十度を超えたと思われるあたりで、洗面台に栓をする。手の甲に熱湯が数滴かかって火傷をしたが、ほとんど痛みは感じなかった。あたりは、浴室の中のようなもうもうとした湯気に包まれている。

玄関に戻って、試験管を拾い上げた。

片手だと取り落としてしまいそうな気がして、両手でそっと握りしめる。掌の熱が冷たい試験管に奪われていく。手の感覚が希薄になった。

ブラジル脳線虫は、今、試験管越しに、生命の熱を吸収しつつある。外気から。そして、自分の掌から。悪魔はまだ眠っているが、復活までのカウントダウンは、すでに始まっている。

だが、絶対に、復活などさせてたまるものか。おまえたちは、けっして目覚めることのないまま、闇に帰るのだ。

頰を、湯気ではない、熱い液体が伝うのを感じた。行き場のない怒りが、体の中に充満している。愛する者たちを奪っていった生き物に、酬いを受けさせたかった。

早苗は試験管を取ると、洗面台に溢れんばかりの熱湯の中に、一本、また一本と落とし込む。

飛沫が上がり、プラスチックの試験管は、ゆっくりと洗面台の底に転がった。四本目にかかる頃には、湯の温度はかなり下がったようだ。だが、依然として手を浸けられないくらい熱い。一気にこれだけの温度差に曝されれば、どんな生き物も生きてはいられないだろう。

最後の一本を湯の上にかざしたところで、早苗の手がぴたりと止まった。

今だ。早く落とせ。この忌まわしい生き物の詰まったガラス管を、清浄な熱湯に浸けて、消毒しろ。それで、何もかもが終わる。

嗚咽が、込み上げてきた。早苗は、泣きながら、試験管を握り締めていた。

蛇口からは、熱湯が噴出し続けている。手は、いつの間にか、暖かい湯気で濡れそぼっていた。

だが、なぜか、思い切ることができない。

頭の中に閃いた、とんでもない考えのためだった。

早苗は、いつのまにか、試験管を握った指を開くことなく引っ込めていた。

だが、自分の判断に、どうしても自信が持てない。今回の事件で、理性も、感覚も、何一つ無条件に信頼できるものなどないことを思い知らされていた。本当に正しいことが何であるのか、いったいどうやって決めればよいのだろう。

早苗は、無数の『メドゥーサの首』が、浮遊した形のままで凍結されている試験管を見た。

ギリシャ神話のメドゥーサは、睨まれた者を石に変えてしまう、恐ろしい怪物だった。だが、ペルセウスによって切り落とされたその首は、別の怪物を斃し、生け贄にされかけていた王妃アンドロメダを救うのに役立った。

また、メドゥーサの死骸の左半身から流れ出た血は猛毒だったが、右半身からの血には、逆に、死者を蘇生させる力があったという。医術の祖、聖アスクレピオスは、その血を用いて多くの英雄を生き返らせたのだ。それが神の逆鱗に触れる行為であるということを、百も承知しながら。

そして、アスクレピオスのシンボルである蛇は、古代ギリシャでは、夢によって人を癒すとされていた……。

康之が、かすかに身じろぎした。早苗は、ふっと我に返って、彼の顔を見た。口元には、うっすらと笑みが浮かんでいる。何か、楽しいことでも思い出しているのだろうか。

「早苗ちゃん」

ふいに、康之が譫言のようにつぶやく。

「あ。ごめんね。起こしちゃった?」

「ここ……どこ?」

康之は目を半眼に開いていた。まだ、夢を見ているのだろうか。早苗は、彼の額に手を当てて囁いた。

「さあ。どこかしら?」

「すっごく、きれいだ……」

「何がきれいなの?」

「夕陽」

彼の意識は、夢とうつつの間をさまよっているらしい。

「そうね。本当に、きれいね」

「風が……」

「冷たい？」

康之は、かすかに首を振った。

「気持ちいいんだよ」

「そうね。気持ちいいわねえ。空気が冷たくて、澄んでて、とっても爽やかで。そよ風が頰に感じられるわ」

康之は微笑んだ。

「僕、少しよくなったのかな？　だって、こんなに気分がいいんだもん」

早苗は驚いた。康之がまだ、こんなにはっきりとしゃべれるとは、思っていなかった。彼の言うとおり、あたかも快方に向かっているような錯覚すら抱かせる。

「きっと、そうね」

「ここ、裏山だ。前によく、ジローを連れてきた。そうでしょう？」

「そうよ」

康之は、大きく息を吸った。

「草の香りがする。あ。聞こえた……」

「何かしら？」

「鳥みたいだ。いっぱい、鳴いてる」

早苗は一瞬言葉に詰まった。だが、すぐに優しい声で説明する。

「それはね、天使たちが囀ってる声なの」

「天使……？」

「そうよ。前に、羽音が聞こえたって言ってたでしょう？　病室の天井を飛び回ってるって」

「うん」

「たくさんの天使が、康之君を守ってくれてるのよ。嫌なこと、つらいことを、みんななくして、楽しい気分にしてくれるの」

「そっか。だから、僕、もう苦しくないんだね」

「そうよ」

「僕、死ぬのも怖くないよ」

「そう？」

「だって、死んだら天国へ行って、お父さんや、お母さんや、お姉ちゃんや、ジローに会えるんでしょう？」

「ええ。そうよ」

「楽しみだな。何だか、うきうきして、すっごく待ち遠しいよ」

早苗は、黙って康之の肩を抱きしめてやった。

「あ。また聞こえた。……本当だ。天使だ。すごいよ。いっぱいいるよ」

「姿が見える？」

「うん。やっぱり、早苗ちゃんの言うとおりなんだね。背中に羽根が生えてて、薄いガウンみたいな変な服を着てる。牛の角みたいな笛を持って」

早苗には、その光景が見えるような気がした。天使たちは、寛衣（ローブ）のような奇妙な異国の衣装をまとい、鳥のように甲高い不思議な声で囀ったり、角笛を吹いたりしながら、空いっぱいに輪舞している。

「あれ？」

「どうしたの？」

「声が聞こえるんだ。天使の囀りじゃなくて」

「誰かの声？」

「うん。僕を呼んでる」

康之は口をつぐんだ。懸命に心の耳を澄ませているのだ。

「丘の向こうに、芒（すすき）のいっぱい生えた原っぱがあるでしょう？　あそこから、僕を呼んでるんだ。ほら、聞こえるでしょう？」

「ええ。聞こえるわ」

「そうだ。やっぱり、そうだ」

少年の目から、涙が溢（あふ）れ出した。

「お父さん。お母さん。お姉ちゃんも。ジローもいる……」

「そうね。みんな、一緒ね」

「笑ってる……僕に手を振ってる……ほら、ジローが吠（ほ）えた。そこら中、飛び回ってるよ。また会えて、嬉（うれ）しくてしょうがないんだ。シッポを振ってる。見えるでしょう？」

「見えるわ。よく見える」

「待ってて……いま行くから……いま」

少年は、しばらく譫言のようにつぶやいていたが、やがて、その声は聞こえなくなった。

早苗は、しばらく康之のそばにいたが、ハンカチで目元を押さえてから立ち上がった。

病室を出るとき、目が合った看護婦が、はっと息をのんで立ち止まった。

早苗は、黙ってうなずいた。看護婦は、ばたばたと廊下を駆けていく。

あとのことは、彼女たちの処置に任せよう。早苗は歩き出した。自分の中で、ようやく何かがふっきれたような気がする。洗面台で顔を洗ってから、部屋に戻って白衣を脱いだ。

これからすぐに警察に出頭して、何もかも話すつもりだった。言っていることを信じてもらうまでには、相当な時間と忍耐を要するだろうが、何としても、やり遂げなくてはならない。

今後、一人たりともブラジル脳線虫の犠牲者を出さないために。

それが、高梨や依田、そして多くの人たちの犠牲を無にしない、唯一の道だった。

病院の玄関を出るときも、早苗の脳裏には、手を振って丘を駈(か)け下る少年のイメージが躍っていた。

参考文献／謝辞

多数の文献・ホームページ等を参考にさせていただきましたが、本を後ろから読む悪癖を有する読者の存在を考慮し（何を隠そう、私もその一人ですが）、書名はあえて割愛させていただきます。もちろん事実の誤解、歪曲・捏造などがあれば、責は100％著者に帰すことは言うまでもありません。

岡山大学理学部教授香川弘昭先生、京都大学ウイルス研究所秋山芳展先生には、お忙しい中にもかかわらず貴重な御教示をいただき、たいへんありがとうございました。

また、ハードディスクがクラッシュした涙の夜、駆けつけて復旧に尽力していただいたDOS/V-Resistance の argus 氏には、特にこの場を借りて御礼を申し上げます。

解説

【注意！　本稿は作品のトリックに言及しています。未読の方はくれぐれもご注意下さい】

本書『天使の囀り』を初めて読んだときの衝撃を、私はいまでもはっきりと覚えている。実質的なデビュー作である第3回日本ホラー小説大賞長編賞佳作受賞作『十三番目の人格―ISOLA―』や、第4回日本ホラー小説大賞受賞作『黒い家』も面白かったのだが、それら二作でこちらが漠然と抱いていたイメージを、貴志祐介は本書で軽々と跳ねとばし、稀代のエンターテイナーとしての本性を突きつけてきたように思えたのである。

隠さずにいう。読み終えた直後、「これは敵わない」と私は思った。そして一瞬、貴志に対して激しく嫉妬した。このような感情を覚えたのは初めてのことで、ひどく戸惑い、驚き、狼狽したものである。だが次の瞬間、そんな複雑な思いは掻き消えて、私は作家・貴志祐介のさらなるファンになっていたのだ。同じ新人賞の出身者である私が誉めると、身内贔屓だと思われてしまうかもしれない。だが、これは身内贔屓ではないのだ。実は第6回日本ホラー小説大賞を受賞した岩井志麻子『ぼっけえ、きょうてえ』に対しても同様の気持ちになったのだが、同じ賞の出身であるという事情を超えて、純粋に一エンターテインメント小説ファンとして、また一作家として、私はふたりの作品が好きなのである。もちろん貴志・岩井両氏のほうが私より年上で、しかも作家としての著作数も多いわけで、私がこんなことをいうのは本来おこがましいことだろう。どうかご容赦いただきたいが、面白いものにはやはり「面白い！」といいたい。そして自分なりに分析したいのである。

さて、本書『天使の囀り』は、一九九八年六月に書き下ろし刊行された貴志祐介の長編第三作である。おそらく多くの読者はまず本書の「参考文献／謝辞」欄を眺め、そして作者に自分の行動を見透かされたことに気づき、慌てて最初のページに戻ったはずだ（私もそうだった）。だが、ここですでに私たちは、貴志祐介の巧妙な策略に嵌まっている。

文庫版で初めて本書を手に取られた読者にはピンと来ないかもしれないが、当時は九四年末から続いていたいわゆる「バイオホラー」ブームがまだ勢力を失っていなかった。九四年末に刊行されたリチャード・プレストン『ホット・ゾーン』を嚆矢として、九五年前半には篠田節子『夏の災厄』や鈴木光司『らせん』が続いた。エボラ・ウイルスがザイールで復活し、映画『アウトブレイク』が観客を集めた。翌年には病原性大腸菌Ｏ－１５７が問題となった。九八年初頭には映画『リング』『らせん』が空前の大ヒットを飛ばしている。このほか、ダグラス・プレストン＆リンカーン・チャイルド『マウント・ドラゴン』、アン・ベンソン『暗黒の復活』、ダン・シモンズ『夜の子供たち』などといった海外のウイルス・スリラーの傑作も、九五年から九八年までの時期に集中して邦訳が刊行された。拙書『パラサイト・イヴ』の刊行は九五年、『ＢＲＡＩＮ　ＶＡＬＬＥＹ』は九七年だ。

このような状況の中、本書『天使の囀り』は刊行されたのである。巻末の謝辞にはふたりの研究者の名が挙げられている。分子生物学や細胞生物学に詳しい人なら、ここにある名を見ただけで、あるいは本書のネタを察知してしまうかもしれない（それとも、ふたりの研究分野が異なっているので、却って混乱するだろうか?)。だが大抵の読者は、この謝辞を見てまず「ウイルス」という四文字に引っかかりを覚え、無意識のうちにこう思ったはずである。これはウイルス小説なのだろうか?――と。

そう、本書が極めてスリリングなのは、はじめのうちこの物語がどのジャンルに落ち着くのか、なかなか見極められないところに理由がある。物語は高梨という男のeメール文書で幕を開ける。彼は雑誌の仕事のために、大学の調査団と共にアマゾンの奥地に赴いている。彼を含む五人の隊員は、ある日不測の事故から野営を余儀なくされ、そこでウアカリというサルの肉を食べる。ところがその後、彼らは精神に異常をきたし、帰国後は次々と謎の自殺を遂げてゆく。「天使の囀り」を聞きながら……。

読者はまだこの段階では作者の意図を読み取ることができない。彼らが食べたサルに異変の原因があることはわかる。だがそのサルの肉体に潜んでいたものが、ウイルスや細菌のような病原微生物なのか、幻覚物質のようなものなのか、あるいはスーパーナチュラルな悪霊なのかわからない。これは確かに恐ろしい物語である。だが読者はそれ以前に、作者がこの物語をスーパーナチュラル・ホラーにしようとしているのか、あるいは『黒い家』のような現実の問題として決着のつくサスペンスにしようとしているのか、まるで予測できない。バイオが軸になるのかどうかさえ図りかねる。つまり本書は、バイオホラーであるか否かを推理すること自体が、凄まじいサスペンスを生み出しているのだ。

いや、この小説のジャンルは明らかだ、なぜなら瀬名秀明が解説しているじゃないか――と思われる読者もいるかもしれない。だが、ご安心いただきたい。本書『天使の囀り』はその程度のヒントで面白さが減じるような作品ではない。「トリックに言及する」と本稿の冒頭で注意したにもかかわらず、そわそわとここまで目を通してしまった読者は、すぐにページを繰って最初に戻り、物語を堪能してほしい。

そして本書を読了された方は、貴志の巧さに改めて目を瞠っていることと思う。本書にはエンターテインメントらしい仕掛けや凄惨な描写がふんだんに盛り込まれている。もちろん貴志はそういった小説作法上のテクニックに長けた作家だが、彼の作家としての本質は少し違うところにあるのではないかと私は感じている。小説術が巧みでありすぎるためにわかりにくいのだが、貴志作品が凄みを持ち、独自の世界を構築しているのは、他の作家がこれまで決して書き得なかった現代性を見事に写し取っているからではないかと思うのだ。

例えば本書でいうと、自称フリーライターである青年・荻野信一のパートにそれが顕著だ。インターネットでアダルト・サイトを巡回し、パソコンに向かって恋愛シミュレーション・ゲームを黙々とプレイし続ける信一の姿は胸を打つ。まさに現代の縮図のようなシチュエーションである。だがこの現代性の源は、ウェブやパソコンゲームといった小道具にあるのではない。「情報」と人物たちの間の距離感が極めて現代的なのだ。この絶妙の距離感こそが、貴志祐介の作家としての新しさであり、巧さであり、凄みなのである。

いわゆる「専門知識」と呼ばれるような詳細な情報を物語の中に組み込むとき、ほとんどの作家はふたつの方法を採用する。まずひとつは会話である。読者の視点に立った登場人物（ふつうは主人公）が、専門家から講義を受けるという場面を設定することによって、わかりやすく専門知識を読者に披露するのだ。読者は主人公と一緒になってその知識を獲得する。物語の進行に伴って講義を小出しにしてゆけばさらに効果的だ。

もうひとつの方法は、読者の視点に立つ登場人物をあえて専門家に設定し、その人物に独白させるのである。何か事件が起こるたびに彼は心の中で己の専門知識を反芻(はんすう)する。その経過を読者は一歩退いた位置から見守るのだ。こちらの方法を採用した場合、専門知識はその人物の発する台詞(せりふ)か、あるいは地の文で記されることになり、第一の方法に比べて煩雑(はんざつ)さがなくなり、文章はスマートになる。

大抵の作家は、これらふたつの方法を組み合わせて専門知識を小説の中に書き込んでゆく(私もそうである)。貴志も本書でこれらの方法を存分に使っている。生命科学に関する議論は実に流れがスムーズだ。貴志は驚くほどの取材好きだと聞く。細部に到っても描写が揺るがないのは、詳細な調査の賜物(たまもの)だろう。

だが、貴志はこれらの方法に加えて、第三の描写を極めて高頻度に用いる。すなわち、人物を介するのではなく、情報そのものに専門知識を持たせるのである。ここに知識の送り手の姿は存在しない。ただそこに情報が孤立して在るだけだ。登場人物はその情報をひとりで受け取り、ひとりで咀嚼(そしゃく)し、自分のものにする。この距離感、この孤独感こそが貴志祐介作品の本質であり、特徴なのだ。

さらに例を示そう。『十三番目の人格(ペルソナ)―ISOLA―』では、多重人格少女が持っている各ペルソナの名前が恐怖に直結している。「範子」「創」などといった一見ごく平凡な名前ばかりだが、漢和辞典で文字の成り立ちを調べてゆくと、そこに禍々(まがまが)しいイメージが秘められていたことがわかる。また『黒い家』では、ある登場人物が小学生の頃に書いた夢に関する作文が重要な役目を果たす。精彩に欠ける拙い作文だが、心理学的な見地から解析を加えることによって、それを書いた人物のおぞましい真の姿が浮き彫りにされる。ここでは漢字や作文といった文字情報が恐怖を宿しているのだが、どちらも情報の裏を読み取らない限り、単なる記号でしかないところが特徴的だ。だからこそ、いったん解読してしまったら最後、永久にその恐怖は拭えなくなる。主人公たちはその情報に対してどうすることもできない。なぜならそれはただの文字情報だからである。主人公と情報の間に、絶望的な亀裂が横たわっていることがわかる。

本書の後に発表された『クリムゾンの迷宮』や『青の炎』では、情報が主人公の生死を文字通り左右する。『クリムゾンの迷宮』の主人公は、自分が得体の知れない荒野に連れて来られていることに気づく。傍らに置かれていた携帯用ゲーム機には、「火星の迷宮へようこそ。ゲームは開始された」との表示が映し出される。深紅の奇岩に囲まれた荒野に取り残されていたのは、主人公を含めて八人。彼らはゲーム機が映し出すメッセージを頼りにサバイバルを始めるが、やがて影のゲーム主催者の思惑通り、殺し合いを始めてゆく。ここで主人公は、ゼロサムゲームを生き抜くためにゲーム機の情報を必死で獲得しようとする。だがその情報自体に策略が込められていることを、主人公はしっかりと自覚している。信頼のおけないディスプレイ上の情報だけが、主人公の生死を握っているのだ。『青の炎』でも同様にシビアな状況が描かれている。主人公の高校生は、母親と妹を守るために、血の繋がらない粗暴な父を殺そうと決意し、完全犯罪の方法をひとり探ってゆく。彼はインターネットの検索エンジンを駆使して非合法の薬物販売サイトを探し出す。化学の教科書や法医学書を捲って殺人方法の細部を練る。そしてついに、主人公は義父を殺す。情報だけを頼りに、黙々と行動し、人のいのちを「強制終了」させてゆく。この孤独感、この切なさは、まさに貴志祐介の独壇場だ。

そうなのである。現代の私たちは、ただひたすら専門知識を孤独に呑み込み、それを頭の中で孤独に再構築するしかないのである。ディスカッションする相手も、目の前に現れた情報の真偽を判断してくれる第三者もいない。情報を提供した者と顔を合わせることさえない。提供する側も、受け取る側も、ただそこに浮かんでいる情報そのものと対峙するだけだ。本書でも、信一が「地球の子供たち」のチャットにのめり込むくだりや、セミナーに参加して互いをハンドル名で認識し合うところ、あるいは主人公の早苗が高梨のメールを読み解いてゆくあたりで、情報との距離感が巧みに表現されている。

これらを、ゲームやインターネットに熱中する若者たちの悪しき特徴である、としたり顔で解説するのは容易い。だがそうやって説教する大人も、実はニュース番組でキャスターが漏らす個人的な感想をあたかも自分の主張のように思い込み、噂や世間の雰囲気に流され、己の判断を停止させてしまっているのではないか。むしろ、情報が虚ろであることを自覚し、己の判断で選別をおこなっている貴志の主人公のほうがよほど健全ではないのか。

ほかの作家に比べて貴志祐介が現代的なのは、この感覚を実にうまく書き込めるからなのだ。私も文字情報を作品の中に利用するが、このような感覚はなかなか表現できない。貴志祐介ならではの凄みである。「敵わない」といった所以だ。

本書『天使の囀り』では、こういったいくつもの描写法が巧く文章の中で融合し、極めて優れた効果をあげている。恐ろしくて、切なくて、現代的だ。その意味で、もっとも貴志祐介の資質が発揮された作品ではないかと思う。また貴志自身の興味も割とストレートに表現されているようだ。『十三番目の人格（ペルソナ）―ISOLA―』では貴志自身も経験した阪神大震災が、また『黒い家』では貴志自身の経歴が、それぞれ物語の中心に据（す）えられていた。しかし本書ではそういった身近な素材から離れたために、むしろ貴志が日頃興味を持っている対象がバランスよく作品中に取り込まれている。囲碁・将棋やミュージカルなどの小ネタがそうであるし、またアマゾンの描写や動物に関する記述も貴志ならではだ。『青の炎』の主人公はテレビの紀行ものや動物ものが大好きだが、これは貴志の趣味でもあるのだろう。

　また、生命科学や精神医学関係の描写は、必要最低限にして的を射ている。気がつかれた読者もいるかもしれないが、本書に登場するネタのいくつかは、私が興味を持つ分野と極めて近似している。だが貴志は私とはまったく異なるベクトルで、それらの題材を見事に小説として昇華しているのだ。科学的事実から小説的な飛躍へと踏み出す位置や、その跳躍力が、実に見事なのである。科学を小説にするとき、学問的な厳密性と物語的な奔放さをいかに接合させるかはもっとも難しいところで、多くの作家はここで失敗するのだが、私には決してできない方法で貴志はこの問題をクリアしている。

　もうひとつ、貴志と私の大きな違いといえば、ジャンルに対するアプローチの姿勢だろう。私は小説を書くとき、ジャンルの枠を想定し、その枠からわずかに外れたところに釣り糸を投げる。ところが私自身の力加減や、読者の側が作り出すジャンル的な渦の力によって、ジャンル内へと引き寄せられてゆくことが多い。しかし貴志はおそらくジャンルをまずきっちりと規定し、その枠内で物語を興（おこ）そうとする。ところが筆力があるために、細部がどんどん枠から逸脱してゆくのである。今後、作品数が増えてゆくにつれて、貴志の資質はさらに明確になってゆくはずだ。

現在進行中の長編『死が二人を結ぶまで』は、雑誌連載終了後に加筆されて出版となる模様だ。連載開幕にあたって貴志はインタビューに答えて、ジャンルとしてはホラーだが、心理的な怖さを追求するためにSF的な設定を持ち込みたい、ただしこれはSFではない、と語っている。確かに物語の進行と共に、驚くような舞台や大道具が繰り出されている。またこれとは別に、SF分野の書き下ろし長編も準備されているという。どんな作品になるのか、楽しみでならない。

貴志祐介は、日本のエンターテインメント小説を拡(ひろ)げてゆく重要な作家として、今後ますます注目されてゆくだろう。現代の小説を語るとき、もはや貴志を無視することはできなくなりつつある。

本書は日本が誇るべきエンターテインメント小説の金字塔的傑作である。だが、おそらく貴志祐介はここで留まるわけではない。さらなる傑作を書いてゆくはずだ。それも矢継ぎ早に。

次の新刊が待ち遠しい。

瀬名秀明

本書は平成十年六月、小社より単行本として刊行されたものです。

天使の囀り
貴志祐介

角川ホラー文庫　11765

平成12年12月10日　初版発行
令和7年8月25日　69版発行

発行者———山下直久
発　行———株式会社KADOKAWA
〒102-8177　東京都千代田区富士見2-13-3
電話 0570-002-301(ナビダイヤル)
印刷所———株式会社KADOKAWA
製本所———株式会社KADOKAWA
装幀者———田島照久

●お問い合わせ
https://www.kadokawa.co.jp/ (「お問い合わせ」へお進みください)
※内容によっては、お答えできない場合があります。
※サポートは日本国内のみとさせていただきます。
※Japanese text only

ISBN978-4-04-197905-1　C0193